EL MUNDO QUE DEJÉ ATRÁS

BRENDA NOVAK

Editado por Harlequin Ibérica.
Una división de HarperCollins Ibérica, S. A.
Avenida de Burgos, 8B - Planta 18
28036 Madrid
www.harlequiniberica.com

© 2024, Brenda Novak, Inc.
© 2025, Harlequin Ibérica, una división de HarperCollins Ibérica, S. A.
El mundo que dejé atrás, n.º 323 - 10.9.25
Título original: The Banned Books Club
Publicada originalmente por Mira Books, Ontario, Canadá
© De la traducción: Ester Mendía Picazo

ISBN: 979-13-7000-650-1
Depósito legal: M-13280-2025
Impreso en España por: BLACK PRINT
Distribuidor exclusivo para España: LOGISTA

MIXTO
Papel
FSC   FSC® C159065

A Sheila Chin, lectora y miembro del Grupo de lectura de Brenda Novak en Facebook. Nunca olvidaré cuando viniste a verme en Dallas durante mi gran gira promocional en la Bookstream (una clásica caravana Airstream convertida en librería/cafetería ambulante) para *Una biblioteca junto al mar*. En aquella aventura de dos meses por todo el país hubo muchos momentos increíbles, pero tu aparición sigue destacando todavía. Llegaste con cajas y cajas de libros míos, algunas de las cuales contenían varios ejemplares nuevos de mis últimos lanzamientos (¡quince de *Una librería en la playa*!). Me los ibas a dar para que pudiera usarlos como regalo y otras cosas en nuestro grupo de lectura, y, cuando te pregunté por qué habías comprado tantos, dijiste: «Pues resulta que hay cierta autora a la que estoy intentando apoyar...». Es una de las cosas más generosas que alguien ha hecho nunca por mí y me quedé, y sigo estando, ¡totalmente alucinada! ¡Gracias desde lo más profundo de mi corazón!

Capítulo 1

—Espera, espera… Pero no sigues dirigiendo ese club de lectura que formaste en el instituto, ¿no?

Gia Rossi estaba comprando en el supermercado de su barrio cuando su hermana llamó.

—Nunca lo he llegado a dejar. No del todo.

Se pasó el teléfono a la otra oreja para poder usar su habilidosa mano izquierda y conducir por el aparcamiento el carro de la compra vacío hasta el punto de devolución.

—La mayoría de los miembros no eran amigos tuyos. Solo eran gente que te seguía a pies juntillas hicieras lo que hicieras —señaló su hermana con sequedad.

¿Había algo de celos en esa respuesta? Margaret, a quien de niña se la había conocido como «Maggie» pero que ahora se hacía llamar por el más distinguido «Margot», solo tenía trece meses menos que Gia, así que en clase solo había ido un curso por detrás. Margot no había sido tan popular ni por asomo, pero eso era porque nunca había hecho nada emocionante. Había formado parte del grupo de los estudiosos, siempre demasiado ocupada sobresaliendo como para salir a divertirse.

—Algunos eran amigos íntimos —insistió Gia—. Ruth, Sammie y unos cuantos más siguen conmigo en el club de lectura y vamos rotando para elegir libro.

—¿Eeeeen serio? Hace diecisiete años que te graduaste. Creía que los dejaste a ellos y todo lo demás al dejar la universidad y marcharte a Alaska.

Su hermana nunca habría hecho algo tan descabellado, tan impulsivo... o tan desacertado. Gia había renunciado a una beca de voleibol en la Universidad de Iowa, que era una de las razones por las que su familia había enloquecido. Pero se alegraba de haber tomado aquella decisión. Atesoraba los recuerdos de abrirse paso en la vida con libertad siendo una veinteañera mientras aprendía lo que podía a la vez que trabajaba en barcos de pesca de peces y cangrejos y para distintas empresas de turismo. De no ser por aquella experiencia, ahora no tendría el negocio que tenía con su socio.

—No. Paramos un tiempo, luego volvimos, luego paramos otra vez, y ahora quedamos por Zoom el cuarto jueves de cada mes para hablar del libro que estamos leyendo —dijo Gia, y bajó la voz para darle más énfasis al añadir—: Y, claro, nos aseguramos de que sea el libro más escandaloso que podemos encontrar.

Margot nunca había aprobado ni el club de lectura ni nada de lo que hiciera Gia, y eso no había cambiado con los años, razón por la que Gia no podía resistirse a provocarla.

—Claro, cómo no —dijo Margot, aunque su reacción no pasó de un tono algo áspero. Se había vuelto una experta en evitar la clase de discusiones que solían estallar entre las dos por mucho que Gia la picara a veces—. Entonces, ¿siete u ocho de... unos sesenta... vuelven a estar activos?

—Durante un mes al año la proporción mejora un poco —dijo Gia cuando el carrito entró en casa con un sonido metálico que le dio la seguridad suficiente para dejarlo ahí—. El resto del grupo se junta en una fiesta de Navidad *online* en diciembre.

—¿Cuánta gente asiste?

Parecía como si Margot se sintiera excluida, pero nunca había mostrado ningún interés por el grupo de lectura.

—Entre quince y veinte, pero no son siempre los mismos quince o veinte.

Gia abrió la puerta de su Tesla Model 3 rojo, lo que indicó al ordenador que arrancara la calefacción. Y ella lo agradeció, ya que no se había puesto un abrigo lo bastante grueso para la fresca mañana de octubre. En Coeur d'Alene, Idaho, no solía hacer tanto frío hasta noviembre o diciembre.

El Bluetooth del coche conectó con la llamada mientras Margot preguntaba:

—¿Por qué no lo has mencionado nunca?

Ahora que vivían a dos mil kilómetros, había muchas cosas que no le contaba a su hermana. Hasta que no había dejado atrás su pueblo natal, no había sentido que podía vivir una vida auténtica de verdad, una sin las constantes comparaciones con su «perfecta» hermana en las que siempre salía perdiendo.

Pero eso no era por lo que no le había dicho nada del grupo de lectura. Había dado por hecho que su hermana no querría saber nada del tema. Margot se había muerto de vergüenza cuando Gia se había enfrentado a la pandilla de bienintencionadas pero equivocadas mujeres de la Asociación de Padres y Profesores, que habían invadido la Sala 23 durante la reunión informativa de comienzo de curso insistiendo en que el señor Hart, el jefe del Departamento de Literatura Inglesa, eliminara *El guardián entre el centeno*, *Rebeldes* y *El cuento de la criada* de la lista de lectura de Literatura Avanzada. Gia había esperado que su profesor favorito defendiera los libros que ella tanto amaba y explicara por qué eran tan importantes. Sabía cuánto él había amado esos libros también. Pero, para evitar una discusión, el hombre había cedido de inmediato, y eso fue lo que la animó a formar un club que abogara por los libros que habían sido objeto del ataque, además de otros.

Aquella fue la primera vez que el señor Hart la había defraudado, pero no sería la última.

—Si te hubieras unido al club alguna vez, estarías en la lista de *emails* —dijo Gia mientras salía marcha atrás de la plaza de aparcamiento.

—Me habría apuntado, pero ya me conoces. No leo mucho.

Su hermana no se habría unido. El Club de los libros prohibidos era demasiado controvertido para Margot. Habría requerido un poco de rebelión, algo de lo que ella parecía incapaz. Y, aunque no leyera mucha ficción, Gia sabía que consumía algún que otro libro de autoayuda. Probablemente así se reafirmaba en que seguía siendo la mejor persona que conocía, porque si había alguien que no necesitaba un libro de autoayuda esa era Margot. Las expectativas de sus padres eran más que suficiente para ponerle límites.

—Deberías probar a leer con nosotros de vez en cuando. Podría ampliar tus horizontes.

Por muy buena que fuera Margot, su mente era como una trampa de acero; una que siempre estaba cerrada, sobre todo ante información que pusiera en duda lo que ya creía. Vivía dentro de una burbuja de sesgo de confirmación. Los únicos datos e ideas que podían atravesarla eran los que apoyaban su visión del mundo.

—Estoy contenta con dónde tengo mis horizontes, gracias.

—¿No ves las limitaciones?

—¿Intentas ofenderme?

Gia contuvo un suspiro. Esa era la diferencia entre ellas. Margot sacrificaría lo que fuera por mantener su posición como la hija favorita de sus padres, por conseguir la aprobación de los demás, sobre todo de su marido, y por que toda la comunidad al completo la admirara. De pequeñas, siempre había tenido ordenada su habitación, había sacado sobresalientes y había tocado el piano en la iglesia. Y ahora era ama de casa al cuidado de dos hijos, alguien que preparaba un «plato caliente», o lo que la mayoría de la gente fuera del Medio Oeste llamaría «horneado», para cualquier vecino, amigo o conocido que fuera a someterse a una cirugía o que estuviera sufriendo algún tipo de revés.

Su convencionalismo era... de admirar... en ciertos aspectos. Como la oveja negra de la familia, Gia sabía bien que no servía de nada intentar competir con Margot. Era imposible para alguien incapaz de juzgar nada por las apariencias. Gia tenía que cuestionar normas, desafiar a la autoridad y hacer de abogado del diablo prácticamente cada vez que le surgía la oportunidad, y precisamente por eso era una sorpresa que su hermana llevara las dos últimas semanas intentando convencerla de que volviera a casa a pasar el invierno. La salud de su madre había ido deteriorándose desde que le habían diagnosticado cáncer de mama. Cuando lo descubrieron, estaba en fase cuatro y los médicos habían hecho lo que habían podido, pero Ida no había respondido al tratamiento. Margot decía que su madre no duraría mucho más, que Gia debería pasar unos meses con ella antes de que fuera demasiado tarde. Pero a Gia le sorprendía que Margot estuviera dispuesta a poner en peligro la paz y la alegría que todos parecían disfrutar sin su presencia.

No tenía claro poder volver a esa dinámica familiar que le resultaba tan dañina. Su socio y ella dirigían una empresa de paseos en helicóptero para turistas y también llevaban y sacaban de lugares salvajes y remotos a cazadores y pescadores, pero Backcountry Adventures cerraba durante los meses más fríos, de noviembre a febrero. Pronto tendría tiempo libre, así que alejarse del trabajo no sería un problema. El problema era más bien que, cuando estaba en Wakefield, las paredes parecían cerrarse a su alrededor. Respirar se convertía en una puñetera odisea.

—Vale —refunfuñó—. No me hagas esa pregunta. Pero, hablando de limitaciones, ¿cómo está Sheldon?

—¿En serio, Gia? Voy a dar por hecho que no lo has preguntado en ese sentido —dijo su hermana con rotundidad.

Gia y su cuñado no podían ni verse. Ella odiaba cómo controlaba a Margot, que pudiera gastarse dinero en salir a cazar o pescar o en comprar una caravana nueva mientras su hermana tenía que rascar y suplicar para tener unos vaqueros nuevos. Margot lo explicaba diciendo que era él el que ganaba todo el dinero y que, al darle un presupuesto tan ajustado, intentaba ser un buen «administrador» para que el negocio tuviera éxito y ellos tuvieran dinero para la jubilación. Sin embargo, para Gia, era Margot la que hacía todos los sacrificios. Era un tacaño, y punto. Y era él el que quería que Margot estuviera en casa, esperándolo con un plato caliente al acabar la jornada. Sus hijos, Matthew y Greydon, tenían ocho y seis años, y los dos iban al colegio. Si Sheldon no tomara todas las decisiones, Margot al menos podría trabajar media jornada y tener algo suyo.

—Era broma —dijo Gia, que no quería causar problemas en el matrimonio de su hermana. Margot insistía en que era feliz, aunque, si Gia tuviera esa vida, probablemente habría agarrado a sus hijos y habría salido pitando de esa casa para siempre hacía mucho tiempo.

—Está genial. Ha estado ocupado.

—Es temporada de caza de ciervos. Imagino que irá.

—La semana que viene.

«¿Y qué vas a hacer tú? ¿Quedarte cuidando de los niños y de la casa mientras él está fuera?», quiso preguntar Gia, pero en esa ocasión logró morderse la lengua.

—¿Va a volver a Utah?

—Sí. Van ahí todos los años. Uno de sus amigos creció en Moab.

—El invierno pasado el negocio de Sheldon bajó un poco, así que me sorprende que digas que ha estado ocupado.

—Fue cosa de la economía en general. Todas las empresas de transportes se vieron afectadas, pero no creo que vaya a pasar lo mismo este año. Acaba de comprar dos tráileres nuevos y va a contratar más conductores.

—Es todo un empresario —dijo Gia poniendo los ojos en blanco ante sus propias palabras. Él no había levantado la empresa de transportes; la había heredado de sus padres, que seguían muy involucrados, y eso probablemente era lo que la salvaba de la ruina.

Por suerte, Margot pareció tomarse sus palabras en sentido literal.

—Estoy orgullosa de él.

Él sí que estaba orgulloso de sí mismo. Nunca dejaba de hablar de su empresa, de sus juguetes, de sus destrezas para la caza, para conducir todoterrenos o para cualquier otra actividad «varonil». Gia apostaría lo que fuera a que podía superarlo cazando si quería, pero los únicos disparos que ella estaba dispuesta a dar eran con su cámara.

Aun así, en cierto modo se alegraba de que su hermana pudiera tragarse la falsa ilusión de que Sheldon era una pareja ideal.

—Eso es lo que importa —dijo al acceder al camino de entrada de su piso de dos dormitorios con vistas al río Mill. La conversación estaba tocando a su fin. Gia ya había preguntado por los niños mientras estaba en el supermercado, y estaban sanos y felices. Tendría que preguntar por Ida antes de que acabara la conversación, así que cuanto antes mejor.

—¿Y cómo están mamá y papá?

La voz de su hermana bajó una octava como poco.

—Justo por eso te he llamado...

Gia no pudo evitar tensarse. Parecía como si el ácido le estuviera abriendo un agujero en el estómago.

—¿Mamá ha empeorado?

—Cada día está más débil, G. Creo... creo que deberías venir a casa.

Gia cerró los ojos y apoyó la cabeza en el asiento. Margot no podía entender por qué Gia se resistía, pero es que su hermana nunca había podido ver nada desde su punto de vista.

—¿G? —insistió Margot.

Gia respiró hondo. Podía dejar Idaho unas semanas antes de cerrar el negocio. Eric la cubriría. Ella había trabajado dos meses enteros por él cuando nació su hija. Y además tenía dinero. No tenía una buena excusa para no volver y apoyar a su familia todo lo posible y..., si era el final, para despedirse de su madre. Pero Gia sabía que eso supondría enfrentarse a todo lo que había dejado atrás.

—¿Sigues ahí?

Intentando reunir valor, Gia bajó del coche.

—Perdona. Se ha desconectado el Bluetooth.

—¿Me has oído? ¿Hay alguna posibilidad de que te plantees venir a casa, aunque sea solo unas semanas?

Gia no veía elección. Jamás se lo perdonaría si su madre moría y ella no había hecho todo lo posible por arreglar las cosas entre las dos. Ojalá pudiera seguir postergando su visita, pero el cáncer lo hacía imposible.

—Claro. En... en cuanto termine unas cosas por aquí.

—¿Cuánto tardarás?

—Solo un día o dos.

—Gracias a Dios —dijo su hermana con tanto alivio que Gia supo que ahora no podía echarse atrás.

¿Qué pasaba? ¿Por qué a Margot le importaba tanto tenerla en Wakefield?

—Iré a recogerte al aeropuerto —continuó su hermana—. Avísame de cuándo vienes.

—Te lo digo en cuanto lo tenga todo preparado.

Margot observaba las armas agrupadas con tanto esmero y bajo llave en el armario de su dormitorio. Sheldon tenía varios rifles: un Winchester del calibre 30-30, un Remington modelo 700, un H&H Magnum del 375, uno del 22, y lo que él llamaba un rifle «para alimañas», además de una escopeta del calibre 12. Tenía también una Glock de 9 milímetros en lo alto del armario de los dos para defensa personal. Esa era la que dejaba cuando salía de caza. Ella tendría fácil acceso, pero lo que codiciaba era la escopeta. Se sentiría más segura con la escopeta. Había oído decir a su marido que las pistolas y los rifles casi siempre requerían muchos disparos para alcanzar el objetivo. Habían ido juntos al campo de tiro, pero entre el retroceso y el ruido ensordecedor, además de su miedo a las armas en general, sobre todo teniendo niños cerca, Margot solo había practicado una o dos veces.

Después de aquello, Sheldon la había tachado de «exagerada y miedosa» y había dejado de intentar compartir su amor por las armas de fuego con ella. Pero Margot había aprendido suficiente para saber que no tendría que preocuparse demasiado por apuntar con una escopeta.

¿Se atrevía a esconder la escopeta para que él no pudiera llevársela de caza? Podía hacer como si alguien hubiera entrado en casa y se la hubiera llevado, decir que había salido y había dejado la casa abierta quince minutos mientras iba a recoger a los niños al cole y que, cuando había vuelto, la escopeta ya no estaba...

No. Eso lo haría sospechar. Sheldon se preguntaría por qué era lo único que faltaba y ella no se atrevía a escenificar un robo en toda regla. Sería demasiado fácil que la pillara si hacía algo así. Él era desconfiado por naturaleza, siempre estaba vigilante por si alguien intentaba darle gato por liebre. Con suerte, eso no lo vería venir, pero Margot solo contaba con una oportunidad, lo que significaba que tenía que diseñar un plan perfecto, y para ello tenía que prever cualquier eventualidad.

A lo mejor debería olvidarse de la escopeta y de la Glock y conformarse con espray pimienta, algo de venta libre que pudiera comprar en Walmart. Así no tendría que preocuparse por el control de armas y jamás se vería ante la decisión de tener que disparar o no a su propio marido...

—¿Margot? ¿Qué hostias haces?

La repentina aparición de Sheldon en la puerta hizo que el corazón le golpeteara contra el pecho. Ella estaba de pie en el centro de la habitación, no lejos de la cama, algo que por suerte no la incriminaba de ninguna forma. Solo esperaba no parecer tan culpable como se sentía.

—Solo... intentaba recordar a qué he venido.

Él puso los ojos en blanco.

—Típico de ti. Te juro que no entiendo cómo te graduaste en la universidad. La mayor parte del tiempo eres tonta de pelotas.

Por norma, Margot se estremecía ante los insultos que él lanzaba tan a la ligera y generalmente acompañados de una risa para así, si ella se molestaba, poder decir que solo era broma. Ese día se limitó a observarlo en busca de cualquier señal en sus ojos azul hielo de que se estaba cociendo una discusión más fuerte.

—¿Qué haces en casa? —preguntó mirando el reloj. Últimamente perdía minutos, e incluso horas, dándole vueltas a su futuro... y al de sus hijos. Pero no podía ser tan tarde como para que Sheldon hubiera vuelto del trabajo. Ella nunca perdía un día entero.

—Me he olvidado el almuerzo. He estado llamándote para que me lo llevaras, pero no respondías. ¿Para qué cojones te pago un móvil si ni siquiera puedo contactar contigo?

—Lo... lo tengo en el bolso —dijo ella sin demasiada convicción—. De cuando he llevado a los niños al cole.

Un resoplido de indignación reveló el enfado de Sheldon.

—Claro, cómo no. Nunca lo llevas encima cuando lo necesitas.

—Suelo llevarlo —dijo ella en su propia defensa, aunque tuvo cuidado de no dejar que el resentimiento se le notara en la voz. Sabía que, de lo contrario, podían acabar peleando.

Él ignoró su respuesta.

—Mi almuerzo no está en la encimera. ¿Qué has hecho con él?

Cuando Sheldon se lo había dejado ahí, ella había dado por hecho que saldría a comer con sus amigos. Aunque él había ganado bastante peso en los últimos años y hacía algún que otro poco entusiasta intento de perderlo, sus dietas nunca duraban. Margot había supuesto que ya no quería los palitos de zanahoria y el resto de comida sana que le había ordenado que empezara a prepararle.

—Como no te lo has llevado, he pensado que tenías otros planes y... lo he metido en el almuerzo de los niños.

Él frunció el ceño.

—¿Para no tener que hacer más? ¡Joder, mujer! ¿Por qué no me has llamado?

Porque no había querido oír su voz. Solo tenía paz cuando él estaba en el trabajo y demasiado ocupado siendo el «jefe» como para ponerse en contacto con ella.

—No quería molestarte por si estabas ocupado.

Él se levantó la gorra de Wakefield Trucking y se rascó antes de mascullar algo que ella no logró distinguir, y que probablemente sería «zorra estúpida», mientras recorría el pasillo arrastrando los pies.

—¿Y ahora qué voy a comer? —le gritó cuando, a juzgar por su voz, ya estaba en la cocina.

Margot cerró los puños. Últimamente estaba teniendo unos pensamientos terribles; quería meterle en el sándwich algo asqueroso, como una araña o barro, o algo peligroso, como anticongelante, en el té. Sabía que era pura maldad y, de momento, su educación y su creencia en Dios la habían detenido; eso y que no quería que la apartaran de sus hijos para pasar el resto de su vida en prisión.

Pero el deseo de devolverle el daño que él le hacía crecía cada día.

Que fuera capaz siquiera de pensar algo así era impactante. Ella, Margaret Rossi, la segunda mejor estudiante de su clase en el instituto e hija de dos amorosos padres que la habían criado para ser mucho mejor que eso. Desde luego, no era algo que hubiera imaginado antes de casarse.

¿Pero era culpa suya? Sheldon era como un árbol anillado con unas raíces que poco a poco se le habían ido enroscando, atrapándola e inmovilizándola mientras le exprimían la vida...

—¡Joder, Margot! ¿No me has oído? ¡Mueve el culo y hazme otro almuerzo! ¡Tengo que trabajar!

Ella quería gritar «¡Háztelo tú!» y dar un portazo. La rabia que le bullía por dentro era como bilis subiéndole por la garganta. A veces le costaba no tragársela. Pero sabía qué pasaría si se dejaba llevar. Él nunca le había pegado; ella no podía alegar esa clase de abuso. Pero los ataques de ira de Sheldon eran cada vez peores, tanto como para hacerle pensar que algún día podría desatarse del todo.

Pero, aunque eso no llegara a pasar, lo que Sheldon hacía era casi igual de malo. Sus palabras la aporreaban como puños. La menospreciaba hasta el punto de que ella temía decir o hacer algo por miedo a represalias y la hacía sentir como si se mereciera cada mordaz comentario.

Que ella estuviera empezando a creer que no merecía que la tratara mejor le generaba un pánico que le roía el alma. Si no hacía algo pronto, temía que la antigua Margot, la Margot feliz y equilibrada a la que intentaba aferrarse con desesperación, desapareciera para siempre.

«Ya queda poco», se prometió antes de lanzar una última mirada a las armas mientras obligaba a sus pies a llevarla a la cocina.

—Estoy aquí —dijo de manera poco expresiva—. ¿Qué te apetece?

Capítulo 2

Casi todas las personas con las que Gia se relacionaba eran hombres. En su negocio eran mayoría, tanto entre la competencia como entre los clientes, y había habido más hombres que mujeres en Alaska, donde había pasado diez años antes de mudarse a Idaho. Pero, según los hombres que conocía iban casándose, ella tenía la oportunidad de conocer a sus esposas y luego a sus hijos, algo que resultaba agradable porque ampliaba su círculo social. Eric Cheung, que había aprendido a volar en el ejército y fue su instructor de vuelo en Alaska antes de convertirse en su socio, había conocido a su esposa y se había casado con ella solo seis meses después de que hubieran trasladado Backcountry Adventures a Coeur d'Alene, así que Gia conocía bien a Coty.

—Creía que íbamos a volver a Glacier cuando acabara la temporada —dijo Eric mientras estaban sentados con una copa y junto al fuego, alrededor del brasero que él había construido en su patio trasero.

—Estaba deseando poder centrarnos en nuestras fotos, pero... —dijo Gia frunciendo el ceño hacia el cielo de la noche— a saber si el tiempo nos permite siquiera una excursión por el parque. Parece que este año el invierno está llegando antes.

—Eso es bueno —aclaró él—. Queríamos fotos de nieve, ¿no te acuerdas?

Sí, lo recordaba y lamentaba no poder seguir adelante con sus planes. Eric acababa de convencer a una galería local para que mostrara su trabajo y decía que podría meterla a ella también. Pero Gia no podía ignorar lo que estaba pasando en el resto de su vida marchándose al Parque Nacional Glacier el uno de noviembre, como habían hablado.

—Ya, pero... mi madre ha empeorado.

Él se puso serio de inmediato.

—Lo siento. Llevo tiempo queriendo preguntarte por ella, pero no quería hurgar en un tema tan delicado. Entonces, ¿no están funcionando los tratamientos?

—Creo que han hecho todo lo que han podido.

Coty salió de la casa después de meter a su hija en la cama.

—¿Qué me he perdido?

—Mi madre no está bien.

—Qué noticia tan terrible —dijo Coty al sentarse junto a su marido, que se movió para rodearla con un brazo y ayudarla a entrar en calor. Podrían haber ido dentro, pero lo único que Gia tenía en común con los hombres con los que se relacionaba era su amor por estar al aire libre.

—Sí. Ojalá no fuera así, pero...

Gia dejó sus palabras ahí flotando antes de dar el último trago de cerveza.

—¿Cuánto tiempo vas a estar fuera? —preguntó Eric.

—No lo sé. Cuanto menos, mejor. Allí tengo una larga historia. Pero dependerá de cómo vaya todo con mi madre.

Coty se inclinó hacia delante para agarrar la copa de vino que había dejado al marcharse.

—¿Qué clase de historia?

Era difícil de explicar. Ni siquiera Eric lo sabía.

—Solo gente a la que preferiría no ver y cosas que preferiría no recordar.

Coty frunció el ceño.

—¿Cuánto tiempo hace que no vas allí?

—Unos seis meses. Puedo soportar una visita corta durante un fin de semana de vez en cuando, una visita en la que solo vea a mi familia. Pero esta podría durar el invierno entero, hasta que tenga que volver a ayudar con la empresa.

—Si necesitas quedarte más tiempo... —empezó a decir Eric, pero Gia lo cortó.

—Espero que no haga falta. Ya estás haciendo bastante cubriéndome lo que queda de octubre. Pero... ya veremos cómo lo solucionamos cuando llegue el momento, supongo.

—Bueno, si tu madre te necesita, te alegrarás de haber ido —dijo él.

—No sé si me necesita. Tiene a Margot. Siempre han estado muy unidas, se han entendido mucho mejor que nosotras dos. Pero...

—Tu madre es tu madre —dijo Coty con delicadeza.

Gia asintió y se levantó para tirar la lata al cubo de reciclaje situado a unos pasos.

Eric hizo lo mismo y su lata cayó con un sonido metálico solo unos segundos después de la de ella.

—¿Se lo has dicho a Mike?

Gia cambió el peso al otro pie; se sentía incómoda. Mike, técnico en mantenimiento aeronáutico, revisaba y reparaba helicópteros. Lo había conocido cuando él hizo una inspección exhaustiva a su helicóptero justo después de que ella se mudara a Coeur d'Alene, pero había sido más tarde, tras el divorcio de Mike, cuando habían empezado a salir.

—Aún no.

—Se va a quedar hecho polvo —predijo Eric.

—No, no tenemos una relación tan seria.

De todos modos, Gia se había visto preparada para dejarlo. Mike le gustaba tanto o más que algunos de los otros hombres con los que había salido a lo largo de los años. Los dos disfrutaban volando y lo pasaban bien juntos. Pero ella tenía un problema con la intimidad. Acercarse demasiado a alguien requería demasiada confianza, más confianza de la que parecía capaz de reunir. Así que, cada vez que una relación romántica empezaba a ponerse seria, ella se apartaba y pasaba página, y eso solía pasar en solo unos meses.

—¿Y él lo sabe? —preguntó Eric con ironía.

—Desde el principio le dije que no busco nada serio, Eric. Créeme, está avisado.

Eric se rio.

—Así lo único que haces es retarlo, G. Seguro que espera ser el hombre que haga cambiar eso.

Ella se acomodó en su asiento mientras Eric seguía de pie.

—No creo que nadie pueda cambiarlo. Así... soy yo.

—¿Cuándo te marchas? —preguntó Coty.

—Lo antes posible. A Margot le ha entrado el pánico. Parece como si estuviera deseando que llegue allí.

—Seguro que necesita tu apoyo tanto como tu madre —dijo Eric.

Gia apretó los labios.

—Podría ser. Tiene una porquería de marido. Dudo que él le dé mucho de nada.

—Sí, ya lo has mencionado alguna vez —dijo Eric riéndose.

Gia se cruzó de piernas.

—No entiendo por qué mi hermana no le exige más.

—Sé que Eric está al tanto, pero yo no —dijo Coty—. ¿Por qué no te gusta?

—Es un capullo arrogante —respondió Gia—. Se cree que el mundo gira a su alrededor.

Eric se acercó más al fuego y extendió las manos hacia el calor.

—Fue un niño de dinero, ¿no?

—No definiría a sus padres como megarricos, pero su familia era una de las más prósperas del pueblo.

—Entonces, ¿era un malcriado? —supuso Coty.

Gia asintió con la cabeza.

—Sus padres aún lo tienen muy mimado.

Eric abrió otra cerveza antes de sentarse con su mujer.

—Seguro que en tu pueblo hay alguien a quien sí te gustaría ver.

—A mis amigas y a la gente del Club de los libros prohibidos.

Había apreciado a muchos de ellos, pero habían pasado diecisiete años desde el instituto y la mayoría se habían marchado. Probablemente vería a los que se habían quedado. A Ruth y Sammie al menos.

—Coty ha estado pensando unirse a tu club —dijo Eric, de nuevo rodeando a su esposa con un brazo.

—Siempre estoy dispuesta a mandar a la mierda a los que intentan imponerles su actitud y opinión a los demás —dijo Coty riéndose—. ¿Qué estáis leyendo este mes?

—Hemos estado eligiendo de una lista de libros que estuvieron prohibidos en los noventa, simplemente porque había muchos por entonces. Este mes me ha tocado a mí y he elegido *Cujo*.

—¿Qué es eso? —preguntó Eric.

Gia soltó una risita. Eric nunca le había dado a la lectura.

—Una novela de terror de Stephen King.

Coty se sentó sobre sus pies y se recostó sobre su marido.

—¿Y qué tal está?

—Es buena. Es sobre un perro que se vuelve un asesino después de que lo muerda una rata con la rabia.

—No tengo claro que fuera a resultarme interesante —dijo Coty frunciendo el ceño.

—Un perro asesino no es para todo el mundo. Pero puedes empezar el mes que viene. Leeremos *Todos caemos*, de Robert Cormier.

—¿De qué trata?

—De un grupo de adolescentes que se meten en un montón de líos...

—Seguro que ese será bastante perturbador —dijo Coty arrugando la nariz como si tampoco le emocionara la idea.

—La mayoría de los libros prohibidos son bastante... algo —dijo Gia—. Dan miedo. Invitan a la reflexión. Desafían el paradigma de poder... o cómo han sido siempre las cosas. Por eso los prohíben.

Eric dio su opinión:

—Hace no mucho leí que los libros de *Harry Potter* estuvieron prohibidos.

Gia se planteó abrirse otra cerveza. Cuanto más bebía, menos miedo le daba volver a casa, a Wakefield. Eric y Coty vivían a solo unas manzanas de su piso, así que no tenía que conducir. Pero decidió no hacerlo. Quería tener la mente despejada al llegar a casa para poder ocuparse de los preparativos del viaje.

—Así es. Al menos, en algunos sitios.

—¿Qué podría tener de malo *Harry Potter*? —preguntó Coty.

—Al parecer, varios exorcistas se pronunciaron —respondió Gia como si nada.

Coty parecía no entender nada.

—¿Has dicho «exorcistas»?

—Sí. Recomendaban que retiraran los libros —dijo Gia sonriendo, y añadió—: La hechicería y la magia son satánicas. ¿No lo sabías?

Coty puso los ojos en blanco.

—Estás de coña...

—Nop. Ahora entiendes por qué formé el grupo. Algunos de los libros rechazados fueron atacados por motivos ridículos.

—Me encanta lo dispuesta que estás a desafiar a la autoridad —dijo Coty.

Gia esbozó una mueca.

—A mis padres no les hace tanta gracia. Nunca les ha hecho gracia.

—Ya me imagino —contestó Coty. Miró las llamas mientras seguía diciendo—: La verdad, no tengo claro que quisiera que Ingrid desafiara a la autoridad. Lo que yo haga es una cosa, pero lo que haga ella...

—Yo estaría orgulloso de ella —interpuso Eric—. Puede que no siempre estemos de acuerdo con las posturas que adopte, pero tiene que haber alguien dispuesto a enfrentarse a la gente que prohíbe buenos libros y que comete otras estupideces.

Coty no parecía muy convencida.

—Pero piensa en las críticas que genera ser el que se levanta y lucha...

—A lo mejor eso era lo que les preocupaba a tus padres —le dijo Eric a Gia—. El dolor que podría causarte convertirte en objetivo de las críticas.

Gia pensaba que todo era más bien por el deseo de ellos de verla amoldarse, de que no diera problemas. Siempre habían querido que hiciera lo que «se esperaba» de las chicas y que dejara de llamar tanto la atención. Pero como esa noche no quería profundizar mucho, dijo simplemente:

—Puede.

Eric acercó más a su mujer y dijo por encima de su cabeza:

—Espero que por fin puedas resolver algunas cosas.

Gia dudaba que fuera posible. Nunca había sido lo que sus padres querían. Pero, de nuevo, no le apetecía dar explicaciones.

—Estaría bien.

—Bueno, tú no te preocupes por Backcountry Adventures mientras estás fuera —dijo Eric con tono alentador—. Yo me encargo. Y seguro que en casa habrán cambiado mucho las cosas a lo largo de los años, más de lo que crees. Más allá de lo duro que será ver a tu madre en un estado de salud tan malo, estoy seguro de que este viaje te hará bien.

—Me cuesta imaginarlo.

Que ella supiera, el señor Hart, su antiguo profesor de Literatura Inglesa, seguía viviendo a solo unas casas de sus padres, y ahora ella iba a pasar semanas o meses alojada en su antigua habitación.

Margot dio otra vuelta al aeropuerto mientras esperaba a que su hermana apareciera con su equipaje. El vuelo de Gia se había retrasado. A ese paso, llegarían tarde a casa, lo que a su vez demoraría la cena y complicaría la noche con Sheldon. Últimamente había estado muy agitado, muy irascible. Si tenía que llamarlo y pedirle que saliera del trabajo unos minutos antes para recoger a los niños desataría una discusión. Matthew y Greydon estaban jugando cada uno en casa de un amigo, pero ella les había prometido a las respectivas madres que no llegaría más tarde de las seis.

Cada vez más nerviosa, estacionó para volver a escribir a Gia. Antes, cuando su hermana le había enviado un mensaje diciendo que llegaría a las cuatro y ella había organizado las quedadas con los amigos de los niños para no tenerlos sentados en el coche dos o tres horas, no se había imaginado ni por lo más remoto que no podría volver a tiempo. El Aeropuerto Sioux Gateway estaba a solo ochenta kilómetros de Wakefield.

Al menos el avión había aterrizado por fin. Era lo último que le había dicho su hermana.

¿Ya ha salido tu equipaje?

La respuesta de Gia fue inmediata: *Acabo de recogerlo.*

Margot respiró aliviada.

Ahora mismo estoy ahí.

Tras echarle un vistazo al reloj del salpicadero (eran las cuatro y cincuenta de la tarde, lo que significaba que podría volver a tiempo si no acababan detrás de un tractor o de alguna otra cosa que pudiera hacerles reducir la velocidad), volvió a incorporarse al tráfico que se dirigía a la terminal y empezó a buscar la figura bastante alta de su hermana. Aunque Margot solo medía metro cincuenta y siete, Gia medía uno setenta y cinco. Eran opuestas incluso en eso.

Gia hizo una señal con la mano en cuanto vio el Subaru de Margot, que con cuidado fue cambiando de carril hasta que pudo llegar a la acera.

—¿Qué tal el vuelo? —preguntó en cuanto abrió la puerta y corrió a abrir el portón trasero para la maleta de Gia.

—Largo y deprimente —respondió Gia dándole a su hermana un abrazo obligatorio antes de meter la maleta—. Pero ¿acaso hay algún vuelo agradable hoy en día?

—No desde el 11S.

Margot cerró de un portazo antes de volver al asiento del conductor.

—Gracias por recogerme —dijo Gia al subir.

—¡Cómo no iba a venir! Me alegro de que estés aquí.

Gia tenía buen aspecto, pensó Margot. Mucho mejor que ella. Últimamente cuando se miraba al espejo, lo único que veía era una expresión tensa y preocupada y unas ojeras oscuras bajo sus ojos avellana.

Pero Gia... Aunque hacía semanas que había acabado el verano, nadie lo diría. Su piel seguía teniendo un brillo cálido y su cabello rubio rojizo tenía mechas más claras por todo el tiempo que había pasado al sol. Las motas de pecas que le cubrían la nariz la hacían aparentar menos de los treinta y cinco años que tenía. Además, estaba bien tonificada y tenía una sonrisa amplia y atrayente.

Margot hacía lo que podía por estar atractiva y ahorraba del presupuesto de la compra para poder ponerse extensiones de pestañas y uñas postizas. Sheldon esperaba que tuviera buen aspecto, aunque le daría un ataque si se enterara de cuánto costaban esos cuidados. Gia no se molestaba con esa clase de mejoras. Era una persona demasiado natural y aficionada a las actividades al aire libre. Tenía un aspecto saludable, sano y fuerte.

Era fuerte. Siempre lo había sido. Margot envidiaba su actitud tan directa, cómo encaraba y superaba cualquier obstáculo con que se topara en su camino. Era un alivio tenerla en Wakefield. Ella no podía escapar de su situación sin tener a su hermana ahí cerca para apoyar a su padre y ayudar a cuidar de su madre. Había estado intentando apañárselas dadas las circunstancias, al menos hasta que Ida falleciera por muy triste que fuera, pero nadie podía predecir cuándo moriría su madre y Margot ya no soportaba más su situación actual.

Además, a lo mejor lo más inteligente sería no esperar. Temía que la muerte de Ida añadiera tanto dolor a lo que ella ya tenía encima que no pudiera superarlo. Su salud mental no era lo que había sido. Lo mejor que podía hacer era reconocerlo y actuar antes de que fuera demasiado tarde para recuperarse de la larga espiral negativa que había comenzado poco después del nacimiento de su segundo y último hijo, cuando su matrimonio había empezado a desmoronarse de verdad.

De momento, básicamente había vivido su vida entregada a los demás. Ya era hora de tomar las riendas y empezar a vivir para ella. Y con su hermana ahí, tenía una mejor oportunidad de hacerlo. Gia se enfrentaría a Sheldon si hacía falta. Gia se enfrentaría a quien fuera.

—¿Saben mamá y papá que he venido?

Margot la miró.

—¿No los has llamado?

—No he tenido tiempo —respondió su hermana distraídamente.

—¿De hacer una llamada?

—¡Solo han pasado dos días desde que accedí a venir! He estado agobiada intentando ocuparme de algunas cosas para no dejar tan colgado a Eric. He tenido que preparar mi piso para el invierno, hacer el equipaje y pedir un coche hasta el aeropuerto de Spokane. Cada vez que pensaba en llamarlos, ya era de noche y suponía que estarían en la cama durmiendo. Aquí hay una hora más que en Idaho, ya lo sabes.

Había sido un puro escaqueo, y Margot lo sabía, pero le daba igual. Los refuerzos habían llegado y eso era lo único que importaba.

—¿Por qué no le has dicho a Eric que te trajera?

—Porque era mucho más sencillo venir en un vuelo comercial. No quería entretenerlo cuando va a estar cubriéndome en el trabajo. Y nuestro helicóptero solo vuela cuatrocientos ochenta kilómetros con un depósito, así que habría tenido que buscar distintos lugares para repostar.

—Claro, tiene sentido —dijo Margot.

—Entonces..., ¿crees que a mamá y papá les va a molestar que me presente aquí así?

—Claro que no. Seguro que han estado preguntándose por qué no has venido a casa antes.

Gia esbozó una mueca.

—Pues es de imaginar, deberían saberlo.

Margot agarró el volante con más fuerza.

—Lo que está pasando ya es bastante malo, G —dijo con el mismo tono apaciguador que empleaba con Sheldon—. Podemos... ¿dejar el pasado en el pasado? ¿Por favor?

Su hermana la miró ofendida.

—Yo estoy totalmente dispuesta a hacerlo. Son ellos, no yo.

—Aunque por norma eso sea así, ahora tienen la cabeza en otro sitio. Y yo, por mi parte, me siento aliviada de tenerte aquí.

Gia se aflojó el cinturón de seguridad mientras se giraba hacia su hermana.

—La pregunta es ¿por qué, Margot? ¿Por qué estabas tan empeñada en que volviera a casa justo ahora? En menos de un mes mi negocio cerrará durante el invierno. ¿Es que no crees que mamá vaya a aguantar tanto?

Ojalá Margot pudiera decirle la verdad, pero temía lo que haría su hermana si se enteraba de en lo que se había convertido Sheldon. Estaba segurísima de que se enfrentaría a él. Gia no podía evitar ser directa y Margot no sabía cómo acabaría la cosa si desafiaba a Sheldon.

—A lo mejor no. Ese es el problema. Te necesitan —dijo, y la miró para ver cómo eran recibidas sus palabras—. Y yo también —añadió con tono más suave.

O Gia captó la sinceridad en su voz o hubo otra cosa que aplacó los sentimientos antagonistas de su hermana, porque parecía resignada cuando respondió:

—Me cuesta imaginar que podáis necesitarme, sobre todo tú. Tú siempre has hecho lo correcto.

Y era verdad. Margot había sacado buenas notas, se había graduado en la universidad y había elegido un hombre que sus padres aprobaban, a quien había conocido en el instituto y con quien luego había salido durante la facultad. Muchas mujeres habían querido estar con Sheldon, pero ella fue la «afortunada» a la que eligió. Así que ¿cómo era posible que ahora se viera en un matrimonio que parecía estar incendiándose a su alrededor y que se sintiera tan desdichada y desesperada todo el tiempo?

—Eso demuestra lo que sabes —murmuró.

—¿Qué significa eso? —preguntó Gia.

Margot volvió a mirar el reloj que había junto al cuentakilómetros y sucumbió a la presión que sentía pisando más el acelerador.

—Tú solo... ayúdame cuidando de mamá y papá un tiempo, ¿vale? Tienes que reconocer que ya te toca.

Al menos Gia tuvo la delicadeza de no discutirle eso. Margot había hecho mucho más por sus padres. Era ella la que se había quedado allí estancada durante los últimos diecisiete años mientras que Gia se había fugado para vivir sus salvajes aventuras.

—Para eso estoy aquí —dijo su hermana con toda naturalidad a la vez que se erguía en el asiento.

* * *

Cuando llegaron a casa de sus padres, a Gia le sorprendió que Margot no quisiera entrar a saludar. Se paró lo justo para que ella sacara la maleta y después arrancó y se largó. Gia sabía que tenía que recoger a los niños, pero ¿tan grave sería retrasarse cinco minutos?

A lo mejor Margot quería evitar la situación incómoda que la misma Gia se estaba temiendo según se aproximaba a la puerta corredera de cristal de la ampliación que su padre había construido cuando eran pequeñas.

Mientras agarraba el pomo, vio a sus padres sentados a la mesa cenando y se preparó para el momento en que la vieran. Parte del motivo por el que había estado postergando volver a casa era enfrentarse a la enfermedad de su madre. Una cosa era oír lo que Ida estaba sufriendo y otra era mirarla a la cara durante esos últimos meses, semanas o días. La realidad de la situación la golpeó como un gancho de derecha cuando vio la radical pérdida de pelo y peso de su madre. Ida nunca había sido una persona corpulenta, pero verla tan mermada...

Se le hizo un nudo en la garganta que amenazó con asfixiarla. Daba igual lo difícil y complicada que hubiera sido la relación de las dos; ver a su madre así era mucho peor de lo que había imaginado. Era consciente de que había estado avivando el fuego de su rabia y su rencor como mecanismo de defensa para protegerse del dolor de la enfermedad de Ida, pero al hacerlo había abandonado a su madre ante el cáncer sin ofrecerle siquiera el limitado apoyo que podía darle. Una visita rápida de vez en cuando no había sido suficiente.

—Joder —murmuró cerrando los ojos y agachando la cabeza. Su hermana tenía razón. Era una persona terrible, les había fallado a todos, y todo porque no soportaba ver lo que estaba ocurriendo.

Su padre levantó la mirada y al instante estaba dirigiéndose a la puerta estupefacto.

—¿Gia? —lo oyó decir ella a través de la puerta.

Gia tiró del pomo para abrir y forzó una sonrisa.

—Hola, papá.

—¿Qué haces aquí?

Por muchas veces que tragara, el nudo de la garganta no se iba. Parpadeó en un intento de contener las lágrimas que le llenaban los ojos.

—Es que... he decidido venir a casa a pasar el invierno.

—¿A pasar el invierno? —preguntó su madre. Ida se movía más despacio, pero también se levantó y se acercó a la puerta.

La idea de Gia había sido decirles que solo estaría en casa una o dos semanas. No había querido poner las expectativas demasiado altas para así tener una escapatoria si la necesitaba. Pero ver a sus padres, que habían envejecido más de lo que había imaginado, y captar el olor a hogar le habían hecho cambiar de opinión. En ese momento supo que se quedaría junto a su familia hasta el amargo final, le costara lo que le costara.

—Si no os importa que vuelva a mi antigua habitación, claro —dijo con un intento de risita.

Se tensó mientras esperaba su respuesta. Existía la posibilidad de que no quisieran que les alterara su vulnerable tiempo. Pero su padre pareció aliviado de tenerla en casa. Seguro que los dos últimos años habían sido una pesadilla para él mientras tenía que ver la muerte lenta de la mujer a la que amaba. Su madre parecía agradecida sencillamente.

—¿En serio? —dijo Ida—. Pues mira qué bien, ¿no? Ni en sueños me habría imaginado que pudieras hacer algo así.

—¿Y qué pasa con tu negocio? —se apresuró a decir su padre.

Gia se agachó para levantar en brazos a Miss Marple,

la gata gris y blanca de su madre, que se había levantado de la siesta en el otro extremo del sofá para ir a saludarla.

—Eric me cubrirá las próximas semanas y luego ya cerramos durante todo el invierno.

—Pero ¿y tus fotos? —preguntó su padre—. Lo último que sabíamos es que ibas a ir a hacer algunas en el Parque Nacional Glacier.

Ella les había enviado algo de su trabajo, sabía que les gustaba.

—Eric puede ocuparse solo de momento —dijo mientras dejaba en el suelo a Miss Marple—. Es un fotógrafo estupendo.

—¡Qué maravilla! —exclamó su padre—. Claro que puedes quedarte en tu antigua habitación. Está llena de todas las cosas que dejaste. No la hemos tocado.

Cuando Gia abrazó a su madre, Ida le pareció un saco de huesos.

—¿Significa eso que estarás aquí para Navidad? —preguntó Ida.

—Sí —contestó Gia. La cuestión era si Ida estaría ahí para Navidad.

—Pasa —dijo su padre señalando hacia la cocina—. Tenemos cena en la mesa. ¿Quieres unos espaguetis?

El menú significaba que había cocinado su padre. Cuando ella era pequeña, los espaguetis habían sido el único plato que hacía.

—¿Seguro que tenéis suficientes?

—De sobra. Tu madre últimamente apenas come.

De nuevo, a Gia le entraron ganas de llorar. Todas las defensas que con tanto trabajo había levantado se habían venido abajo en un instante. Ver a su madre tan frágil y consumida era demasiado desgarrador. Los últimos seis meses en especial le habían pasado factura.

—Bueno, a ver qué opinas de algunas de las cosas que preparo.

De pronto, moviéndose con más energía, su madre se apresuró a poner otro plato en la cocina.

Cuando Gia hizo intención de seguirla, su padre la agarró de un brazo.

—Gracias por venir —murmuró, y eso la hizo odiarse más todavía por no haber estado ahí antes.

—No hay de qué —dijo ella de repente agradecida a su hermana por haberle insistido—. Haré todo lo que pueda.

Capítulo 3

Cenaron tarde, pero el motivo no fue el viaje de Margot al aeropuerto. La madre del amiguito de Matthew había querido enseñarle una colcha que estaba haciendo y tenía tantas ganas de hablar que Margot no pudo escaparse. El pánico se había apoderado de ella mientras la otra mujer hablaba y hablaba de los distintos tipos de patrones que usaba y le contaba que se estaba planteando vender su trabajo por Internet, pero Margot había aprendido a disimular que vivía bajo tanta presión. Alguien que no estuviera en su situación no lo entendería, y «dejar mal» a Sheldon era un pecado capital.

Por suerte, Sheldon llegó a casa incluso más tarde que ella. Dijo que «alguien» había pasado por la oficina y lo había entretenido unos minutos. No dijo quién y Margot se quedó intrigada.

—¿Ha sido Cecilia Sonderman? —preguntó.

Él estaba lavándose las manos en el fregadero de la cocina, algo que Margot le había pedido muchas veces que no hiciera.

—Pues sí —contestó Sheldon con una mirada incisiva—. ¿Cómo lo has sabido?

Cece llevaba unos meses husmeando y Margot estaba segura de que tanta atención lo halagaba.

Sospechaba que Sheldon también disfrutaba con la oportunidad de ponerla celosa, porque era él el que había insinuado que Cece seguía interesada por él. Se lo soltaba cada vez que hacía algo que la disgustaba, para que supiera que había otras mujeres esperando, al acecho. A Margot debería haberle molestado que su novia del instituto, que acababa de divorciarse de su marido y había vuelto al pueblo, anduviera detrás de él. Pero, por ella, que se enamoraran lo antes posible. A lo mejor así Sheldon estaría distraído cuando ella se marchara. A lo mejor Cece incluso tendría la decencia de intentar hacerlo entrar en razón. «Déjala. Deja que viva su vida. Me tienes a mí...».

O a lo mejor Cece se convertía en la próxima víctima de su naturaleza exigente y controladora. Margot se vio tentada a advertirla de que Sheldon no era lo que parecía, se sentía mal de pensar que cualquier otra mujer pudiera acabar como ella, pero no podía arriesgarse. No cuando él podía enterarse y cargarse su oportunidad de huir.

Cece tendría que cuidarse sola. Además, para empezar, no tenía que ir por ahí jugueteando con un hombre casado.

—Solo me lo he imaginado —dijo ella con suavidad.

—Somos amigos. Nada más. No está pasando nada —dijo Sheldon como poniéndose a la defensiva, y eso que el tono de Margot no había sido acusatorio.

—Claro.

Sheldon la miró extrañado. A lo mejor le había sorprendido su ingenuidad. O a lo mejor sabía que no era ingenuidad, sino absoluta indiferencia. Pero como ella no se había molestado ni por su tardanza ni por el motivo de la misma, incluso a él parecía estar costándole encontrar un motivo para enfadarse por ese último intercambio de palabras.

—¿Tienes hambre?

—Me muero de hambre.

—Vale. He hecho tu plato favorito.

De nuevo, Sheldon se quedó perplejo. Seguro que sabía que últimamente se había portado fatal con ella y que no merecía un trato especial.

—¿Pastel de carne y verduras?

Margot también había hecho un asado. A Sheldon le gustaban las dos cosas. Si él hubiera dicho «asado», entonces ella se lo habría servido y habría guardado el pastel de carne para el día siguiente. Los dos últimos días había estado cocinando el doble y tenía pensado congelar lo sobrante. Intentaba adelantar trabajo para poder pasar tiempo con su familia, sobre todo con su madre, antes de tener que escapar para conseguir una nueva vida como pudiera.

—Sip.

—Qué bien.

Él se sentó a la cabecera de la mesa y leyó las noticias en su teléfono mientras ella les decía a los niños que se sentaran y llevaba la comida a la mesa.

—¿Qué tal el trabajo? —preguntó mientras le servía una generosa porción de pastel de carne, que era receta de Ida.

Sheldon apenas levantó la mirada del teléfono.

—Bien.

—¿Ha pasado algo?

Molesto por que ella siguiera interrumpiéndolo, la miró frunciendo el ceño.

—¿Es que tenía que pasar algo?

Margot había estado buscando la oportunidad de decirle que Gia estaba en el pueblo, pero entonces él se quejaría del dinero que ella se había gastado en gasolina para ir a Sioux City, así que mejor no decirle que había ido a recogerla a menos que él lo preguntara específicamente. Que pensara que se había encargado su padre, o que Gia había pedido un Uber.

—No —dijo echando marcha atrás—. Solo... te estaba preguntando qué tal el día.

—¡Yo he podido ir a casa de Nathan! —soltó Matthew de sopetón, deseoso de hablar aunque su padre no lo estuviera.

Para no ser menos, Greydon añadió:

—¡Y yo he podido ir a casa de Jimmy!

—Genial. Me alegro por los dos —dijo Sheldon. Señaló sus platos—. Y ahora dejad de jugar con la comida y comed.

Matthew miraba enfurruñado la pequeña porción de pastel que Margot le había servido.

—Esto no me gusta.

—Es bueno para ti —dijo Sheldon mientras se llevaba otro bocado enorme a la boca—. Cómetelo.

Su hijo mayor se hundió en la silla.

—¡Odio las judías verdes!

La mirada que puso Sheldon hizo que a Margot se le erizara el pelo de la nuca. Hasta ahora no había tratado a los niños demasiado mal. Aunque era estricto y exigía que lo obedecieran, se reservaba la peor parte de su temperamento para ella.

Pero, según Matthew fuera creciendo e intentara imponer su propia voluntad, la cosa cambiaría. Era una de sus principales motivaciones para marcharse, por muchos sacrificios que tuviera que hacer. Sheldon se negaba a que una mujer o un niño lo desafiara. Si Margot no hacía algo por cambiar el futuro, algún día vería a Matt como receptor del hostigamiento y el desprecio que tenía que soportar ella..., y eso contando con que Sheldon no perdiera el control e hiciera algo peor.

—Hay niños como vosotros muriendo de hambre en África —dijo él—. Alegraos de tener algo que comer.

—Comeos todo lo que haya alrededor de las judías —murmuró Margot con la esperanza de calmar la situación. Pero lo único que hizo fue llamar la atención de Sheldon.

—No me desautorices —soltó él con enfado—. Si le digo que coma algo, más le vale hacerlo.

Matthew se estremeció al oír el duro tono de su padre.

—¿Y si no puedo qué? —preguntó con mirada de preocupación.

—Pues te quedas aquí sentado hasta que puedas —dijo su padre.

—¡Yo me las como por ti!

Greydon, que era casi un clon de su hermano mayor, con el pelo negro y tupido y unos grandes ojos marrones, demostró lo mucho que le gustaban las judías sacando una de su puré de patatas y metiéndosela en la boca.

Sheldon enarcó una ceja mientras miraba a Greydon.

—Matthew se va a comer las suyas.

Lo que Sheldon pedía no era exactamente maquiavélico. Había castigos peores que sentarte en una mesa hasta haberte comido cuatro judías verdes. Margot, sabiendo que era mejor apoyar a su marido cuando podía, asintió.

—Tu padre tiene razón, Matt. No puede ser tan complicado comerte unas pocas judías.

—Pues si vomito, no es culpa mía —refunfuñó el niño.

Margot esperaba que eso no pasara. Sheldon lo interpretaría como un acto voluntario, una negativa a obedecer, y lo castigaría quitándole algo que le encantara, diciéndole por ejemplo que ese año no podría jugar al béisbol. Los niños y ella no estarían por allí lo suficiente para la temporada de béisbol, pero eso Matt no lo sabía, así que seguro que se disgustaría mucho.

Esperando convencer a su hijo de que accediera a comerse toda la cena, le apartó el pelo de los ojos con una caricia y cambió de tema:

—Estaba pensando que mañana podríamos tomarnos el asado. ¿Qué te parece? A todos nos gusta el asado.

Su marido volvía a estar entretenido con el teléfono y no pareció oírla. Al menos, no respondió. Pero entonces levantó la cabeza de pronto y la dejó clavada a la silla con una siniestra expresión.

—¿Sabías que tu hermana está en el pueblo?

Margot bajó la mirada al plato con intención de dar el siguiente bocado.

—Me dijo que iba a venir. ¿Quién te ha dicho que ha llegado ya?

—Mi madre tiene una amiga con la que queda para tejer. Ha pasado por casa de tus padres a llevarles un pastel de calabaza y ha dicho que Gia estaba allí.

—Ya era hora de que Gia viniera a casa —dijo Margot, básicamente para desviar la atención—. Llevo meses insistiéndole.

—¿La tía Gia? —dijo Matthew con gesto animado, pero Sheldon no le dio a Margot oportunidad de responder.

—Se cree muy guay pilotando ese helicóptero por la naturaleza salvaje —dijo Sheldon—. Adora tanto su negocio que me sorprende mucho que lo deje.

—Backcountry Adventures cierra cuatro meses en invierno —explicó Margot.

—Pero no en temporada de caza, ahí no cierra.

—Tiene un socio, ¿no? Supongo que la cubrirá hasta el uno de noviembre.

—¿Entonces va a estar aquí un tiempo? ¿Un par de semanas al menos? —dijo él, y no parecía muy contento.

—No tengo claro qué planes tiene. Ya conoces a Gia. No ha pasado mucho tiempo en Wakefield desde que se marchó, solo unos días un par de veces al año. Pero con mamá enferma... las cosas podrían cambiar.

—Si le importara tu madre, en los últimos meses habría estado aquí mucho más —dijo él como si nada—. Seguro que no se queda ni una semana.

Margot esperaba que su hermana se quedara más que eso. Ella no podría desaparecer si Gia no se quedaba, y eso le preocupaba. Gia podía ser muy voluble. Se negaba a que las expectativas de los demás, o cualquier cosa en realidad, la limitaran. Margot siempre la había envidiado y se había preguntado por qué ella era tan distinta.

—Podrías tener razón.

—Conociéndola, la semana que viene tendrá planes para irse a esquiar a Canadá o sacar fotos en el Polo Norte.

A Sheldon nunca le había gustado Gia. Su primera discusión se había producido en la boda porque él se había ido al granero a emborracharse con sus amigos en lugar de mostrar algo de interés por su esposa. Gia había visto la cara llena de lágrimas de Margot y había salido con paso decidido para decirle a Sheldon que estaba siendo un gilipollas insensible y que debería entrar y llevarse a su mujer para poder empezar su luna de miel, y eso había derivado en una acalorada discusión a gritos en la que Gia había dicho tal vez un poquito más de la cuenta.

La familia de él aún la culpaba por haber «arruinado» la boda. Incluso Margot había apoyado ese argumento... hasta cierto punto. No había querido que Gia montara un número. Pero Gia era Gia. Y, en realidad, era Sheldon el que había arruinado la boda. Si la hubiera tratado bien, su hermana no habría sentido la necesidad de involucrarse.

Margot arrastraba cierto rencor por lo poco que le había preocupado a él hacer de su boda algo especial. Debería haber sido la única vez en la que ella estuviera por delante de sus amigos. Ojalá le hubiera prestado más atención al aviso en que acabó convirtiéndose aquella noche. Sheldon y ella habían ido tirando como podían los dos primeros años juntos mientras intentaban encontrar el modo de llevarse bien. Él ya había mostrado mucho carácter incluso entonces, pero Margot había culpado al estrés de la mayoría de sus problemas. Como estaba empeñado en llevar una vida muy tradicional, se había negado a dejarla trabajar, lo que significaba que él era el único que ganaba un sueldo. Y, además, sus padres habían empezado a reclamarle más y más tiempo para ocuparse del negocio.

La relación sí que mejoró mientras ella se sometía a los tratamientos de fertilidad que al final les habían dado dos hijos. Pero después de que naciera Greydon, Sheldon estaba cada vez más ocupado... y tenía más éxito en el trabajo. Pronto la opinión de sus padres empezó a importarle mucho más que la de ella y, no mucho después, pareció dejar de intentar ser un buen marido. Ahora, cuando ella le proponía que fueran a terapia matrimonial, él la hacía callar de inmediato. Decía que la terapia era una gilipollez y que nunca funcionaba.

Ella pensaba que lo que Sheldon no quería era oír a nadie más, y menos a un profesional, decirle que se equivocaba. No estaba dispuesto a cambiar.

Margot dio un trago de agua.

—Ya veremos qué pasa.

—Espero que no tengas pensado pasar demasiado tiempo juntas. La verdad, no querría que acabaras actuando como ella.

Un subidón de adrenalina le aceleró el corazón.

—A la gente le parecerá raro que no esté con mi madre. Se está muriendo de cáncer, Sheldon. Y no puedo poner como condición que Gia no esté en casa cuando vaya yo.

Él puso los ojos en blanco.

—No estoy diciendo que no puedas visitar a tu madre moribunda —dijo con una voz que rezumaba enfado.

Margot repitió la parte más destacable de lo que le acababa de decir a su marido.

—Pero Gia estará allí.

Él se levantó raspando el suelo con la silla para ir a servirse más comida.

—Como te he dicho, seguro que no por mucho tiempo.

Gia podía ser muy protectora. Era la luchadora de la familia. Y eso era justo lo que Margot necesitaba ahora mismo. Con suerte, su hermana no la defraudaría.

—Seguro que tienes razón —masculló Margot, y se quedó aliviada cuando Sheldon recibió una llamada.

Aunque él no se levantó de la mesa, porque le daba igual que ellos tuvieran que quedarse ahí sentados escuchando su conversación, agachó la cabeza sobre su plato y se frotó la frente mientras hablaba. En ese momento a Greydon se le cayó el tenedor y, mientras se levantaba de la silla para recogerlo, ella se metió en la boca las judías de Matthew.

—¡Mamá! —susurró Matt, impactado por ese diminuto acto de rebeldía.

Ella sonrió a la vez que se llevaba un dedo contra los labios y el niño, a cambio, le devolvió una sonrisa de alivio.

Cuando sus padres se fueron a dormir, y es que su madre necesitaba descansar todo lo posible, Gia no estaba lista para meterse en la cama. Solo eran las nueve, las ocho en Idaho, y ella no solía acostarse hasta las once o las doce.

Estuvo un rato planificando las comidas que quería hacer para darle un respiro a su padre y un menú más variado a su madre. Luego accedió a una red social porque quería ponerse al día con algunas de las personas que había conocido en Wakefield. Por norma, estaba demasiado ocupada y demasiado lejos como para preocuparse por lo que estaban haciendo sus amigos del instituto y antiguos compañeros de clase, pero, ahora que estaría ahí un tiempo, quería que Ruth, Sammie y cualquier otro miembro del Club de los libros prohibidos que siguiera en el pueblo supiera que había ido de visita. Los siguientes meses serían duros; tenía que encontrar un modo de darse un respiro de vez en cuando y aliviarse un poco del sufrimiento y la angustia que le esperaban.

También quería poder pasar algo de tiempo con Margot. Hoy había visto distinta a su hermana, más abierta y accesible que nunca. Pero si estar con Margot significaba ver mucho a Sheldon, Gia sabía que no podría soportarlo.

El sonido de una campanita indicó que había recibido un mensaje. Sammie le había respondido al suyo de hacía unos minutos.

Sammie: *Siento mucho lo de tu madre.*
Gia: *Verla esta noche ha sido muy doloroso. Han cambiado muchas cosas desde que estuve aquí el verano pasado.*
Sammie: *Me he fijado en que Margot ha estado bastante apagada últimamente. Me temía que fuera porque las cosas no iban bien.*
Gia: *Que mi madre esté tan enferma ha sido un palo para ella.*

Gia ya había imaginado que presenciar en primera fila la enfermedad de su madre tampoco sería fácil para ella. Incluso podría ser más horroroso que para Margot. Al menos su hermana podía sentirse bien por la relación que tenía con su madre. Ella, en cambio, nunca había podido conectar con Ida de una forma que valiera la pena, y ver desaparecer la oportunidad de poder construir una relación más fuerte en el futuro lo empeoraba todo.

Sammie: *Me siento fatal por ti.*
Gia: *Gracias. ¿Quieres que quedemos a almorzar o cenar mañana?*
Sammie: *Me parece bien.*
Gia: *¿Se lo decimos a Ruth?*
Sammie: *Seguro que le encantaría venir. La veo en clase de* spinning. *Podría hablar con ella mañana por la mañana.*
Gia: *Puedo enviarle un mensaje. No estará en la cama todavía. Pero, si viene, tendrá que ser para cenar o tomar unas copas después. No creo que las maestras puedan quedar mucho para almorzar, ¿no?*
Sammie: *Si queremos almorzar, imagino que tendríamos que ir nosotras y comer en su clase.*
Gia: *No es justo lo que tenía en mente.*

Para evitarse el rollo de seguir escribiendo, Gia llamó a Sammie directamente y decidieron quedar para unas copas de modo que los padres de Gia ya estuvieran acostados antes de que ella saliera. Después Sammie le preguntó si estaba con alguien y ella dijo que no, a pesar de que Mike la había convencido de que esperara a volver antes de tomar una decisión definitiva sobre su relación. Él tenía la esperanza de que ella fuera a echarlo de menos y cambiara de idea, claro,

pero Gia ya sabía que se sentía más cómoda aleján-
dose.

Sammie le dijo que ella seguía saliendo de forma
intermitente con el mismo chico desde hacía años, un
contratista de hormigón, y que su hermano, el único
que tenía y con quien Gia había salido en el instituto
durante una breve temporada, se había mudado a
Hawái para hacerse profesor de surf. A Sammie no le
hacía mucha gracia que estuviera tan lejos, porque su
padre tenía un herpes zóster y ella había tenido que
dejar durante dos meses su trabajo como asistente ju-
rídica en la ciudad para ayudarlo a mantener al día su
granja de soja.

—¿Qué te parece volver a reunir al Club de los libros prohibidos mientras estás aquí? —preguntó Sammie cuando la conversación estaba decayendo—.
Podríamos quedar en la clase de Ruth, en la escuela de
Primaria.

—Ahí las sillas son diminutas, para niños de tercero —respondió Gia—. Deberíamos organizar una
noche fuera, en un restaurante o algo.

—¿Quieres que envíe un *email* invitando a todos a
The Jukebox para cenar y tomar unas copas?

—Pinta divertido.

Decidieron que sería al sábado siguiente para dar
a todo el mundo tiempo de sobra y que incluso pudieran ir algunos de los que vivían fuera.

—¿Tienes la lista? —preguntó Gia para asegurarse.

—La que uso todas las Navidades, pero... —dijo, y
hubo una pequeña pausa—. ¿Qué pasa con Cormac
Hart?

—¿Qué pasa con él? No hemos estado invitándolo
a nuestras fiestas de Navidad.

Gia lo había borrado de la lista hacía mucho tiempo. Sabía que era imposible que él quisiera volver a
saber de ella.

—Ya, pero sigue viviendo aquí y puede que se entere de la reunión. Me parece un poco feo excluirlo. A ver..., él no hizo nada malo.

Gia se llevó una mano a la frente mientras hablaba.

—Me odia, Sam. Cree que mentí.

—Pero no mentiste. A lo mejor ya se ha dado cuenta.

—Lo dudo.

Gia jamás olvidaría el día en que despidieron al señor Hart. Cormac se le había acercado justo después, en la taquilla de ella, colorado, con los ojos enrojecidos y lívido. Le había dicho unas cosas terribles y no le había vuelto a hablar desde entonces, pero Gia recordaba su mirada instigadora mientras ella estaba sentada en el estrado testificando contra su padre...

—¿Qué hace ahora?

—¿El señor Hart o Cormac? —preguntó Sammie.

Solo oír el nombre de su antiguo profesor hizo que a Gia se le revolviera el estómago. Había tenido muy buena opinión del guapo y distinguido jefe del Departamento de Literatura Inglesa. Ahora, en general, se negaba a hablar de él, intentaba no recordar cómo todo se había puesto patas arriba, pero, si iba a estar en Wakefield un tiempo, suponía que debería saber con seguridad si él seguía por allí.

—Vamos a empezar por el padre.

—No creo que estuvieras aquí lo suficiente para ver todas las repercusiones del juicio, aunque supongo que tu familia te lo contaría.

—No hablamos de eso.

Hacían algo más que no hablar del tema; se guardaban muy bien de hacer cualquier mención de las partes implicadas, y justo por eso Gia no sabía nada en absoluto.

—Lo entiendo. Bueno, pero seguro que recuerdas que lo condenaron a hacer servicio comunitario y que además entró en el registro de delincuentes sexuales,

¿no? Eso le complicó bastante las cosas a la hora de encontrar otro trabajo.

Gia se estremeció.

—No fue culpa mía.

—No estoy diciendo que lo fuera, solo te estoy diciendo por qué hoy en día es el encargado del concesionario de tractores en la otra punta del pueblo.

El señor Hart tenía capacidad para hacer mucho más. Había sido una de las personas más inteligentes que había conocido en su vida. También había sido un profesor excelente. Y justo en parte por eso toda la situación era tan triste.

Pero no era ella la que había traicionado la confianza de él.

—¿Sigue viviendo en la calle de mis padres?

—¿No les has preguntado nunca?

Gia captó la sorpresa en la voz de Sammie.

—Ya te he dicho que no hablamos de él. Y yo tampoco estaría hablando de él ahora si no fuera porque necesito saber qué minas antipersona quedan... y dónde podrían estar.

Tampoco quería recordarles el asunto a sus padres, que no la habían apoyado como deberían.

—Ya no vive al final de la calle. Su mujer y él perdieron la casa más o menos un año después de que te marcharas.

¿Se la habían embargado? Gia se alegraba de no haberse enterado. Ya se había sentido bastante mal con lo sucedido todos esos años. Ni la esposa ni los hijos del señor Hart habían merecido ningún castigo.

—Ahora vive otra familia —estaba diciendo Sammie—, pero Cormac vive justo detrás de ti.

Gia, que estaba tumbada en la cama mientras hablaba, se incorporó al oírlo.

—¿Qué has dicho?

—Que Cormac compró la casa que está justo detrás de la tuya.

Atónita y mirando a nada en concreto, pensó en la casa a la que se refería Sammie. La conocía casi tan bien como la suya. Leslie, su mejor amiga de la infancia, había vivido ahí hasta que su familia y ella se habían mudado a Des Moines cuando ella estaba en cuarto. Gia y Leslie habían estado tan unidas que el padre de Leslie había instalado un portón para que pudieran pasar de una casa a otra sin tener que bordear toda la manzana.

—Pero... ¿cómo ha podido Cormac permitirse una casa así? Está muy bien. A ver, no tiene piscina y yacusi como esta, pero... es casi igual de grande.

—Pues supongo que de la misma forma que tú tienes un helicóptero —dijo Sammie riéndose.

—Yo pedí un préstamo para eso. Y tengo un socio que me ayuda con los pagos.

—Seguro que Cormac también pidió un préstamo para la casa. Pero él no tiene socios, ni en lo empresarial... ni en lo personal. Aunque dudo que necesite ayuda. Desde que el viejo Tomlin se jubiló, Cormac es el único veterinario del pueblo. Creo que le va bastante bien solo.

—¿No se ha casado nunca?

—Aún no, a pesar de la ristra de novias que tuvo a los veinte y de una o dos que ha tenido, de momento, ahora a los treinta. No hay ni una sola mujer en el pueblo que no le haya echado el ojo.

—¿Incluida tú?

Gia estaba bromeando, así que se sorprendió con la respuesta de Sammie.

—Incluida yo —admitió riéndose—. Deberías ver cómo está ahora. Está bueno de la leche. Y además es muy majo.

Gia se mordió el labio inferior mientras sopesaba esa información. No quería pensar en lo de que era guapo y majo. Estaba centrada en lo cerca que lo iba a tener.

—¿Ahora está con alguien?

—No. No ha tenido novia en el último par de años por lo menos. Como te he dicho, muchas mujeres han intentado cambiar eso, pero parece demasiado ensimismado con su clínica, con su perro y con disfrutar de la vida de soltero.

Gia se levantó y se asomó por la ventana. En ambos jardines había unos cuantos árboles que habían crecido lo suficiente como para bloquearle parcialmente la vista, pero sí que vio luz entre las persianas de la planta baja. Se le hacía raro pensar que Cormac estuviera en la antigua casa de Leslie, viendo la tele o trabajando con el ordenador antes de irse a dormir.

—¿Y por qué compró justo la casa que está detrás de la de mis padres? —preguntó más bien hablando para sí, pero Sammie intentó darle una respuesta.

—A lo mejor consiguió una oferta buena.

Una sombra pasó por delante de las persianas y Gia retrocedió. A menos que tuviera invitados, ese era él. Pero que viviera tan cerca no significaba que fueran a encontrarse, se dijo. Tenerlo a la vuelta de la manzana era mucho mejor que tenerlo al final de la misma calle, donde sería más probable que ella pasara por delante con el coche mientras él entraba o salía con el suyo, trabajaba en el jardín, lavaba el coche o lo que fuera. A lo mejor ni siquiera llegaba a enterarse de que ella estaba ahí detrás.

Pero seguro que alguien se lo diría. El escándalo que había estallado durante el último curso de Gia y penúltimo de Cormac había conmocionado a todo el pueblo...

—¿G?

Gia volvió a la conversación.

—¿Qué?

—¿Quieres invitarlo a la reunión del Club de los libros prohibidos o prefieres dejarlo fuera?

Gia se dejó caer en la cama. Entendía que Cormac no tenía culpa de lo que había pasado. Él y el resto de su familia eran tan víctimas como ella de lo que había hecho su padre. Pero con su madre tan enferma, teniendo que lidiar ya con bastante, prefería no tener ninguna interacción con él.

—Lo dejamos fuera.

Capítulo 4

Cormac suavizó la voz y, con lo que esperaba que resultara una sonrisa paciente, volvió a intentar explicarle a la señora Wood, que había llevado a su labrador amarillo por segunda vez en dos semanas porque estaba apático, por qué no podía seguir sobrealimentando a su perro.

—Los animales son como los humanos. No es sano que tengan sobrepeso. Aumenta el riesgo de cáncer, diabetes, enfermedad cardíaca, hipertensión... y una multitud de problemas. No querrá ver a Astro con unos problemas de salud tan graves, ¿no?

La mujer se quedó horrorizada, tal como era de esperar.

—¡Claro que no! Pero... no tiene tanto sobrepeso, ¿no?

—Como le dije el miércoles pasado, tiene mucho sobrepeso —respondió Cormac—. Pesa cuarenta y dos kilos.

La mujer parecía estar a punto de romper a llorar y él supo que, después de todo por lo que había pasado, era una posibilidad bastante real.

—¿No hay muchos labradores pasados de peso?

La última vez que la señora Wood había estado ahí, Cormac había tenido especial cuidado en no decir nada ofensivo, y probablemente por eso la mujer no se había tomado en serio su consejo.

—Los labradores tienen una tendencia genética al sobrepeso, sí, pero aun así Astro debería estar más cerca de los treinta kilos. Eso significa que tiene que perder mínimo diez... o un veinticuatro por ciento de su peso. Y eso es mucho —recalcó para que por fin ella entendiera la gravedad de la situación.

—¡Pero para que pierda tanto peso prácticamente tendré que matarlo de hambre! Se va a deprimir.

Cormac miró con disimulo el reloj que colgaba en la pared. Les había cedido a esa pobre mujer y a su perro su hora del almuerzo, pero gracias a una cirugía a primera hora de la mañana que se había alargado, iba con retraso con respecto a su agenda. Aun así, no quería echarlos.

—Hacer dieta no le hace gracia a nadie. Me ha dicho que está apático. No se encuentra bien ni física ni emocionalmente, pero le prometo que se encontrará mucho mejor en cuanto pierda peso.

—¿Emocionalmente? ¿Está diciendo que está deprimido?

—Es bastante probable.

—¿Y no empeorará si le restrinjo la comida? ¡La comida es su vida!

—Se pondrá mejor si usted me hace caso. Debería tomar unas tres tazas de pienso al día. Nada más. No le dé más. Y olvídese de los premios durante un tiempo.

La mujer le puso una mano en la cabeza al perro y los dos se miraron afligidos.

—Esto me va a doler más a mí que a ti.

—Mucha gente demuestra su amor a través de la comida —dijo Cormac—. Entiendo que le haya costado restringirle la dieta, pero hay otras formas de hacerle bien a su perro. ¿Por qué no lo saca más? Que se mueva. Seguro que le gustará.

Cormac no podía decirlo, pero pensaba que el ejercicio le vendría igual de bien a la mujer que al perro. Suponía que estaba deprimida también y tenía incluso más peso que perder.

En su defensa había que decir que había pasado unos años duros. Hacía unos diez meses, su adorado gato había salido corriendo hacia la carretera y un coche lo había atropellado. Cormac no había tenido más opción que sacrificar a Mischief. Luego, justo después, su marido, con el que llevaba casada más de cincuenta años, había sufrido un derrame cerebral incapacitante y había muerto. Como no tenían hijos, Astro, que se llamaba así porque el señor Wood había sido astrofísico, era lo único que le quedaba. Era normal que lo tuviera tan consentido.

—Ahora que llega el invierno, va a ser complicado salir fuera mucho —dijo ella con desesperación.

Cormac oía voces en la sala de espera; sabía que su siguiente cita tenía que estar impacientándose. Pero cuando la señora Wood lo había llamado esa mañana diciendo que su perro tenía una urgencia, él, temiendo que se le hubiera pasado por alto algo más grave, le había dicho que llevara a Astro de inmediato. Sabía que esa mujer no podría soportar otra pérdida más en su vida.

Pero Astro estaba bien..., más allá de demasiado gordo.

—A ver qué le parece esto —dijo Cormac—. Yo saco a mi perro y corro por el parque todas las mañanas a las seis. ¿Qué tal si voy a buscarlos a Astro y a usted y usted camina mientras yo corro? A lo mejor se siente más motivada a salir si queda con alguien de antemano. Y como no tendrá que sacar el coche, no tendrá que preocuparse por conducir con nieve y frío, y tendrá a alguien que esté pendiente de ustedes mientras salen.

Desvió la mirada cuando a la mujer se le llenaron los ojos de lágrimas. Las muestras de emoción grandes lo incomodaban.

—Usted es una persona demasiado importante como para tomarse tantas molestias por mí —dijo ella levantando una mano artrítica—. Yo soy solo una anciana.

—La gente importa a cualquier edad. Venga, vamos a hacerlo. Podemos empezar mañana.

Claramente reacia a comprometerse a una rutina tan estricta, la mujer vaciló. Cormac sabía que había estado hundida en el dolor desde que había perdido a su marido, pero tenía que hacerlo por ella y por su mascota. Él solo esperaba que facilitarle las cosas todo lo posible fuera el catalizador que necesitaba.

—En serio, es demasiada molestia... —dijo ella.

—No me importa —insistió él—. Las estadísticas demuestran que es más fácil hacer ejercicio a diario si te comprometes con un amigo.

Una lágrima se alojó en las pestañas inferiores de la mujer antes de que ella se la secara con gesto de impaciencia.

—En fin, ¿cómo puede una mujer, por muy vieja que sea, negarse a tener una cita con el soltero más codiciado del pueblo?

Louisa, hermana de Cormac y encargada de la recepción, asomó la cabeza en la consulta justo en ese momento, y el *rottweiler* de él, que se llamaba Duke por el lugar donde Cormac había estudiado antes de ir a la Facultad de Veterinaria en la Universidad de Carolina, la apartó para entrar a saludar.

—¿Todo bien por aquí? ¿Puedo ayudar en algo? —preguntó Louisa.

Estaba claro que Cormac no era el único nervioso por la gente que se acumulaba en la sala de espera.

—No, yo ya me marchaba —dijo la señora Wood antes de llamar a su perro, que con entusiasmo bajó de la camilla de un salto.

—¿Entonces nos vemos mañana? —dijo Cormac al ponerse de cuclillas para acariciar a Duke, aficionado a tumbarse en la recepción cerca de las ventanas para ver qué pasaba fuera.

—¿Podría ser a una hora algo más decente? —preguntó la mujer con una mueca esperanzada.

—Lo siento, tiene que ser a las seis, porque si no luego todo se retrasará por aquí —respondió él, y añadió con una risita—: Pero buen intento.

—De acuerdo —dijo la mujer, cediendo—. Estaré lista.

Cormac le dio una buena palmadita a Duke antes de levantarse.

—Abríguese —dijo cuando la mujer salía—. Por las mañanas hace frío.

Louisa cerró la puerta y se deshizo de la expresión educada que había estado manteniendo durante la conversación.

—¿Qué ha pasado?

—Afortunadamente, nada.

—¿Está bien Astro?

—Lo estará en cuanto tenga su peso bajo control.

El rostro de su hermana reflejaba confusión.

—Entonces... ¿cuál era la urgencia?

—Miedo.

—¿Miedo?

Cormac empezó a limpiar la consulta para el siguiente paciente de cuatro patas mientras esquivaba a Duke, que no dejaba de ponerse en medio.

—Sí. Ya ha perdido demasiado, no puede soportar la idea de tener que despedirse de otro miembro de su familia, así que suele entrar en pánico si Astro muestra algún signo de estar flojeando. Pero los dos estarán bien.

Louisa sacudió la cabeza como si siguiera sin entender por qué él había trastocado toda la agenda para ver a Astro «de inmediato».

—Bueno, más nos vale movernos si esta tarde no queremos atender a unos pacientes muy malhumorados.

Él guardó el desinfectante que acababa de usar.

—Estoy listo.

Louisa empezó a abrir la puerta, pero, antes de que Duke pudiera salir, volvió a cerrarla.

—Casi se me olvida lo que venía a decirte.

—¿Qué pasa?

—Edith me ha escrito mientras estabas con la señora Wood.

Edith era su otra hermana, la pequeña de la familia. Aunque Louisa y Edith eran más pequeñas que él, las dos estaban casadas y tenían hijos. A sus treinta y cuatro años, Cormac se estaba quedando rezagado a la hora de formar una familia, y probablemente por eso muchos de los dueños de las mascotas a las que atendía intentaban emparejarlo con distintas mujeres.

—¿Qué quería?

Cuando Louisa pareció reacia a decirlo, él supuso que no sería algo bueno.

—No me digas que le pasa algo a su perro.

El *corkie* de su hermana pequeña se estaba haciendo mayor y Cormac había estado haciendo todo lo posible por alargarle la vida y hacérsela confortable.

—No tiene nada que ver con Malone.

—Menos mal.

—No sé si te vas a quedar tan aliviado cuando oigas lo que me ha dicho.

Tenía que ser algo sobre su padre. Evan llevaba hecho un desastre desde el penúltimo curso de instituto de Cormac. No podía pagar las facturas. Su última esposa, la cuarta en una sucesión de matrimonios desde que su madre lo hubiera abandonado hacía diecisiete años, andaba detrás de él por unos cargos que le había hecho a su tarjeta después de que se separaran. La vecina de al lado se quejaba de que no cortaba el césped. Su jefe estaba amenazando con despedirlo porque el aliento le olía a alcohol cuando llegaba al trabajo. La lista era interminable.

—Entonces..., ¿tiene que ver con papá?

—Más o menos —dijo ella, y bajó la voz—. Gia está en el pueblo.

—¿Gia Rossi?

—Sí, Gia Rossi.

La chica que casi había destruido a su familia. El horror y la humillación que había sentido cuando ella había acusado a su padre de conducta sexual inapropiada hacía casi dos décadas volvieron a invadirlo.

—No se quedará aquí mucho tiempo —dijo Cormac en un intento de luchar contra su creciente rencor—. Nunca lo hace.

Y eso, para él, era prueba de que Gia no quería enfrentarse a las repercusiones de sus mentiras.

—Al parecer va a quedarse meses, puede que todo el invierno —lo informó Louisa.

Él de pronto sintió un calor achicharrador, como si lo hubieran metido en un horno bajo una parrilla.

—¿Cómo lo sabes?

—Una de las mejores amigas de Edith, creo que Janet Robel, ha recibido un *email* esta mañana diciendo que Gia va a hacer reuniones presenciales del Club de los libros prohibidos ahora que ha vuelto al pueblo. El *email* era una invitación para la fiesta inaugural.

¿Lo habría recibido él? No había mirado el ordenador. Por norma se ocupaba de los correos mientras se tomaba el almuerzo, pero hoy había renunciado a ese rato para poder colar a la señora Wood y a Astro.

De todos modos, dudaba que fuera a haber algo sobre el club en su bandeja de entrada. Gia no era tan torpe.

—Seguro que ha venido por su madre —dijo—. He visto a la señora Rossi por el pueblo, en el banco y en el supermercado. Parece muy débil. Imagino que no le queda mucho.

—Qué desgracia que Gia haya vuelto, no solo para todos en su familia, sino también para nosotros. ¿Cómo vamos a sobrellevar tenerla por aquí? No me quiero ni imaginar cómo va a reaccionar papá. Bastante ha sufrido ya. No voy a poder soportar otra llamada suya pidiendo ayuda.

Cormac intentó imaginar cómo serían los siguientes meses. Sabía que Gia había visitado Wakefield desde que había dejado el pueblo, pero, que él supiera, había sido al estilo *ninja*, entrando con sigilo al anochecer y marchándose enseguida, sin que la viera nadie más que su hermana y sus padres.

—A lo mejor ni se cruzan.

Ella lo miró boquiabierta.

—Sé que eres un optimista, pero incluso tú deberías saber que, si papá se entera de que está tan cerca, la buscará e intentará aclarar las cosas. Ya lo has oído hablar de cuánto ansía esa oportunidad. Y en un pueblo de este tamaño, alguien va a decirle que está aquí.

Proteger a su padre era un papel con el que Cormac estaba muy familiarizado. Después de todo, llevaba años haciéndolo. Sus hermanas habían estado haciéndolo también.

—Puedo entender que se muera de ganas de enfrentarse a ella. Cuando Gia tenía diecisiete años, él no podía acercársele, no sin ponerse en peor lugar incluso. Pero ahora que es adulta y que ha pasado tanto tiempo, a papá le gustaría tener una conversación y ver si puede hacerla entrar en razón para que por fin lo aclare todo y admita la verdad. Es el único modo de que pueda quitarse de encima el estigma con el que lleva viviendo tanto tiempo. Si ella no se retracta, todo el mundo seguirá creyendo lo que ha estado creyendo desde que pasó aquello.

Louisa se mordió el labio inferior.

—Mamá cree que lo hizo. Por eso se divorció de él.

Cormac había cenado con su madre la noche anterior después del trabajo. Ella había perdido bastante peso, estaba claro que estaba haciendo ejercicio, y hacía años que no tenía tan buen aspecto. Llevaba un vestido de punto muy caro con una chaqueta de piel larga y un bolso tan lujoso que él por poco no se había atragantado con la bebida cuando ella le había dicho el precio. Como enfermera, ganaba un sueldo decente, pero desde luego no era rica. Con el ritmo de gastos que llevaba últimamente, a menudo había tenido que pedirle dinero a él para pasar el mes.

—Ya, pero mamá se equivoca, ¿no? Papá tenía una carrera magnífica, un historial impecable de su trabajo con niños y adolescentes, y Gia se lo arrebató. No solo lo despidieron, sino que lo procesaron, y todo por lo que ella dijo que le había hecho. No había ninguna prueba. Fue la palabra de ella contra la suya. No hizo falta más.

Habían tenido esa conversación millones de veces y Cormac suponía que la tendrían un millón más... a menos que por fin pudieran solucionar algo. Era imposible sobreponerse a semejante injusticia.

—A lo mejor para mamá no fue tanto una cuestión de culpabilidad o inocencia como de vergüenza —dijo Louisa—. No pudo soportar tanta humillación. Decía que la gente del pueblo la miraba como si no pudiera tener satisfecho a su hombre, como si pensaran: «¿Por qué en casa no le están dando lo que necesita? ¿Por qué ha arruinado su carrera y su reputación por ir detrás de una chica de instituto?».

Ojalá su madre no le hubiera dado la espalda a Evan. Que lo abandonara hizo que su marido pareciera incluso más culpable.

—Las mentiras que contó Gia cambiaron la trayectoria de nuestra vida.

—Y ella pudo seguir adelante con la suya como si no hubiera pasado nada —dijo Louisa con amargura—. No es justo.

La cola de Duke golpeteaba el suelo mientras esperaba pacientemente junto a la puerta a que lo dejaran salir. Cormac, en cambio, no estaba tan tranquilo. Era consciente de toda la gente que estaba esperando a que viera a sus animales y sintió la presión de volver al trabajo. Pero con Gia en el pueblo era difícil concentrarse.

—A lo mejor debería hablar con ella...

—¿Y decirle qué? —preguntó su hermana con la voz entrecortada.

—A ver si puedo convencerla para que diga la verdad. Para que se disculpe. Para que lo aclare todo. Si lo hago yo, papá no tendrá que hacerlo y Gia no podrá decir que ha vuelto a ir detrás de ella.

El rostro de Louisa se tiñó de escepticismo.

—¿Y prefieres que diga que tú has ido detrás de ella? De eso nada. No voy a permitir que ahora te calumnie a ti. Además, ¿se te ha olvidado lo que pasó la última vez que te enfrentaste a ella?

—La cosa se descontroló un poco —admitió él—, pero era joven y acababa de enterarme de lo que estaba diciendo de papá. Llevo tanto tiempo viviendo con esa situación que ya he conseguido algo de perspectiva... al menos sobre cómo no dirigirme a ella.

—Te dirijas como te dirijas, estará mal —insistió Louisa—. Aunque la cosa no se pusiera tan explosiva como la otra vez, ella no puede retirar lo que ha hecho. Ha habido demasiadas repercusiones. ¿Para qué serviría?

—Para poner fin a todo esto. ¿No quieres que la verdad salga a la luz de una vez? ¿Sentirte resarcida por haber permanecido leal a un hombre que fue un buen profesor, un gran padre y un ciudadano honrado en lugar de seguir, como llevamos diecisiete años, negando que hubo un comportamiento inapropiado? Mucha gente está convencida de que papá lo hizo. Estoy harto de tantas dudas, y me encantaría demostrarles lo equivocados que han estado.

—A mí también. Siempre ha habido alguna que otra chica que ha acusado a papá de algo parecido a lo que Gia dijo que le hizo —dijo Louisa, y sacudió la cabeza—. No tiene sentido que él le hubiera hecho eso.

Lo cierto era que para Cormac sí que tenía algo de sentido. Gia no se había parecido a nadie que él hubiera conocido nunca. Entusiasta. Llena de vida. Segura de sí misma. Y atractiva a más no poder. Podía entender fácilmente que un hombre la deseara. Aunque no lo admitiría, él mismo la había deseado. Por eso se había unido al Club de los libros prohibidos. Por entonces no era muy aficionado a la lectura... y ni siquiera era partidario de los libros. Solo había querido verla, estar cerca de ella. Aunque nunca había albergado muchas esperanzas de que tuviera interés por él, que era un año más pequeño, el atractivo de Gia había sido potentísimo.

Pero las falsas acusaciones que ella había lanzado habían caído como una granada en el salón de su casa. Y, una vez que había explotado, los fragmentos de sus respectivas vidas habían salido volando en todas las direcciones.

—Era atractiva, eso no puedo negarlo —dijo admitiendo solo una diluida versión de la verdad—, pero papá no nos mentiría. No nos dejaría quedar en ridículo por defenderlo todos estos años si hubiera hecho algo tan terrible. Durante nuestra infancia y adolescencia fue bueno y justo, completamente coherente. Si eso no le da derecho a un poco de lealtad y confianza, ¿entonces qué?

—¡Exacto! Fue asqueroso cómo tanta gente le dio la espalda. Lo he visto llorar por esto, ¡llorar tanto que le temblaban los hombros!

Cormac también había visto a su padre derrumbarse. Eso hacía que odiara a Gia incluso más, por haberle costado a Evan su dignidad y todo lo demás.

—Entonces, ¿vas a intentar hablar con ella? —preguntó Louisa, que parecía estar haciéndose a la idea.

Una llamada a la puerta los interrumpió.

—¿Doctor Hart?

Louisa le cortó el paso a Duke con una pierna mientras abría la puerta y veía a una de las siguientes citas de Cormac: Venice Gomez, una cajera de banco de mediana edad con el pelo morado y un *labradoodle* de la correa.

—Siento molestar, pero... —dijo Venice levantando el brazo para señalar el reloj— tengo que volver al trabajo en quince minutos. ¿Hará falta cambiar la cita?

—No —dijo Louisa—. Siento la espera. Hemos... hemos tenido que ocuparnos de un asunto, pero el doctor Hart puede ver a Trixie ya.

—Gracias —dijo Venice.

Louisa le lanzó a Cormac una última mirada de preocupación que le indicó que tendrían que terminar la charla sobre Gia Rossi luego.

Capítulo 5

Una vez que aparcó en el supermercado, Gia llamó a Sammie en busca de apoyo moral.

—Estoy en Higgleston's y no hay ningún Hart a la vista —dijo al bajar del SUV de su padre, meter las llaves en el bolso y ojear con disimulo el aparcamiento. Tenía una lista con lo que quería comprar para las comidas que había planificado la noche anterior, pero podía esperar si resultaba que veía a alguien a quien preferiría no ver. Según Sammie, el señor Hart seguía viviendo en el pueblo. El señor Hart o Evan, se recordó Gia, aunque para ella solo había sido «el señor Hart». También seguían viviendo allí Sharon, la mujer con la que había estado casado cuando Gia estaba en el instituto, su hijo y sus dos hijas, que estaban casadas. No quería encontrarse con ninguno.

—Te dije que yo podía ir a comprarte lo que necesitaras —dijo Sammie.

Gia se subió más el bolso.

—Estás trabajando.

—Salgo a las cinco.

—Te agradezco el ofrecimiento, pero a esa hora me gustaría estar haciendo ya la cena.

Gia se detuvo para dejar pasar un vehículo.

—No puedo pasarme todo el invierno escondida en casa de mis padres. Y, aunque pudiera, me niego. Solo... solo intento adaptarme a la vida en Wakefield sin causar demasiado alboroto.

—Va a ser imposible teniendo en cuenta lo rápido que vuelan los cotilleos en este pueblo —respondió su amiga.

Gia temía que Sammie tuviera razón, pero aún estaba muy removida por haber visto a su madre en un estado tan debilitado. Saber que estaba perdiendo a Ida, y de una de las peores formas posibles, ya era bastante terrible. No necesitaba más disgustos.

—Dijiste que puede que conozca a uno de los yernos del señor Hart —dijo al acercarse a la entrada.

—Victor. Iba dos cursos por debajo de nosotras. Está casado con Louisa.

—No me acuerdo de Victor.

—Tus padres lo conocían. Él trabajó para tu padre al acabar el instituto, hasta que ahorró suficiente para ir a la universidad.

—¿Llevaba la oficina?

Ella casi siempre había hecho deporte después de clase, así que por norma Margot había sido la que había ayudado a su padre con el papeleo en su pequeña agencia. Victor debía de haber entrado después de que se marchara Margot.

—Creo que vendía seguros, pero tendrás que preguntarle a tu padre.

No mencionaría a los Hart delante ni de Leo ni de Ida. A sus padres no les gustaba recordar lo que había pasado durante su último curso de instituto. En parte era su reacción lo que le había dolido tantísimo; como si ella, por alguna razón, hubiera tenido que imaginarse... y evitar... lo que el señor Hart le había hecho. Gia se había sentido como si hubiera tenido que convencerlos de que la víctima había sido ella, como si ellos se hubieran visto tentados a creer que su desenfrenada hija debía de haber tenido la culpa en algún sentido.

—Da igual. Solo estaba pensando por qué no me acordaba de él.

—Era un poco friki de la tecnología, un loco de los videojuegos. Ahora se dedica a la programación informática y hace páginas web y cosas así.

—¿Y dices que vendió seguros para mi padre?

—Creo que intentaba ahorrar dinero para ir a la universidad, o sus padres estaban hartos de tenerlo encerrado en su habitación y lo obligaron a buscarse un trabajo. No sé. Pero el caso es que trabaja fuera de casa y se ocupa de los niños cuando Louisa está en la clínica veterinaria de su hermano.

Gia agarró el carrito que vio más cerca. Después de dar unos pasos, notó que tenía una rueda torcida, pero no se molestó en volver a por otro. Quería acabar lo antes posible.

—¿Cuántos hijos tienen?

—Dos. Chico y chica. Están en Primaria.

Las puertas automáticas se abrieron con un zumbido y ella entró en la tienda.

—¿Y Edith?

—Edith se casó con Dan Mudrak y tienen un niño pequeño.

—Dan Mudrak —repitió Gia rebuscando entre su memoria.

—Se mudó aquí después de que te marcharas —dijo Sammie.

—¿A qué se dedica?

—Vende maquinaria agrícola.

—¿Y Edith?

—Trabaja fuera de casa, editando.

—¿Editando qué?

—Manuscritos para escritores... o lo que sea para lo que la gente necesite su ayuda, supongo.

Con la cabeza agachada, Gia llevó como pudo su complicado carrito hacia la sección de frutas y verduras, donde empezó a abastecerse de pimientos, cebollas, cilantro y otros ingredientes para la salsa fresca.

—¿De dónde sacó experiencia para dedicarse a eso?

—Se especializó en Literatura Inglesa. A lo mejor trabajó en ese campo después de terminar la universidad. La verdad, no la conozco tan bien.

—Parece que a toda la familia le va bien. A lo mejor han seguido con su vida y no les importa que yo haya vuelto.

—¿Tú crees? ¿En serio? —preguntó Sammie con sequedad.

—No.

Gia tocó los aguacates mientras buscaba ese ligero hundimiento del dedo que indicara que había encontrado uno maduro. Pero estaban todos duros como piedras. Los descartó y empujó con fuerza el carrito hacia la sección de lácteos.

—Pero yo tengo tanto derecho a estar aquí como ellos.

—Exacto. Así que olvídalos. Lo que pasó no fue culpa tuya.

Ellos no pensarían lo mismo, pero Sammie debía de estar harta de oír sus problemas, así que Gia cambió de tema.

—¿Has enviado el *email* esta mañana del Club de los libros prohibidos?

—Sí. Ya me han respondido algunas personas.

—¿Y qué dicen? ¿Va a venir alguien?

—Algunos han dicho que sí. La mayoría han escrito preguntando si Cormac sabe que estás en el pueblo.

Gia se detuvo y frenó su recalcitrante carrito.

—¿Y tú qué has dicho?

—Que no hay ningún mal rollo con Cormac.

—Es la verdad. ¿Y qué han respondido?

—Que te apoyan y que quieren verte.

Una fugaz inyección de esperanza hizo a Gia sentirse infinitamente mejor. Pero se disipó tan rápido como llegó cuando ella supuso que su amiga solo intentaba protegerla.

—No, no han dicho eso...

—Algunos sí —dijo Sammie casi avergonzada.

—¿Y los demás?

Cuando Sammie no respondió de inmediato, Gia dijo un poco más alto:

—¿Y los demás?

—Han dicho que más te vale tener cuidado con Cormac porque lo que te dijo en el pasillo del instituto no será nada comparado con lo que te dirá ahora que toda la familia ha estado viviendo entre los escombros que dejaste antes de irte.

—¿Que dejé yo? —dijo casi gritando y haciendo que una mujer que había a medio pasillo de distancia se sobresaltara y la mirara.

—Son idiotas —corrió a decir Sammie—. Ignóralos.

Era imposible. Era un asunto demasiado delicado. Escuchó unos cuantos más de los clichés de Sammie antes de decirle que le costaba demasiado empujar el carrito roto e ir hablando por el móvil a la vez, y que tenía que colgar.

Colgó sintiéndose cohibida e incómoda en lugar de reconfortada, sobre todo cuando la mujer a la que había asustado un momento antes seguía girándose para mirarla y ver qué la había hecho gritar. Gia estaba a punto de decirle que se metiera en sus asuntos cuando oyó una voz detrás.

—Perdona, ¿eres Gia Rossi?

Gia se quedó paralizada. ¿Era Sharon Hart? ¿O una de las hermanas de Cormac? ¿Alguna otra persona que tuviera algo que decir sobre el escándalo que había montado en el instituto?

Al menos era una voz femenina, y eso descartaba a Cormac y a su padre.

Forzando una sonrisa, se giró y, aliviada, soltó el aire que había contenido al reconocer a la señora Milton, que había sido su maestra de Matemáticas Avanzadas en décimo curso.

—Sí, soy yo.

—¡Pero bueno! Estás todavía más guapa que antes.

Gia sintió cómo la tensión abandonaba su cuerpo. Era una conversación amistosa.

—Gracias. Usted está estupenda.

—No, qué va —dijo la mujer con una risita—. Solo estás siendo amable.

—¡Es la verdad! ¿Sigue en el instituto?

—No. Después de más de cuatro décadas enseñando, me jubilé hace tres años.

—Ha debido de tener más de mil quinientos alumnos a lo largo de una carrera tan larga. Me ha dejado impactada que me haya reconocido, sobre todo cuando llevo fuera tanto tiempo.

—A lo mejor no me habría dado cuenta de que eras tú, pero acabo de estar en la farmacia y alguien ha mencionado que estabas en el pueblo.

Claro. Pronto todo el mundo lo sabría. Pero tampoco podía decirse que estuviera haciendo mucho por pasar desapercibida después de pedirle a Sammie que enviara un correo a todos los miembros del club de lectura. Tal vez no debería haberlo hecho, no tan pronto, pero necesitaba establecerse alguna clase de vida ahí.

—¿Cómo está tu madre? —preguntó la señora Milton.

—Resistiendo como puede.

Gia no le veía sentido a decir que Ida estaba «bien». Nada más lejos de la verdad.

—Cuánto lo siento —dijo la señora Milton acercando su carrito un poco más—. Me alegro de que puedas pasar este tiempo con ella.

Acribillada por un ataque de culpabilidad por no haber vuelto antes, Gia asintió.

—Yo también.

—Me temía... —dijo la mujer bajando la voz—. Me temía que lo que pasó antes de que te marcharas pudiera estar manteniéndote alejada de aquí, pero debería haber sabido que eres demasiado fuerte como para dejar que unos cuantos detractores tuvieran la última palabra.

—No pretendí hacerle daño a nadie. Es que... no supe qué hacer. Lo que quería era salir de la clase del señor Hart. Era lo único que buscaba cuando le conté al director lo que había hecho.

—Gia, tenías diecisiete años. Hiciste justo lo que tenías que hacer. Las normas están ahí para proteger a los alumnos. Fue él el que las rompió.

—Pero es duro saber que le has arruinado la vida a alguien. Y luego están Cormac y las chicas...

—Si aún no han superado lo que hizo su padre, espero que pronto lo hagan. Al igual que tú, lo siento por ellos. Pero ellos nunca fueron responsabilidad tuya. Fue Evan Hart el que les falló. Tiene que disculparse y solucionar las cosas por el bien de todos los implicados.

«El infierno tendría que congelarse primero», pensó Gia. Después de diecisiete años contando la misma mentira, ¿por qué razón iba a dejar de hacerlo? Estaba claro que ese hombre no tenía conciencia.

—Dudo que lo haga nunca.

Si al menos él hubiera admitido lo que había hecho en lugar de decir que ella solo buscaba sacar una nota más alta, a lo mejor la cicatriz que le había quedado a Gia no sería tan profunda.

—Nunca es demasiado tarde para reparar un viejo daño —dijo la señora Milton—. Ahora que has vuelto y que él tiene la oportunidad de disculparse en persona, espero que lo haga.

Gia había entrado en el supermercado tan a la defensiva, tan preparada y dispuesta a encontrar hostilidad, que la amabilidad de la señora Milton la desarmó por completo.

—Gracias. No... no se imagina cuánto significa esto para mí. Lo que él hizo fue horrible, pero luego encima... que no me creyeran...

El incidente con el señor Hart solo había durado unos minutos. Le había afectado mucho, la había hecho caer en picado. Y después de asimilarlo todo, la duda y la sospecha a la que se había enfrentado, al menos por ciertas partes, habían permanecido.

Y ahí seguía; tal vez siempre estaría ahí.

Los ojos de la señora Milton se llenaron de compasión y preocupación.

—Yo te creo —manifestó con rotundidad—. Y sé que hay muchos otros.

Pero la señora Milton y cualquier otra persona que la creyera debían de hacerlo por una cuestión de fe, porque no podían saberlo. El señor Hart había usado su encanto y persuasión, por no hablar de su destacada reputación, para quedar como la víctima dividiendo así a todo el pueblo. Que alguien pudiera pensar que ella podría llegar a mentir sobre algo tan serio la reconcomía por dentro. Por eso había intentado distanciarse con todas sus fuerzas.

La mayor parte del tiempo, cuando estaba en Idaho trabajando y ocupada, lograba olvidar... excepto alguna que otra noche que bebiera demasiado o se quedara despierta hasta tarde mirando al techo. Ahí sí que se quedaba atrapada en el pasado. Pero esos momentos habían sido escasos, sobre todo en los últimos años. Volver a Wakefield había desenterrado aquel incidente, lo había situado en primer plano y lo había vuelto ineludible otra vez.

Quería volver a Idaho ya mismo, dejar su pueblo natal en el olvido como había hecho antes. Pero no podía. No abandonaría a su madre, pasara lo que pasara. Si lo hacía, jamás se lo perdonaría.

Su padre estaba llamando. Cormac acababa de terminar con el último paciente y estaba apagando las luces cuando sonó el móvil. Incluso Louisa se había ido a casa. Había vuelto a sacar el tema de Gia antes de marcharse, pero no habían tenido oportunidad de decir mucho más. Se estaba haciendo tarde y su marido estaba insistiendo en que volviera a casa. Victor iba muy justo de tiempo con un trabajo y necesitaba ayuda con los niños.

Cormac miró el teléfono intentando decidir si contestaba o no. En algún momento tenía que hablar con su padre, pero no tenía claro que quisiera que fuera ahora. Se moría de hambre; estaba deseando llegar a casa y cenar. Y Duke estaba igual de ansioso por escapar de la consulta.

Llamaría a su padre en una hora o dos, una vez que hubiera tenido oportunidad de despejarse y analizar la situación sin tener que centrarse en tantas cosas a la vez. Estaba a punto de guardarse el teléfono en el bolsillo cuando recordó que no podía fiarse de que su padre no cometiera alguna estupidez, sobre todo si estaba disgustado, y sin duda el regreso de Gia lo habría disgustado.

Esperando poder calmarlo si hacía falta, contestó la llamada.

—¿Sí?

—¿Te has enterado?

Si se hubiera tratado de una conversación corriente, Cormac habría llevado a su perro a la camioneta, lo habría subido y se habría puesto rumbo a casa mientras hablaba. Pero no era una conversación corriente, así que se quedó justo donde estaba.

—¿De lo de Gia Rossi?

—Ha vuelto. Desde que su madre enfermó, he sabido que sería solo cuestión de tiempo.

—Si te sirve de consuelo, no creo que vaya a quedarse aquí mucho.

—Dudo que se marche antes de que su madre muera. No te refieres a eso, ¿no?

—No, pero no parece que a su madre le quede mucho tiempo.

—No te engañes. Ida podría aguantar meses.

Cormac se estremeció ante la crueldad con la que estaban hablando. Por mucho que tuviera en contra de Gia, estaban hablando de la vida de una mujer; una mujer que no había tenido nada que ver en lo sucedido, una esposa y madre.

—Le deseo lo mejor —quiso aclarar.

—Y yo. Pero es una desgracia que su salud perjudique mi vida también.

—Creo que es ella la que se lleva la peor parte.

—Estamos hablando de Gia, no de su madre —le recordó su padre.

Cormac empezó a caminar de un lado a otro de la sala de espera y Duke, que había estado de pie junto a la puerta, se sentó como si ya hubiera visto esa clase de nerviosismo antes y supiera que aún no obtendría lo que quería.

—Llevo todo el día pensando en ello y he decidido que, mientras esté aquí, no podemos hacer nada más que sonreír y sobrellevarlo. No digas nada. No hagas nada. Haz como si no existiera.

—¿Y por qué no conseguir que se retracte? Lo que pasó no fue como ella lo contó. Fue ella la que intentaba sacar algo de mí... Una nota que no se merecía.

Cormac ya había oído lo disgustada que se había quedado Gia por no sacar una calificación alta en su trabajo de investigación, cómo había estado presionando a su padre para que se la cambiara y cuánto le había importado esa nota, ya que en el resto de asignaturas no le había ido tan bien como de costumbre y todo dependía de su nota de Literatura Inglesa. Había estado contando con una beca de voleibol para la universidad, así que tenía eso a su favor, pero incluso los alumnos atletas tenían que mantener cierto promedio de notas. Por lo que le había contado su padre, si Gia no sacaba un Sobresaliente en Literatura Inglesa, su carrera universitaria pendería de un hilo. Y eso sin duda motivaría a una alumna a presionar de forma más intensa de la habitual. Pero le enfurecía pensar que una chica pudiera usar su sexualidad para mejorar su boletín de notas y luego encima machacar al profesor que se había negado a cooperar en algo así.

—Ya —le dijo a su padre—. Es terrible, pero no creo que podamos lograr que se retracte. Si lamentara lo que hizo, ya lo habría dicho.

—Está claro que está demasiado avergonzada.

—O se ha convencido a sí misma de que es verdad. Eso le pasa a la gente, ¿sabes? Sobre todo después de tanto tiempo; son demasiados años convenciéndose de que no han hecho nada malo. Pero, bueno, el caso es que tenemos que dejar atrás el pasado y seguir adelante.

—Entonces... ¿no vas a plantarle cara? —preguntó su padre.

—¿Por qué iba a hacer eso?

—Louisa me ha dicho que te lo estabas planteando, que has pensado que podría servir de algo.

—Solo he dicho que me gustaría plantarle cara y que mejor que lo haga yo a que lo hagas tú.

—En eso tienes razón. Me da miedo encontrarme con ella por cómo pueda interpretarlo. Cuando te han acusado falsamente una vez te vuelves paranoico.

Cormac no podía ni llegar a imaginarse lo terrible que sería.

—Como te he dicho, es cosa del pasado. Tenemos que dejarlo ahí.

—Creo que tienes razón. Cuanto más removamos las cosas, peor se pondrán. Lo que hizo ya nos ha hecho bastante daño. No quiero verme obligado a defender mi integridad por segunda vez.

Cormac abrió la boca para seguir compadeciéndose de su padre, pero la cerró. Sus palabras le estaban provocando una reacción extraña. Lo estaban poniendo tan a la defensiva que de nuevo se moría por abordar a Gia, aunque solo fuera para dejarle claro la persona tan terrible que era. Y por otro lado le sorprendía que, después de años diciendo cómo le plantaría cara si le surgía la oportunidad, ahora Evan estuviera reculando con tanta facilidad.

Bueno, a lo mejor no significaba nada. Últimamente Evan fanfarroneaba mucho, pero luego no hacía nada de lo que decía. Estaba demasiado derrotado. Y Cormac culpaba a Gia también por eso.

—Tú sigue con tu vida e intenta ignorar que está aquí.

—Será complicado cuando todo al que veo está hablando de ella.

—Pronto dejarán de hablar.

—Eso espero —dijo su padre.

Por fin dispuesto a marcharse, Cormac se metió una mano en un bolsillo para sacar las llaves.

—¿Entonces vas a dejarla tranquila?

—Lo haré si lo haces tú.

—Sí, he decidido no decirle nada.

La madre de Gia estaba tan enferma que él sería un capullo desalmado si no lo tenía en cuenta. No quería hacer nada que pudiera herir a las personas inocentes que rodeaban a Gia, personas que ya estaban viviendo un infierno.

Pero sabía que esa noche, y tal vez todas las noches mientras Gia estuviera en el pueblo, lo único en lo que podría pensar era en que ella se alojaba en la casa justo de detrás.

Había incluso un portón entre los dos jardines...

Capítulo 6

—Me ha encantado este libro —dijo Ruth con una copia desgastada de *Cujo* de Stephen King junto a su codo.

Gia habría preferido ocupar una mesa en el patio superior de Harmony House. En los meses más cálidos, era divertido pasar ahí las noches, desde donde podías ver la avenida principal y observar la actividad de la calle. Pero el patio ya estaba cerrado para la temporada. Cuando se reunieron en la entrada del restaurante después de que Ida y Leo se hubieran ido a dormir, sus amigas y ella encontraron un banco en la primera planta, donde podían escuchar música (los jueves no era en directo, pero igualmente era una buena mezcla de todo desde los ochenta hasta la actualidad) y tomar un picoteo y unas copas.

—Supongo que no me van mucho los libros de terror —dijo Sammie, sentada en el mismo lado que Ruth y mucho menos emocionada que ella con su lectura más reciente—. Si antes de leerlo me hubieras dicho que un San Bernardo podría darme miedo, no te habría creído. Pero ¡la hostia! No volveré a mirar igual a esa raza. Este libro me ha acojonado.

Gia se comió la última minihamburguesa.

—De eso se trataba, de acojonarte. Es la intención de una novela de terror.

Ruth le dio un trago a su *old-fashioned*.

—Mi única queja es que todo se me ha hecho un poco... anticuado.

—Bueno, es que se escribió en 1981 —señaló Gia—, antes de los móviles y de Internet. A mí me ha sorprendido lo bien que ha envejecido con el paso del tiempo.

—¿De dónde sacaría la idea para el libro Stephen King? —dijo Sammie.

—Una noche tuvo que ir a visitar a un mecánico en el Maine rural —dijo Ruth—. Estaba en mitad de la nada y, cuando llegó, lo recibió un San Bernardo al que no pareció gustarle mucho.

Sammie mojó una patata frita en kétchup.

—¿No es coña?

—No es coña. Lo he buscado.

—¿La historia no os ha resultado sobrecogedora? —preguntó Sammie—. O sea, podría entender que algunas personas quisieran prohibirla. Sobre todo en aquellos tiempos. ¿Qué mensaje podría dar?

—No creo que haga falta que tenga un mensaje —respondió Gia—. Una novela de terror solo pretende entretener. Pero podría ser que King estuviera intentando decir que lo único de lo que debemos tener miedo es del propio miedo.

—¿Eso fue lo que te dijo el señor Hart cuando estábamos en el instituto? —preguntó Ruth.

Sorprendida por la mención del antiguo profesor, Gia, que acababa de levantar su bebida, la soltó. No recordaba que hubieran comentado ese libro en particular, pero al señor Hart también le había encantado Stephen King, así que a lo mejor había sido él el que le había hablado del libro.

—Creo que no. Lo dijo Franklin D. Roosevelt durante la Gran Depresión.

Sammie fulminó a Ruth con la mirada, seguro que por haber sacado a relucir al señor Hart, y Ruth se tapó la boca.

—Lo siento. No sé por qué lo he dicho. Ha sido sin pensar.

Aunque Ruth decía que había sido solo una metedura de pata, Gia sospechaba que no lo era. Que ella hubiera vuelto a Wakefield hacía que todos tuvieran en la cabeza lo que había pasado en su último año de instituto, así que tampoco es que pudiera culpar a Ruth por mencionar el tema tabú.

—No pasa nada —dijo quitándole importancia a la disculpa—. El tipo no era tan malo.

De hecho, en muchos aspectos, el señor Hart había sido muy bueno. Eso era lo peor de todo. Le había encantado como profesor; lo había admirado, había confiado en él y había escuchado lo que tuviera que decir.

Sammie parecía preocupada.

—¿Qué crees que va a hacer cuando se entere de que estás en el pueblo?

—¿Qué puede hacer? —preguntó Gia.

Ruth jugueteaba con las gotas condensadas en su copa.

—Seguro que se siente mal por lo que hizo.

Gia no lo tenía tan claro. Si sintiera algo de remordimiento, un remordimiento de verdad, no habría intentado hacerla quedar como una mentirosa vengativa.

—Si se siente mal, es solo porque lo pillaron.

—Sigue diciendo que no hizo nada malo —dijo Ruth.

El recuerdo de él invitándola a acercarse a su casa cuando su familia estaba en el partido de béisbol del instituto, y lo que había hecho mientras ella estuvo allí, hizo que Gia sintiera náuseas. Incapaz de seguir comiendo, apartó el plato.

—¿Cómo lo sabes? ¿Hablas con él?

—No más que para saludar o asentir con la cabeza si paso por delante —dijo Ruth—. Pero su hija pequeña, Edith, está en nuestra clase de *spinning*.

Gia miró a Sammie.

—No me lo habías dicho.

—Solo hacemos deporte juntas —corrió a decir Sammie—. Nunca tenemos una conversación de verdad.

—Al parecer, con Ruth sí habla —dijo Gia mientras removía con una pajita su *gimlet* con jalapeño—. ¿Qué ha estado diciendo, Ruth?

Ruth carraspeó. Estaba claro que se moría por tratar el tema porque, de lo contrario, no habría colado el nombre de Hart en una conversación sobre el libro que estaban leyendo. Pero ahora estaba claro que empezaba a arrepentirse.

—Cuando le dije que estabas en el pueblo, se disgustó un poco. Desde el principio se ha mostrado muy firme insistiendo en que su padre es inocente.

A Gia le dio la impresión de que las dos se habían hecho amigas. Tal vez incluso buenas amigas. No se lo había esperado. Edith era cinco años más joven que ellas y Ruth no la había mencionado ni cuando habían hablado ni cuando se conectaban por Zoom para sus reuniones del club de lectura.

Pero el Club de los libros prohibidos había tenido varios parones largos, algunos de los cuales habían durado años. Edith y Ruth vivían en el mismo pueblo, y Gia llevaba fuera mucho tiempo. Suponía que no debería impactarle demasiado que Ruth de pronto hubiera visto sus lealtades divididas.

—¿Y ella cómo lo sabe? —preguntó Gia.

Ruth le indicó a la camarera que no necesitaban nada cuando la chica se acercó a preguntar si querían algo más.

—Me dijo que si él fuera el pedófilo que tú lo hiciste parecer, habría habido otras chicas que denunciaran la misma conducta inapropiada..., y no ha habido ninguna.

¿Ruth estaba de acuerdo con Edith? ¿Y Sammie pensaba lo mismo? Cuando ninguna de las dos la miró a los ojos, Gia empezó a darse cuenta de que en su pueblo habían cambiado muchas más cosas de las que creía.

—Yo nunca lo llamé pedófilo. Él... Lo que hizo fue inapropiado, pero...

Lo dejó ahí y añadió:

—Bueno, da igual. No quiero hablar de eso.

Gia nunca había pensado que él hubiera ido por ahí persiguiendo a chicas, pero eso no cambiaba lo que le había hecho a ella. Él había sido el adulto... y su profesor. Eso le había dado más poder en la relación. Y también se había cargado su capacidad para confiar en los demás. Aunque solía preguntarse si había hecho lo correcto al contarlo, en su corazón sabía que, si no hubiera hablado, él probablemente habría seguido insistiendo en tener una relación sexual con ella.

—No debería haber sacado el tema —dijo Ruth—. Es que... me siento mal por Edith. A ver, aquello rompió a su familia, hizo que a su padre le resultara casi imposible ganarse un sueldo...

—Me voy —dijo Gia poniéndose de pie justo cuando Sammie agarró del brazo a Ruth, supuestamente para hacerla callar.

—¿No podemos hablarlo? —preguntó Ruth con tono lastimero—. ¡Por Dios, G, lo que le pasó a su familia fue terrible!

—Me alegro de que lo sientas tanto por ellos —dijo Gia soltando un par de billetes de veinte para pagar la comida y la bebida antes de irse de allí.

* * *

Gia tuvo que salir de la casa. Volvía a sentir claustrofobia, como le pasaba siempre que estaba de visita en Wakefield. Pero esta vez no podía escapar. El cáncer de su madre la mantenía atada allí más que una cárcel. Hoy había hecho la compra, había jugado a las cartas con sus padres, había ido a recoger la medicación de su madre y había preparado la cena antes de reunirse con Ruth y Sammie una vez que sus padres se habían ido a dormir. Se había sentido bien poniendo de su parte para ayudar a su familia.

Pero, desde luego, la salida nocturna no le había dado el alivio social que había estado buscando. Porque los Hart no se habían ido del pueblo como había hecho ella y conocían a mucha gente, e incluso sus amigas más íntimas estaban solidarizándose con ellos. ¿Cómo iba a aguantar los próximos meses? ¿Reaccionarían igual los otros miembros del Club de los libros prohibidos?

Tal vez volver a reunir al grupo no fuera lo más sensato. Había estado intentando aferrarse a una parte de su pasado, no había querido dejar que el señor Hart le quitara a todos sus amigos.

Con la cabeza girada hacia la luna, fingió que estaba en su terraza en Coeur d'Alene mirando al cielo. Su estancia en Wakefield no duraría para siempre, se dijo.

Pero acabaría con la muerte de su madre, que tampoco era lo que quería.

—No hay forma de salir ganando —murmuró, y estaba a punto de levantarse y entrar cuando el teléfono le sonó con un mensaje de Margot.

¿Todo bien hoy?

¿Pero qué se creía su hermana? ¿Que podía volver al pueblo y que el pasado se borraría? ¿Que sus detractores olvidarían la animadversión que sentían hacia ella? ¿Es que Margot no entendía lo difícil que era para ella?

Perfecto.

Así. Mejor mentir que dejar ver su vulnerabilidad.

Margot: *Quería pasarme hoy, pero he estado agobiada preparando la comida y ayudando con el resto de cosas para el viaje de caza de Sheldon.*
Gia: *No te preocupes. Lo tengo controlado.*

No era verdad ni por asomo, pero ni de coña admitiría lo contrario y menos delante de Margot, que siempre hacía que pareciera fácil hacer lo correcto. Y eso que satisfacer las expectativas de su marido requería mucho tiempo y esfuerzo. Margot era más una esclava que una pareja.

Eres la persona más fuerte que he conocido en mi vida.

Gia se quedó atónita con la respuesta de su hermana. Volvió a leerla. ¿Habría alguna pullita por alguna parte?

Si la había, no podía encontrarla. Parecía... sincera. No pudo más que soltar una risita ante la paradoja. Uno de los motivos por los que no le gustaba volver a Wakefield era que la hacía sentirse muy frágil, como si la más mínima cosa fuera a romperla en pedazos. «Fuerte», murmuró con una risa carente de humor.

Gia: *Eso es justo lo que siempre he pensado yo de ti.*
Margot: *Gracias. Mañana me paso por casa.*

Recordó que su hermana había dicho que ahora
«le tocaba a ella» ocuparse de sus padres y decidió
que cumpliría con ese deber sin recurrir a Margot más
de lo que lo había hecho ya.

Dejó el teléfono a un lado, respiró hondo y volvió
a girar la cara hacia el cielo. Si hacía falta, se enfrentaría al puñetero pueblo entero, pero no permitiría
que algo que había pasado hacía diecisiete años la
superara.

¡Ahí estaba! Cormac estaba de pie junto a la ventana de su dormitorio, paralizado. Desde que se había
enterado de que Gia estaba en casa, no había dejado
de mirar hacia la propiedad de los padres de ella, nervioso entre otras cosas. Estaba furioso por tenerla tan
cerca y no podía evitar preguntarse qué se le estaría
pasando a esa mujer por la cabeza. Cómo se sentiría
de vuelta. Si se arrepentía de sus decisiones y de las
cosas que había hecho cuando vivía en Wakefield.

Y entonces, justo cuando estaba a punto de irse a
dormir porque la casa Rossi estaba a oscuras y había
dado por hecho que todos estarían en la cama, Gia
había aparecido en el jardín y se había sentado en
una tumbona junto a la piscina y el yacusi.

Después de bajar las escaleras corriendo, se aseguró de que Duke no saliera para que no lo delatara y
fue muy despacio hacia la parte trasera.

Prácticamente al instante se dio cuenta de que debería haber agarrado una chaqueta. Hacía un frío que
pelaba. Pero Gia no parecía notarlo. Todavía con los
chinos, la camisa abotonada hasta arriba y los moca-
sines que había llevado al trabajo, seguro que estaría

más abrigado que ella, que vestía una blusa naranja de manga corta y vaqueros y ni aun así temblaba.

Si ella podía aguantar el frío, él también, se dijo absteniéndose de volver a entrar. Sentía demasiada curiosidad por ver todo lo que pudiera ver y temía demasiado perderse algo si se marchaba aunque solo fuera unos minutos. ¿Cómo estaría Gia ahora? ¿Cómo estaría enfocando su regreso? ¿Con descaro y sin remordimientos? ¿Llena de arrepentimiento? ¿Mayor, más sensata y, con suerte, más bondadosa?

Era imposible saberlo. Aunque Gia tenía un teléfono en la mano, no estaba hablando, así que no podía decirse que él estuviera escuchando partes reveladoras de una conversación. Parecía inquieta, preocupada, y él entendía por qué. De tratarse de otra persona, habría sentido compasión por lo que le estaba pasando a su familia. Pero no era otra persona. Era la persona que había destrozado a su familia de un modo irreparable.

Cuando ella giró la cara hacia el cielo, él pudo ver por primera vez y con claridad su aspecto actual. Había esperado que no estuviera tan atractiva como en el instituto, porque así ella habría tenido un arma menos que usar contra los confiados hombres que la rodeaban. Sus estudios sobre animales le habían enseñado que ciertos depredadores usaban el mimetismo agresivo: señales o comportamientos para atraer a su presa antes de atacar.

La primera vez que supo de ese término, había pensado que por fin había encontrado un modo de describir lo que Gia le había hecho a su padre y se había sentido mal por cualquier otro hombre a quien ella hubiera podido engañar desde entonces. Por eso se quedó tan decepcionado al ver que estaba incluso más bella que antes, con su melena larga rubia rojiza, una piel perfecta y unos pómulos altos. Siempre había tenido una boca especialmente besable, por mucho que tuviera una lengua afilada si la provocaban. Sin duda, encajaba en el enérgico estereotipo de las pelirrojas. Pero su mejor rasgo eran sus ojos verde claro enmarcados por unas densas pestañas doradas. En el instituto lo habían hechizado cada vez que ella lo había mirado...

Pero aquello fue antes de saber cómo era de verdad, se recordó. ¿Habría acusado a alguien más de conducta inapropiada a lo largo de los años? No lo dudaba. Seguro que había puesto una denuncia por acoso sexual en todos los lugares donde había trabajado.

Gia se levantó y empezó a caminar de un lado a otro durante varios minutos, pero, en lugar de entrar en casa, donde no hacía frío, volvió a sentarse en la tumbona y empezó a llorar. Varias lágrimas se le deslizaron por las mejillas y le cayeron por la barbilla. Luego hundió la cara en las manos.

Mierda. Eso no era lo que Cormac había querido ver. Era lo último que había querido ver. Bajo ningún concepto se permitiría compadecerse de Gia.

Retrocediendo, se sumió más en las sombras antes de bordear su casa hasta la puerta principal. En los últimos diecisiete años solo la había imaginado tal cual la había visto después de que acusara a su padre: estoica, dura, inmune al desafío. Se había mantenido fiel a su historia a pesar de toda la presión a la que la habían sometido para que dijera la verdad, y parte de esa presión había salido de sus padres.

Hacían falta unos nervios de acero para mentir con tanto atrevimiento.

Esa noche probablemente estaría llorando por su moribunda madre, se dijo Cormac. Habría que ser un robot para no sentir dolor por un padre o una madre queridos que estuvieran padeciendo un cáncer. Pero su expresión de vulnerabilidad le había calado hondo, tanto que se había pasado el resto de la noche intentando sacarse de la cabeza esa trágica imagen: una preciosa y melancólica mujer llorando en la oscuridad.

Cuando accedió al camino de entrada de sus padres, Margot sintió el mismo alivio que solía sentir... antes de que hubiera atacado el cáncer. El hogar de su infancia era un refugio seguro, el lugar en el que Sheldon tenía más cuidado de guardar las apariencias, aunque últimamente él decidía no acompañarla allí. Decía que estaba demasiado ocupado. En cambio, para sus propios padres sí que tenía mucho tiempo. No tenía ningún interés por los padres de Margot, y ella lo sabía.

Pero le daba igual. Prefería ir sola, así disfrutaba más de ese respiro. Ese día no se había llevado a los niños porque estaban en el colegio.

Aunque tenía recados que hacer, algunos para la empresa de Sheldon y a él no le haría gracia que no los hiciera, se había levantado temprano para asegurarse de poder hacerlo todo y tener tiempo para pasarse a desayunar. A Gia y a sus padres siempre les había costado llevarse bien. Gia se parecía demasiado a su madre, categórica y testaruda, y por eso solían chocar. Su padre, por su parte, creía que su deber era apoyar a Ida tanto si tenía razón como si no, así que por eso también chocaba con Gia.

Pero ahora Ida estaba enferma y probablemente no se preocupaba por intentar mantener a raya a su hija mayor.

Margot esperaba que eso significara que estaba conforme con que Gia se ocupara de ella. Aun así, mejor asegurarse. No podría irse del pueblo si sentía que su madre necesitaba que se quedara. Y como temía dejarlo todo y adentrarse en lo desconocido junto a sus hijos casi tanto como lo ansiaba, porque solo pensar en oponerse abiertamente a Sheldon ya era aterrador, en parte esperaba tener una excusa para quedarse.

—Más vale malo conocido... —murmuró. Lo familiar producía un innegable consuelo.

Al bajar de su Subaru y acercarse a la casa, vio a Gia por la ventana situada sobre el fregadero de la cocina y sintió una extraña nostalgia. Por mucho que hubieran discutido de pequeñas, eran familia. En el fondo siempre había admirado a su valiente hermana mayor, y a menudo se había preguntado por qué ella no tenía el mismo nivel de pasión y empuje.

Su padre estaba viendo las noticias cuando ella abrió la puerta corredera, así que fue el primero en verla. Se levantó para darle la bienvenida y la siguió a la cocina.

—Qué bien huele aquí —dijo Margot.

Gia estaba friendo patatas en una sartén y beicon en otra, y en la encimera había un cartón de huevos.

—Mamá ha dicho que tiene antojo de huevos fritos con la yema poco hecha —dijo Gia usando la espátula para señalar a la tostadora—. ¿Puedes meter el pan? El beicon y las patatas están casi listos.

Margot se agachó para acariciar a Miss Marple y luego se lavó las manos e hizo lo que le pidió Gia antes de dirigirse al banco de vinilo rosa que siempre había hecho las funciones de mesa de la cocina. Su madre, con un chándal morado y una manta sobre los hombros, estaba sentada en un extremo.

—¿Cómo te encuentras hoy?

Ida le ofreció una lánguida sonrisa.

—Más o menos igual.

Margot se inclinó y besó la seca y fina piel que cubría la mejilla de su madre.

—Siento que no haya habido mejoría.

—Todo el mundo tiene problemas —dijo Ida encogiéndose de hombros.

No como ese. La muerte se acercaba, lenta pero inexorablemente, y, para Margot, saber que se quedaban sin tiempo era tanto una bendición como una maldición. El diagnóstico de Ida les había dado la oportunidad de prepararse antes de que fuera demasiado tarde, pero verla sufrir no lo compensaba.

De nuevo se preguntó si debería esperar a abandonar a Sheldon y quedarse en Wakefield unos meses más.

Si se quedaba, ¿podría sobrevivir mental y emocionalmente? ¿Tendría la fuerza de voluntad de volver a empezar en otro lugar después de que Ida los dejara?

Temía que, sin tener ya una razón tan buena para visitar a su familia con tanta frecuencia, Sheldon la controlaría y reprimiría mucho más y ella tendría menos libertad incluso.

—¿Tienes hambre? —preguntó Gia mirando atrás mientras cascaba un huevo.

—No mucha —dijo Margot.

Gia se giró para mirarla.

—¿Has comido? Porque, por lo que veo, has perdido casi tanto peso como mamá.

Margot negó con la cabeza.

—No he perdido tanto —dijo aunque durante los últimos meses se le habían ido cayendo los kilos. Era por la ansiedad. Vivir con alguien como Sheldon la tenía en un estado de nerviosismo constante. Y desde que había decidido marcharse, siempre estaba angustiada por cómo iba a poder alejarse de él, dónde iba a ir, qué iba a hacer una vez que se marchara... y cómo iba a protegerlos a sus hijos y a ella si él iba a buscarla legal o físicamente. «Me menosprecia y humilla» no era una defensa sólida. No tanto como si pudiera alegar maltrato físico. Él había tenido cuidado de no llegar tan lejos, pero lo que le hacía era igual de dañino y doloroso, sobre todo tratándose de alguien tan sensible como ella. Que nadie pudiera ver esos golpes no los hacía menos reales.

—He estado comiendo sano, intentando quitarme la comida basura —dijo, aunque no había hecho semejante esfuerzo.

Por suerte, como ahora gran parte de la atención se centraba en Ida, su pérdida de peso no se había convertido en un punto focal, y quería que siguiera siendo así.

—Bueno, siéntate y tómate unos huevos y una tostada al menos —insistió Gia—. Eso contando con que ahora para ti la comida normal no sea «basura».

Margot supuso que lo más sensato sería engullir algo de desayuno y no discutir. Se sentó en el otro extremo del banco y fue deslizándose hasta que pudo agarrarle la mano a su madre.

Ida sonrió ante el gesto.

—¿Cómo están los niños?

—Genial.

—¿Y Sheldon?

Ahí Margot ya no pudo seguir mirando a su madre a los ojos. Por culpa de él estaba a punto de marcharse sin dar ninguna explicación ni una dirección. Pero se había pasado horas y horas pensándolo y no encontraba un modo mejor. Hacerlos partícipes de lo que pasaba solo empeoraría las cosas. No quería crear un enfrentamiento entre las dos familias y que sus padres tuvieran que defenderla con todo lo que estaban sufriendo ya.

—Está... ocupado.

—Trabaja demasiado —dijo Ida con toda naturalidad.

—Es todo un hombre.

Margot llevaba tanto tiempo diciendo cosas así sin que sus padres captaran el sarcasmo bajo esos comentarios que sintió una punzada de alarma cuando su hermana le lanzó una mirada de curiosidad.

—¿Eso ha ido en serio? —preguntó Gia juntando las cejas con gesto de confusión.

Margot se plantó una expresión de inocencia.

—Claro —contestó, aunque supo que con Gia cerca tendría que tener más cuidado. Su hermana enseguida captaría las señales que se les escapaban a sus padres.

—Imagino que Sheldon no se ha enterado de que he vuelto al pueblo —dijo Gia—. Si lo supiera, habría hecho lo posible por estar aquí esta mañana.

Su sarcasmo fue claro. Pero es que... Gia nunca había sido sutil. Solía decir lo que sentía y, si no, los sentimientos se le reflejaban en la cara.

—Gia... —la reprendió su padre con delicadeza.

Estaba claro que Leo quería evitar cualquier cosa que pudiera disgustar a Ida. Pero su madre no reaccionó. De pronto pareció tan inmersa en sus pensamientos que Margot dudó si estaría escuchando la conversación.

Tras una fugaz mirada a su padre, Gia siguió cocinando. Por una vez su hermana había decidido contenerse, y Margot se alegró de verlo. Significaba que por fin Gia estaba aprendiendo algo a controlarse.

A lo mejor, solo a lo mejor, Margot podría confiarle a su hermana el cuidado de Ida y Leo. Después de su reciente indecisión, de tantas dudas, decidió que sus planes seguían en marcha definitivamente.

Si Gia podía aprender a mantener el orden, ella podía aprender a levantarse y luchar.

Capítulo 7

Gia, con una mano en el pomo de la puerta del dormitorio y un té verde en la otra, oyó a su madre responder una llamada que la hizo pararse en seco. La sorpresa en la voz de Ida le indicó que pasaba algo, y eso fue lo que la hizo detenerse en un principio. Hasta que no oyó un poco más de la conversación no supo que la persona que llamaba debía de tener relación con su antiguo profesor de Literatura.

Furiosa por que alguien, sobre todo si era alguien del campamento Hart, se pusiera en contacto con Ida por lo ocurrido hacía diecisiete años, Gia se vio tentada a plantarse ahí y agarrar el teléfono. Pero dudó si debía descubrirse tan pronto. Estaba deseando saber quién sería, qué quería... y también ver cómo respondería Ida.

Aunque la voz de su madre se oía a través del panel de madera, estaba lo bastante amortiguada como para que Gia tuviera que acercarse más.

—Eso es cosa del pasado... Nosotros no decidimos su suerte, lo hizo el juez... No sé qué decirte, Louisa. Tu padre tuvo la oportunidad de dar su versión... No es algo fácil de demostrar... ¡Caray! Es casi imposible... Ella no mentiría. No por una nota... No me estoy sintiendo ofendida... Y desde luego que agradezco lo bien que tu hermano y tú cuidáis de nuestro gato. Pero, en lo que respecta a tu padre, no hay nada que yo pueda hacer por vosotros... Tendrás que hablar con Gia, aunque no te garantizo que vaya a gustarte su respuesta. Mi hija mayor dice lo que piensa... Igualmente... Gracias por llamar.

Estaba claro que Louisa Hart había intentado reclutar la ayuda de Ida para conseguir que Gia por fin «contara la verdad sobre lo que pasó», y a ella le entraron ganas de gritar.

La conversación reveló algo más. No solo los antiguos compañeros de clase de Gia tenían una relación amistosa con los Hart. Su familia también. Todos habían estado viviendo en Wakefield juntos desde que ella se había marchado y, al parecer, habían encontrado el modo de llevarse bien.

Estaba segura de que hasta se apreciarían. De lo contrario, su madre habría sido mucho más dura. Suponía que eso no constituía una traición exactamente, pero, joder, se sentía como si lo fuera.

El sonido de unos pasos le hizo levantar la cabeza.

—¿Qué pasa? —preguntó su padre con gesto de curiosidad mientras avanzaba hacia ella desde el salón probablemente de camino al baño, que estaba al final del pasillo.

—Nada, solo... le traigo un té a mamá —dijo y abrió la puerta.

Cuando entró en la habitación, su madre levantó la mirada pero no mencionó la llamada.

—He pensado que te apetecería un té verde —dijo Gia.

Ida sonrió afligida.

—Odio el té verde.

Gia tuvo cuidado de no tropezarse con Miss Marple, que se había levantado para acercársele.

—A mí tampoco me gusta, pero...

—Ya. Dicen que combate el cáncer. Al parecer, no lo bastante bien, pero... haré lo posible por bebérmelo —dijo su madre con una agotada sonrisa que suavizó su expresión.

Gia quería mencionar la llamada de Louisa, reiterar que ella siempre había dicho la verdad. No tenía ni idea de cómo convencer a todos de eso y estaba cansadísima de tener que luchar contra la duda.

Sintiendo que de nada servía seguir intentándolo, dejó la taza en la mesilla de noche y se dispuso a marcharse.

La voz de su madre la detuvo en la puerta.

—La verdad es la verdad, Gia. Hiciste bien al mantenerte firme.

Era la primera vez que su madre abordaba lo sucedido de un modo que a Gia le pareció auténtico. Después de que Evan Hart fuera condenado a cientos de horas de servicio comunitario y quedara registrado como delincuente sexual, Ida había dicho algunas cosas, pero más bien habían parecido trivialidades, una forma de mantener la paz entre ellas porque su relación se había vuelto muy complicada.

Gia miró a su madre a los ojos.

—Lo que te conté entonces sucedió exactamente como dije.

—Lo sé.

La respuesta de Ida hizo que Gia parpadeara sorprendida. Dudó si ahondar o no demasiado en el tema. Había sido una fuente de dolor durante muchos años. El rencor que sentía iba a acabar filtrándose de algún modo... y probablemente daría paso a una discusión. No quería llegar a eso. Llevaba en casa muy poco tiempo. Y había ido allí a ayudar, no a hacer pasar a su madre por otro episodio emocional.

Aun así, no pudo aguantarse una última pregunta:

—Entonces... ¿por qué siempre he sentido que habrías querido que no lo hubiese contado nunca?

Su madre se quitó las gafas de leer y se pellizcó el puente de la nariz unos segundos antes de volver a ponérselas y levantar la mirada.

—Porque no quería que lo que me contaste fuera verdad. Ninguna madre quiere oír que a su hija le ha pasado algo así.

Gia se había esperado que Ida insistiera en que la había apoyado todo lo que una madre debe apoyar a sus hijos, así que esa respuesta mucho más sincera la pilló desprevenida.

—Yo no di pie a esa... esa clase de relación, mamá. Lo admiraba, sí. Y fui una idiota y una ingenua al no ver que su interés por mí cambió. Pero... tenía diecisiete años.

—No fue culpa tuya.

En ese momento Gia debería haber sentido que acababan de liberarla de una carga enorme. Por fin su madre pronunció las palabras que había ansiado oír desde que había pasado todo aquello. ¡Ida no la creía responsable de lo sucedido!

Pero la inseguridad seguía ahí, lo que de verdad había hecho que el incidente resultara tan complicado. Si nunca hubiera sentido nada por el señor Hart y pudiera estar convencida del todo de que su admiración era solo eso, la admiración de una alumna por un profesor, podría aceptar la respuesta de su madre como la absolución que necesitaba. Pero se había sentido halagada por gustarle tanto al profesor, sobre todo cuando muchas de las otras chicas habían rivalizado por la atención del hombre. También le había hecho mucha ilusión ir a visitar su casa. Le había parecido muy guapo e inteligente.

¿Podría ser que, después de todo, ella sí que tuviera algo de culpa? ¿Debería haberlo visto venir y haber hecho algo para frenarlo? ¿Qué la había hecho acceder a ir a su casa aquel día en lugar de preguntarle por qué no podían tratar el problema de su nota en el instituto?

Esas preguntas la volvían loca por las noches. Pero ella no había sobrepasado la línea. Lo había hecho él, se recordó.

—Él me importaba —admitió casi con un susurro.

—Y precisamente por eso lo que hizo es aún peor —dijo su madre.

Gia deseó poder arrodillarse delante de su madre y llorar sobre su regazo, poder liberarse por fin de la culpa con la que había cargado además de las muchas otras emociones que la habían invadido desde aquella lejana noche.

Pero ahora tenía que admitir que no eran solo las dudas de sus padres las que habían estado impidiéndole olvidar el pasado.

Eran las suyas.

Cormac estaba pensando en las ganas que tenía de fin de semana cuando Louisa asomó la cabeza en su despacho.

—¿Te vas a casa? —preguntó él al verla.

Ella asintió, le dio las buenas noches y se dispuso a marcharse, pero entonces volvió a asomar la cabeza por la puerta.

—Esta tarde he llamado a la madre de Gia —soltó como si no pudiera contenerlo.

Cormac, que estaba rellenando las fichas de los animales que había visto ese día, se apartó del ordenador con brusquedad.

—¿Que has hecho qué?

—No he podido evitarlo.

Louisa entró dejando la puerta abierta y se dejó caer en la silla situada frente al escritorio.

—Conozco a Ida Rossi. Es una mujer justa y honesta. Todos los años hace una donación al refugio de animales. Trae a Miss Marple para las revisiones y las vacunas, y siempre es amable con nosotros. He pensado que...

—Ida Rossi se está muriendo de cáncer, Louisa —la interrumpió él.

—No pretendía hacerle daño. Solo he pensado que... a lo mejor podía razonar con ella, hacer que hablara con Gia y la convenciera de que tenga un poco de compasión antes... antes de que Ida ya no esté aquí y no pueda ejercer algo de influencia en ella.

—¡Ay, Dios! —dijo él frotándose la frente—. Espero que no le hayas dicho eso.

—No, pero...

—No me digas que te ha colgado...

—No. Ha sido educada. Simplemente no tenía interés en ayudar.

—Normal. ¡Gia es su hija!

—Pero no tengo claro que esté del todo convencida de que papá es culpable, Cormac. Creo que, de ser así, habría mostrado más rabia en aquel momento... y no habría sido tan amable con nosotros todos estos años.

—Nosotros no hicimos nada.

—Aun así, en esa clase de situaciones puede haber una ira residual.

Cormac se pasó una mano por el pelo.

—Ojalá no la hubieras molestado. Te has pasado. Ahora mismo tiene demasiados problemas a los que enfrentarse como para pensar en algo que pasó hace diecisiete años.

—Lo que pasó hace diecisiete años sigue muy presente en nuestras vidas. Me muero por disipar esa nube negra que lleva tanto tiempo pendiendo sobre nosotros, más por el bien de papá que por el nuestro. No soporto que haya tenido que vivir cómo han aniquilado su reputación todos estos años. No dejo de pensar que, si podemos limpiar su nombre, él podría recomponerse y volver a ser el hombre que fue —dijo Louisa, y suspiró—. Pero estoy de acuerdo en que...

El timbre sonó en la puerta principal haciéndola callar.

Cormac daba palmaditas en la mesa mientras buscaba su agenda.

—¿Tengo alguna otra cita hoy?

Creía que había terminado. Tenía pensado marcharse en cuanto acabara de actualizar las fichas.

—A lo mejor es alguien que viene sin cita.

Louisa salió a mirar y Cormac se levantó en cuanto la oyó exclamar:

—¡Gia!

—¿Has llamado hoy a mi madre?

La voz de Gia sonaba cargada de ira.

Él, al apresurarse por salir del despacho, se golpeó el muslo con la esquina del escritorio. Cojeando uno o dos pasos, corrió hasta donde estaba su hermana enfrentándose a Gia Rossi.

Lo primero que pensó fue que ya estaban en hora de cierre y Louisa debería haber cerrado con llave después de que se marchara su último paciente. Así Gia no podría haber entrado. Pero Louisa no solía cerrar con llave hasta que se marchaba. Como veterinario de un pueblo pequeño, Cormac intentaba ofrecer algo de ese cuidado y trato más personal de los médicos de las pelis antiguas que habían visto sus padres cuando él era pequeño. Esa clase de enfoque siempre le había gustado. Sentirse satisfecho con su trabajo significaba que no todo giraba en torno al dinero.

—¿Qué pasa? —preguntó, aunque estaba claro que Gia estaba furiosa por que hubieran molestado a su madre en un momento tan complicado.

—Tu hermana ha llamado a mi casa esta tarde y ha sacado a relucir lo que pasó cuando estábamos en el instituto. Ha pensado que podría poner a mi madre en mi contra y... ¿qué? —dijo dirigiéndose a Louisa—. ¿Que me convenciera de que lo que pasó no fue lo que pasó?

—¡Es que no pasó! —insistió Louisa—. ¿Cuándo vas a admitirlo de una vez?

—¡Tú no estabas allí! —gritó Gia—. Yo sí.

—Si mi padre dijo que no lo hizo, no lo hizo —contraatacó Louisa—. ¿Por qué iba a arriesgar su familia, su carrera, su reputación... por tocar a una chica de dieciseite años?

—¡Yo no sé en qué estaba pensando! Solo sé qué estaba haciendo. ¡Y pretendía hacer mucho más que meterme mano!

—¡Solo intentas quedar bien, y lo sabes!

Cormac no podía sacarse de la cabeza la imagen de Gia llorando en la piscina la noche anterior. Verla en un estado tan vulnerable había trastocado la opinión de zorra cruel y mentirosa que tenía de ella. Pero más allá de lo que él pensara, tenía que asegurarse de que esa confrontación no se les fuera de las manos. Tenía que pensar en su negocio y en su reputación.

—Mira, siento que Louisa haya llamado a tu madre —dijo situándose entre las dos—. No debería haberlo hecho, ¿vale?

Gia clavó los ojos en él. Cormac vio rabia en ellos, pero también le pareció ver dolor, lo que aplacó aún más su reacción... y también minó su convicción. Además tenía en su contra la llamada esa de su padre en la que Evan se había echado atrás con demasiada facilidad en cuanto a lo de plantarle cara a Gia por sus mentiras. Casi parecía que hubiera llamado porque temiera que Cormac fuera a abordarla y le preocupara cómo fuera a salir la cosa. ¿Sería porque quería que su hijo siguiera aceptando su versión de los hechos?

Si existía una posibilidad, por muy remota que fuera, de que Gia estuviera diciendo la verdad, Cormac,

Louisa y también Edith habían cometido una grave injusticia contra ella. Odiaba pensar que le hubieran causado aún más sufrimiento a una chica que de verdad hubiera sido agredida.

No podía soportar siquiera esa posibilidad. Era más sencillo insistir en seguir creyendo lo que siempre había creído. Pero no podía evitar preguntarse... «¿Y si...?». Su madre debía de haberse hecho la misma pregunta. Y debía de haber obtenido una respuesta muy distinta; de lo contrario, nunca habría dejado a Evan, al menos no del modo en que lo hizo.

Cormac debería haber preguntado, con una mente mucho más abierta, por qué su madre había dudado de su marido tanto como para abandonarlo. ¿Acaso sabía algo que no sabían ellos?

Ojalá fuera solo la humillación lo que había provocado el divorcio, como decía Louisa. Porque haber llamado mentirosa a Gia y haber seguido ciñéndose a eso todos esos años sería...

Bloqueando el resto del pensamiento, se estremeció y dijo:

—No volveremos a intentar contactar con ella. Me disculpo en nombre de mi hermana. Lo sentimos. De verdad.

A Louisa se le llenaron los ojos de lágrimas.

—¿Te estás disculpando con ella?

—Louisa, para —dijo Cormac fulminando a su hermana con la mirada antes de volver a dirigirse a Gia—. Aquí no va a haber ninguna pelea. Puedes irte.

Pensó que Gia seguiría con la discusión. Recordaba muy bien la que había tenido con ella en el pasillo del instituto por aquel entonces. Gia no había retrocedido ni un centímetro. Y ahora, de adulta, resultaba más imponente aún. Daba la impresión de ser una mujer fuerte y segura de sí misma.

Pero ella los miró a los dos, emitió un sonido de disgusto y volteó los ojos antes de dar media vuelta y marcharse.

—¿Qué mierda ha sido eso, Cormac? —dijo Louisa pasándose una mano por las mejillas en cuanto la puerta se cerró—. ¡Menos mal que ibas a enfrentarte a ella para que se retractara!

—¿Crees que lo que has hecho tú ha ayudado a nuestra causa?

—Ya estoy harta —dijo Louisa entre nuevas lágrimas—. Lo que dice que pasó me trae una imagen terrible a la cabeza. Me revuelve el estómago. ¡Y he tenido que vivir con eso casi la mitad de mi vida!

Él estuvo a punto de decir: «Puede que no sea culpa suya», pero se mordió la lengua. No podía empezar a dudar de su padre a esas alturas. Eso abriría todo un campo de posibilidades desagradables, incluyendo la idea de que sus hermanas y él habían empeorado una situación ya mala de por sí.

Capítulo 8

Margot de pronto se vio tarareando mientras fregaba los platos. Solo tener a Gia en el pueblo bastaba para levantarle el ánimo. Era su hermana quien haría posible que escapara de su situación actual, y ver esa salida resultaba casi tan estimulante como salir corriendo por la puerta. Quería pasar tiempo con Gia y sus padres mientras pudiera para aplacar un poco su impaciencia por escapar, sobre todo porque estaba descubriendo que la seguridad que Gia tenía en sí misma, o al menos un poco de ella, se le contagiaba cuando estaban cerca. Margot sabía que estaba jugándose mucho al dejar a su marido. Nunca había trabajado fuera de casa y no tenía claro que su grado en Administración de Empresas fuera a permitirle hacer mucho después de tanto tiempo, pero encontraría un modo de pagar el alquiler. Haría lo que fuera por el bien de sus hijos. Además, no tenía elección. Se había ido haciendo cada vez más pequeña y acabaría desapareciendo del todo si no hacía algo, y, tratándose de alguien tan controlador como Sheldon, ahí no podía haber medias tintas.

—¿Podrías tardar un poco más en fregar unos cuantos platos? —dijo Sheldon al entrar en la cocina.

Él había estado limpiando sus armas en el salón mientras veía una peli antigua de Liam Neeson.

Después de meter a los niños en la cama, Margot había dado por hecho que estaría ocupado el resto de la noche y estaba disfrutando de ese ratito sola en lo que se había convertido en su santuario. Como Sheldon la cargaba con hacer la compra, cocinar y limpiar, la cocina era el mejor lugar para refugiarse cuando quería evitarlo.

—Al final he decidido limpiar algunos armarios de la cocina —dijo Margot, pero no era verdad. No tenía pensado vivir en Wakefield mucho tiempo más como para que semejante esfuerzo mereciera la pena. Iba a dejarle la casa. Si él quería armarios limpios, podía encargarse solo.

O podía hacerlo Cece...

—¿En serio? ¿Tienes que ponerte a limpiar los armarios de la cocina un viernes por la noche cuando estoy en casa?

Solo el sonido de su voz la hacía encogerse por dentro. Al parecer, no iba a ser la tranquila noche de viernes que se había esperado, y ser consciente de ello le bajó el ánimo considerablemente.

—Estabas ocupado —dijo—. Hablando con tus amigos por teléfono, viendo la tele, limpiando tus armas...

—Tengo que prepararme para el viaje, ¿no? ¿Qué esperas que haga?

Ella no se había quejado de lo que él había estado haciendo. Era él el que se quejaba de lo que estaba haciendo ella.

—Nada. Solo quería hacer algo de utilidad mientras tú estabas ocupado con otras cosas.

Sheldon se le acercó por detrás, la rodeó por la cintura y la llevó hacia sí. Margot hizo todo lo que pudo por no tensarse.

—Terminaré de limpiar mis armas por la mañana. Ahora que los niños están dormidos, se me ocurren un montón de cosas mejores que hacer. ¿Por qué no vamos a la habitación?

Él reclamaba sexo casi todos los días, pero Margot no podía recordar la última vez que ella lo había disfrutado. No la trataba como si le importara; simplemente la usaba por placer del mismo modo que la usaba para satisfacer sus otras exigencias.

Margot luchaba por encontrar autocontrol suficiente para secarse las manos y dejarle llevarla por el pasillo cuando él añadió:

—Estaré fuera una semana entera, así que mejor abastecerme bien mientras puedo, ¿no? Además, no quiero dejar a mi esposa sola en casa con hambre de hombre.

A él le pareció gracioso, pero ella fue incapaz de reírse. Apretando los dientes, reunió fuerzas para soportar los próximos quince o veinte minutos.

—Claro, no hay problema.

Al parecer, no bastó con que aceptara, porque vio la expresión de Sheldon cambiar casi de inmediato en el reflejo de la ventana sobre el fregadero.

—¡Joder, tampoco actúes como si fuera una obligación!

Margot debía de haberse dejado algo de miedo en la voz. Pero no sería una obligación si le quedara algo de deseo por él, si le quedara algo de amor. Era Sheldon el que lo había destruido todo, y ahora la hacía responsable.

—Yo no he dicho que sea una obligación.

—Pues no pareces muy entusiasmada.

—Es que... Me has pillado en mal momento.

Era una excusa, pero Margot había descubierto que él solía creer lo que quería creer; de lo contrario, ya sabría cuánto lo odiaba. Por eso no le preocupaba demasiado que pusiera en duda su comentario.

Bajó las manos.

—La hostia. Estar contigo es igual de emocionante que ver cómo seca la pintura.

Sheldon abrió la nevera y se sirvió otra cerveza.

—¿Todas las esposas son así de pésimas? Porque entonces no me extraña que los hombres sean infieles.

—¿Tú eres infiel?

Las palabras salieron antes de que ella pudiera frenarlas. Una aventura podría resultar útil, podría ofrecerle más comprensión por parte de los padres de él y de los suyos... o simplemente aplacar la culpa que sentía por no poder solucionar su vida de otro modo. Al fin y al cabo, Cece se estaba poniendo en contacto con él...

Sheldon juntó las cejas con brusquedad.

—¿Me estás acusando? —dijo indignado, pero por un segundo a ella le pareció ver un destello de culpabilidad en sus ojos. Estaba pasando algo entre su exnovia y él. Se apostaría la vida.

Margot respiró hondo para controlar la respiración.

—Solo era una pregunta —dijo, y lo miró sin inmutarse por primera vez en siglos.

Él le quitó la chapa a la cerveza.

—¿Ves por qué no me gusta que te juntes con la lianta de tu hermana?

Sheldon no había respondido a su pregunta. Más bien la había desviado.

—¿Juntarme con ella? Hoy ha sido el primer día que he podido pasar algo de tiempo con Gia en meses. ¡Y ha sido solo para desayunar! No puedes culparla de nada.

—Cambias solo con verla. Cambias a peor —insistió él.

—¿Porque me vuelvo más atrevida? ¿Más dispuesta a defenderme?

Él parecía atónito.

—¿Qué quieres decir con «defenderte»? No te estoy haciendo nada.

—¿Tú crees?

—No —respondió él frunciendo el ceño—. Eres tú, no yo.

Ella se llevó una mano al pecho.

—¿Yo qué he hecho?

—Te he dicho que te estás comportando como la zorra de tu hermana y pareces orgullosa de ello.

—Pues mira, sí.

Sabía que estaba siendo una imprudente. Estaba embriagada de la pequeña cantidad de poder que parecía tener en ese momento. Pero la cosa podía cambiar de pronto y él se las apañaría para volver a quedar por encima. Siempre lo hacía.

Sheldon estrechó la mirada.

—Ten cuidado o vas a acabar cabreándome de verdad.

Margot sentía como si el corazón estuviera intentando abrirse paso para salírsele del pecho, pero había otra fuerza en su interior, una más potente que el miedo, que estaba alentándola a seguir. Llevaba tanto tiempo muriéndose de ganas de decirle lo que pensaba de él...

—¿Y si me da igual?

Sheldon se quedó boquiabierto.

—¿Qué cojones dices, Margot? ¿Tú has visto lo que hace Gia? A lo mejor es un error irme de caza mientras ella está aquí. Si dejo que tenga esa clase de influencia, a saber lo que voy a encontrarme cuando vuelva a casa.

Margot se había esperado que se enfadara e iniciara una discusión feroz. De pronto le entraron ganas de pelea, aunque solo fuera por evitar tener sexo con él esa noche. Pero eso... No, Sheldon tenía que ir a

Utah. Todo lo que había planeado dependía de disponer de ese tiempo antes de que él descubriera lo que pasaba.

Rezando por que el pánico que había sentido al oír esas últimas palabras no se le hubiese reflejado ya en la cara, se encogió de hombros y se giró para seguir con los platos.

—Pues estaría bien, la verdad. Me vendría bien tu ayuda con los niños mientras me ocupo de mi madre.

—¿Qué quieres decir con... ocuparte de tu madre? No hay nada más que puedas hacer por ella —dijo como si Margot ya no tuviera que estar sufriendo y llorando por la situación.

—Perder a tu madre es... es desgarrador y... y traumático, ¡sobre todo de esta forma! —dijo ella entre dientes.

—Seguro que sí, pero... seamos realistas. Todos vamos a perder a nuestra madre en algún momento. Así es la vida.

Impactada por lo cruel que podía ser, Margot se giró de nuevo para mirarlo.

—¿Lo dices en serio? ¿Y si fuera tu madre?

Estuvo a punto de decir «tu bendita madre» porque él era un niño de mamá, pero ya se había buscado demasiados problemas esa noche.

Sheldon se quedó mirándola unos segundos.

—Olvídalo —dijo con brusquedad, y se marchó.

—¿Entonces te quedas? ¿No te vas de caza? —gritó Margot mientras él desaparecía en otra habitación.

El único modo de convencerlo para que se fuera era hacerle pensar que ella prefería que se quedara. La psicología inversa funcionaba mejor con él que con la mayoría de la gente. Pero siempre existía la posibilidad de que la sorprendiera, sobre todo si estaba empezando a sospechar de algo.

—¡Me lo estoy pensando! —le gritó él, y Margot bajó la cabeza a las manos. ¿Qué puñetas había hecho?

Había libros por toda la casa del padre de Cormac, pero no estaban tan perfectamente organizados como antes de que Sharon lo hubiera obligado a llevarse sus cosas y marcharse de casa. Estaban apilados en todas las superficies horizontales disponibles, incluso en la encimera de la cocina y demasiado cerca del fuego, pero su padre se negaba a hacer caso. Papeles y marcapáginas asomaban entre ellos. Y había otros boca abajo, abiertos por donde Evan había dejado de leer para ponerse con otro libro o marcharse al trabajo.

Leer siempre había sido su pasión, tanto que les había puesto a sus hijos nombres de escritores estadounidenses: Cormac McCarthy, Louisa May Alcott y Edith Wharton. Pero últimamente se había sumido tanto en los mundos imaginarios que esos y otros autores habían creado que no estaba llevando una vida muy real. Cormac se alegraba de que Evan no hubiera perdido el amor por la palabra escrita. Al menos aún le quedaba eso. Pero sí que deseaba que su padre pudiera encontrar algo de equilibrio en la vida y se ocupara de otras cosas, como de cortar el césped para que así los vecinos dejaran de llamar quejándose.

—¡Hola, soy yo! ¿Estás aquí? —gritó Cormac ante semejante desastre mientras se guardaba las llaves en el bolsillo y cerraba la puerta.

Pasaron unos minutos antes de que su padre por fin apareciera, saliendo del dormitorio del fondo con aspecto cansado y desaliñado. Cormac lo había encontrado tantas veces desmayado de lo borracho que estaba que tenía una llave. Siempre que Evan no abría la puerta, él entraba con su llave, como había hecho esa noche.

El desánimo se le posó en los hombros como una pesada mochila.

—¿Qué pasa? ¿No has ido a trabajar hoy?

—No, no he ido. No... no me encontraba bien.

¿Por la resaca? Parecía que podía ser por eso. Ni siquiera se había afeitado ni peinado.

¿O habría estado demasiado inmerso en el libro que hubiera estado leyendo? Últimamente le había dado por el género fantástico.

—¿Cuántos días de baja llevas este año?

—No lo sé —respondió su padre.

Cormac estaba casi seguro de que tenía cierta idea... y que eran demasiados.

—Vas a perder el trabajo. Lo sabes, ¿verdad? ¿Y qué vas a hacer luego?

—No he faltado tantos días —dijo Evan frunciendo el ceño—. No quería estar de un lado para otro, no con Gia en el pueblo. ¿Crees que quiero que me vea trabajando en un concesionario de tractores?

A Cormac le estaba empezando a doler la cabeza. Seguro que se había deshidratado sin darse cuenta desde que había llevado al parque a la señora Wood y a Astro esa mañana. Tenía que acordarse de beber más agua. Aunque también era por su padre.

—Creo que tienes que seguir con tu vida y olvidarte de ella... por completo. He decidido que todos tenemos que hacerlo. ¿Qué más da si está en el pueblo? Que te despidan solo...

Había estado a punto de decir: «Que te despidan solo servirá para permitirle quitarte más de lo que te ha quitado ya», pero ya no era capaz de pronunciar semejantes palabras, y eso decía algo sobre la duda que lo había invadido en las últimas veinticuatro horas.

—Que te despidan solo servirá para ponerte en una situación peor —terminó en su lugar.

—Cliff no va a despedirme —dijo su padre estremeciéndose para mostrar su escepticismo—. Marilou y él tienen suerte de tenerme. Estoy más que sobrecualificado para ese trabajo.

Y, aun así, había sido un empleado terrible. ¿Es que no entendía que sus títulos no importaban si no se aplicaba en el trabajo?

—Es tu forma de ganarte la vida, papá. Te paga el alquiler. No puedes permitirte perderlo. Y piensa en ellos. No son tus niñeros. Cuentan con que los ayudes con su negocio.

Su padre se pasó los dedos por el pelo, que se le había encanecido y había empezado a ralear por delante. Su barba, tan prominente ahora, también estaba gris, y tenía unas arrugas profundas en la cara.

—No seas un capullo criticón. Sé cuáles son mis responsabilidades. Me he puesto malo, pero seguro que mañana estaré bien.

Cormac estaba seguro de que había estado lo bastante bien como para ir a trabajar, pero no había ido hasta allí para intentar controlar la pereza con la que su padre se enfrentaba a su trabajo. Por mucho que temía la respuesta, quería saber si Evan había estado mintiéndole sobre lo que había pasado con Gia aquella noche.

—Bueno, ¿y tú qué haces aquí? —dijo Evan, y, dirigiendo su mirada inyectada en sangre al reloj, bostezó—. Es viernes por la noche. No suelo verte los viernes.

Porque Cormac solía salir con sus amigos... o tenía alguna cita. Después de una semana dura en la clínica, se tomaba libres los sábados y ni siquiera estaba de guardia gracias a un acuerdo que tenía con Vinny DiVincenzo, el veterinario del pueblo de al lado. Vinny cubría las dos consultas los sábados y Cormac las cubría los domingos. Así los dos disponían de un día a la semana sin tener que atender urgencias.

—Acabo de salir de la clínica y voy de camino a casa. Tengo a Duke en la camioneta, así que no puedo quedarme mucho, pero he venido a decirte que hace unos minutos Gia se ha presentado en mi clínica.

Su padre se apartó la mano del pelo.

—¿Que... ha hecho qué? ¿Por qué? Nunca se te había acercado.

—Ha sido culpa de Louisa. Hoy ha llamado a Ida.

—¿Para qué?

—Porque quiere lo que quieres tú, papá. Lo que queremos todos. Que se retracte.

—Gia no va a retractarse. No después de tanto tiempo.

Cormac observaba a su padre deseando poder ver lo que pasaba detrás de sus ojos, porque no había nada que indicara que estaba mintiendo. De haber sido así, de haber habido la más mínima señal de falsedad, él habría dejado de creerlo hacía años.

—Llevas tanto tiempo hablando de enfrentarte a ella que supongo que Louisa no ha podido contenerse y ha hecho intención de decir algo.

Su padre parecía pensativo.

—¿Cómo ha respondido Ida? Nos llevamos bien, ¿sabes?

—Pues no lo sabía, no. ¿Habla contigo?

—No exactamente. No nos paramos a hablar a propósito, pero me trata con bastante amabilidad cuando nos cruzamos por la calle.

—Eso no significa que vaya a aceptar tu versión y a ponerse en contra de su hija, papá —dijo Cormac—. No tiene ningún interés en implicarse en esto. Además, es posible que esté demasiado enferma. Louisa ha sido muy insensible al ponerse en contacto con ella.

Evan no dijo si estaba de acuerdo con eso o no. Pareció quedarse pensándolo unos minutos. Luego se rascó la nuca y preguntó:

—¿Qué ha dicho Gia?

—Estaba cabreadísima porque Louisa haya molestado a su madre, y lo entiendo.

Su padre bordeó la encimera para acceder a la cocina. Abrió la nevera y sacó dos cervezas. Le ofreció una a Cormac.

Cormac negó con la cabeza. No estaba de humor para relajarse con su viejo y tomarse una. Estaba furioso por cómo vivía su vida Evan y ya no estaba seguro de poder culpar a Gia de ello. La disonancia cognitiva que estaba empezando a experimentar le estaba generando una nueva clase de malestar; solo quería quitarse de encima ese sufrimiento y esperaba que su padre lo hiciera posible convenciéndolo de que lo que él estaba empezando a sospechar no era la realidad de la situación.

—¿Has hablado con ella? —preguntó Evan.

—Sí. He tenido que hacer de árbitro para que la situación no se descontrolara. Louisa estaba como loca.

Cormac oyó salir la presión de la lata cuando su padre la abrió.

—Y... ¿cómo ha acabado la cosa?

—Tienes razón. Gia no se ha retractado de lo que dijo.

Su padre enarcó las cejas antes de dar un gran trago de cerveza. Cuando no dijo nada, Cormac miró a su alrededor echando un vistazo a la cocina. Había comida pegada a los platos que estaban entre y encima de las montañas de libros, basura saliéndose del cubo, leche caducada...

—¿Has comido algo hoy?

—Antes, un sándwich.

—Tienes que limpiar esto. No es sano estar aquí. Han pasado diecisiete años desde que Gia te acusó de abuso. Ya es hora de que lo dejes atrás, tanto si pasó como si no.

Su padre levantó la cabeza con brusquedad.

—¿Tanto si pasó como si no?

Sin darse cuenta, Cormac acababa de mostrar su duda, pero, bueno, de todos modos había tenido intención de llevar la conversación en esa dirección.

—Sí. ¿Por qué iba a decirlo si no fue verdad?

—¡Ya lo hemos hablado! ¡Quería que le subiera la nota!

—Dice que la invitaste a casa para hablar de su nota. Y que fue entonces cuando pasó.

De pronto, su padre aplastó la lata, aunque seguía llena, y la cerveza le cayó por las manos y al suelo.

—¿Estás de coña? —gritó lanzando la lata contra la pared—. ¿Ahora tú también me vienes con esas? ¿Precisamente tú, Cormac?

Cormac miró la cerveza que caía por la pared y la lata, que había aterrizado en el suelo. Evan no solía alzar la voz. Estaba claro que le había tocado la fibra. Siempre había tenido la precaución de no examinar la situación con demasiada atención por miedo a perder más aún de lo que había perdido hasta el momento, pero la necesidad de saber la verdad era cada vez mayor, al igual que el deseo de que, en su mente, aquel incidente quedara resuelto por fin.

—Siempre ha sido preciosa —dijo con tono bajo pero insistente—. Atrayente. Cautivadora. Sexi de la leche. La recuerdo perfectamente y entiendo que pudieras encontrarla atractiva. Era casi una adulta, no es que fuera una niña pequeña. Tú eras un profesor popular. A lo mejor pensaste que sus sentimientos reflejaban los tuyos o... o pensaste que iba detrás de ti. ¡Solo dime la verdad, papá! ¿Lo hiciste? Porque no quiero seguir defendiéndote si eres culpable. No está bien. No es justo. Y menos para alguien que ha sido señalada.

—¡No lo hice! —gritó—. ¿Cuántas veces tengo que decirlo? ¡NO LO HICE!

Cormac cerró los ojos como para protegerse del eco de la voz de su padre. Había esperado aclararse un poco, pero ahora no sabía más que cuando había conducido hasta allí con la intención de por fin presionar a Evan. ¿Llegaría a saber la verdad algún día?

Evan se mantenía inflexible.

Pero Gia también.

Capítulo 9

Desde que había visto a Gia junto a la piscina el jueves por la noche, una fuerza implacable lo había empujado a acercarse a las ventanas que daban al jardín de los Rossi. El viernes por la noche Gia no había aparecido por allí, y él había dado por hecho que habría salido con amigas. Pero el sábado se había sentado junto a la piscina durante cerca de una hora y había vuelto a salir el domingo, justo antes de que Cormac fuera a meterse en la cama. La imagen lo había dejado paralizado junto a la ventana de su dormitorio, a pesar de que tenía que madrugar para llevar al parque a la señora Wood y a Astro.

Esa mañana había sacado la transcripción del juicio de su padre, que en su momento había encontrado *online* y había almacenado en una caja en su armario. Había estado hojeándola a ratos durante el día. No solo quería saber si Gia mentía, sino que le interesaba saber cómo había superado el incidente si es que había dicho la verdad. El rechazo y el escepticismo, de él y de otros, habría sido difícil de soportar.

Jamás olvidaría verla sentada en el estrado, pálida pero firme, con un bonito vestido rosa que la hacía parecer más joven y dulce. Debían de haberle indicado que se pusiera algo así, porque él nunca la había visto vestida de esa forma. Probablemente también la habían preparado para cómo responder mientras el fiscal del distrito le hacía relatar los hechos en cuestión. Aunque Cormac ya la había leído una vez ese mismo día, se llevó la transcripción a la mesita de noche y se sentó en la cama para repasar la parte en la que el fiscal del distrito, un hombre llamado Brindley, subía a Gia al estrado.

Para acabar con el juicio lo antes posible y dejar atrás lo sucedido, su padre había elegido prescindir de un jurado. El abogado defensor que habían contratado había comentado que la vía más inteligente sería un juicio sin jurado para evitar así que la acusación pudiera llenarlo de madres, que serían más susceptibles al dolor emocional que Gia, sin duda, diría haber sufrido.

Así que la tribuna del jurado había estado vacía, pero la del público, llena.

Señor Brindley: *¿Qué tal le iba en los estudios en general?*
Gia Rossi: *No de maravilla. Estaba demasiado entretenida socializando.*
Señor Brindley: *Pero le encantaba la Literatura Inglesa. Solías sacar buenas notas en esa asignatura. ¿Es así?*

En ese momento, el abogado defensor se había puesto en pie.

Señor Jacobs: *¡Protesto, Su Señoría! Está induciendo a la respuesta.*
El tribunal: *No ha lugar. La testigo puede responder.*

Gia se había mostrado un poco conmocionada por el fervor de la objeción, pero se había recompuesto y había dicho: *Nunca he sacado menos de un Notable en Literatura Inglesa.*

Señor Brindley: *Y aquí mismo tenemos sus expedientes académicos para demostrarlo. Que conste en acta que los anteriores boletines de notas de Gia lo reflejan.*

El abogado de la acusación había levantado una carpeta, que había incorporado como prueba antes de proceder.

Señor Brindley: *¿Cómo le iba en la clase del señor Hart?*

Gia Rossi: *Bien. Entregaba todos mis trabajos a tiempo. Y hasta ese momento saqué buenas notas.*

Señor Brindley: *Entonces no estaba preocupada por su nota.*

Gia Rossi: *Estaba un poco preocupada, pero solo porque necesitaba un Sobresaliente en Literatura Inglesa para no perder mi beca de voleibol en la Universidad de Iowa. Suponía que sería fácil, porque nunca había tenido problemas. Pero entonces el señor Hart me puso un Suficiente en mi trabajo de investigación.*

Señor Brindley: *¿Por qué cree que le puso una nota tan baja?*

Gia Rossi: *En ese momento no lo supe.*

Cormac recordó que ahí su tono de voz bajó de forma radical.

Gia Rossi: *Ahora creo que lo sé.*

Señor Jacobs: *¡Protesto, Su Señoría! ¡Eso es especulación!*

El juez: *Por favor, responda la pregunta.*

Después de eso, el señor Brindley había intentado captar la atención de Gia de inmediato para que ella no titubeara.

> Señor Brindley: *¿Está diciéndome que no cree que mereciera un Suficiente en su trabajo de investigación?*
>
> Gia Rossi: *¡Claro que no lo merecía! ¿Por qué iba a pasar de sacar casi todo Sobresaliente en su clase a casi suspender en un trabajo tan importante?*
>
> Señor Brindley: *A lo mejor estaba empeorando en Literatura Inglesa igual que en el resto de asignaturas. El último curso supera a muchos jóvenes.*

Cormac soltó una risita carente de humor al leer esa parte. Claramente, Brindley había intentado contrarrestar algunas de las afirmaciones que sabía que saldrían de la defensa.

> Gia Rossi: *No es el caso. Pueden leer mi trabajo y compararlo con lo que entregaron los otros alumnos, a los que el señor Hart les puso mucha mejor nota. Pueden hablar con mis amigas. Les dirán que me tomé el trabajo muy en serio. Incluso me quedé en casa y me perdí una fiesta a la que estaba deseando ir para tener tiempo de sobra para hacerlo bien.*
>
> Señor Brindley: *¿Puede decirnos qué fue lo que no le gustó al señor Hart de su trabajo?*
>
> Gia Rossi: *Después de clase me acerqué a su mesa para preguntárselo, pero había muchos alumnos intentando hablar también con él y solo me dijo que había esperado más de mí.*
>
> Señor Brindley: *¿No le dijo qué hizo mal?*
>
> Gia Rossi: *Me dijo que ya hablaríamos luego.*
>
> Señor Brindley: *¿Y tuvo la oportunidad de hacerlo?*

Gia Rossi: *Supuse que la tendría cuando sonó la campana y me dio un papelito diciéndome que fuera a su casa después del entrenamiento de voleibol de esa tarde.*

Señor Brindley: *¿No se sale de lo habitual que un profesor le diga a una alumna que vaya a su casa? ¿Le había pedido el señor Hart en alguna ocasión anterior que fuese a su casa?*

Gia Rossi: *No, pero vive al final de mi calle. Como es mi vecino, no me pareció tan raro.*

Señor Brindley: *¿Y fue a su casa?*

Gia Rossi: *Sí.*

Señor Brindley: *¿Fue entonces cuando lo presionó para que le subiera la nota?*

De nuevo, Cormac, sobre todo ahora que era adulto, vio que Brindley había estado intentando anticiparse a la defensa al adelantarse al argumento de que estaba tan decepcionada con su nota que estaba manchando la reputación de su profesor para vengarse.

Gia Rossi: *No lo presioné para que me subiera la nota. Esperaba que me dejara rehacer el trabajo. A veces nos dejaba cuando sabía que un alumno podía hacerlo mejor.*

Señor Brindley: *¿Está diciendo que permitía a sus alumnos rehacer un trabajo para que pudieran sacar un Sobresaliente?*

Gia Rossi: *No, la nota más alta que daba si lo rehacías era un Notable, pero a mí me bastaba con un Notable en el trabajo para sacar un Sobresaliente en la asignatura.*

Señor Brindley: *¿Estaban su esposa e hijos en casa la tarde que usted fue allí?*

Gia Rossi: *No.*

Señor Brindley: *¿Le dijo dónde estaban?*
Gia Rossi: *A lo mejor lo dijo. No me acuerdo. Ahora sé que estaban en el instituto viendo el partido de béisbol de Cormac.*

Cormac había sido un lanzador bastante bueno; no como para las grandes ligas, pero sí que había conseguido una beca de béisbol en Duke, donde se había graduado en Ciencias Animales. Aquella noche Wakefield jugaba contra sus mayores rivales, así que incluso sus hermanas habían ido a verlo. Su padre era el único que se había perdido el partido porque, según dijo, tenía trabajos que corregir. El final de curso en Literatura Avanzada siempre le ocupaba mucho tiempo.

Pero, si lo que decía Gia era verdad, Evan no había faltado al partido por el trabajo; lo había planificado todo para pasar esas horas acostándose con una alumna de la que se había encaprichado.

Señor Brindley: *¿Llevó su trabajo?*
Gia Rossi: *Lo llevé, sí. Pero me dijo que lo dejara por ahí, que ya lo veríamos luego. Primero quería hacerme unas recomendaciones para mi Club de los libros prohibidos y me preguntó si quería beber algo.*
Señor Brindley: *¿Le ofreció algo como una Coca-Cola? ¿Un té helado tal vez?*

Cormac recordaba la mirada cohibida que ella le había lanzado a su padre.

Gia Rossi: *No. Alcohol.*

El fiscal del distrito había abierto los ojos como platos como para quedar bien delante del juez.

Señor Brindley: *Pero si solo tiene diecisiete años. ¿Para qué iba un profesor a ofrecerle alcohol a una alumna menor de edad?*

Gia Rossi: *Me dijo que seguro que ya bebía con mis amigos y que no pasaba nada por un poco de ron con Coca-Cola.*

Señor Brindley: *¿Usted bebe con sus amigos?*

Ella había agachado la cabeza.

Gia Rossi: *A veces.*

Señor Brindley: *¿Y bebió aquella noche con el señor Hart?*

Gia había vuelto a levantar la mirada, lo suficiente para que Cormac pudiera verla sonrojarse.

Gia Rossi: *Un poco.*

Cormac recordaba el murmullo que se generó entre el público, probablemente no lo olvidaría nunca, y las expresiones de desaprobación que habían arrugado el rostro de los familiares de ella, sentados al otro lado del pasillo. Estaba claro que no les había hecho gracia que hubiera aceptado el alcohol. Eso mancillaba su reputación, no la hacía parecer una víctima inocente.

Pero probablemente había sido algo orquestado. Que admitiera haber hecho algo malo le daba más credibilidad. Sería lógico que el juez, o cualquiera, pensara que, si decía la verdad en eso, debía de estar diciendo la verdad en todo lo demás.

Pero Cormac no había dejado que eso lo influyera. Era imposible que su padre le hubiera ofrecido alcohol a una de sus alumnas. Eso pondría en peligro su trabajo.

El fiscal del distrito habló por encima del ruido.

Señor Brindley: *¿Y qué pasó después?*

El rostro de Gia había pasado de rojo a ligeramente teñido de gris, como si le hubiera producido náuseas relatar la historia. Hasta ese momento había puesto en escena una actuación estelar. Las hermanas de Cormac estaban sentadas a ambos lados de él. Recordó que Louisa se inclinó para susurrarle que Gia se merecía un Óscar por su actuación.

Pero ahora él no podía más que preguntarse si aquello había sido un teatro o todo lo contrario.

Gia Rossi: *Se quitó la camisa.*

La vergüenza que había invadido a Cormac cuando ella hizo ese comentario había sido atroz. Aun así, había seguido insistiendo en que su padre no habría hecho algo tan vergonzoso, al igual que no le habría ofrecido alcohol a una alumna. Todo aquello se había ideado para castigar a un profesor por interponerse en el camino de una beca de voleibol.

Señor Brindley: *¿Que hizo... qué?*

Cormac se retorcía en su asiento mientras el señor Brindley intentaba darle más bombo a la respuesta de Gia, sin duda para asegurarse de que el juez la oía.

Gia Rossi: *Se quitó la camisa.*
Señor Brindley: *¿Y usted se marchó en ese momento?*

Cormac recordaba que Gia empezó a hurgarse las cutículas.

Gia Rossi: *No.*

Señor Brindley: *¿Por qué no? Seguro que tuvo que parecerle extraño que se quitara ropa.*

Gia Rossi: *Pensé que se la quitó porque tenía calor. Me dijo que tenía calor. Y además estaba bebiendo, así que pensé que no estaría pensando con claridad. Yo seguía esperando que pudiéramos hablar de mi trabajo. Quería que me dijera por qué le parecía tan terrible y qué podía hacer para mejorarlo. Y... y cuanto más rato pasaba allí, él parecía ponerse más simpático, y eso me hizo tener más esperanzas.*

Señor Brindley: *Es comprensible. A mí no me parece tan descabellado...*

Señor Jacobs: *¡Su Señoría, el señor Brindley está introduciendo su propia opinión en el testimonio de la testigo!*

Había habido muchas protestas. El juez había admitido algunas y denegado otras. Esa se había aceptado. Pero al señor Brindley no había parecido importarle. Había sonreído a su ayudante cuando estaba de espaldas al juez, como si ya hubiera logrado su objetivo al asegurarse de que todo el mundo hubiera oído lo que había dicho.

Señor Brindley: *¿Pudo llegar a hablar con el señor Hart sobre su nota?*

Gia Rossi: *No.*

Señor Brindley: *¿Puede hablar más alto?*

La respuesta de Gia apenas había sido perceptible. Cormac no había estado perdiendo detalle y, aun así, había tenido que inclinarse hacia delante para captarla. Pero, ante la insistencia del fiscal, una desafiante y obstinada expresión cubrió el rostro de Gia, que alzó la barbilla y dijo más fuerte:

Gia Rossi: *No.*

Señor Brindley: *¿Por qué no?*

Gia Rossi: *Porque ahí fue cuando el señor Hart me llevó hacia él y... y...*

Había titubeado, y Cormac recordó que él rezó por que no pudiera terminar la frase.

Señor Brindley: *Sé que esto es difícil. Contarlo tiene que ser casi tan vergonzoso y doloroso como lo fue vivirlo. Pero necesito que le diga al juez qué pasó exactamente.*

A esas alturas, Cormac tenía ganas de vomitar. Se había dicho que debía salir de la sala antes de que ella pudiera acatar las instrucciones del fiscal. Había sabido que las imágenes que la respuesta de Gia le meterían en la cabeza se quedarían con él para siempre. Pero no se había podido creer que ella pudiera mentir sobre algo tan monumental, así que tenía que quedarse y oírlo por sí mismo. Había sido como presenciar un espectáculo dantesco. Pero, por muy horrorizado que estaba de presenciar semejante carnicería, no podía dejar de mirar.

Gia Rossi: *Me besó.*

Dada la cantidad de veces que él mismo había soñado con besarla, Cormac se estremeció.

Señor Brindley: *¿Intentó usted resistirse?*

Ella había mirado abajo unos segundos y seguía hurgándose las cutículas mientras Cormac, y probablemente el resto de su familia, contenía el aliento.

Señor Brindley: *¿Señorita Rossi?*

Cuando Gia levantó la mirada, los ojos le brillaban por las lágrimas.

Gia Rossi: *Al principio no.*

Mientras oía los gritos ahogados y los murmullos a su alrededor, Cormac había permanecido en silencio, con la mirada clavada en la cara de ella y pensando que estaba haciendo lo mismo que había hecho con lo del alcohol, admitiendo una pequeña falta para que el resto de lo que dijera resultara más creíble.

Señor Brindley: *¿Por qué no?*
Gia Rossi: *Me quedé impactada... y... desbordada, supongo. La verdad, no lo sé. Seguía pensando que me gustaba... que... que era un profe guay... No sé.*

Gia había sacudido la cabeza como con impotencia mientras repetía que no lo sabía.

Señor Brindley: *¿Y qué pasó luego?*
Gia Rossi: *Me quitó la camiseta, me desabrochó el sujetador y empezó a besarme los pechos. Ahí fue cuando lo aparté y le dije que quería hablar de mi trabajo.*

Cormac se estremeció. Tenía ganas de vomitar. En ese momento el señor Brindley se había visto obligado a alzar la voz para que se lo oyera por encima del ruido.

Señor Brindley: *¿Y cómo reaccionó él?*
Gia Rossi: *Me dijo que no me preocupara por el trabajo. Que era uno de los mejores de la clase.*

En aquel momento, el murmullo había aumentado hasta el punto de casi ahogar la siguiente pregunta del fiscal, y el juez tuvo que advertir al público que permaneciera en silencio.

Señor Brindley: *¿Y aun así le puso un Suficiente?*

Gia Rossi: *SÍ. Me enfadé tanto que lo empujé otra vez. Entonces supe que... que mi trabajo no tenía nada malo. Lo había utilizado como excusa para hacerme ir a su casa.*

Señor Brindley: *¿Y qué pasó después?*

Gia Rossi: *Me dijo que solo podía pensar en mí. Que daría lo que fuera por que me metiera en el dormitorio con él. Pero yo ahí ya estaba demasiado asqueada por lo que estaba pasando como para dejar siquiera que me tocara. La nota mala que no me merecía, el alcohol, lo demás...*

Señor Brindley: *¿Y qué hizo usted?*

Gia Rossi: *Intenté soltarme, pero me tenía agarrada por el brazo. No dejaba de decirme que me lo pasaría bien si... si dejaba de resistirme. Que sería delicado conmigo y que para mi primera vez me merecía alguien experimentado. Me dijo que hacer el amor sería algo que los dos recordaríamos siempre y que no me preocupara por mi beca porque me pondría un Sobresaliente en la asignatura.*

De nuevo, el ruido que se había levantado entre el público dificultó que se oyera al fiscal, y de nuevo también el juez advirtió a todo el mundo que se callara.

Señor Brindley: *¿Le dijo que la quería?*

Gia Rossi: *Sí. Le pregunté por su esposa y dijo que la dejaría si nosotros podíamos estar juntos.*

Cormac había mirado a su madre cuando Gia había dicho eso, pero Sharon, ahí sentada rígida y estoica, no le había devuelto la mirada.

Esas palabras lo habían atravesado. Que su padre pudiera alejarse de la familia por una alumna... le había parecido inconcebible.

Señor Brindley: *¿Y usted siente que lo haya querido en algún momento?*

Antes de por fin dar una respuesta, ella había vacilado como si no supiera qué responder.

Gia Rossi: *No era amor. Me gustaba. Creía que me gustaba. Confiaba en él. No me podía creer que me pusiera un Suficiente si no me lo merecía. Y sabía que no quería que siguiera tocándome. Me parecía espeluznante, mal.*

Señor Brindley: *¿Y paró?*

Gia Rossi: *Al principio no. Estaba intentando meterme la mano por dentro de los pantalones. Los desabrochó y bajó la cremallera y me metió la mano por la parte delantera. Yo intentaba quitármelo de encima, pero, hasta que no empecé a gritar pidiendo ayuda, él no vio que mi respuesta era un no de verdad. Luego me soltó y retrocedió como si le hubiera asombrado que no me hubiera metido en el dormitorio con él.*

Unas lágrimas habían empezado a caerle por las mejillas, pero se las secó rápidamente.

Gia Rossi: *Le dije que iba a contarle al director que había hecho trampas con mi nota. No sé por qué, pero eso era lo que más me preocupaba porque... porque el rollo físico no había llegado tan lejos y en*

*parte me sentía culpable por haber bebido con él.
Pero entonces empezó a amenazarme, me dijo que
me suspendería si se lo contaba a alguien. Me dijo
que yo tenía lo que había pedido por coquetear con
él en clase y que él tenía todo el poder, así que nadie
me creería si intentaba desafiarlo.*

El silencio que había caído en la sala tras esas de-
claraciones había resultado más ensordecedor que el
propio ruido. El señor Brindley se quedó callado unos
segundos. Incluso entonces Cormac había sabido que
el hombre había alargado el momento para conseguir un efecto dramático. Había querido que todo el
mundo en la sala, sobre todo el juez, viera aquella
noche a través de los ojos de Gia.

Cuando por fin habló, lo hizo en voz muy baja.

Señor Brindley: *¿Y cómo acabó todo?*

Gia Rossi: *Como pude, me coloqué la ropa y salí corriendo.*

Señor Brindley: *¿La siguió?*

Gia Rossi: *No.*

Señor Brindley: *¿Cómo actuó él la siguiente vez que
lo vio?*

Gia Rossi: *Cuando llegué a clase al día siguiente, hizo
como si no hubiera pasado nada, aunque sí que me
subió la nota del trabajo a un Notable. Mi amiga
me lo dijo casi en cuanto entré. Nuestras notas estaban en un listado en la pared.*

Señor Brindley: *Pero aun así usted fue a ver al director.*

Gia Rossi: *No sabía qué hacer, pero ya no quería estar
más en su clase, así que, sí, fui a ver al señor Apple-
gate y me cambió a la clase de la señora Summerfield. Lo gracioso es que iban una semana por detrás
de nosotros y la gente justo estaba entregando sus*

trabajos de investigación, así que entregué el mío junto con los demás.

Señor Brindley: *¿No cambiaste nada?*

Gia Rossi: *Ni una sola frase.*

Señor Brindley: *¿Y qué nota le puso la señora Summerfield?*

Gia Rossi: *Un Sobresaliente Bajo.*

Se hizo otro murmullo colectivo en la tribuna del público tras el cual el señor Brindley dijo: *No hay más preguntas, Señoría.*

Cormac dejó a un lado la transcripción. Después de aquello, el abogado defensor había tenido oportunidad de contrainterrogar a Gia y hacerle admitir, de nuevo, que aquella noche había estado bebiendo, lo que significaba que podría no recordar los hechos con claridad. Había señalado que la nota de un trabajo solía ser algo subjetivo y que podían darse dos notas muy distintas incluso cuando no había una conducta inapropiada de por medio. Después su padre se había sentado en el banquillo y había presentado su parte del argumento de forma excelente, dejando mal a Gia.

En resumen, todo aquello había sido una puta pesadilla.

Tras volver a dejar la transcripción en la mesilla de noche, Cormac se levantó y se apoyó en la pared del dormitorio mientras volvía a mirar a Gia, que seguía abajo. Aunque tenía el teléfono en la mano, no lo estaba usando. Que hubiera salido de forma tan discreta, sin encender las luces, indicaba que sus padres estaban durmiendo y que ella estaba disfrutando de un momento de paz a solas, ahí sentada en la tumbona y mirando las estrellas.

Cormac se preguntó por qué el frío no la habría hecho volver a entrar, pero entonces se recordó que

Gia había pasado bastante tiempo en Alaska. Tal vez el frío no le molestaba. Tal vez echaba tanto de menos los espacios abiertos de los que había disfrutado durante aquellos años que le merecía la pena pasar fresco. No es que Wakefield fuera un lugar abarrotado precisamente, solo tenía cinco mil habitantes, pero probablemente era grande comparado con algunos de los lugares en los que ella había vivido desde que se había ido de allí.

Después de que se marchara la primera vez, él se había visto tentado a seguirla. Su mundo había estado desmoronándose a su alrededor y había pensado que, si ella lo escuchaba, se enteraba de lo que estaba pasando como consecuencia de sus mentiras y tenía algo de compasión, tal vez estaría dispuesta a decir la verdad, y eso podría restablecer la reputación de su padre y salvar su empleo, además del matrimonio de sus padres.

Él pensaba que, si Gia tenía conciencia, tendría que reparar ese daño. Pero su padre la había demonizado tanto ante la familia y cualquiera dispuesto a escucharlo que Cormac había dejado de creer poder llegar hasta ella, hiciera lo que hiciera.

Y ahora, diecisiete años después, Gia estaba volviendo a convertirse en humana para él. ¿Debería hablar con ella? Y, en ese caso, ¿qué le diría?

Mostraría una actitud mucho menos acusatoria que antes, eso seguro. A juzgar por cómo había vivido su padre y lo que había logrado ella, últimamente Gia era la que parecía más de fiar. Aunque Cormac quería culparla de eso en lo que se había convertido su padre (para ser justo, esa posibilidad seguía existiendo, ya que había hombres que no podían superar las acusaciones falsas vertidas sobre ellos), una vocecita dentro le decía que, si la personalidad de su padre hubiera sido como se suponía que era, habría encontrado el modo de vivir una vida íntegra a pesar de todo. Un hombre como había creído que era su padre no querría ser una carga para su familia y sus amigos...

Se frotó las sienes mientras intentaba encontrar un modo de contactar con Gia que no implicara a nadie más y no se convirtiera en la comidilla de todo el pueblo.

Sin duda, no podían verlos juntos...

Por suerte, la parte trasera de sus casas daban la una a la otra. Había incluso un portón entre las dos. Y ella salía casi todas las noches a pesar del frío. Ahora mismo él podría ir e interrumpir su soledad, pero sabía que no sería una sorpresa bien recibida. Gia tenía que estar dispuesta a verse con él; era el único modo de que pudieran tener una conversación cordial. Eso significaba que Cormac tenía que darle a elegir, y esperaba que ella accediera.

Así que escribió una nota pidiéndole que fuera a su casa al día siguiente por la noche, o que propusiera otro lugar de encuentro privado si ella no se sentía cómoda yendo a su casa. Esperó a que Gia entrara y después dejó la nota en la tumbona bajo una piedra para que el viento no se la llevara.

Capítulo 10

El domingo había sido una tortura. Sheldon se había mostrado susceptible con cada uno de sus comentarios o expresiones y había insistido en que estuvieran todo el rato juntos. Cuando Margot le había dicho que había quedado para tomar un *brunch* con sus padres y su hermana, él le había dicho que ellos dos tenían que hacer cosas como familia.

Mientras conducían hacia la tienda de artículos de deporte en Sioux City, Margot había querido preguntarle si eso significaba que al final se iría de caza. Necesitaba estar segura. Por suerte, la compra de la nevera portátil era señal de que Sheldon no lo había descartado del todo.

Redobló esfuerzos para ser la esposa amedrentada y obediente, para actuar como si no hubiera cambiado nada, pero la llegada de su hermana, junto con el fugaz arrebato desafiante que ella había mostrado en la cocina el viernes por la noche, parecía haberlo puesto en alerta máxima. Sheldon sabía que, si Margot llegaba a decirle a Gia que era infeliz, él tendría una batalla real entre manos. Por fin Margot tenía la posibilidad de recibir algo de apoyo más allá del de sus padres, que intentaban no involucrarse y que tampoco podían ahora que estaban lidiando con las últimas fases del cáncer.

Estaba doblando la colada sobre el sofá después de la cena el lunes por la noche, mientras los niños jugaban en su habitación y Sheldon veía golf por la tele, cuando oyó que alguien llamaba a la puerta.

—¿Quién es? —preguntó él sin levantarse de su sillón reclinable. Al parecer, abrir la puerta era trabajo de ella.

Margot soltó la camiseta que acababa de doblar y fue a averiguarlo. Por la ventana vio el SUV de su padre en el camino de entrada, pero, cuando abrió la puerta, fue su hermana la que estaba en el porche.

—Hola. ¿Y mamá y papá?

—Mamá no se veía con ganas de venir y quería irse a la cama, así que papá se ha quedado en casa por si necesita algo.

—Exceptuando unas cuantas horas que trabaja al día cuando puede, el pobre apenas se ha separado de su lado.

—Hoy ha podido trabajar todo lo que ha necesitado, así que creo que tenía ganas de ayudar a mamá a acostarse y pasar un rato tranquilo con ella.

Gia levantó la bolsa que llevaba.

—Les he traído un regalo a los niños. ¿Te importa si paso?

Margot no quería dejarla pasar, no podía permitirse un enfrentamiento con Sheldon, y ya que Gia nunca se mordía la lengua, ponerlos en la misma habitación era un riesgo. Pero ¿cómo iba a echar a su hermana? No había visto a los niños desde que había vuelto al pueblo.

—Claro. Ha... habría sido más sencillo si hubieras llamado, así podríamos haber organizado algo...

—¿Organizado algo? No pensé que fuera a suponer tanto problema pasarme a ver a mis sobrinos.

—No lo es —le aseguró Margot—. Claro que no. Solo decía que... Bueno, da igual.

A regañadientes, retrocedió para dejar pasar a su hermana y gritó:

—¡Matthew! ¡Greydon! Vuestra tía ha venido a veros.

Los niños llegaron corriendo desde la habitación del fondo y le echaron los brazos a Gia alrededor de las piernas, casi tirándola al suelo mientras ella se reía.

—¡Hala! Habéis crecido mucho desde la última vez que os vi.

—Voy a ser más grande que mi padre —dijo Matthew.

—Y yo —dijo Greydon.

Sheldon ni se molestó en bajar la televisión. Miró a Gia como si estuviera preguntándose si iba a tener que aguantar su presencia. Cuando los niños terminaron de desenvolver los sets de Lego que Gia les había comprado y empezaron a construir un castillo de Harry Potter, Gia levantó la mirada y se dirigió a él.

—Hola, Sheldon.

Él se limitó a gruñir, algo que avergonzó a Margot. Dado lo que iba a pasar en un futuro muy cercano, tampoco supo decir por qué. Tal vez era porque el comportamiento de Sheldon evidenciaba aún más que Gia no se equivocaba con él: era un marido pésimo. No entendía por qué no intentaba guardar las apariencias con Gia, como hacía con los padres de ambos y con el resto del pueblo. Suponía que sería demasiado complicado hacerlo con alguien que ya lo tenía calado.

Después de recuperar la bolsa que había llevado, Gia metió la mano y sacó una navaja con el nombre de Sheldon grabada.

—He pensado que te podría ir bien cuando te vayas de caza la semana que viene —dijo, y cruzó la habitación para dársela.

Él la agarró y la examinó durante un momento.

—¿Me la has comprado a mí?

—Tiene tu nombre, ¿no? —dijo ella con tono guasón.

—Sí. No muchas cosas lo tienen.

—Ya, bueno, tu nombre no es muy popular en el mundo de la caza, pero un amiguete que conocí a través de Eric trabaja mucho con madera y me la personalizó.

—Gracias —dijo él solo un poco de mala gana—. A lo mejor estás pasando página, ¿no?

—Si me estás preguntando si ya me caes bien, la respuesta sigue siendo «no» —contestó Gia, aunque se rio al decirlo.

Margot vio que a Sheldon no le quedó claro si era una broma y ella, desde luego, no iba a explicarle que probablemente era más bien una ofrenda de paz por el bien de ella que un cambio de opinión por parte de Gia.

—Bueno, a mí tampoco me gustas —se quejó él—, pero esto sí —añadió con una sonrisa mientras levantaba la navaja.

—Bien —dijo Gia encogiéndose—, así ya no podrás decir que nunca te he regalado nada.

—Eso es verdad, pero no esperes un regalo a cambio —dijo Sheldon tronchándose de risa como si su respuesta hubiera sido lo más ingenioso del mundo.

Gia sonrió con ironía al decir:

—Teniendo en cuenta todo el tiempo que llevas en la familia, ¿por qué iba a esperar que empezaras a ser amable ahora?

Aliviada de que las bromas fueran bastante cordiales, a pesar del trasfondo más serio, Margot intervino antes de que la cosa empeorara.

—He hecho una tarta *red velvet* que hemos tomado después de cenar. ¿Por qué no vienes a la cocina y te pongo una porción?

Gia insistió en jugar con los niños primero y ayudarlos a construir los Lego que les había regalado. Llegado el momento, también los metió en la cama y estuvo casi media hora leyéndoles cuentos.

Cuando por fin entró en la cocina, Sheldon acababa de apagar la tele e iba por el pasillo para prepararse para acostarse.

Agradecida de tener un rato tranquilo con su hermana, Margot cortó una porción de tarta, añadió una buena cucharada de helado y la puso en la mesa.

—Esos niños están saliendo de maravilla a pesar de Sheldon —dijo Gia al sentarse y levantar el tenedor—. Deben de ser nuestros genes.

Margot empezó a reírse.

—¿Qué pasa? —dijo Gia, claramente sorprendida—. ¿No vas a enfadarte conmigo por ese comentario?

—No.

—¿Por qué no?

—¿Serviría de algo?

—Probablemente no —contestó Gia con una sonrisa pícara antes de ponerse seria—. ¿Qué te pasa?

—¿Qué quieres decir?

—La pérdida de peso. Me parece algo extrema. Y tienes ojeras. Me estás preocupando.

Al instante, Margot se puso seria.

—Tranquila, no es nada. Solo quería adelgazar.

—¿Comiendo *red velvet*?

Margot se rio.

—No he comido nada. Últimamente no me llama mucho el dulce.

—No es solo el peso. Esta noche es la primera vez que te he oído reír desde que he vuelto a casa.

Margot bajó la mirada.

—Mamá tiene cáncer, Gia. Se está muriendo. ¿Hay algo por lo que estar feliz?

—Lo que le está pasando a mamá es horrible, pero... ¿es todo por eso?

—Por supuesto.

Gia dio un bocado antes de inclinarse hacia delante.

—Si pasara algo más, si tuvieras problemas económicos o alguna mala noticia sobre ti o los niños, me lo dirías, ¿no?

Margot se levantó, tapó la tarta y se puso a limpiar las encimeras.

—El negocio marcha bien y todos estamos sanísimos.

Gia la miró fijamente.

—¿Me lo prometes?

Margot se moría por contarle la verdad a su hermana. Sabía bien que no debía, pero necesitaba hablar con alguien desesperadamente. Abrió la boca para decir algo, no sabía qué, pero entonces un ruido en el extremo de la cocina la hizo girarse. Vio a Sheldon.

—Es tarde —dijo él con el ceño fruncido—. ¿No vienes a la cama?

A Margot se le aceleró el corazón. Había estado a punto de abrirse y soltarlo todo.

Menos mal que no lo había hecho.

Carraspeó mientras intentaba decidir qué responder. Sabía que lo que había dicho Sheldon era más que una sugerencia. Habría consecuencias si no se iba a la cama, porque él interpretaría esa decisión como que prefería a su hermana antes que a él.

—Sí... eh... ya estábamos terminando.

Claramente sorprendida por ese repentino giro cuando ni siquiera habían tenido tiempo de mantener una conversación entera, Gia miró a Sheldon y volvió a mirarla a ella. Margot reconoció esa determinación de acero en los ojos de su hermana. Gia estaba tentada a decirle a Sheldon que se metiera en sus propios asuntos y las dejara en paz, pero a Margot debió de reflejársele en la cara algo de su repentino pánico, porque Gia pareció cambiar de opinión.

Después de tomarse el último bocado de tarta, algo que probablemente hizo para indicarle a Sheldon que al menos iba a terminarse el postre antes de dejar que se llevara a su hermana, le dio el plato a Margot.

—Estaba deliciosa. Gracias.

—De nada.

—Me marcho —le dijo a Sheldon con una voz que sonó a «Te has salido con la tuya».

Aún intentando evitar problemas, Margot intervino antes de que él pudiera decir nada.

—Lo siento. Tenemos... que madrugar.

Gia le dio un breve abrazo para despedirse de ella y pasó sin más por delante de Sheldon. Pero, bueno, mucho mejor eso que lo que Margot se había temido que hiciera.

Cuando la puerta se cerró al salir Gia, Margot contuvo el aliento, temerosa de que Sheldon dijera que no se atrevía a irse de viaje si su hermana iba a estar yendo a casa y pasando tiempo con los niños y con ella mientras él estaba fuera. Pero la sorprendió al darle la navaja que le había regalado Gia y decir:

—¿Te puedes creer que me haya traído un regalo? Es la primera vez, ¿no?

Margot la agarró, la giró y pasó el pulgar sobre las letras grabadas.

—Parece buena —dijo preguntándose por qué se habría molestado su hermana en comprarla con lo mal que le caía Sheldon.

—Debe de haberle costado una pasta.

Parecía halagado por que se hubiera gastado tanto, así que Margot no pudo evitar quitarle un poco de ilusión.

—Ya, pero me da la impresión de que gana mucho dinero.

—¿Desde cuándo has empezado a pensar tan bien de tu hermana? —dijo él con el gesto torcido—. Puede que gane bien, pero ni por asomo llega a lo que gano yo.

Gia y su socio habían levantado el negocio de cero. Nadie les había regalado nada, y eso era digno de destacar. Pero no lo mencionaría. A Sheldon no le gustaba tener competencia, y menos cuando se trataba de su hermana.

—Es imposible que gane tanto como tú —convino ella a pesar de no tener ni idea de que fuera así. Le daba igual. Solo quería quitárselo de encima, y, si siguiéndole la corriente había más probabilidades, diría casi lo que fuera.

—¿Crees que en serio va a quedarse todo el invierno? —preguntó él como tanteando mientras ella le devolvía la navaja.

Margot necesitaba y ansiaba con locura que él se fuera de viaje, no podía darle motivos para quedarse.

—Qué va. Justo antes de que entraras estaba hablando de marcharse.

—¿Cuándo?

A Margot no se le daba bien mentir, pero, como pudo, se inventó algo que hiciera totalmente creíble su comentario.

—No ha dicho cuándo. Solo me ha comentado que tiene mucho agobio con el trabajo porque aún no han cerrado para la temporada y que le da rabia perderse el viaje fotográfico que ha estado organizando con su socio. Seguro que es solo cuestión de tiempo.

Él chasqueó la lengua.

—Te lo dije.

—Sí, sí que me lo dijiste —contestó Margot, y suspiró aliviada cuando Sheldon salió de la cocina de pronto ya sin importarle si se iba o no a la cama con él.

A su hermana le pasaba algo. La dinámica que Gia acababa de presenciar era... rara. Sheldon siempre había tenido más poder en la relación y Gia llevaba años viéndolo abusar de ese poder aunque de formas más sutiles.

Ahora la relación estaba todavía más desequilibrada. Casi una década de gran esfuerzo para complacerlo, pensando que estaría más contento y la trataría mejor si ella satisfacía todas sus exigencias, sin duda no había funcionado. A él le había bastado con entrar en la cocina y sugerirle a Margot que se fuera a la cama para que su hermana corriera a obedecer, y eso que había parecido que estaba a punto de confiarle algo importante a Gia.

¿Qué le habría querido contar?

Si Margot y Sheldon no estaban bien, Margot se lo habría dicho, ¿no? ¿Por qué iba a guardarse precisamente eso? Sabía que Gia no lo apreciaba.

Eran solo las nueve y cincuenta cuando llegó a casa, pero, exceptuando la luz de la cocina, que su padre le había dejado encendida, la casa estaba a oscuras y en silencio. Suponía que con el tiempo se acostumbraría a irse pronto a la cama, pero, si intentaba dormir ahora con la rabia y el rencor que estaba sintiendo hacia Sheldon hirviéndole por la sangre, se quedaría mirando al techo dos horas.

Decidió servirse una copa de vino, meterse en el yacusi y ver una peli en el portátil mientras estaba fuera. Así que se lavó la cara, se lavó los dientes, se recogió el pelo en un moño alto y despeinado, se puso el bikini y buscó en Netflix algo que le apeteciera ver. Después de decidirse por el último *true crime* estrenado, se llevó afuera el portátil y una botella de vino.

Después de levantar la gruesa cubierta de espuma, el vapor salió de la superficie del agua y flotó hacia la negra inmensidad del cielo. Tras una rápida comprobación del termostato, vio que marcaba unos calentitos cuarenta grados. Aliviada de no tener que sentarse fuera en el frío como las noches anteriores cuando había salido a tomar algo de aire, preparó el portátil de modo que solo tuviera que presionar el botón de Play, se quitó su sudadera de Alaska y dejó las chanclas a un lado antes de meterse en el agua.

El calor fue un gustazo y ella cerró los ojos mientras se hundía bajo el agua y apoyaba la cabeza en el borde del yacusi unos minutos, relajándose. Acababa de incorporarse y servirse un poco de vino cuando plantó la mirada en la tumbona donde solía sentarse.

Encima había una piedra grande, qué raro. ¿Quién la habría puesto ahí? Últimamente sus padres apenas salían al jardín. Ya hacía demasiado frío fuera. Un profesional se ocupaba de la piscina y, desde el diagnóstico de su madre, un servicio de jardinería se ocupaba de cortar el césped y arreglarlo todo en lugar de su padre. Gia se había preguntado por qué Sheldon nunca se había ofrecido a echar una mano. Sabía que Margot habría hecho todo lo posible por ayudar si hubiera sido la madre de él la que estuviera luchando contra una enfermedad potencialmente mortal. Pero a lo mejor es que estaba demasiado ocupado.

Al ver algo blanco asomar debajo de la piedra, salió a ver qué era.

Un papel, vio al acercarse. Alguien había colocado un papel en la tumbona y lo había asegurado con una piedra para que no se volara. ¿Pero quién?

Miró a la casa. Todas las habitaciones seguían a oscuras menos la cocina, que tenía la misma luz encendida.

Echó un ojo por encima de la valla, pero la casa de Cormac también estaba a oscuras. Ni siquiera había luz en el porche. O no estaba en casa o, al igual que sus padres, ya se había ido a dormir.

—Qué raro —murmuró. Se secó las manos en la sudadera que se había quitado, porque no se había molestado en sacar una toalla, y levantó la piedra.

Era una nota. E iba dirigida a ella.

Gia:

Llevamos casi dos décadas teniendo que vivir con lo que pasó en el instituto. Es mucho tiempo. Recuerdo cuando me enfrenté a ti en los pasillos, y me estremezco solo de pensarlo. Me porté fatal. Si no merecías lo que te dije, lo siento.

Pero no te voy a mentir. Sigo indeciso y confundido sobre quién dice la verdad. Mi padre insiste en que querías hundirlo, y no tengo ninguna razón para dudar de él. Su historia tiene tanto sentido como la tuya. Luego, por supuesto, está la cuestión del amor, la lealtad y lo que quiero creer, y por supuesto no quiero creer que mi padre pudiera hacer eso de lo que lo acusaste.

¿Me darías un momento para hablar ahora que estoy calmado y te escucharé de verdad? Entiendo que debe de ser un tema duro para ti, sobre todo ahora con lo que está pasando en tu familia. Pero no sé si responsabilizar a mi padre de lo que pasó aquella noche o seguir compadeciéndome de él porque alguien lo acusó de hacer algo que no hizo.

Si estás dispuesta, por favor, ven a casa o propón otro sitio donde podríamos vernos para que tengamos

unos minutos para hablar. Te juro que no te trataré
mal. Ni siquiera alzaré la voz. Y no te entretendré más
de unos minutos. Solo quiero hablar, en serio.

Gracias por tu consideración.

Cormac

—Ay, Dios —murmuró Gia. No quería quedar con Cormac. ¿Por qué iba a querer ir a su casa y meterse en la boca del lobo para hablar de algo que le gustaría poder bloquear de su mente? Y si no iba ahí, ¿qué otro sitio podría proponer?

Dobló la nota por los mismos pliegues. «Nop», se dijo. Daba igual que se lo hubiera pedido con mucha amabilidad. No tenía por qué hacerlo, no le debía nada.

Pero ¿interpretaría él su negativa como un signo de culpabilidad? ¿Daría por hecho que ella se avergonzaba de su comportamiento?

Le daba igual, decidió. Era imposible convencerlo de la verdad. Si Cormac no la había creído después de haber presenciado el juicio, no iba a creerla ahora. Él mismo lo había dicho: no «quería» creerla.

Por otro lado..., la solidaridad que la gente del pueblo les estaba mostrando a los Hart la estaba dejando a ella sin amigas. No había hablado con Ruth desde que habían tomado algo juntas la otra noche, y Sammie más o menos había intentado defender a Ruth cuando había llamado al día siguiente para limar asperezas. Gia veía que se estaba quedando en medio, pero sentía que al final Ruth probablemente gozaría de más lealtad porque vivía ahí y Sammie la veía mucho más a menudo.

Además, Cormac era joven e impulsivo cuando habían tenido aquella confrontación en el instituto. Igual que ella. A lo mejor deberían hablar como adultos e intentar aplacar el dolor causado por el señor Hart para que todos pudieran cerrar ese capítulo. Ella nunca había querido hacerle daño a la familia de él. Ojalá alguien entendiera que...

Volvió a poner la nota debajo de la piedra para que no se la llevara el viento ni se mojara mientras volvía al yacusi, donde, en lugar de ver la película, se pasó veinte minutos mirándola y dándole vueltas en la cabeza a si debería o no quedar con él.

Por suerte, cuando salió ya era demasiado tarde para ir a casa de nadie, así que el conflicto interno terminó por esa noche.

Al final decidió que le devolvería la pelota. Si tanto quería hablar con ella, le daría la oportunidad. Pero no iba a plantarse en su casa, y menos en plena noche. La única razón por la que estaba dispuesta a quedar con él era lo sosegado que se había mostrado en su clínica. Podría haberse sumado al ataque. Desde luego, era lo que había querido Louisa. Pero, aun así, él se había disculpado ante Gia y la había tratado con respeto.

Cuando salió del agua, entró en casa y se duchó. Luego se puso unos pantalones de chándal calentitos, escribió una nota y usó la misma piedra como sujeción al dejársela en su puerta de atrás.

Capítulo 11

Cormac aporreó la puerta de su madre. Ahora que ella estaba teniendo algunas citas, él no solía pasarse sin avisar, y menos por la noche o a primera hora de la mañana. Le daba miedo lo que pudiera encontrarse. Si su madre estaba acostándose con alguien, no quería saberlo. Era asunto de ella nada más. Pero acababa de despedirse de la señora Wood y Astro y tenía unos minutos antes de correr a casa para ducharse. Por suerte le habían cancelado la primera cita en la clínica. No tenía que estar allí hasta las diez.

Por fin, por la estrecha ventana lateral, vio a su madre dirigirse a la puerta arrastrando los pies mientras se ataba la bata, con su pelo corto y canoso levantado por la parte de atrás, claramente por donde había tenido la cabeza apoyada en la almohada.

—¿Qué pasa? —preguntó ella en cuanto le abrió—. ¿Hay alguna emergencia? —añadió mirándolo de arriba abajo alarmada—. ¿Estás bien?

Cormac levantó las manos para indicarle que podía dejar de mirarlo en busca de lesiones.

—Estoy bien. Solo... quería hablar contigo.

Una vez que su madre supo que sus conocimientos de Enfermería no serían necesarios, lo miró enfadada.

—¿Y no podrías haberme llamado luego? ¿Tenías que despertarme a las siete y media de la mañana?

Él la miró avergonzado.

—Llevo despierto desde las cinco. Las siete y media no es tan temprano, ¿no?

—Para mí sí. Anoche trabajé hasta tarde.

—Perdona. Debería haber esperado.

Ella lo miraba desconcertada.

—¿Pero?

Pero Cormac se había asomado por la ventana nada más levantarse esa mañana y había visto que la piedra que había dejado en la tumbona del jardín de los Rossi ya no estaba ahí. Probablemente Gia, o alguien de la familia, la había visto. Sin embargo, ella todavía no se había pasado por su casa. A lo mejor la había visto muy tarde. Pero él no podía evitar dudar de que estuviera dispuesta a hablar, lo que lo dejaba sin forma alguna de resolver su conflicto interno.

—Necesito saber algo. ¿Por qué te divorciaste de papá? ¿Abusó de Gia?

Ella se quedó boquiabierta.

—¿Qué narices haces, Cormac? ¿Me sueltas esto prácticamente de madrugada diecisiete años después de aquello? ¿Por qué has esperado tanto?

Debería haberse ido a casa a ducharse y pasarse por allí luego, de camino al trabajo. Estaba húmedo de sudor por haber estado corriendo y le estaba entrando frío a pesar de la desgastada sudadera de la Clínica Veterinaria Hart que llevaba con los pantalones cortos de correr.

—Pues... —empezó a decir, pero se calló porque no tenía claro cómo expresar que era la lealtad lo que se lo había impedido. Incluso ahora se sentía culpable por intentar verificar la versión de su padre.

Además, decir de verdad lo que estaba pensando lo catalogaría como traidor, y sería imposible retirarlo.

Pero la verdad era la verdad, así que habría que enfrentarse a ella.

—Me daba miedo lo que pudieras decir.

—¿Y ya no te da? ¿Qué ha cambiado? ¿Estás harto de aguantar cómo vive su vida?

—Sí, estoy harto de eso. Pero lo que pasa más bien es que mi deseo de saber la verdad al final está pesando más que mi amor y mi lealtad. Bueno... mi amor no —corrió a corregirse—, pero ya me entiendes. Por fin estoy dispuesto a plantearme la posibilidad.

—¿En serio? ¿Después de defenderlo tanto tiempo?

—Esa es la cuestión. Ya no puedo seguir haciéndolo a menos... a menos que me sienta más seguro de lo que me siento en este momento.

—Vale.

Su madre señaló a su camioneta, desde donde Duke los miraba asomando la cabeza por la ventanilla del conductor.

—¿Estará bien si entras unos minutos?

—Estará bien.

—Vale.

Su madre esperó a que entrara y luego cerró la puerta.

—Vamos a la cocina. Voy a necesitar una taza de café para hacer esto.

A juzgar por el comportamiento de su madre, parecía como si él le hubiera pedido que abriera la caja de Pandora. ¿En serio quería hacerlo? Después de diecisiete años, ¿qué más daba lo que hubiera pasado aquella noche? Lo más seguro era que Gia solo estuviera en el pueblo unas semanas o un par de meses, y luego la vida en Wakefield seguiría prácticamente como antes. Él no necesitaba saber, ¿no? ¿Por qué contemplar esa fea posibilidad?

Porque la verdad importaba. Ser justo con Gia importaba. Y él había tardado en obligarse a considerar esa posibilidad. Podía ser que su madre no supiera más que él, pero quería escuchar su punto de vista... por fin.

—Siéntate —dijo ella, que rodeó la isla y se acercó a la encimera del fondo. Ahí fue cuando Cormac se fijó en la nueva cafetera.

—¿Cuándo te la has comprado?

—Hace unas semanas —dijo ella con aire despreocupado.

—Vi esa marca en Williams Sonoma cuando estaba buscando tu regalo de Navidad. ¡Costaba casi cuatro mil dólares!

Y justo por eso él había optado por otra cosa. Nadie que viviera solo necesitaba una cafetera de cuatro mil dólares, y sobre todo cuando no eran ricos ni mucho menos.

—Para mí un buen café significa mucho.

—¡Mamá!

Justo cuando iba a decirle que tenía que tener más cuidado con el dinero, ella le lanzó una mirada de advertencia que lo detuvo.

—No empieces. Hoy estamos hablando de los problemas de tu padre, ¿te acuerdas?

Cormac suspiró. Tenía una madre adicta a las compras y un padre descarriado. ¿Alguno de los dos era creíble? ¿O lo que pretendía era una misión imposible?

Suponía que no lo averiguaría hasta que no supiera lo que su madre tenía que decir. Ser irresponsable con el dinero podría ser indicación de que ella tampoco era perfecta, pero eso no la convertía en una mentirosa.

—Bueno... ¿qué tienes que decir sobre papá? ¿Crees que lo hizo? A ver... Lo dejaste justo después del juicio, así que... debiste de pensar que mentía.

Ojalá su madre hubiera dicho más sobre el asunto desde el principio, pero había tenido mucho cuidado de no influenciar los sentimientos de sus hijos en lo que respectaba a su padre. Siempre había dicho que ellos tenían que decidir por sí mismos.

—Hay cosas que no sabes sobre aquella noche —dijo ella cuando la cafetera empezó a zumbar.

Cormac se sentó en uno de los tres modernos taburetes negros. Su madre podía ser adicta a las compras, pero nadie podía decir que no tuviera buen gusto.

—¿Cuáles? ¿Y por qué nunca me las has contado?

—Porque no has preguntado. Y no sé nada con certeza. Solo tu padre puede decirte qué pasó de verdad aquella noche.

Gia también podía, por supuesto. Solo hacía falta que él pudiera creer lo que decía.

—Yo... tenía unas cuantas pruebas más que tus hermanas y tú —dijo su madre.

—¿Cuáles? —repitió él.

—Unos indicios sutiles, claro.

Su madre le puso un *macchiato* delante y fue a preparar otro para ella mientras añadía:

—Por cómo se comportó aquella noche. Por las cosas que dijo.

Cormac probó la bebida y se alegró de que su madre hubiera hecho café. El líquido lo hizo entrar en calor.

—Me parece que voy a necesitar una explicación más detallada.

—Cuando nos fuimos a tu partido aquella noche, le pedí que viniera con nosotros. Yo quería que estuviéramos todos apoyándote como familia, pero me dijo que tenía que trabajar e insistió en que no podía perder ese tiempo.

—Eso es convincente, ¿no? Siempre estaba ocupado los dos últimos meses del curso.

—Pero yo sabía que había terminado de corregir los trabajos de investigación, que era lo que le quitaba tanto tiempo. Y, sí, podía haber tenido que hacer otras cosas, y por eso no insistí, pero... hubo algo en su excusa que no me pareció real. Recuerdo que me molestó que no se hubiera comprometido a ver tu partido. Y desde luego no me dijo que una alumna iba a ir a casa. De ser así, yo me habría opuesto por completo.

—¿Porque que fuera una chica a casa lo podía exponer a una acusación?

—Incluso que fuera un chico. Si un alumno dice que lo han amenazado o atemorizado... o agredido sexualmente, como es el caso, estás en un buen lío, ¿no? Créeme, después de todos los años que pasó dentro del sistema educativo y de los alumnos complicados, y los padres más complicados todavía, con los que se topó de vez en cuando, por no hablar de las cosas que leíamos en los periódicos y que eran incluso peores, habíamos aprendido a no correr riesgos. Por eso no podía entender que se hubiera metido en ese follón.

—Lo que te hizo sospechar fue que rompiera el protocolo. Pero era una vecina, mamá. Él dice que ella fue sin que la invitara.

Sharon negó con la cabeza.

—No. Eso tampoco me pareció verdad. Aquella noche se quedó en casa por alguna razón, y creo que fue para ver a Gia.

—¿Intuición femenina?

—Eso y que cada vez estaba más obsesionado con ella.

Cormac notó cómo las cejas se le dispararon hacia arriba.

—¿Qué quieres decir?

—Antes de lo de aquella noche me había soltado montones de comentarios sobre esa chica en particular. Sobre lo brillante que era. Lo especial que era. Lo gran estudiante, escritora, persona y... de todo que era. La admiraba por haberles plantado cara a las mujeres que lo obligaron a prohibir los libros que él quería trabajar en clase y estaba ayudándola con ese club de lectura de rebeldes que ella había formado. En mi opinión, eso hizo que tuvieran demasiado contacto.

—Y además Gia era preciosa.

Y lo seguía siendo...

—Eso nunca lo dijo claramente, pero yo sabía que lo pensaba. Mucho antes de que salieran a la luz las acusaciones, a mí ya me estaba haciendo sentir incómoda en lo que respectaba a ella.

—¿Le dijiste algo antes de aquella noche? ¿Le dijiste que veías que se estaba enganchando demasiado a ella?

—Una vez le pregunté si era consciente de lo mucho que hablaba de ella y me dijo que no fuera ridícula, que lo único que le interesaba era que ella lograra entrar en la universidad.

—¿Pero entonces por qué le puso un Suficiente en el trabajo si sabía que necesitaba mínimo un Notable para tener un Sobresaliente en la asignatura?

—Dijo que era un trabajo del todo mediocre. Ya lo oíste en el juicio. Pero yo leí el trabajo. No estoy diciendo que fuera el mejor trabajo de investigación del mundo, pero no era para un Suficiente. Estaba bien elaborado, tenía una extensión correcta, estaba bien estructurado y tenía notas a pie de página y todo. A las malas, él podría haber dicho que se merecía un Notable Bajo, pero no un Suficiente. En eso ella tenía razón.

Ahí su madre había tocado un punto clave, y es que Cormac también había leído el trabajo de Gia por aquel entonces, cuando por el instituto había circulado una fotocopia. Pero él, un año menor, no había entendido cómo debería haber sido el trabajo de investigación, así que no le había costado tanto creerse que era insuficiente de algún modo, como su padre había dicho. Se había dicho que él no veía la diferencia porque no era profesor.

Sin embargo, desde entonces, había llegado a entender que no estaba tan mal y, para reforzar su confianza en su padre, se había apoyado en el hecho de que calificar trabajos de Literatura podía ser algo muy subjetivo. Además, su padre había admitido tener muchas expectativas puestas en ella. ¿Pero un Suficiente? Los Suficientes se reservaban para personas que no se esforzaban en los trabajos, que no seguían el plan de estudios, que no entregaban las tareas a tiempo o que entregaban trabajos con enormes lagunas lógicas, una redacción, una gramática o una puntuación pobre... o una mezcla de todas esas cosas. El trabajo de Gia no había tenido nada de eso.

—¿Comentó que estuviera decepcionado con el trabajo antes de aquella noche? —preguntó Cormac, aún buscando una forma de aferrarse a la convicción de que Gia mentía.

Su madre se llevó su taza a la encimera y, en lugar de sentarse, se quedó de pie delante de él.

—No. Después de todo lo que me había hablado de ella, lo normal habría sido que dijera algo de eso también. Pero nunca dijo ni una palabra.

Dio un sorbo de café y continuó estremecida:

—¿Y su comportamiento aquella noche cuando llegamos a casa? Estaba nerviosísimo. No pudo dormir, hizo varios comentarios sobre las cosas que se inventan los alumnos y sobre que incluso los mejores profesores pueden meterse en líos cuando hay falta de honradez de por medio. Era como si me estuviera preparando para lo que iba a pasar, esperando inocularme contra las acusaciones de Gia.

Cormac frunció el ceño.

—¿Algo más?

—Gia —dijo su madre sin más.

—¿Gia?

—Odio admitirlo, pero a mí me pareció la más auténtica. A lo mejor fue un truco de la acusación, pero que ella haya seguido defendiendo su versión desde...

—Papá también ha seguido defendiendo la suya —la interrumpió Cormac—. Creo que los dos tenían que... guardar las apariencias.

—Soy consciente.

—Y Gia era un espíritu libre y obstinado que no temía desafiar a la autoridad. No me costaba ver que hubiera intentado algo como... como inventárselo todo para conseguir mejor nota.

—Y justo por eso Evan podría haber pensado que tenía una oportunidad con ella —dijo su madre en voz baja—. ¿Nunca lo has visto de ese modo?

Cuando Cormac maldijo para sí, su madre se acercó y le dio un apretón en el hombro.

—No dejes que esto te vuelva loco, cielo. Ha pasado mucho tiempo. Independientemente de que tu padre lo hiciera o no, es agua pasada. Tú solo... perdónalo y sigue adelante.

—¿Por eso nunca has intentado convencernos a Louisa, a Edith o a mí?

—No quería convencer a nadie porque yo no tenía claro que tuviera razón. A nadie le gusta acusar a una persona inocente. Yo solo tenía demasiadas dudas como para seguir confiando en Evan. Por eso, por mucho que supiera que sería duro para las chicas y para ti, y aún me siento mal por lo que sufristeis los tres con el divorcio, necesitaba salir de esa relación y empezar de nuevo.

Cormac no podía acusarla de egoísta; su madre había vivido básicamente volcada en ellos durante una década o más después de aquello, cuando todos ya estaban bien entrados en la vida adulta. Hasta hacía unos pocos años no había vuelto a salir con nadie y hacía menos tiempo aún que se había centrado en sí misma con la pérdida de peso y el nuevo vestuario.

—Si era lo que necesitabas por tu propia cordura y felicidad, entonces hiciste lo correcto.

Los labios de su madre se curvaron en una sonrisa cargada de gratitud.

—Gracias. No quería estar casada con alguien que pudiera...

—¿Aprovecharse de una de sus alumnas?

—Sí, pero lo que más me afectó fueron las mentiras. Que pudiera hacerle eso a Gia y luego intentara colgarle una imagen tan terrible para salvarse él. Solo tenía diecisiete años.

—Seguro que a ella aún le quedan unas cuantas cicatrices.

—Seguro que sí —convino su madre—. Bueno... ¿y tú qué piensas?

—Que ojalá tuvieras una prueba irrefutable, que me dijeras que papá te lo confesó o algo así.

—Me temo que no puedo facilitarte tanto las cosas. Pero hay algo más.

Él acababa de levantar la taza, pero, al oír a su madre, volvió a bajarla.

—¿Qué?

—Es... bastante íntimo, algo que me cuesta hablar, sobre todo contigo. No te lo diría si... si no lo estuvieras pasando tan mal e intentando saber qué pasó.

—Tú dímelo y ya.

—Vale. Para ser completamente transparente, tu padre me llamó desde el instituto al día siguiente y me contó lo que había pasado, que Gia decía que él había tenido un comportamiento inapropiado y que llegaría tarde a casa porque tenía una reunión con el director. Me quedé tan disgustada que recorrí la casa entera buscando algo que demostrara que ella no decía la verdad.

Dio otro trago de café antes de añadir:

—O sí, como resultó.

La acidez del *macchiato* de Cormac estaba empezando a quemarle el estómago. Lo ignoró.

—¿Y qué encontraste?

—Un lubricante nuevo escondido en su cajón que no había visto nunca.

—Ay, Dios —murmuró Cormac—. ¿Por qué no dijiste nada en el juicio?

—Porque tampoco es que fuera una prueba irrefutable, ¿no? Él podría habérmelo comprado a mí perfectamente, así que no pensé que estuviera ocultando nada importante. Además, quería darle el beneficio de la duda, sobre todo por tu bien y el de tus hermanas. Pero encontrar aquello... Bueno, a mí me dijo mucho, más aún porque nunca volví a verlo.

—¿Se deshizo de él?

—Cuando volví a mirar, no estaba en el cajón. Creo que ni siquiera intentó fingir que lo había comprado para mí porque sabía que resultaría raro que lo hubiera hecho justo en ese momento.

—Y a esas alturas probablemente era una prueba de su culpabilidad, así que le avergonzaba lo que significaba.

—Exacto.

Cormac agachó la cabeza mientras pensaba en lo que su madre le había contado.

—Bueno, ¿qué? ¿Te arrepientes de haber preguntado?

Él se bajó del taburete para irse a casa y prepararse para el trabajo.

—Sí.

***

—Llegas tarde.

La brusca respuesta de Louisa a su saludo hizo que Cormac vacilara antes de entrar en su despacho.

—En mi agenda tengo las diez en punto.

—Esa es nuestra primera cita. Abrimos a las nueve. ¿Y si hubiera habido una urgencia?

—Me habrías llamado.

—La gente cuenta con que estemos abiertos a las nueve —le soltó ella.

Duke lo apartó al pasar para poder llegar a su cuenco de agua.

—Louisa, esta es mi clínica —le recordó Cormac—. Yo fijo mi horario.

—¿Qué pasaría si yo decidiera hacer lo mismo con mi trabajo?

—¿Qué le pasaría a cualquier otro empleado que no se presentara a trabajar?

Era él el que le pagaba un sueldo a ella. Seguro que su hermana podía ver la diferencia.

—¿Me despedirías?

Cormac suspiró.

—Todo esto es por Gia, ¿no?

Debería haber llamado a su hermana e intentar hablar de lo que había pasado en la clínica. Podría haberla tranquilizado, convencerla de que se calmara y aplacara algo de su ira. Pero no había querido reconocer que tenía semejante conflicto interno. Había esperado que pudieran dejar el asunto como estaba, ignorar ese pequeño bache en su rutina y retomar las cosas tal como habían estado antes de que Gia hubiera entrado en la clínica.

—Te pusiste de su lado en lugar de en el mío —dijo Louisa—. Jamás pensé que vería algo así.

—No me puse de su lado. Solo intentaba evitar un enfrentamiento desagradable. Llevamos un negocio.

Necesitamos guardar cierta imagen en este pueblo, ser profesionales.

Ella lo miraba con desprecio.

—¿No tuvo nada que ver con que sea tan guapa?

Cormac extendió las manos.

—¿De qué me estás acusando?

—¿Te crees que no sé lo que sentías por ella en el instituto? ¿Que fue tu gran amor? Me acuerdo de cuando te apuntaste a esa chorrada de su club de lectura. ¡Pero si por entonces ni siquiera leías! Estabas tan obsesionado con el béisbol que con suerte hacías los deberes.

—Eso pasó hace mucho tiempo.

—¿Estás diciendo que ya no la encuentras atractiva?

—Esto es ridículo. La única vez que he hablado con ella ha sido para intentar frenar lo que estaba pasando aquí en la clínica. Es una mujer dura. Mejor no meterse con ella.

Y él debería saberlo. Desde luego, Gia no se había guardado de discutir con él el día que habían despedido a su padre. Casi todo el instituto se había enterado de aquella discusión a grito pelado.

—Pues yo puedo enfrentarme a Gia —dijo su hermana—. ¡O podría haberlo hecho si al menos hubiera tenido un poco de apoyo!

Él recorrió el pasillo en dirección a su despacho, pero, una vez que abrió la puerta, se giró.

—No pienso unirme ni a ti ni a nadie para ir a por Gia. En algún momento la cosa tiene que quedar entre papá y ella. Propongo que lo dejemos ahí.

Louisa lo siguió y entró con él en el despacho.

—¿Por qué ahora? Esa es la cuestión. Sabes lo que le hizo a papá. Llevas diecisiete años odiándola igual que nosotros.

—«Odiar» es una palabra muy fuerte, Louisa.

Su hermana se quedó boquiabierta.

—¡Ay, Dios! ¿Pero a ti qué te ha entrado?

—¡La duda! —gritó él finalmente—. ¿Nunca te has preguntado si es ella la que ha estado diciendo la verdad? ¿Sobre todo después de ver la vida que lleva papá?

—¡Lleva la vida que lleva por culpa de ella! Se lo quitó todo. Lo hundió, Cormac. Por eso estoy tan furiosa. Por eso tú también estabas tan furioso.

Cormac se pasó una mano por el pelo.

—¿Pero esa es la verdad... o es solo lo que queremos creer?

—Viste el juicio conmigo.

—Sí. Y existe el pensamiento selectivo, que puede ser la razón por la que nunca cambiamos de opinión, pero el juez, cuyo trabajo es ser imparcial, llegó a la conclusión de que ¡papá era culpable!

—Eso no significa que el juez acertara. Además, hoy en día el beneficio de la duda suele ir para la mujer. Ya oíste al abogado de papá. Después de que se leyera el veredicto, dijo que diez o quince años atrás el resultado habría sido completamente distinto.

—Puede que sí, pero eso es porque por fin los tribunales les están dando a las víctimas la consideración que merecen. Que lo encontraran culpable al menos debería habernos hecho plantearnos la posibilidad de que podíamos ser nosotros los que nos equivocáramos.

—No —dijo ella manteniéndose firme—. No pienso fallar a papá.

—Es papá el que se ha fallado a sí mismo. Al menos, desde que pasó todo esto. Y también puede ser que haya sido él el que nos ha fallado a todos desde el principio.

Ella levantó las manos.

—No sé por qué estás dudando de todo ahora. ¿Has hablado con papá?

—Sí.

—¿Y? ¿Ha cambiado su versión?

—No, pero tampoco ha hecho nada por convencerme. También he hablado con mamá. Por eso he llegado tarde.

Louisa se quedó paralizada.

—¿Y qué te ha dicho?

Cormac tenía que tener cuidado. Lo último que quería era hacerle más daño a su familia, sobre todo a su padre, que apenas tenía una vida mínimamente productiva.

—Nada nuevo. Tiene sus dudas. Por eso lo abandonó.

—Pero... ¿cómo de convencida está?

—Lo bastante como para no poder seguir viviendo con él, pero no tanto como para intentar convencernos a nosotros.

Y él tampoco estaba en posición de intentar convencer a Louisa o a Edith o a ninguna otra persona. No tenía respuestas, solo más preguntas. Y si estaban tranquilos con las opiniones que mantenían, que así fuera. Podían tener razón, ¿por qué ponerlos en duda?

El timbre sonó por el vestíbulo, en la puerta principal. Louisa miró atrás al oírlo y bajó la voz.

—Estás equivocado, Cormac. Y estás cometiendo un gran error.

Ojalá él pudiera estar tan seguro. Pero no. Se encontraba en tierra de nadie, de pronto en ninguno de los dos lados. Estaba haciendo lo posible por recuperar su convicción, pero, cuanto más ahondaba en el problema, menos seguro estaba.

—A lo mejor sí. Pero tengo que ser sincero conmigo mismo y con todos los demás.

Capítulo 12

Gia llevaba sin saber nada de Sammie desde aquella llamada el día después de que hubieran tomado unas copas juntas. Tampoco había sabido nada de Ruth. No dejaba de pensar que una de las dos llamaría, pero entendía qué las mantenía alejadas. Ruth se sentiría desleal hacia Edith y Sammie se sentiría desleal hacia Ruth, y como Sammie y Ruth tenían que convivir entre ellas y con los Hart a diario, probablemente les preocupaba más proteger esas relaciones.

Evan Hart llevaba tanto tiempo manteniendo el mismo relato que la gente de Wakefield había empezado a aceptar su versión de los hechos y ahora ya no quedaba nada de cualquier duda o solidaridad que la hubiera podido favorecer en aquel momento. A lo mejor no importaba tanto cuando estaba en Alaska o en Coeur d'Alene viviendo su vida y a su rollo. En esas circunstancias ella podía hablar con Sammie y con Ruth sin que interfiriera en cualquier relación que ellas pudieran tener con Edith y Louisa. Pero, ahora que había vuelto al pueblo, la historia cambiaba por completo. Se sentían divididas, como si tuvieran que elegir.

—Hoy estás muy callada —comentó su madre mientras echaban una partida de *gin rummy*. Su padre se había ido a la oficina después de desayunar y probablemente no volvería hasta la hora de la cena. Parecía agradecer la oportunidad de poder ocuparse de las cosas que había tenido que dejar en el olvido. Gia había tardado demasiado en llegar y por fin lo había hecho, pero que tuviera que estar ahí no significaba que fuera fácil quedarse.

—Solo estoy preocupada por Margot.

La dinámica que había presenciado en la cocina de su hermana la noche anterior había sido curiosa. Margot parecía tan ansiosa por contarle algo... y, aun así, corriendo se había puesto del lado de Sheldon en cuanto él había entrado en la cocina y había dejado claro que quería que Gia se marchara. Pero también se sentía mal por haber perdido a sus viejas amigas por un incidente que ni siquiera era culpa suya. Aunque llevaba años machacándose por haber ido a la casa del señor Hart, era imposible que se hubiera imaginado lo que él iba a hacer. Sí, había sido consciente del favoritismo que le mostraba y se había sentido halagada por ello. Sus amigas y ella habían hablado mucho sobre el profesor más mono del instituto, pero nunca había soñado con tener nada físico con él. El señor Hart había hecho tanto por apoyar su club de lectura que ella había confiado en él incluso más que en sus otros profesores. Y él había traicionado esa confianza.

Cuando estaba en terapia, antes de haber dejado la universidad y haberse marchado a Alaska para intentar curarse con libertad y alejada de todo, su psicólogo le había dicho una y otra vez que el señor Hart era el culpable. Su profesor de Literatura la había engañado. Le había puesto una nota baja a propósito sabiendo que eso la llevaría directa a su trampa. Ella solo tenía que perdonarse por ser tan crédula.

Pero no podía decirle a su corazón cómo debía sentir. El corazón sentía lo que sentía, y lo que sentía era remordimiento. Podría haber evitado todos los problemas y todo el dolor que había sufrido, y todos los problemas y todo el dolor que habían sufrido muchos otros, si aquella noche no hubiera ido a esa casa.

—Yo también estoy preocupada por ella —admitió Ida—. Se le ha apagado la mirada. Está intranquila, nerviosa, siempre pendiente del teléfono o del reloj cuando viene a casa.

—¿Te habías fijado? —preguntó Gia.

Ida, pensativa, se mordió el labio inferior.

—¿Cómo no iba a fijarme?

—¿Y no le has preguntado si pasa algo?

—Lo he intentado, pero ella insiste en que no es nada.

—Anoche me pareció que iba a contarme algo, pero entonces Sheldon entró en la cocina.

Ida frunció el ceño.

—¿Qué pasa? —preguntó Gia.

—Creo que tiene una aventura —respondió Ida mientras acariciaba a Miss Marple, que no solía despegarse de su lado y se le había subido al regazo mientras Gia y ella jugaban.

Gia bajó las cartas.

—¿Hablas en serio? ¿Se arriesgaría a perder a Margot por liarse con otra mujer?

—No lo sé. Espero que no.

—¿Qué te hace pensar que le está siendo infiel? —preguntó Gia inclinándose hacia delante.

Ida echó una carta.

—Un par de cosas.

—¿Como qué...?

Su madre suspiró.

—Sheldon está... distante, ya apenas viene a casa. Y la forma en que se comportan Margot y él cuando están aquí juntos es... No sé cómo describirla. Fría. Tensa.

Le tocaba a Gia. Jugó y eligió su descarte.

—¿Con quién podría estar engañándola?

—Con su antigua novia.

—¿Cece?

Ida asintió.

—¿Te acuerdas de ella?

—Claro. Fueron pareja durante todo el instituto. A menudo pienso que ojalá se hubieran casado.

Su madre frunció el ceño, pero, al contrario de lo que habría hecho normalmente, no le advirtió a Gia que tuviera cuidado con lo que decía.

—Cece se ha divorciado y ha vuelto al pueblo. Lleva aquí desde la primavera pasada, y tu padre y otras personas los han visto juntos por varios sitios.

Gia dio un trago de su botella de agua.

—¿Quieres decir... solos los dos?

—Solos los dos —confirmó Ida.

—¿Y qué estaban haciendo?

—Un día el mes pasado tu padre pasó con el coche por delante del parque y los vio sentados en una de las mesas de la zona de pícnic. Estaban tan ensimismados en su conversación que tu padre está seguro de que ni siquiera lo vieron. Luego mi peluquera me comentó que los vio saliendo de la oficina de Sheldon la semana pasada, aunque no recuerda el día exacto. Y Roberta Peden, de la iglesia, me ha llamado esta mañana para ver cómo estoy y me ha dicho que ha visto la camioneta de él aparcada delante de la casa de Cece varias veces. Viven en la misma manzana.

—Pues eso desde luego resulta sospechoso...

—A lo mejor por eso Margot está así... —sugirió su madre.

—No lo creo. Si fuera eso, nos lo habría dicho.

—Yo no lo tengo tan claro —contestó su madre—. Creo que no quiere disgustarnos.

Dado el estado de salud de Ida, Gia entendía esa posibilidad, y por eso ella misma pisó un poco el freno.

—A lo mejor solo son amigos. No hay leyes que prohíban que no se pueda tener amistad con un exnovio o exnovia. Le he preguntado a Margot cómo les va a Sheldon y a ella e insiste en que están bien.

—¿Cómo sabes que anoche no iba a contarte lo de Cece?

—Porque si ella pensara que Sheldon la está engañando, ya me lo habría dicho.

Su madre no parecía muy convencida, pero, antes de poder decir más, le sonó el teléfono. Lo había dejado en el despacho, así que Gia se levantó a por él.

—¡Es papá! —gritó, y respondió para que a su padre no le saltara el contestador—. Hola, papá.

—¿Qué tal va todo?

—Bien. Mamá se ha comido casi un sándwich entero de atún y pepinillo para almorzar, así que bien. Y se ha tomado unas cuantas barritas de dátiles que he hecho de postre.

—Le encantan esas cosas. No sé cómo agradecerte lo que estás haciendo.

La gratitud de su padre la agradó, pero también la hizo sentirse culpable.

—Me alegro de haber venido a casa.

—Y yo me alegro de oírte decir eso, sobre todo porque... En fin, sé que tienes buenas razones para querer estar en cualquier otra parte.

—Ahora soy adulta. Lo llevaré bien —dijo Gia, aunque había momentos en los que la rabia y la indignación le brotaban y eran tan fuertes que no sabía cuánto más podría aguantar de verdad.

—¿Necesitáis que pase por la tienda y compre algo para la cena? Voy de camino a casa...

—No, voy a hacer pastel de pollo y ya lo tengo todo listo.

—Seguro que está delicioso. Es genial tener comidas distintas a las que he estado preparando yo.

—Me alegro de que te estén gustando. Aquí está mamá.

Mientras sus padres hablaban, ella salió al jardín trasero a echar un ojo al otro lado de la valla. Llevaba todo el día haciéndolo cada cierto tiempo con la esperanza de no ver la piedra que había dejado en el porche trasero de Cormac Hart y saber así que había recibido su mensaje. Pero seguía ahí, con el papel asomando por debajo.

—Mierda —murmuró. Debería haberle dejado la nota en el porche delantero. Así él la habría visto al irse al trabajo.

Se planteó ir a moverla, pero le daba miedo que él justo llegara con el coche mientras ella estaba en el porche delantero. O que fuera a casa con su hermana o con alguna otra persona y descubrieran juntos la nota. Estaba tan a la defensiva que prefería que su mensaje fuera privado.

Tras decidir que no pasaba nada, que Cormac ya lo encontraría cuando lo encontrara, se giró para entrar en la cocina, pero entonces vio que el cielo estaba oscureciéndose, se imaginó la nota mojada y deshecha, y corrió a por ella.

No necesitaba hablar con el hijo del señor Hart. No tenía claro por qué había accedido.

Aun así, esa noche más tarde, cuando Ida y Leo se fueron a dormir llevándose a Miss Marple con ellos, de pronto se vio obsesionada con la casa de detrás. No podía dejar de mirarla desde la ventana de su dormitorio porque hacía demasiado mal tiempo como para salir. ¿Qué le estaría pareciendo a Cormac que su nota hubiera desaparecido y no hubiera obtenido respuesta? ¿Estaría dando por hecho que ella era tan mala como la había considerado siempre?

«¿Y qué más me da?», se preguntó Gia. Él jamás sería su amigo. Se habían conocido en el instituto, pero nunca habían sido amigos de verdad. Y aquel enfrentamiento junto a la taquilla de ella cuando habían despedido al padre de Cormac se cernía de forma amenazante en su recuerdo. Tal vez si hubiera sido su padre al que hubieran acusado de algo tan atroz, ella habría reaccionado igual.

Volvió a pensar en la nota que le había dejado Cormac. Parecía sincero al decir que quería hablar. Y ella, desde luego, podía atenderlo, ¿no? A lo mejor alguna especie de acuerdo podía hacer que su presencia en Wakefield fuera más sencilla para los dos. Y entonces luego tal vez podría dejar a un lado el pasado, al menos hasta cierto punto, y centrarse en la enfermedad de su madre...

Reuniendo valor para lo que sin duda sería una conversación complicada, se puso unas deportivas y corrió hasta el otro jardín intentando protegerse de la lluvia todo lo que pudo con una mano.

Cormac había asumido que Gia no tenía interés en hablar con él. Solo hacía veinticuatro horas que le había dejado la nota, no lo suficiente como para saber de verdad qué decisión tomaría ella, pero desde el principio se había esperado rechazo, y creía que eso era lo que tendría. Por eso se sorprendió cuando Gia se presentó en su puerta, empapada, justo antes de que él fuera a acostarse. Con la tormenta ni siquiera se había asomado para ver si ella aparecería junto a la piscina.

—Vaya, debe de estar lloviendo mucho más fuerte de lo que creía —dijo él al ver el agua que le goteaba del pelo y de la camiseta blanca de manga larga que tenía pegada al cuerpo junto con unos *leggings* azules.

—Llevo aquí fuera un rato —admitió ella—. He vuelto a mi casa dos veces antes de llegar a llamar a la puerta.

Él la miró intentando hacerse una idea de lo que debería esperarse durante los próximos minutos.

—¿No sabías si venir o no?

—No tenía claro que fuera a servir de algo.

La expresión de Gia no revelaba mucho más que una sensación general de fatalismo, algo que él suponía que podía entender teniendo en cuenta lo mucho que perduraba la disputa entre las dos familias. Eso no significaba que ella no estuviera lista para pelear, pero había sido él el que le había pedido que se vieran, y tenía que asumir los riesgos.

—Por favor, pasa —dijo apartando a Duke y retrocediendo al mismo tiempo—. Te voy a traer una toalla.

Inclinándose a un lado, ella intentó asomarse por detrás de él. Cormac tuvo la impresión de que estaba asegurándose de que estaba solo, que no iba a caer en una emboscada. Que Gia tuviera la necesidad de ir con tanto cuidado lo hizo sentirse mal por cómo la habían tratado su familia y él en el pasado. También le hizo admirarla por ser tan valiente como para ir a su casa a pesar de todo lo ocurrido.

—Podemos hablar aquí mismo —dijo ella.

No se fiaba de él. Estaba claro. Pero Cormac era el hijo del hombre que, según ella, había traicionado su confianza diecisiete años atrás, así que tenía sentido.

—Fuera está helando. Y soy inofensivo. Lo prometo. Tengo un negocio aquí en el pueblo. La clínica es todo en lo que me he volcado desde que salí del instituto. No pondría en peligro lo que he construido, no querría perderlo todo como hizo mi padre.

Ella los recorrió con la mirada a su perro y a él como si intentara medirles las fuerzas. No debieron de resultarle amenazadores porque se le elevó el pecho como si estuviera respirando hondo. Y entonces entró en la casa.

Cormac cerró la puerta para que el perro se quedara dentro y el frío fuera, y fue al armario de la ropa blanca a por una toalla. Estaba volviendo hacia donde estaba ella esperando en la entrada y mojando el suelo de madera cuando se dio cuenta de que también debería darle ropa seca. Subió corriendo a su habitación.

—Toma. Puedes secarte en el baño y ponerte esto después —le dijo al volver y darle una sudadera junto con la toalla.

Ella levantó la sudadera como si no tuviera claro si debiera siquiera estar tocándola.

—Estarás más cómoda —dijo él para animarla a ponérsela—. Y no tendrás que preocuparte por cambiarte antes de irte. Puedes dejarla en la valla y yo la recogeré cuando la vea —añadió, y enarcó las cejas al continuar—: A menos que prefieras seguir empapada y fría...

Gia debió de decidir que no quería seguir mojada y fría, porque se la llevó al baño que él le indicó y unos minutos después salió con ella puesta. La camiseta debió de dejarla allí con la toalla.

Él acababa de terminar de secar el suelo de la entrada y preguntó:

—¿Quieres una taza de chocolate caliente?

—¿Chocolate caliente?

Gia se agachó para acariciar a Duke. Al parecer, no tenía nada en contra de él.

—Puedo hacer café si lo prefieres, pero he pensado que a lo mejor no te apetecía mucho tomar cafeína tan tarde.

—Y es verdad —admitió ella al enderezarse—. Bastante me está costando dormir ya de por sí.

«Porque...», deseó él que hubiera seguido, pero Gia no lo hizo y Cormac no quería ahuyentarla presionándola demasiado pronto para que le diera respuestas. Sintió que sería más sensato ir poco a poco.

—Tengo vino, whisky y otras cosas que también podrían hacerte entrar en calor...

—Me quedo con el chocolate caliente.

Aliviado de que no hiciera algún chiste sobre que él fuera a envenenarla, Cormac señaló a la cocina.

—Vamos, puedes sentarte allí.

Ella lo siguió, aunque despacio. Cormac estaba seguro de que estaba fijándose en todo lo que veía en su casa y sacando todas las conclusiones posibles.

—¿Y? —dijo.

Gia se sentó en un taburete que él le había retirado al bordear la isla, en el centro de la cocina.

—¿Y... qué? —respondió ella confundida.

Cormac lanzó al cuarto de la colada la toalla con la que había secado el suelo.

—¿Qué dice mi casa de mí?

—Que no eres decorador —contestó Gia, y él se rio.

Había comprado solo el mobiliario más práctico y no había hecho nada por decorar la casa. Por un lado, no tenía dinero. Aún seguía haciéndole pagos considerables al veterinario al que le había comprado la clínica, por no hablar de sus préstamos para los estudios. Y, por otro, no tenía tiempo. O estaba corriendo por el parque o trabajando en la clínica, y no quería dedicar sus días libres a nada que no fuera reconstruir su moto *vintage* en la plaza sobrante que tenía en el garaje.

Suponía que eso indicaba que tampoco tenía mucho interés por decorarla.

—Tengo una tele, una cama y un sofá. ¿Qué más necesita un hombre? —preguntó sonriendo para mostrarle que tenía claras sus prioridades.

—¿En serio quieres que te lo diga? —preguntó Gia, pero, como estaba intentando contener una sonrisa, él pudo ver que solo bromeaba.

Estaba bien ver que tenía sentido del humor. Y parecía gustarle Duke, que los había seguido y se había sentado sumisamente al lado de ella. A lo mejor, después de todo, podían encontrar un espacio de entendimiento.

—Vaya, y yo que pensaba que habías venido a ayudarme a acordar una tregua.

—No hemos estado librando una guerra. Fue tu hermana la que tuvo el descaro de llamar a mi madre.

—Algo de lo que me avergüenzo. Pero, aun así, hay trabajo que hacer. Está claro que no hemos sido amigos.

Ella estrechó los ojos.

—¿De eso va todo esto? ¿De hacernos amigos?

Él sacó del microondas la taza que había llenado de leche y añadió un sobre de preparado de chocolate caliente.

—Va de darle una solución al conflicto.

—Me odias por haberle arruinado la vida a tu padre. ¿Cómo vamos a poder resolver algo así?

Ella rascó a Duke detrás de las orejas y el perro se le acercó más todavía. Al parecer, él no entendía que no debía confiar en ella.

—Traidor —le dijo Cormac a Duke con un gruñido, y vio un movimiento en los labios de Gia, como si ella quisiera volver a sonreír.

—Parece que se le da mejor que a ti juzgar a la gente —bromeó Gia.

Cormac enarcó una ceja.

—Mi padre también le cae bien.

—Da igual —murmuró ella.

Él soltó una risita.

—La verdad es que a Duke no le hace mucha gracia mi padre —admitió—. Y si mi padre hizo lo que dices que hizo, entonces él arruinó su propia vida, ¿no?

—¡Vaya! Jamás me habría imaginado oírte decir esas palabras. Pero, sí, justo eso era lo que opinaba mi psicólogo, y era un profesional.

¿Había ido a terapia? Cormac estaba empezando a sentirse aún peor por lo que había creído, o elegido creer, en el pasado.

—Yo opinaría lo mismo, aunque no tengo las mismas credenciales que un psicólogo.

Ella frunció el ceño y dijo:

—El problema es... que sigues usando el «si» y no sé cómo convencerte de que de verdad pasó.

A Cormac se le quitaron las ganas de bromear mientras removía el chocolate caliente, que luego le pasó por la encimera de granito.

—Me temo que ya me has convencido.

Ella se sentó más derecha.

—¿Cómo he podido hacer eso... después de tanto tiempo?

Sintiéndose como un traidor simplemente por admitir lo que se le pasaba por la cabeza, él soltó un suspiro.

—Creo que era algo que temí casi desde el principio. Bueno, no en el instituto, claro. Ahí estaba tan impactado e indignado como cualquiera...

—Me acuerdo —lo interrumpió ella lanzándole una mirada hosca.

—Siento... haberte atacado verbalmente junto a tu taquilla. Sobre todo porque la vida que ha estado llevando mi padre desde entonces no ha generado mucha credibilidad.

—Espera. ¿Tampoco me estás culpando por la vida que ha llevado desde entonces? Tus hermanas creen que lo hundí, que habría seguido siendo un marido, padre y profesor estelar si yo no hubiera «mentido» sobre él —dijo haciendo el signo de las comillas con los dedos.

—Lo sé. Pero cuanto más lo he observado, más he tenido que enfrentarme al hecho de que no es el hombre que una vez creí que era. A lo mejor si nunca te hubiera conocido...

—¿Conocerme? ¡Era su alumna!

Él levantó una mano para indicarle que no había terminado.

—Lo que pretendía decir es que pudo haber algo de mala suerte. Se topó con alguien a quien deseaba tanto como para romper todas las normas.

—Era su alumna —repitió ella—. Y tú estás culpando a la mala suerte en lugar de a su personalidad.

—Estoy diciendo que eras joven y preciosa y que creo que se enamoró de ti. Eso explicaría por qué nunca le hizo algo así a nadie más. No es una excusa, es... —dijo, y sacudió la cabeza al añadir—: Es solo una forma de entender cómo ocurrió.

—¿Quieres decir cómo pudo hacer lo que hizo?

Él asintió.

—Supongo que eso es lo que quiero decir, sí.

—Entonces, ¿me has invitado para disculparte?

Cormac la miró mientras ella daba un vacilante sorbo del chocolate que le había preparado y no pudo evitar fijarse en los sutiles cambios que se habían producido en su cara y su cuerpo desde la primera vez que la había visto. Ya se había reconocido a sí mismo que últimamente estaba incluso más atractiva, pero ahora tenía la oportunidad de observarla lo suficiente para decidir por qué. La cara se le había afinado un poco destacando sus altos pómulos. No había perdido ese velo de pecas que le cubría la nariz, cosa que él no había podido ver desde la ventana. Y sus ojos, aunque recelosos y desconfiados, también parecían... esperanzados. Y eso, que no se hubiera convertido en una completa cínica, le resultó tremendamente atrayente.

Si Gia fuera cualquier otra mujer, él se iría a dormir soñando con esos ojos.

—Para serte sincero, te he invitado con la esperanza de que algo que viera en ti, o algo que dijeras, reforzara mi confianza en mi padre. Qué felicidad da la ignorancia, ¿eh?

—La verdad es la verdad —contestó Gia.

Él asintió.

—Lo sé. Y esconderse de ella no ayuda.

Por un momento, su sinceridad pareció dejarla perpleja. Gia apenas había bebido chocolate, pero apartó la taza y se levantó.

—No es culpa tuya. Nada de lo que pasó fue nunca culpa tuya. Siento que todo eso te hiciera sufrir a ti también. Me siento fatal por que toda tu familia sufriera. Esa nunca fue mi intención cuando lo conté. Yo solo... solo quería que me sacaran de su clase y poder ir a la universidad.

Claro. Cualquiera en su lugar habría querido lo mismo. Cormac la creía. Todo, su tono de voz, su enfoque del asunto, la sinceridad en su expresión y su lenguaje corporal, sugería que era ella la que decía la verdad. Si él hubiera estado dispuesto a escucharla antes, escucharla de verdad, tal vez habría llegado a la misma conclusión. Pero había sido una realidad terrible de afrontar.

Ni siquiera ahora era fácil.

—Mierda —dijo Cormac bordeando la isla para sentarse.

Ella había empezado a marcharse, pero, al verlo, vaciló.

—¿Qué pasa?

—Ojalá estuvieras mintiendo. Ojalá... Ojalá él no lo hubiera hecho.

La compasión en la expresión de Gia cuando le rozó brevemente un hombro lo dejó sorprendido, y es que le permitió saber que habían estado castigando a una persona inocente. Una persona bondadosa.

—Forma parte del pasado, Cormac. Olvídalo —dijo ella antes de marcharse.

Pero Gia no lo entendía. Él no podía olvidarlo. Su padre seguía perpetuando una historia falsa, seguía negándose a responsabilizarse. Seguía haciendo daño a Gia al llamarla mentirosa.

Capítulo 13

Cormac la creía. Gia jamás pensó que vería el día en que eso pasara. Tampoco podría haberse imaginado la sensación de alivio que le produciría. Sabía que no debería importarle lo que pensaran los demás, y mucho menos la familia del señor Hart. El psicólogo se lo había recalcado una y otra vez: «Tú sabes la verdad. Eso es lo único que importa». Pero ella no podía evitarlo. Los Hart eran parte del tejido social de su pueblo natal y, estuvieran o no equivocados, su versión de la historia había generado cierto contagio. El modo en que se comportaban Ruth y Sammie, tan indecisas sobre si seguir o no siendo su amiga, lo demostraba. La última persona que habría pensado que se pondría de su lado era Cormac, el chaval que la había arengado junto a su taquilla el día que había saltado la noticia. Pero ahora ella ni siquiera había tenido que decirle mucho, ni se había molestado en realidad en defenderse.

Había dado por hecho que sería inútil...

Estiró la parte frontal de la sudadera azul que él le había dejado y, al bajar la mirada, vio las letras en blanco que decían «Duke». Se había quedado tan impactada que se le había olvidado la camiseta en el baño al marcharse de casa de Cormac. Suponía que él se la dejaría en la valla cuando pasara la tormenta, tal como le había indicado que hiciera ella con su sudadera.

Se planteó quitarse la sudadera para lavarla en ese instante. No quería tener que explicarles a sus padres de dónde había sacado una sudadera de talla grande de Duke. Pero la tormenta no pasaría hasta dentro de dos días, así que tenía tiempo. No estaba preparada para renunciar a lo reconfortante que estaba resultando. El forro era grueso y cálido, pero que esa sudadera en particular perteneciera a Cormac la hacía especial. Servía como prueba de lo que había sucedido esa noche, y ella quería disfrutar de ese momento todo lo posible.

—Por fin —murmuró al soltarla y dejarse caer de espaldas sobre las almohadas.

Intrigada por ver si Cormac seguía levantado, bajó de la cama y fue a la ventana, pero lo que vio fue a él de pie en su ventana, mirándola.

Soltó la cortina y dio un respingo hacia atrás. ¿La habría visto? Y, en ese caso, ¿se habría fijado en que seguía con su sudadera puesta? ¿Le parecería raro que no hubiera estado más ansiosa por quitársela?

No tenía ni idea de lo que podría estar pensando. No lo había conocido tan bien en el instituto. Él era un año menor, un jugador de béisbol especialmente bueno que había ido a algunas de las reuniones de su Club de los libros prohibidos. Nada más.

Pensó en el reencuentro que había organizado para ese fin de semana. Viendo lo tensa que estaba su relación con Sammie y Ruth, se veía tentada a cancelarlo, pero había mucha otra gente del club que iría.

Además, no quería parecer una cobarde. Eso solo les haría pensar que era culpable. Y como valoraba cómo había manejado Cormac tanto lo de esa noche como el incidente en su clínica, decidió invitarlo.

No creía que estuviera dispuesto a ir, eso sería como posicionarse en contra de su propia sangre. Pero seguro que estaría bien hacerle la invitación...

Inclinándose hacia delante, miró por la raja que quedaba entre las cortinas. Cormac ya no estaba ahí.

Tras decirse que era tonta por seguir con su sudadera puesta, se la quitó por fin y se puso una suya. Pero se la llevó a la cama y siguió mirándola mientras sacaba el portátil. A lo largo de los años había intentado no pasar demasiado tiempo pensando en Cormac y sus hermanas. Eso solo hacía que el pasado fuera más doloroso porque, al pensar en ellos, se preguntaba si les habría ahorrado dolor de no haber contado lo que pasó. El psicólogo le dijo que había hecho lo correcto, que alguien tenía que frenar esa clase de comportamiento, pero ella no tenía claro que el señor Hart se hubiera puesto a acosar a otras alumnas. Lo que había pasado con ella tal vez había sido la tormenta perfecta.

Volvió a mirar la sudadera de Cormac. ¿En qué clase de hombre se había convertido? Parecía razonable, justo, amable y honrado. Y, desde luego, inteligente.

Después de entrar en Instagram, buscó su cuenta, que estaba llena de fotos de su perro, de una moto antigua que estaba restaurando y de varios miembros de su familia. No vio mujeres excepto en unas fotos de grupo donde había personas de ambos sexos, y eso parecía confirmar lo que Sammie había dicho: en ese momento Cormac no salía con nadie.

Tenía treinta y cuatro años. ¿Por qué no habría sentado cabeza? Tenía mucho que ofrecerle a una mujer. Era un profesional bien formado que vivía en un pueblo prácticamente de granjeros. Ya tenía una casa. Había heredado la altura y el porte regio de su madre, y también su estructura ósea, lo que lo hacía más atractivo incluso.

Probablemente no estaba listo para casarse...

Mientras echaba un ojo, encontró otra cuenta, la de su clínica. A juzgar por la diferencia entre lo que encontró ahí publicado y en su cuenta personal, Gia supuso que Louisa debía de llevar las redes sociales de la clínica. La cuenta estaba llena de preciosas fotos de mascotas con sus dueños, de Louisa sentada en el mostrador de recepción o con sus hijos entrando en la clínica, de curiosidades sobre animales y de memes animando a la gente a castrar: «Las pelotas son para jugar. Castra a tu mascota». La Clínica Veterinaria Hart también hacía publicidad de un refugio local y los «viernes de adopción» mostraba a algún perro o gato que necesitara un nuevo hogar. Como había más por ver en la cuenta de la clínica, Gia se dedicó a ojearla y al rato encontró una foto de un Cormac algo más joven, de pie hombro con hombro con el doctor Tomlin y anunciando que ahora sería él el que llevaría la clínica «después de casi una década trabajando juntos».

En resumen, a Cormac le había ido bien a pesar de lo que había pasado con su padre. No podía evitar sentirse orgullosa de él, por eso y por ser tan abierto de mente como para plantearse la situación desde distintos puntos de vista. Qué pena que no lo hubiera hecho diecisiete años antes, pero más valía tarde que nunca.

«Ojalá... Ojalá él no lo hubiera hecho», había dicho Cormac, pero desde luego no era la primera persona en desearlo.

Con un bostezo, Gia cerró el portátil, se deslizó hacia abajo en la cama y se acercó la sudadera de Cormac a la nariz. Olía de maravilla, a su colonia, y servía como prueba de que él la creía.

Al menos esa noche. No tenía ni idea de qué pasaría al día siguiente.

* * *

Unos días después de la visita de Gia, Margot estaba aparcada al final de la calle de Cece, lo bastante lejos como para necesitar los prismáticos de caza de Sheldon que había ido a buscar a casa. Si se acercaba más, se arriesgaba a que la descubrieran, y ni de coña iba a dejarse pillar espiándolo. No estaría espiándolo si no hubiera ido a llevarle el almuerzo que le había preparado, y que él había vuelto a dejarse olvidado en la encimera, y se hubiera enterado por uno de sus empleados de que Sheldon se había ido porque había quedado a comer con ella.

Él en ningún momento había dicho nada de quedar. Margot tenía pensado pasar todo el tiempo que pudiera, hasta que los niños salieran del cole, con Gia y su madre. Quería estar con ellas todo lo posible antes de tener que marcharse del pueblo para siempre, porque no sabía cuánto tiempo pasaría hasta que se sintiera a salvo y segura para contactar con ellas. Una vez que saliera de Wakefield, nadie podría saber dónde estaba. Le daba demasiado miedo que no se tomaran en serio la amenaza que ella sentía.

Sus padres en especial no podrían entender por qué Sheldon y ella no podían separarse y divorciarse sin más. Al fin y al cabo, era lo que hacían la mayoría de las parejas. Y ella no sabía cómo convencerlos de que había algo en Sheldon que lo hacía diferente a otros hombres. El nivel de control que exigía tener sobre ella. La absoluta dominación. Y la velocidad a la que podía saltar y arremeter ante la más mínima infracción. Le producía un profundo miedo, pero dudaba que nadie que no hubiera vivido con él como lo había hecho ella la creyera. Demasiadas personas en Wakefield creían conocerlo, incluida la familia de ella. Y Margot había sido cómplice de eso al hacerlo parecer mejor hombre de lo que era. Había pensado que era su deber como esposa no criticarlo delante de otras personas, y además sabía cómo reaccionaría Sheldon si ella no guardaba las apariencias. Eso significaba que Ida y Leo no solo se quedarían impactados, sino que probablemente se mostrarían escépticos. Parecería como si todo lo que ella contara estuviera saliendo de la nada.

Gia, por supuesto, sí que se creería que era un capullo. Había visto lo que era desde el principio. Pero su hermana no le tenía miedo. El enfoque de Gia no sería correr y esconderse, y todo lo que no fuera eso podría suponer un severo contraataque. En el peor de los casos, Sheldon usaría su dinero y la influencia de su familia para conseguir la custodia de los niños.

Margot temía que, si su hermana o sus padres pensaban que estaba yendo demasiado lejos, pudieran sentir compasión por los padres de él, que ya no podrían ver más a sus nietos, e insistieran en que estableciera un régimen de visitas con Sheldon y su familia para que vieran a los niños. Y, si ella se negaba y a ellos se les escapaba la más mínima información, Sheldon podría encontrarla...

Se estremeció. Él se pondría hecho una furia y, sobre todo, se sentiría humillado. Margot sabía lo resentido que estaría. Sabía que haría todo lo que pudiera por vengarse.

El único modo de evitar que su familia y sus amigos tomaran decisiones que ella no quería que tomaran era mantener en secreto su paradero.

Volvió a mirar por los prismáticos. Podía ver la camioneta de su marido aparcada al final de la calle, pero no estaba justo delante de la casa de Cece. Seguro que él se pensaba que estaba siendo muy astuto, que así nadie se fijaría ni establecería la conexión. Pero Margot sabía que su marido no tenía ningún motivo para estar en ese vecindario. Ningún motivo excepto su exnovia.

Estaba a punto de salir para poder acercarse un poco más. Si pudiera sacar una foto de los dos juntos, tal vez eso la ayudaría en un futuro. Esperaba poder colarse por el jardín trasero de Cece y sacar una foto por la ventana con el zum, pero le sonó el teléfono. Vaciló justo al poner la mano en el tirador de la puerta del coche.

Era Gia.

Margot estuvo a punto de dejar que saltara el buzón de voz, pero había quedado para comer en casa de sus padres y llevaba casi una hora de retraso. Si no les ponía una excusa pronto, no sería fácil justificar por qué no había sido lo bastante considerada como para llamar.

—Hola, perdonad que vaya tarde —dijo jadeante. Tenía el corazón acelerado desde que había salido de la oficina de Sheldon. Pero no pasaba nada. Sabía que con eso parecería que iba apurada de tiempo, y era justo lo que quería—. He tenido que hacer muchos recados y en el banco había una cola larguísima.

—La comida se está enfriando —se quejó Gia—. Y mamá está cansada. Tiene que comer antes de la siesta.

—Lo siento, pero aún estoy a quince o veinte minutos. ¿Por qué no coméis sin mí? Llegaré lo antes que pueda y ayudaré a recoger los platos y a hacer la colada. Hasta limpiaré los cuartos de baños o lo que necesites.

—¿Te estás ofreciendo a limpiar los baños cuando me tienes a mí pillada para hacerlo?

Diría lo que fuera que hiciera feliz a Gia para poder centrarse en lo que estaba haciendo.

—Soy yo la que llega tarde. Considéralo mi ofrenda de paz.

—Vale. Estás perdonada. Pero date prisa. Papá se ha entretenido en el trabajo y mamá está durmiendo casi todo el tiempo. Estoy empezando a sentirme sola y a aburrirme en este pueblo, y necesitas que me quede.

—Sí —admitió Margot—. Tú solo... espera. Ya voy.

Al colgar hizo de nuevo la intención de salir del coche, pero levantó la mirada a tiempo de ver a Sheldon salir de casa de Cece y cruzar la calle corriendo en diagonal hacia su camioneta.

¿Se marchaba? ¿Ya? Dependiendo de la dirección en la que decidiera ir, podría pasar con el coche por delante de ella...

—Mierda —murmuró Margot, aunque sabía que solo llamaría la atención si intentaba marcharse con el coche. Lo único que podía hacer era agacharse y esperar que él no se fijara en el Subaru. Mucha gente tenía Subarus grises, pero...

Por suerte no oyó el motor de Sheldon acercarse, y cuando se atrevió a asomarse por encima del salpicadero, él ya no estaba allí. Debía de haber dado la vuelta y haberse marchado en la otra dirección.

Estaba justo con la mano en el corazón, intentando que se le normalizara el pulso, cuando le sonó el teléfono.

Suponiendo que era Gia para darle la lata otra vez, murmuró:

—Que ya voy.

Pero era Sheldon.

Miró su foto en la pantalla mientras se preguntaba qué hacer. Si la hubiera visto, ahora estaría aporreando la puerta del coche, ¿no?

Respiró hondo, cerró los ojos con fuerza y echó la cabeza atrás sobre el asiento mientras respondía:

—¿Sí?

—¿Dónde estás? —preguntó él con exigencias.

Ella abrió los ojos y se puso recta.

—De... de camino a casa de mis padres.

—¿Con mi almuerzo? Racine me ha enviado un mensaje hace un momento diciendo que te has pasado por la oficina.

Por «eso» se había marchado de casa de Cece con tanta prisa. Ahora tenía sentido.

—He pensado que lo querrías, pero me ha dicho que ya habías salido a almorzar y le prometí a mi familia que me pasaría, así que...

—Debemos de habernos cruzado. Acabo de ir a casa a recogerlo.

¡Qué mentiroso! Era imposible que le hubiera dado tiempo a hacerlo. Había arrancado el coche y casi al instante la había llamado.

—¿Por qué no me has escrito? —preguntó ella.

—¿Por qué no me has escrito tú a mí? —contestó él.

—He dado por hecho que estarías servido.

—Pues no. ¿Puedes volver?

No quería verlo. Aún estaba intentando averiguar qué papel jugaría la aventura de Sheldon en sus planes de futuro. ¿Habría alguna posibilidad de que la dejara ir? ¿De que ella no tuviera que llevarse a los niños e intentar formar una nueva vida en otro lugar completamente sola?

—¿Sheldon?

El cambio en su tono de voz debió de alertarlo de que estaba a punto de hacerle una pregunta seria, porque parecía estar a la defensiva cuando dijo:

—¿Qué?

—Si... si prefieres estar con Cece, te daré el divorcio. Puedes quedarte con la casa y el negocio. Yo... yo solo necesitaría algo de dinero para empezar de nuevo... hasta que pueda encontrar un trabajo. Nada más.

Silencio. Margot cerró el puño; las uñas se le hundieron en la palma de la mano que tenía libre mientras esperaba y rezaba por que Cece, y no un desesperado intento de vivir en la clandestinidad, resultara ser su salvación.

—Podríamos compartir la custodia de los niños —añadió para que sonara incluso más atrayente. No quería tener que recurrir a lo que había planeado, no si podía hacerlo de un modo que le permitiera seguir en el pueblo con su familia y sus amigos.

—¿Me estás diciendo que ya no me quieres? —preguntó él—. ¿Que podrías alejarte de mí así de fácil?

¿Qué pintaba el amor en su matrimonio? Él llevaba años sin amarla. La trataba como si fuera la suciedad que pisaba.

—Estoy diciendo que quiero que seas feliz —contestó ella intentando ser lo más diplomática posible—. Y, si yo no puedo hacerte feliz, a lo mejor ella sí puede.

Contuvo la respiración. Si no decía lo correcto, él de pronto podría decidir cancelar su viaje para ir a terapia de pareja o alguna otra cosa, y ella ya estaba harta de intentar salvar lo que habían tenido una vez. En su opinión, su matrimonio ya había quedado reducido a cenizas.

—Soy feliz contigo —insistió él—. Yo jamás rompería nuestra familia. Ya sabes lo que opino del divorcio, lo que les hace a los niños. El matrimonio es para toda la vida. Así es como lo he visto siempre.

Cada golpetazo que le daba el corazón se le hacía ensordecedor. «Para toda la vida», había dicho Sheldon, ¡y ella no se veía capaz de sobrevivir ni un día más!

—¿Y qué pasa con Cece?

—Ya te lo he dicho. Cece y yo solo somos amigos.

En otras palabras, lo que quería era tener a Margot

atada a él, ocupándose de su casa, de sus comidas y sus hijos, mientras él tenía una emocionante aventura sexual con su exnovia. Sheldon no consideraba que tuviera que elegir; creía que debía tenerlo todo.

—Vale.

Él no dijo nada y Margot tuvo la impresión de que su respuesta, que ella hubiera cedido con tanta facilidad, lo había dejado impactado.

—¿Quieres que vayamos a almorzar y lo hablemos?

—Hoy no —dijo ella—. Mi familia me está esperando. Ahora mismo estoy con el coche en la entrada.

Aún no había llegado a la casa, pero quería que él creyera que sí para que no insistiera en que se vieran.

—¿Es que no te importa nuestro matrimonio?

¿Cuántas veces le había hecho ella la misma pregunta a él? Pero, cuando la había formulado, había sido sincera, no había estado intentando manipularlo.

—Claro que sí —dijo Margot intentando como pudo darle algo de emoción a su voz por mucho que ya no sintiera nada. Tenía que mantener su mundo en su sitio aunque solo fuera un poquito más, aunque le pareciera que la vida se le estaba desmoronando entre los dedos.

—Hablaremos esta noche —dijo Sheldon—. Y ni se te ocurra decirles ni a tus padres ni a nadie que estoy teniendo una aventura —añadió—, porque no la tengo.

Su imagen saliendo de casa de Cece hacía solo unos minutos se le reprodujo en la mente como un vídeo.

—Yo jamás haría eso.

—Lo harías si creyeras que podrías salirte con la tuya.

Las cosas que había dicho antes, un par de comentarios que le había hecho a la madre de él, habían sido intentos desesperados de que la ayudaran con Sheldon. Había pensado que si había alguien capaz de animarlo a ser un buen marido esa era la mujer que lo había criado. Pero, para Peggy, Sheldon no podía hacer nada mal. Así que lo único que había hecho la mujer había sido contarle a su hijo lo que había hecho Margot.

—Tengo que dejarte —dijo Margot, y no se refería solo a tener que colgar. La breve chispa de esperanza que había sentido al ver su camioneta aparcada cerca de casa de Cece se había esfumado. De nuevo, veía sus opciones reducirse a una: desaparecer mientras él estaba fuera del pueblo. El único modo de protegerse y estar segura de que él no le quitaría a sus hijos era quitárselos ella primero.

Cuando sonó el teléfono, Gia se quedó estupefacta al ver que Ruth intentaba ponerse en contacto con ella e inmediatamente pensó en Cormac. Se moría por decirles a Ruth y a Sammie que hasta el hijo del señor Hart la creía, pero no soportaba la idea de que ahora fueran a atacarlo a él por estar por fin dispuesto a abrir su corazón y su mente a su versión de la historia.

Suponiendo que Ruth llamaba para decirle que al final no asistiría a la reunión del Club de los libros prohibidos, Gia fue hacia la puerta trasera. Acababa de hacer chili vegetariano con pan de maíz y les había servido un cuenco a su madre y a su hermana para almorzar, así que desde donde estaban podían oírla, y ella no quería que escucharan la conversación. Prefería que ninguna de las dos se enterara de que sus amigas la estaban abandonando.

Les dijo que volvía en un momento y salió a la zona de la piscina.

—¿Sí?

—Gia, soy Ruth.

Gia ya lo sabía, claro. Pero suponía que era una forma de empezar.

—¿Qué pasa?

—Mira, llevamos mucho tiempo siendo amigas. No... no quiero que Edith o Louisa se interpongan entre nosotras. Así que... perdona lo que te dije en el restaurante.

—Te agradezco la disculpa, Ruth, pero, si crees que destruiría la vida de un hombre por una nota, incluso cuando tenía diecisiete años, entonces es que no tienes muy buena opinión de mí, así que no tengo claro que pudiéramos volver a ser amigas.

Ruth pareció quedarse desconcertada por que no hubiera aceptado la disculpa así, sin más.

—A ver, yo creo... creo que, fuera de quien fuera la culpa, lo que pasó fue una desgracia. Preferiría no formarme siquiera una opinión al respecto.

Ruth seguía intentando mantener relación con las dos partes; sus palabras lo dejaban claro.

—Lo que significa que no sabes a quién creer.

—Lo que significa que no me importa ni una cosa ni la otra, G. Si el señor Hart hizo lo que dijiste, ya lo han castigado, ¿no?

Gia se acercó a la valla y se asomó. Daba por hecho que Cormac estaba en la clínica, pero no podía evitar mirar hacia su casa cada cierto tiempo de vez en cuando. Estaba asombradísima por lo que había pasado ahí y por su repentino cambio de sentimientos hacia él; había pasado del rencor al alivio en minutos.

—Eso lo dices porque crees que existe una posibilidad de que esté mintiendo, ¡pero no miento! ¿Cómo te sentirías tú si estuvieras en mi lugar?

—No tengo duda de que me sentiría fatal, que sería terrible. Pero compadécete un poco del resto. No estábamos allí aquella noche, G. Tenemos dos personas que nos importan, en mi caso Louisa y tú, contándonos historias muy distintas. Creo que esperas demasiado si piensas que deberíamos basar una decisión así en a quién queremos más. ¿No es eso de lo que acusas a Edith, Louisa y Cormac? ¿De estar ciegos ante la verdad por su amor hacia su padre?

Ruth tenía razón, aunque Cormac ya no estaba haciendo eso. A lo mejor Gia estaba esperando demasiado de sus amigas, sobre todo cuando tendrían que seguir viviendo en Wakefield y encontrarse con los Hart en clase de *spinning* o en otros lugares del pueblo después de que ella volviera a Coeur d'Alene.

—Vale —dijo Gia—. Lo dejaremos en el pasado.

—Gracias. Siento no... no poder darte más apoyo.

Podía vivir sin la confianza y la lealtad de Ruth, se dijo. Era muy fuerte estando sola. Solo necesitaba poder llevarse bien con todo el mundo mientras estuviera ahí; se apuntaba a lo que fuera que hiciera su estancia más sencilla.

—No te preocupes.

—Te agradezco que intentes entenderlo. Pero... no es eso por lo que te he llamado.

Gia puso los ojos en blanco.

—A ver si lo adivino, no puedes venir a la reunión del Club de los libros prohibidos...

Esa respuesta recibió un silencio a cambio. Después Ruth dijo:

—Sí que voy a ir a la reunión, G.

—Si vas, ¿no tendrás que darle explicaciones a Edith en clase de *spinning*?

—Intento ser justa con ambas partes —reiteró Ruth.

A lo mejor sí, pero Gia sabía que le iba a salir caro. Ella ya no se sentía tan unida a Ruth como antes, y si Ruth asistía a la reunión y continuaba con su amistad,

Edith sin duda sentiría lo mismo. Era triste que lo que había pasado hacía tanto tiempo siguiera teniendo tanto impacto en el presente. El efecto dominó parecía no cesar, y justo por eso Gia había sido reacia a volver.

—Entendido. Vale. Perdona. Bueno... entonces, ¿cuál es el otro motivo de tu llamada?

—Odio decirte esto cuando ya estás pasando por tanto, pero... creo que el marido de tu hermana está teniendo una aventura.

Gia había oído lo mismo de su madre. Para que la noticia le hubiera llegado a Ruth, las malas lenguas tenían que estar hablando de lo lindo por todo el pueblo. Estaba esperando la oportunidad de abordar el tema con su hermana, pero hasta ahora solo se habían visto cuando Margot había ido a ver a Ida y almorzar.

Con esperanza de conseguir más información, Gia contestó sorprendida:

—¿Crees que ese imbécil le está siendo infiel?

—Eso es lo que he oído.

—¿Con quién?

—Cecelia Sonderman.

El mismo nombre que le había dado su madre, cómo no.

—Salió con ella cuando estábamos en el instituto, ¿te acuerdas? —continuó Ruth—. Ella se casó con un tío que era amigo de su primo. Se mudaron a Chicago, de donde es él, pero se han divorciado y ahora Cece ha vuelto con su hijo, Ashton, que está en sexto y va a la Escuela Elemental Wakefield.

Donde Ruth era maestra de tercero...

—¿Tienes idea de qué provocó el divorcio?

—Al parecer, el padre de Ashton decidió que prefería viajar por el mundo antes que mantener a una familia. Está en Tailandia o en el Tíbet o en algún sitio lejos. Eso me ha dicho Linda Pugh, que es maestra de Ashton. También me ha dicho que el otro día el niño fue a clase con una gorra de Wakefield Trucking.

—Eso no quiere decir que la gorra se la diera Sheldon. Hay al menos veinte personas trabajando para Wakefield Trucking...

—Pero a ninguna la han visto en el coche con Cece cuando ella va a recoger a su hijo al colegio. A él sí.

Gia agarró el teléfono con más fuerza. ¿Tan poco respeto tenía Sheldon por Margot que se permitía tanto descaro? ¡Sus propios hijos iban a la Escuela Elemental Wakefield!

—¿Cuántas veces ha pasado eso?

—Más de una, según tengo entendido. Él se cree que está teniendo cuidado al quedarse dentro del coche de ella, que aparcan a una manzana, pero Linda es muy amiga de otra madre que vive cerca. Maxine McConkie lo ha visto dos veces y se lo ha contado a Linda.

Gia se masajeaba la frente mientras intentaba decidir qué hacer. ¿Lo sabía Margot? ¿Lo estaría dejando pasar con la esperanza de que fuera solo una aventura fugaz que desaparecería por sí sola cuando Sheldon se aburriera? De ser así, ¿dónde estaba el respeto por sí misma? ¿O sería la relación de Sheldon y Cece lo que Margot había estado a punto de contarle la otra noche?

—Me sorprende que no sea Ashton el que habla del tema. Si está en sexto, tiene que tener... ¿cuántos? ¿Once? Es edad suficiente para saber que pasa algo.

—Ashton es autista, solo está un día a la semana en clase de Linda. El resto del tiempo está en Educación Especial.

—Ya... Así que, mientras engañen a sus vecinos, no tienen que preocuparse por su hijo.

—Exacto.

Gia maldijo para sí. Normal que Margot hubiera querido que Gia volviera a casa y cuidara de Ida. Ella ya tenía un asunto bastante grave en su propia vida.

Pero, entonces..., ¿por qué siempre estaba defendiendo a Sheldon? ¿Insistiendo en que era maravilloso?

—Gracias por contármelo —le dijo a Ruth.

—No hay de qué. Siento ser portadora de malas noticias.

—Prefiero saber la verdad.

—Y yo. Bueno, ¿y qué vas a hacer? ¿Vas a decírselo a Margot?

Gia quería enfrentarse a Sheldon, machacarlo por ser el gilipollas que ella había imaginado que era cuando se había casado con Margot. Acababa de demostrarle que no se había equivocado. A lo mejor hasta se lo decía en algún momento. Pero primero tenía que hablar con su hermana.

Capítulo 14

Por norma, a Cormac le encantaba su trabajo. El viernes estaba en modo automático mientras intentaba decidir qué hacer ahora que sentía que era Gia la que había estado diciendo la verdad sobre lo sucedido en el instituto. Desde que se había puesto del lado de su madre, la familia estaba dividida en dos. Sus hermanas se disgustarían al ver que había desertado (Louisa ya estaba disgustada con su previa indecisión) y no quería hacerlas sufrir más.

Pero también se sentía mal por que su madre hubiera estado tanto tiempo siendo la única en desmarcarse. No tenía que haber sido fácil para ella, y menos con la humillación pública y la vergüenza que había sufrido, además de la traición. No era de extrañar que hubiera tardado una eternidad en empezar a salir con otras personas. Justo después del divorcio, había estado ocupada intentando ganarse la vida para poder terminar de criar a sus hijos, algo que había tenido que hacer sin mucha ayuda de Evan, que había perdido su empleo y parecía incapaz de volver a ponerse en pie. Luego su madre había tenido dos bodas que pagar, ella sola, y nietos a los que dar la bienvenida. Después de lo que había sufrido, seguro que tendría grandes problemas para confiar en los hombres.

Cormac ahora era consciente de que, a lo largo de los años, no había valorado la fortaleza de su madre. Incluso en una ocasión la había culpado de cargarse a la familia justo cuando su marido más la necesitaba. Y Louisa y Edith habían dicho cosas que lo llevaban a creer que ellas habían hecho lo mismo.

Pero ahora veía la situación con ojos completamente nuevos y entendía lo duro que tenía que haber sido para ella. ¡Sus hijos ni siquiera se habían solidarizado con ella! Todos habían elegido creer a su padre, y eso que su madre era la única que seguía cumpliendo con ellos.

Cormac apartó a un lado lo que le quedaba del sándwich (estaba comiendo en su despacho para poder estar solo, ya que Louisa seguía sin hablarle) y se frotó las sienes. No solo había sido injusto con Gia, sino que había sido injusto con Sharon. Pero su madre podría haber intentado ganarse su apoyo hacía mucho tiempo al contarle lo que le había contado esa mañana. A lo mejor él habría escuchado y habría cambiado de opinión mucho antes.

Por otro lado, era igual de posible que eso no hubiera hecho ningún bien. Si ella hubiera intentado persuadirlo y hubiera fracasado, solo habría creado una división aún mayor entre ellos, y precisamente por eso Cormac no estaba preparado para contarles a sus hermanas lo que su madre le había dicho. Sharon no sabía de verdad si Evan era culpable; él nunca había admitido nada. Cormac solo creía lo mismo que ella porque, por fin, se había abierto a escuchar a la otra parte. Sus hermanas también tendrían que abrir la mente, pero él no tenía claro que fueran a hacerlo nunca.

Miró el reloj. Su siguiente cita llegaría en diez minutos.

Suponiendo que lo mejor era retomar la jornada, empezó a recoger lo que quedaba de su almuerzo para llevarlo a la pequeña nevera de la sala de descanso, y en ese momento le sonó el teléfono.

Tyler Jenkins, un viejo amigo al que conocía desde el colegio, lo estaba llamando. Habían estado hablando de fijar una fecha para ir de pesca, pero los dos habían estado demasiado ocupados para hacerlo.

—¿Sí?

—Ey, ¿cómo va?

Cormac limpió las migas de su escritorio.

—Como de costumbre. Cuidando de los perros, gatos y caballos de la zona... y a veces de algunos otros animales. ¿Qué tal tú?

—Bah, tío, los niños han estado malos. Una especie de gripe. Qué pesadilla.

—Lo siento. Espero que se recuperen pronto.

—Por suerte, creo que ya hemos pasado lo peor.

—Bien. ¿Sigues queriendo ir a pescar?

Un niño empezó a llorar por detrás.

—Me encantaría ir a algún sitio, adonde fuera, aunque solo sea para tomar una copa. Pero no sé cuándo podré. Ahora mismo, además de tener malos a los niños, estoy construyendo una casa nueva y compaginándolo con dos remodelaciones.

Tyler era constructor, así que lo más seguro era que estuviera corriendo para tener la casa nueva techada antes de que el tiempo se pusiera feo.

—Supongo que demasiado trabajo es mejor que demasiado poco —le recordó Cormac.

—No intentes ser positivo, ahora mismo me estoy quejando.

—Perdón —dijo Cormac riéndose—. Pues entonces... pobre de ti.

—Qué intento más flojo, tío. Menos mal que no he llamado para que me des tu comprensión. Supongo que te habrás enterado de que Gia ha vuelto al pueblo...

—Claro.

—Ya me imaginaba que la voz se correría rápido.

—¿Cómo te has enterado?

—El otro día pagó en la caja de Mel.

La mujer de Tyler trabajaba en Higgleston's. Tenía la misma edad que Edith y, cuando eran pequeños, había estado mucho por su casa, así que Cormac ya la conocía bastante bien antes de que se casara con Tyler. Pero dudaba que Gia hubiera tenido algún motivo para tratar con ella. Probablemente ni siquiera sería consciente de que la mujer que atendía la caja en el supermercado sabía quién era ella.

—Ha vuelto para estar con su madre, que se está muriendo de cáncer —le dijo Cormac—. ¿Conoces a Ida o a Leo?

—No. Ni siquiera conozco a Gia muy bien. Pero me han invitado a la reunión del Club de los libros prohibidos.

Tenía que ser un error. No podía imaginarse que Gia lo hubiera invitado a propósito. Ella sabía que Tyler y él eran amigos.

—¿Sí? ¿Y vas a ir?

—Joder, no. Solo me apunté porque me retorciste el brazo.

Cormac no había querido llamar mucho la atención. En el club no había habido muchos chicos, y atletas menos todavía, así que había convencido a Tyler para que se apuntara con él.

—Solo nos apuntamos por las chicas, ¿te acuerdas? —siguió Tyler—. Tú estabas coladito por Gia hasta que... bueno, hasta que hizo lo que hizo, que es terrible. Supongo que no has recibido invitación, pero vas a ir de todas formas, ¿no?

Cormac parpadeó sorprendido.

—No. ¿Por qué iba a ir? Como has dicho, no me han invitado.

—Bueno... tampoco a tus cuñados.

—¿Qué significa eso?

—Dan me ha dicho que Victor y él y Louisa y Edith van a ir a plantarle cara a Gia. Quieren que se retracte de una vez por todas... delante de todo el mundo.

Cormac se levantó.

—Espera... ¿qué?

—¿No lo sabías? Están hartísimos de lo que han estado sufriendo sus esposas. Llevan así mucho tiempo y creen que ya es hora de hacer algo.

—¿Eso te lo ha dicho Dan?

—Sí. Hacemos motocrós juntos. Me preguntó si yo había recibido una invitación para la reunión del club.

—Y...

—Y, cuando le dije que me llegó un *email*, me pidió que se lo reenviara, y lo hice. Sé las ganas que tienes tú también de llegar a la verdad y supuse que irías con ellos.

—Ay, Dios...

—¿Qué? —preguntó Tyler claramente confundido.

—¿Están planeando ir a por ella? ¿Cuatro contra una?

—Supongo que podría decirse así, sí —dijo Tyler, de pronto sonando inseguro—. Quieren que lo admita por fin.

—¿Y si no está mintiendo, Tyler?

Él no sabía cómo responder.

—Ni siquiera me lo he planteado porque... bueno, ya sabemos que está mintiendo, ¿no? Y nunca le han pedido cuentas por ello.

Cormac echó la cabeza atrás y miró al techo. ¿Qué iba a hacer? Tenía que detener todo eso antes de que se armara una buena.

—¿Cuándo es la reunión?

—Mañana por la noche.

—¿Dónde? ¿Puedes reenviarme el *email*?

—Si quieres sí, pero...

Una Louisa con gesto avinagrado asomó la cabeza dentro del despacho.

—Cormac, tu paciente de la una en punto está aquí —dijo con aspereza antes de cerrar la puerta de inmediato.

—Tengo que colgar —le dijo Cormac a Tyler—. Tú... mándamelo.

—¿Va todo bien? Creía que te alegrarías de tener por fin la oportunidad de...

—¿De qué? —lo interrumpió Cormac—. ¿De hacerle más daño todavía?

—¡Tío! ¡Creía que era ella la que te había hecho daño a ti!

La puerta volvió a abrirse.

—Cormac, ¿vienes? —preguntó Louisa—. No podemos retrasarnos. A lo mejor a ti te da igual a qué hora llegas a casa, pero «yo» tengo una familia.

—Ya voy —le dijo Cormac antes de decirle a Tyler—: Luego te cuento.

Como no había querido hablar con Margot estando Ida delante, Gia esperó a que su hermana se hubiera marchado y su madre se hubiera metido en la habitación para echarse la siesta. Luego la llamó, pero Margot no respondió y tampoco le devolvió la llamada. Cuando logró contactar con ella, eran más de las tres.

—¿Por qué no has contestado? —le preguntó cuando su hermana por fin respondió—. Te he llamado mínimo seis veces.

—He estado de ayudante voluntaria en clase de Matthew y no llevaba el teléfono encima. ¿Por qué? ¿Cuál es la emergencia? —preguntó tensa, preocupada—. No será mamá, ¿no?

—No. Mamá está descansando tranquilamente. Estamos pensando ver una peli antigua esta noche.

—Eso ya lo has dicho en el almuerzo, así que ¿por qué me has llamado seis veces si estaba justo delante? ¿Tan aburrida estás?

No estaba aburrida. Estaba nerviosa, preocupada y furiosa. Al no poder contactar con Margot, se había tenido que contener mucho para no llamar a Sheldon y decirle muy clarito lo que pensaba.

—Ruth me ha llamado antes.

—¿Y? ¿Qué quería?

Ahora que tenía a su hermana al teléfono, Gia no sabía bien cómo abordar el tema de que todo el mundo creyera que Sheldon la estaba engañando con su exnovia.

—Está... preocupada por ti.

La voz de Margot volvió a reflejar tensión.

—¿Y por qué iba a estar preocupada por mí?

—Por Cece.

Silencio.

—¿Margot? ¿Sabes que a Sheldon y a Cece los han visto juntos por el pueblo varias veces?

—Solo son amigos, G.

Ahí no había ni conmoción ni sorpresa, lo que dejó a Gia estupefacta.

—¿Amigos? Margot, ¡a veces la acompaña a recoger a su hijo al cole!

—Eso es algo que se puede hacer con un amigo.

Impactada, Gia empezó a caminar de un lado a otro de la cocina.

—¿En pleno día? ¿Cuándo debería estar en el trabajo? ¡Pero si ni siquiera ayuda con sus propios hijos!

—Eso no es verdad. Nos... nos mantiene a todos.

—Hace lo que quiere y paga las facturas de mala gana para que tú sigas sirviéndolo. Pero esa es otra cuestión. ¿Qué hace juntándose por ahí con su exnovia?

—No está pasando nada, G.

—No está pasando nada —repitió Gia—. Estás dejando que este gilipollas te traicione y te deje en ridículo delante de todo el mundo que conoces, ¿y no vas a plantarle cara ni a hacer nada? ¿A ti qué te pasa?

—Mi vida es exactamente como la quiero —insistió Margot—. Va todo bien. Y más ahora que estás aquí para ayudar con mamá. Es lo que necesitaba. Era... crucial.

A Gia le resultó una extraña elección de palabras.

—Para...

—¿Qué quieres decir?

—¿Para qué era crucial?

—Para mi paz mental, ¿vale?

Gia sacudió la cabeza. Estaba claro que ahí pasaba algo.

—La otra noche ibas a contarme algo antes de que el cavernícola de tu marido nos interrumpiera de esa forma tan grosera y te ordenara que te fueras a la cama. ¿Qué era?

—No me acuerdo. Y ahora mismo no puedo hablar. Acaba de sonar la campana. Tengo que ir a clase a por Greydon.

—Si no te ocupas tú, tendré que decirle algo yo a Sheldon, Margot. Ya has aguantado mucho. Lo mínimo que puede hacer es serte fiel.

—¡No le digas nada! ¡Por favor! Mañana te llamo cuando Sheldon se haya ido a su viaje y hablamos.

Gia dio la vuelta a la altura del fuego de la cocina y volvió atrás. Tener a Sheldon en Utah durante una semana podría darle la oportunidad de hacer algunos avances con su hermana, conseguir que Margot viera el trato tan injusto que estaba recibiendo y hacerle exigir más.

—Vale, mañana hablamos entonces.

Margot colgó sin despedirse.

* * *

Cormac casi había olvidado que tenía planes para el viernes noche. Una paciente que tenía una sobrina soltera le había organizado una cita a ciegas. Amy Floccari era una enfermera, como la madre de él, que acababa de mudarse a la zona y trabajaba en el mismo hospital local. Había visto una foto suya y era igual de guapa en persona, pero estaba tan preocupado cuando la llevó a cenar que dudaba que fuera a ser muy buena compañía. No dejaba de mirar el teléfono, preguntándose si alguna de sus hermanas o sus maridos se pondrían en contacto para decirle que tenían planeado presentarse sin invitación en la reunión del Club de los libros prohibidos, que se celebraría la noche siguiente.

Pero ese mensaje no llegó nunca. Cuando dejó a Amy donde se alojaba, no había recibido noticias de nadie, y ya era tan tarde que tuvo que dar por hecho que seguiría así. Seguro que Louisa les había mencionado su repentino cambio de opinión y no pensaban incluirlo. Ahora no sabía si debía avisar a Gia, algo que sí que parecería como una traición a su familia, o intentar convencer a sus hermanas y sus maridos de que no siguieran adelante con el plan.

Hablar con sus hermanas le pareció la mejor opción, la medida más razonable dado el repentino cambio de rumbo de él, y como sabía que Louisa estaba enfadada, probó con Edith. En un principio no contestó, pero, antes de que él pudiera llamar a Louisa, Edith le devolvió la llamada.

Cormac aceptó la llamada mientras entraba en su garaje.

—¿Sí?

—¿Me has llamado?

—Sí, quería hablar contigo.

—¿Sobre qué?

—Sobre mañana por la noche.

La leve vacilación que siguió a la respuesta de Cormac le dijo que a su hermana le había sorprendido que supiera que tenían algo planeado.

—¿Qué pasa con eso?

Sintió su actitud a la defensiva y se preocupó. Casi podía verla ignorándolo, pero necesitaba que estuviera receptiva si quería desarticular el ataque de su familia.

—Edith, ninguno de nosotros debería ir bajo ningún concepto a esa reunión.

Y eso que él sí que había recibido invitación. Había encontrado el *email* cuando había mirado la bandeja de entrada ese día durante el almuerzo.

—Es un lugar público, Cormac. Tenemos tanto derecho como Gia a estar ahí.

—Es un restaurante y estoy seguro de que a los empleados, por no hablar de la gente que esté cenando ahí, no les va a hacer gracia presenciar una pelea a gritos. Piensa por un segundo en lo mal que podría salir lo de mañana.

—Gia no podrá ni decir ni hacer nada. Lleva fuera tanto tiempo que todo el mundo nos conoce mejor a nosotros que a ella. Ya es hora de que se lleve la respuesta que se merece en lugar de un exceso de solidaridad. Que le dé igual lo que ha destruido me cabrea muchísimo.

—No le da igual, Edith.

—¿Cómo lo sabes?

Por cómo se comportó cuando estaba en su casa, por ejemplo. No había estado frívola ni altiva; había estado temerosa de confiar en él. Si estuviera manipulando a todo el mundo, Cormac se habría llevado una impresión completamente distinta. Al menos, así lo veía él. Y luego lo había invitado a la reunión.

Estaba seguro de que era un gesto de buena voluntad que Gia no había tenido por qué hacer.

—Papá ya tuvo su momento en el juicio.

—Eso no significa que el juez hiciera bien. Ya es hora de que nosotros tengamos nuestro momento.

—Edith...

—¡Para! Ya sé de dónde viene todo esto. Louisa me ha dicho que te estás solidarizando cada vez más con ella. Me ha dicho que siempre te ha gustado.

—Eso no es verdad —dijo Cormac, aunque luego admitió para sí que no era un comentario tan desacertado—. A ver... Quería salir con ella en el instituto, pero eso no es lo que está condicionando esta decisión. Hasta hace poco estaba tan cabreado como tú.

—¿Y qué ha cambiado?

—Adopté una posición más objetiva y empecé a ver la situación de otra forma teniendo en cuenta en lo que se ha convertido papá, lo que mamá hizo y opina sobre lo sucedido, y lo que Gia ha hecho desde entonces y cómo actúa hoy en día. Si hubiera mentido, creo que ya lo habría admitido a estas alturas.

—Eso no lo sabes.

—¿Qué estaría impidiéndoselo?

—Pues para empezar, ¡el odio que recibiría por haber mentido sobre algo así!

Por lo que había hecho su padre, Gia había tenido que ir a terapia. Cormac dudaba que hubiera pensado en decir algo así si hubiera estado mintiendo. Y había muchos otros detalles. El problema era que eran sutiles. No creía que hubiera nada que pudiera hacer para convencer a sus hermanas.

—Vale. Si queréis decirle algo, hacedlo en privado. Pero no vayáis a por ella en plan pandilleros en público.

—Eso tendremos que estudiarlo.

Parecía que su hermana estuviera mandándolo a la mierda más que escuchándolo.

—Edith...

—Ya has dicho lo que tenías que decir —lo interrumpió ella de nuevo—. Seguiremos tu consejo o no. Pero eso es decisión nuestra. Aunque seas nuestro hermano mayor, no puedes decirnos lo que tenemos que hacer. Ya no.

Cormac suspiró cuando ella se despidió de forma muy cortante y colgó. Louisa y Edith estaban encolerizadas, demasiado como para escuchar. Y sus maridos estaban ahí detrás, apoyándolas en esa idea descabellada. Solo le quedaba esperar que, una vez que Edith se calmara y tuviera oportunidad de pensar en lo que él le había dicho, cambiara de opinión, sobre todo porque después probó a llamar a Louisa y su hermana ni siquiera contestó.

Capítulo 15

Al final Sheldon sí que se iba. Hasta el último momento había fingido que tal vez se quedara. Le gustaba inquietarla y desconcertarla, pero esta vez sí que la había desquiciado. A Margot le había dado miedo que estuviera planteándose en serio perderse el viaje, no porque le preocupara que ella pasara tiempo con Gia, como había dicho, sino porque estaba demasiado metido en su relación clandestina con Cece.

Al final, sus amigos lo habían convencido para que no lo cancelara, ya que tenían el alojamiento y todo arreglado, y Margot había mostrado su decepción por no ir a tenerlo cerca para que la «apoyara» mientras ella «estaba sufriendo tanto con su madre». Y eso, claro, lo enfureció.

«¡Joder, Margot, es solo una semana! ¿Por qué tienes que hacerme sentir culpable?».

Al menos no pareció ver lo que ella sentía de verdad.

Mientras Sheldon cargaba la camioneta, ella preparó sándwiches de ensalada de pollo para sus amigotes y él y picó verduras para la salsa ranchera que había preparado la noche anterior. Era como si hubiera tenido que vivir un martirio para llegar a ese momento, como si estuviera acercándose a una especie de meta. Y aun así... era solo el principio. A saber qué pasaría de ahora en adelante; dónde acabaría, si podría encontrar un empleo, si Sheldon iría tras ella y qué haría ella si eso pasaba. Él se llevaba la escopeta, así que, si Margot no se llevaba la Glock y él llegaba a encontrarla y se ponía violento, ella solo tendría espray pimienta para protegerse.

Pero no quería tener un arma con los niños cerca. Tendría que apañárselas sin una, aunque ni siquiera había comprado el espray pimienta todavía. Sheldon solía quejarse de lo que ella se gastaba en productos domésticos básicos y siempre revisaba los tiques. Margot no quería que una compra como la del espray pimienta hiciera saltar las alarmas. Por lo que había oído, estaba disponible en muchas partes; suponía que podría comprar uno en una de las primeras paradas. Pero cuando se imaginaba la ira de Sheldon al enterarse de que lo había abandonado y se había llevado a los niños, por no hablar de que estaba a punto de vaciar la cuenta de ahorros conjunta para poder sobrevivir hasta tener unos ingresos fijos, no veía que fuera a bastar con el espray pimienta.

Lo único que podía esperar era que nunca llegara a encontrarla...

—Mamá, ¿hoy podemos ir al parque?

Aún era muy temprano, apenas las seis, pero, cuando Margot miró atrás, su hijo mayor estaba en la puerta frotándose los ojos. Debía de haberse despertado con todo el follón que había armado Sheldon al ponerse en marcha para el viaje.

—Es sábado, así que no tenéis cole. No veo por qué no.

Margot había embalado algunas de las cosas y ropas que creía que necesitarían y las había metido en el sótano, en las cajas donde antes habían estado los adornos de Navidad, que había ido tirando en secreto, poco a poco, en los cubos de basura del colegio. Sabía que Sheldon nunca se acercaría a esa zona del trastero. En lo que respectaba a la Navidad, era como el señor Scrooge. A Margot le costaba incluso que la ayudara a sacar el árbol. Y luego, cuando él lo sacaba, ella tenía que decorarlo sola, menos desde hacía dos años, porque los niños por fin ya eran bastante mayores para ayudar con las ramas más bajas.

En cuanto Sheldon se marchara, Margot agarraría esas cajas, las metería en el Subaru y se largaría. No esperaría ni un minuto. Ojalá pudiera parar y despedirse de su familia, sobre todo de su querida madre. Le dolía el corazón por no poder hacerlo, pero sabía que, si lo hacía, se derrumbaría. O Gia empezaría a darle la tabarra sobre Sheldon y los rumores de su aventura con Cece. Y ella no tenía tiempo para nada de eso. Tenía que pensar en sus hijos, anteponerlos, y largarse de allí mientras pudiera.

—¿Ahora? —preguntó Matthew emocionado.

Margot soltó una risita.

—Cielo, es demasiado pronto para ir al parque. Voy a ayudar a tu padre a ponerse en marcha y luego te hago el desayuno. ¿Por qué no ves los dibujos mientras yo termino aquí?

Suponía que podría cumplir su promesa de ir al parque parando en algún sitio cuando le pareciera que ya estaban lo bastante alejados. Había estado estudiando mapas que había sacado de un armario de casa de sus padres. No se había atrevido a mirar por Internet por miedo a que Sheldon pudiera ver su historial de búsquedas. Lo último que necesitaba era dejar una hilera de migas de pan que condujeran hacia ella. Se dejaría allí el móvil y el ordenador. Había visto demasiados programas de crónica negra en los que a una víctima o un sospechoso se los podía rastrear con las antenas de telefonía móvil.

—Pues creo que ya está —dijo Sheldon apareciendo detrás de Matthew.

Matthew estiró el cuello para mirar a su padre.

—¿Te marchas, papi?

—Sip.

—¿Puedo ir contigo?

Margot sabía que Sheldon se negaría a llevárselo, pero ¿y si no...?

No quería ni imaginárselo.

—No eres lo bastante mayor. Te llevaré cuando tengas catorce o quince.

—Ve a poner la tele —le dijo Margot—. Ya casi he terminado con el almuerzo de papi y ahora me pongo con tu desayuno.

Cuando Matthew pasó por delante de él para dirigirse al salón, Sheldon se acercó a la encimera y enganchó medio sándwich antes de que ella pudiera meterlo en una bolsita.

—¿Tienes hambre? Creía que habías dicho que habías tomado cereales.

Con casi todo el sándwich en la boca, Sheldon respondió:

—Sí, pero no hay razones para que no pueda tomarme esto también.

Mientras Margot lo veía masticar, pensó en que había tenido que compartir casi quince años de su vida con él. Había dado a luz a sus hijos. Debería tener algún sentimiento de pérdida... Pero lo único que sentía eran nervios, las mariposas en el estómago que le hacían tan complicado comer. Iba a poner su vida patas arriba, hacer algo que él jamás se esperaría de ella.

—Toma —dijo Margot después de meter el resto de la comida en la nevera portátil—. También he cortado unas manzanas.

—Dudo que alguien quiera manzanas.

Ella inspiró hondo, controlando la respiración.

—Pues déjalas aquí, si quieres. Se las daré a los niños.

—Bah —dijo Sheldon encogiéndose de hombros—, me las llevo por si acaso.

No hubo gratitud, solo arrogancia. Pero esa sería la última vez, se prometió ella.

—Vale.

Le dio la nevera.

—Que te diviertas.

Sheldon la miró.

—Bueno, ¿qué? ¿No hay beso de despedida?

Exceptuando cuando quería sexo, Sheldon había dejado de tocarla. Nunca había sido una persona muy expresiva, pero incluso la poca cantidad de afecto al que ella se había aferrado en un principio era prácticamente inexistente hoy en día.

—Ah, claro.

Se puso de puntillas, pero él la detuvo.

—¿A ti qué te pasa?

A Margot se le subió el corazón a la garganta de un salto mientras bajaba los brazos en lugar de rodearlo con ellos.

—¿Qué quieres decir?

—Estás rara... distante, como un puto robot.

—Es... estoy pasando una época dura con... con lo de mi madre —tartamudeó ella—. Solo... intento seguir tirando.

Él la miraba con recelo.

—¿Y el rollo ese de Cece? ¿Y preguntarme si preferiría estar casado con ella?

Margot se centró en su madre, en el hecho de que probablemente no volvería a verla nunca, porque eso hizo que le brotaran las lágrimas con facilidad. Hoy, además, estaban ya ahí, bajo la superficie.

—Pensé... pensé que ya no me querías.

Él la dejó asombrada al abrazarla y apoyar la barbilla en su cabeza.

—Claro que sigo queriéndote. Yo jamás renunciaría a lo nuestro. Lo que me preocupa a veces es que seas tú la que lo haga.

La bola que tenía en la garganta creció tanto que le impidió hablar. Ella sí había renunciado; había renunciado a su relación hacía meses. Pero eso no significaba que no lamentara la pérdida de lo que podían haber tenido... y casi habían logrado en los primeros años.

Al cabo de un momento, él la apartó para poder mirarla a la cara.

—¿Estarás bien mientras estoy fuera?

Una lágrima le cayó a Margot por la mejilla y él le lanzó una sincera sonrisa mientras se la secaba.

—Todo irá bien. Ya lo verás.

Margot asintió. Luego él agarró la nevera y se marchó.

Ella se quedó de pie en la cocina escuchando el motor de la camioneta mientras él salía del camino de entrada y bajaba por la calle. Incluso después de que el sonido se hubiera atenuado tanto que ella ya había dejado de oírlo y sabía que Sheldon se había ido, se sintió asustada, temblorosa. Una vez que se marchara, ya no habría vuelta atrás. ¿Estaba a la altura del reto que tenía por delante?

No lo parecía. Pero justo por eso tenía que marcharse ahora. En una semana, un mes, un año, tal vez ya no quedaría suficiente de la antigua Margot.

Secándose las lágrimas que seguían cayéndole por la cara, llamó a Matthew.

—¡Matthew! Ve a despertar a tu hermano. Tenéis que vestiros ahora mismo.

El niño se topó con ella cuando Margot salía de la cocina de camino a meter la ropa y los artículos de

aseo en maletas y recoger la ropa de cama extra, ca-
cerolas y sartenes, platos, cubiertos, toallas e incluso
papel del baño que había escondido en el trastero.

Matthew la miró extrañado al verle los ojos rojos.

—¿Qué pasa, mami? ¿Papi te ha puesto triste?

—Sí. Papi lleva mucho tiempo poniéndome triste.

El niño dio un paso adelante e intentó reconfortarla abrazándole la pierna. Ella cerró los ojos mientras recibía más consuelo de ese gesto del que su hijo
podría imaginarse nunca.

—Gracias, cariño. Mamá va a estar bien. Todos vamos a estar bien. Venga, corre a vestirte.

Matthew se apartó.

—¿Vamos a ir al parque ahora? ¿Y el desayuno?

—Lo tomaremos en el McDonald's. ¿Qué te parece?

—¡Ñam! —exclamó el niño antes de echar a correr
por el pasillo gritando—: ¡Greydon! ¡Levántate! ¡Vamos al McDonald's!

Mientras oía la voz de Greydon y los niños empezaban a vestirse, Margot deslizó los dedos ligeramente por la pared; era su forma de decirle adiós a la casa
que tanto había intentado convertir en un hogar.

Gia agarró un jersey y ayudó a Ida a ponérselo. La
lluvia había parado, pero fuera hacía frío y su madre
se quejaba constantemente de tener frío.

—¿Qué tal?

—Mejor —respondió Ida.

Acababa de echarse una siesta. Tenía que hacerlo
a menudo.

—¿Quieres ver lo que está viendo papá en el salón
o te enciendo la tele de tu habitación?

—Nada. Ahora mismo no. Aprovechando que me
siento con fuerzas, prefiero pasar una hora en el

despacho trabajando en nuestro árbol genealógico
—dijo su madre. Empezó a avanzar por el pasillo,
pero se giró—. ¿Qué hora es?

—Casi las tres —contestó Gia.

Su madre frunció el ceño, extrañada.

—Margot debe de estar ocupada con los niños.
Creía que vendría para acá en cuanto Sheldon saliera
de viaje.

Gia había dado por hecho lo mismo. Había llamado a su hermana, pero Margot no había contestado.

—A lo mejor Sheldon va con retraso. O ha decidido no ir.

—Es posible, supongo. Ella no suele venir cuando
él está en casa los fines de semana, así que podría ser
por eso. Él quiere... tiempo con la familia.

«O control absoluto», pensó Gia.

—Pero es raro que no responda a mis llamadas
—continuó su madre.

—¿Tú también has intentado hablar con ella?

—Sí. Tres veces.

Gia volvió a mirar el reloj.

—Seguro que nos llama antes de la noche.

—A lo mejor deberías acercarte con el coche... —sugirió su madre.

Como Leo estaba en casa ese día, Gia no se sentía
tan atada a la casa y pensó que hacerle una visita a
Margot podría darles la oportunidad de hablar en
privado.

—Buena idea.

Pero, al llegar a casa de su hermana, no vio ni la
camioneta de Sheldon ni el Subaru de Margot, y nadie abrió la puerta cuando llamó.

Llamó a su madre desde el porche de su hermana.

—Aquí no hay nadie. Supongo que Sheldon se ha
ido de caza, porque su camioneta no está aquí, y que
Margot ha salido a hacer la compra u otros recados.

—¿Pero entonces por qué no contesta al teléfono?

—A lo mejor se lo ha dejado olvidado en casa.

Su madre pareció conformarse con la respuesta, así que, después de asomarse por la ventana para asegurarse de que todo estaba como debería, Gia condujo hasta Delia's Big Buns, en la avenida principal, y pidió una hamburguesa. Cuando vivía en Wakefield, la mitad del instituto quedaba en Delia's, ya fuera para comer mientras se saltaban las clases o después de ellas. Le había encantado la comida y justo estaba desenvolviendo su parte favorita del menú, la hamburguesa de queso con beicon y salsa barbacoa, cuando levantó la mirada y vio a un hombre mirándola fijamente mientras pasaba despacio con el coche.

Era el señor Hart, se dijo Gia poniéndose recta. Había envejecido, el pelo se le había caído un poco y se le había puesto canoso, pero ella reconocería esa cara en cualquier parte...

El coche de detrás le pitó pidiéndole que acelerara, así que él le pisó más fuerte al envejecido Blazer que conducía. Pero, unos minutos después, volvió a pasar por delante en la dirección opuesta.

Gia lo ignoró. El señor Hart intentaba verla mejor. O alterarla. O las dos cosas. Ella intentó mirar a otro lado, pero, antes de poder terminarse la hamburguesa, lo vio volver a pasar.

Cómo no, eso tenía que pasarle justo en su primera oportunidad de salir de casa...

Metió el resto de la hamburguesa y las patatas en el saco de papel y tiró la comida en la papelera al dirigirse al SUV de su padre. Se había hartado de dejar que Evan Hart la mirara embobado.

Además, tenía que ayudar a sus padres con la cena y ducharse antes de la reunión del Club de los libros prohibidos. Desde que Ruth la había llamado, ya no estaba tan nerviosa por la reunión como unos días antes, pero aun así quería tener el mejor aspecto posible.

Justo estaba subiéndose al asiento del conductor cuando el vehículo que conducía el señor Hart giró hacia la hamburguesería. Un escalofrío le recorrió la espalda en cuanto lo vio. Pero él no le diría nada. Seguro. Sabía muy bien que no debía.

Se detuvo justo detrás de Gia y la miró por el retrovisor lateral de ella.

Furiosa por que no la dejara marcharse, Gia bajó del coche.

—¿Qué quiere? —gritó.

Hacía bastante frío como para que no hubiera muchas personas comiendo en las mesas de fuera, pero sí que había algunas. La gente levantó la mirada sorprendida, pero a Gia le dio igual. Estaba claro que el señor Hart intentaba intimidarla, y ella no iba a tolerarlo.

—A ver, ¿qué? —preguntó con los brazos en jarra.

Él bajó la ventanilla.

—Quiero saber lo que se siente al arruinarle la vida a un hombre —contestó a gritos—. Quiero saber si te sientes orgullosa de ti misma.

—¿Cómo se atreve? Usted mismo se arruinó la vida... ¡y casi me la arruina a mí!

—¡Me alegro de que sufrieras algunas consecuencias!

—¡Sabe que no estoy mintiendo sobre lo de aquella noche!

—¡Eh! —dijo una montaña de hombre levantándose de donde estaba comiendo e indicándole al señor Hart que se largara—. No pienso tolerar que un hombre moleste a una mujer. Si tiene algún problema de verdad con ella, más le vale tratarlo en otra parte, cuando yo no esté delante.

El señor Hart no respondió al hombre directamente. Sacudió la cabeza, le dijo a Gia que debería darle vergüenza, y se marchó.

El hombre, con su refresco en la mano, vio cómo el Blazer bordeó la hamburguesería y giró en la calle.

—¿Estás bien? —le gritó a Gia una vez que Hart se hubo ido.

En un principio Gia pensó que sería alguien que hubiera conocido en el instituto, alguien que entendía lo que pasaba. Pero, cuando tuvo la oportunidad de mirarlo con más detenimiento, se alegró de ver que su buen samaritano era un absoluto desconocido. Eso simplificaba un poco las cosas. Encontrarse con el señor Hart ya había sido una buena sacudida del pasado.

—Sí, estoy bien. Gracias por... Gracias por quitármelo de encima —dijo, y se subió al SUV de su padre a la vez que el hombre seguía con su comida.

Cormac no había podido ponerse en contacto ni con Louisa ni con ninguno de sus cuñados. Debían de haber decidido que él ahora estaba en campamento enemigo y habían cerrado filas. Que lo excluyeran en lugar de escuchar lo que tenía que decir le dolía... y lo enfurecía al mismo tiempo. Eran sus hermanas pequeñas. Louisa trabajaba para él; gracias a él tenía un trabajo lo suficientemente flexible para permitirle marcharse cuando quería o incluso llevarse a los niños a la clínica. Pero ella, junto con Edith, llevaban tanto tiempo aceptando por completo la versión de su padre que habían adoctrinado a sus maridos. Era él el que había cambiado, y entendía que eso les disgustara.

Al final, una hora antes de la hora de inicio de la reunión, Cormac llamó a su padre. Quería saber si

Evan tenía algo que ver, si sabía lo que estaba pasando y si existía la posibilidad de que estuviera detrás de todo. Si era así, tal vez podría lograr que su padre entrara en razón y les parara los pies a los demás. Evan tenía que entender que una confrontación, y en especial una pública, lo desenterraría todo y seguiría dividiendo lealtades y haciendo que la gente siguiera hablando.

Cuando le saltó el contestador, pensó que a lo mejor Evan tampoco quería hablar con él. Pero, cinco minutos después, el teléfono se le iluminó mostrando una foto de su padre.

—¿Me has llamado? —dijo Evan cuando Cormac respondió.

—Sí. ¿Estás en el trabajo?

—Ya no. Acabo de llegar a casa.

—Debes de encontrarte mejor.

—Ya te dije que me pondría bien, que no tenías que preocuparte por que fuera a faltar más días. ¿Qué necesitas?

Cormac se sentó en el borde del sofá y empezó a hablar mientras rascaba a Duke detrás de las orejas.

—Louisa y Edith y sus maridos van a ir a una reunión del Club de los libros prohibidos que Gia ha organizado para esta noche.

—¿Ah, sí? ¿Y para qué van a ir?

No parecía que su padre supiera nada del tema.

—Tienen pensado plantarle cara a Gia, humillarla en público supongo, porque de ahí no puede salir otra cosa. ¿No te lo han contado?

—No. No he oído ni una palabra sobre eso. Pero, mira, que les vaya genial. Ya es hora de que alguien salga en mi defensa.

Cormac esbozó una mueca ante la respuesta de su padre.

—Eras un hombre adulto. Ella era solo una niña.

—Y por eso toda la compasión fue para ella. ¿Te parece justo?

Era más que justo... si su padre lo había hecho.

—No me parece sensato iniciar una discusión en un restaurante, papá. Espero que los llames y les hagas cambiar de idea.

—¿Y por qué iba a hacerlo?

—¡Porque es cosa del pasado y tenemos que olvidarlo! Ya hemos hablado de esto.

—Para mí no es cosa del pasado, y menos ahora que está en el pueblo y todo el mundo vuelve a hablar de aquello y... a mirarme como si sus hijas pequeñas pudieran estar en peligro. Es una sensación terrible. Tú no tienes ni idea porque aún tienes una gran reputación aquí en el pueblo.

Cormac tenía una gran reputación porque no había hecho nada para mancharla.

Cormac se llevó la cabeza a las manos y volvió a intentarlo.

—Papá, si quieren hablar con ella, tienen que hacerlo en privado. Ir a por ella, sobre todo en público, no está bien.

—No le pasará nada. La he visto en el pueblo hace un par de horas y ¿sabes qué ha hecho? Se ha puesto a gritarme. Eso también era un restaurante. Yo lo único que he hecho ha sido entrar con el coche para comprarme una hamburguesa, y ella ha montado un buen número. No me siento mal. Se merece lo que tiene.

A Cormac le costaba imaginarse a la mujer que había ido a su casa haciendo lo que su padre acababa de describir. ¿Era verdad? Estaba empezando a dudar de todo lo que decía su padre.

—Entonces... ¿no vas a intervenir para detenerlos?

—¡No! Llevo diecisiete años amargado. A lo mejor ya es hora de que ella sienta un poco de dolor.

—Papá...

—Tienes que llamarlos tú, no yo. Yo no me voy a meter.

La línea se cortó.

—¡Joder! —murmuró Cormac. ¿La reacción de su padre era fruto de una indignación justificada? ¿O de otra cosa?

De pronto recordó un fragmento del testimonio de Gia de diecisiete años atrás: «Me dijo que él tenía todo el poder, así que nadie me creería si intentaba desafiarlo».

Pero lo había desafiado. ¿Su padre quería ver a Gia castigada porque ella mentía... o porque él había creído que podía salirse con la suya y ella se había enfrentado a él y le había hecho ver que no?

Gia no podía evitar estar nerviosa. Apareció en el restaurante con treinta minutos de antelación para no tener que entrar en la sala cuando ya estuviera llena. Incluso entonces deseó haberle pedido a Margot que la acompañara. En el momento de planear el evento se había sentido mucho más segura de sus amistades y no había sentido que fuera a necesitar apoyo familiar. El Club de los libros prohibidos había perdurado cuando no lo había hecho casi nada más del instituto.

La camarera la llevó a la sala que Sammie había reservado. Tenía dos mesas largas a cada lado y Gia eligió un asiento en el extremo más alejado, desde donde podría ver a la gente entrar por la puerta. Había hablado con Ruth y Sammie justo después de salir de la hamburguesería para asegurarse de que todo iría bien, y las dos le habían asegurado que el *email* había tenido una buena acogida.

«Esperamos a dieciocho personas, que son un montón teniendo en cuenta que algunos miembros no llevan activos desde hace mucho tiempo», había dicho Sammie, y probablemente tuviera razón. Asistir a la fiesta de Navidad *online* una vez al año no era lo mismo que ser un miembro continuo y activo.

Por suerte, Sammie apareció cinco minutos después que ella. Y luego llegó Ruth. Los demás empezaron a llegar en goteo a las siete. Tras el encuentro con el señor Hart, Gia había estado tensa e inquieta; no había tenido ganas de socializar, y menos en su pueblo, donde las opiniones que había sobre ella estaban tan polarizadas. Pero poco a poco empezó a soltarse y a pasarlo bien, y, para cuando la camarera llegó con la comida, ella estaba charlando y riéndose. No fue hasta que iban por mitad de la cena cuando oyó un murmullo que le hizo levantar la mirada. En ese momento vio a Louisa y a Edith entrar con paso airado, serias y decididas, y seguidas por dos hombres que imaginó que serían sus maridos.

Capítulo 16

Cormac vio el Suburban que conducía Louisa en el extremo del aparcamiento y esperó que no fuera demasiado tarde. Había estado un buen rato discutiendo consigo mismo, intentando quitarse la idea de ir. No era asunto suyo. No debería implicarse. Sus hermanas tenían derecho a tener su propia opinión y podían decidir cómo querían actuar. Su trabajo no era controlarlas, y menos cuando seguía sin saber con seguridad si se equivocaban sobre lo sucedido con su padre.

Pero al final no pudo soportar la idea de que Gia quedara expuesta en público, no podía permitirles a sus hermanas que fueran a por la mujer que había visto llorar en el jardín. Gia ya había sufrido demasiado... y estaba sufriendo mucho ahora.

En cuanto pudo encontrar sitio para dejar la camioneta, puso la palanca de cambios en posición de Aparcamiento, apagó el motor, bajó y echó a correr mientras maldecía a su padre por haberlo puesto en esa insoportable situación. Proteger a Gia de su propia familia provocaría una fisura con la que tendría que vivir durante mucho tiempo, incluso después de que ella se hubiera ido. Louisa probablemente dejaría la clínica y eso lo dejaría a él en la estacada. Y, si

Edith y ella se enfadaban demasiado, podría pasar mucho tiempo hasta que estuvieran dispuestas a volver a hablarle.

Apostaría a que incluso su madre le aconsejaría que no se metiera.

Pero no le había pedido opinión a su madre. Como Louisa y Edith no querrían escucharlo y su padre no intentaría detenerlas, sentía que no le quedaba otra opción.

La recepcionista del restaurante se quedó pasmada cuando él abrió la puerta de golpe y pasó por delante sin decir ni una palabra. Pero es que no podía perder ni un segundo. Conocía el restaurante. Celebraban fiestas en la sala trasera, así que sabía perfectamente dónde encontrar al Club de los libros prohibidos.

Dados su escasa relación con el grupo y todo el tiempo que había transcurrido desde el instituto, se sorprendió al encontrar a tanta gente allí. Pero Gia siempre había sido popular. Por un momento pensó que debería haber dejado que la defendiera alguno de sus muchos amigos. Habría unos cuantos gritos y luego sus hermanas se marcharían. No sería para tanto. Gia no lo necesitaba.

Aún estaba a tiempo de marcharse antes de que lo viera nadie...

Pero ¿y si la cosa no iba así? ¿Y si nadie salía en su defensa y Gia se sentía atacada por todos lados? ¿Y si se quedaba más traumatizada aún y tenía que volver a terapia? ¡Por Dios, esa mujer había vuelto al pueblo para despedirse de su madre moribunda!

No podía permitir que sus hermanas hicieran lo que tenían planeado. Por eso, en lugar de aferrarse a esa última excusa y darse la vuelta, que era lo que se moría por hacer, entró en la sala justo cuando Louisa estaba señalando a Gia y gritándole a alguien:

—¡Ya sé que su madre tiene cáncer! ¡Lo que siento es que no lo tenga ella!

Hubo un grito ahogado colectivo. Incluso el marido de Louisa, Victor, se giró para mirarla boquiabierto. Fue ahí cuando Cormac miró fijamente el rostro de Gia... y vio que estaba blanca.

—Eres una persona de lo más repugnante —le dijo ella a Louisa. Aunque había hablado en voz baja, lo había hecho rodeada de un silencio absoluto, por lo que todo el mundo lo oyó.

Louisa rompió en llanto, pero siguió señalando a Gia mientras intentaba excusar lo que había dicho.

—¡Ella le destrozó la vida a mi padre! ¡Rompió mi familia! ¡Ha estado mintiendo todo el tiempo! ¿Os podéis imaginar lo que es tener catorce años y que una compañera acuse a tu padre, un respetado profesor de Literatura, de abuso sexual? ¡Eso sí que es vergonzoso y humillante! ¡No tenéis ni idea!

Cormac se abrió paso entre las personas que había de pie entre sus hermanas y él.

—No, Cormac —oyó decir a alguien. Un brazo lo agarró para detenerlo. Pero él apartó con fuerza a quien quiera que fuera. No había ido allí para unirse al ataque, como habría supuesto esa persona.

—Louisa, Edith, ya basta —dijo—. No sabéis lo que decís. ¿Por qué pensáis que mamá se divorció de papá? Porque sabía cosas que nosotros no sabíamos, ¿vale? Tenía un motivo para creer que Gia decía la verdad, y yo ahora también lo creo. Lo único que siento es haber tardado tanto en verlo. Si hubiera escuchado antes, con una mente y un corazón abiertos, a lo mejor habría tenido la oportunidad de convenceros de que es papá quien miente y así vosotras no estaríais tan empeñadas en provocar este absurdo enfrentamiento.

—Cormac, no te metas —dijo Victor saliendo en defensa de su esposa, pero Cormac, a cambio, se giró y miró a su cuñado con gesto desafiante.

—Si tú puedes meterte, yo también. Y no creo que venir aquí haya sido lo correcto. Tienes que ayudarme a convencer a tu mujer de que se vaya a casa.

Louisa había estado tan inmersa en la batalla que estaba librando que tardó un momento en percatarse de la presencia de Cormac. Para él, en ese momento la mayoría de la gente que lo rodeaba no tenía ni nombre ni cara, excepto Gia. A lo mejor a su hermana le pasaba lo mismo, porque, cuando lo vio, cuando lo vio de verdad, el ánimo de lucha se le fue como el aire a un globo al que habían inflado pero no atado.

—No me puedo creer que estés haciendo esto —murmuró ella—. ¡No me puedo creer que tú, precisamente tú, me des la espalda!

—No te estoy dando la espalda —le aclaró él con toda la delicadeza que pudo—. Intento evitar que cometas un error terrible. ¡Estás haciendo daño a alguien a quien ya le han hecho bastante daño!

—¿Y qué pasa conmigo? ¿A mí no me han hecho bastante daño? —preguntó Louisa, de nuevo sacando toda su voz, antes de salir corriendo de la sala.

Edith miró cómo se iba su hermana, miró los muchos rostros que la miraban, miró a Cormac, y empezó a llorar.

—¿Qué has hecho? —le dijo, y salió corriendo detrás de Louisa.

Victor y Dan siguieron a sus esposas dejando a Cormac frente a una sala llena de impactados miembros del Club de los libros prohibidos y de una Gia anonadada.

—Lo siento —les dijo a todos en general—. Debería haber venido antes. A lo mejor podría haberlos parado en la puerta o algo. Estaba... No tengo una buena excusa. Pero, por favor, no culpéis a mis hermanas de esto. Es culpa de mi padre. Todo es culpa suya.

—¿Entonces sí que lo hizo? —gritó alguien buscando la confirmación que todos, sin duda, llevaban años anhelando.

Cormac se vio tentado a decir que no lo sabía. Esa era la verdad. No había estado allí aquella noche. Pero no podía andarse con evasivas ahora. Solo conseguiría que Gia volviera a odiarlo, y probablemente generaría más ira y discordia al intentar permanecer en un punto medio.

—Creo que sí.

—Pues has hecho lo correcto —dijo alguien más.

Aunque, por supuesto, había quien no estaba de acuerdo. Ruth Stinson se quedó como si le hubieran soltado una bofetada y salió de la sala, probablemente para ver si Louisa y Edith estaban bien.

La mirada de Cormac volvió a aterrizar en Gia.

—No quería que pasara esto. De nuevo, lo siento.

No esperó a una respuesta. Había hecho todo lo que podía. Había adoptado una actitud firme y pública en contra de su padre y sus hermanas, lo que por suerte le había ahorrado a Gia el dolor que habría sentido de no haberlo hecho. Sin embargo, había disgustado mucho a Louisa y Edith. Siempre había tenido una relación estrecha con sus hermanas y habían estado unidos.

Pero no había tenido ninguna otra opción.

Al volver de la reunión del club, Gia se sentó junto a la piscina. Las luces estaban encendidas en casa de Cormac y ella esperaba que saliera para tener la oportunidad de hablar con él. Pero Cormac no salió. ¿Estaría demasiado ocupado siendo arengado (por teléfono, ya que no parecía que tuviera compañía en casa) por sus hermanas, sus cuñados y su padre? Su madre, si es que se había enterado, tampoco estaría muy contenta con lo que había hecho.

Sin él, la reunión del Club de los libros prohibidos desde luego habría ido mucho peor. A saber dónde habría acabado la pelea que habían iniciado las hermanas Hart.

Aún no se podía creer que Cormac se hubiera presentado allí y la hubiera defendido. Había sido un alivio enorme saber que por fin había visto que ella decía la verdad; lo que él había hecho esa noche había superado con creces sus expectativas. Le estaba agradecida, por supuesto, pero le preocupaban las repercusiones. ¿Qué haría el padre de él? ¿Qué harían sus hermanas? ¿Se quedaría Cormac apartado de los otros miembros de su familia? Y, de ser así, ¿cuánto duraría eso? ¿Años?

Se estremeció al pensarlo, sobre todo teniendo en cuenta que ella no se quedaría en Wakefield mucho tiempo más. Eran ellos los que estaban construyendo su vida allí.

Tal vez Cormac no debería haber ido al restaurante. Pero ella no podía evitar admirar que lo hubiera hecho. Había que tener narices para hacerlo.

Recordaba cómo se había enfrentado a ella el día que habían despedido a su padre y tenía que reconocer que, estuviera equivocado o no, era de los que defendían lo que creían.

Le sonó el teléfono. Era Eric. Pronto cerraría Backcountry Adventures y se pondría rumbo al Parque Nacional Glacier, el viaje que ella había estado deseando hacer con él y que ahora se perdería.

—Oye, ¿qué tal tu madre? —le preguntó cuando ella contestó.

Gia miró la casa, que estaba a oscuras. Sammie y ella habían salido a tomar unas copas después de la reunión y sus padres ya estaban dormidos cuando volvió. Ruth no había vuelto a la sala donde la estaban celebrando y no contestaba al teléfono, así que Gia no tenía ni idea de qué habría pasado con ella.

—Frágil, pero aguantando.

—¿Y tu hermana? ¿Sigue contenta de que estés allí?

La mención de Margot le recordó que no había sabido nada de ella en todo el día. Había tenido pensado ir a su casa después de la fiesta, pero entonces había pasado lo del enfrentamiento con Louisa y Edith, y eso había desbaratado el curso del resto de la noche. Y, para cuando Sammie y ella habían decidido irse a casa, había estado tan distraída que no había pensado en Margot. De todos modos, habría sido demasiado tarde para haber llamado a su puerta. A lo mejor su madre había hablado con ella.

—Eso creo. Se está tomando algo de tiempo libre y dejando que yo me ocupe de las cosas por aquí.

—Seguro que necesita el descanso.

—Debería haber venido antes —reconoció Gia.

—Ya estás ahí. Aprovéchalo, ¿vale?

Gia sonrió. Eric tenía treinta y ocho años para cincuenta y ocho. Ella siempre le decía que era el alma más vieja y sabia del lugar.

—Eso estoy haciendo la mayor parte del tiempo.

—Entonces... ¿no está yendo tan mal como esperabas?

—Igual de mal, pero...

Se levantó para asomarse a la valla y ojear el jardín de Cormac antes de volver a sentarse.

—También ha habido algunas sorpresas agradables.

—Me alegro. Solo quería decirte que por aquí va todo bien. No tienes que preocuparte por el negocio. Vamos a cerrar nuestra mejor temporada hasta la fecha. Ojalá pudieras venir conmigo a Glacier, pero te mandaré las fotos que haga para que puedas disfrutar de las vistas conmigo.

Gia temía que eso la pusiera más celosa que feliz, pero era un gesto tan amable que no podía decir que no.

—Gracias. Dale un abrazo a Coty y un beso a Ingrid de mi parte.

—Coty e Ingrid también te mandan besos y abrazos —dijo él, y colgó.

Ella miró el reloj. Era casi medianoche, pero se vio tentada a llamar a Margot por si acaso la pillaba disponible. Quería hablar con alguien que de verdad pudiera entender lo que había pasado esa noche. Seguía impactada por la aparición de Cormac.

De nuevo, se levantó y miró por encima de la valla. Sin duda, estaba despierto. Lo vio pasar por delante de la ventana de la cocina, pero parecía que iba sin camiseta, así que probablemente se estaba preparando para irse a la cama.

Se dijo que era mejor dejarlo tranquilo y dejarlo todo como estaba, pero no sabía si tendría una mejor oportunidad de darle las gracias y decirle que no se había esperado que fuera a defenderla y que habría preferido que no lo hubiera hecho porque así ella no tendría que preocuparse por el impacto que eso tendría en su vida. Bastante era que la creyera; no quería que entrara en guerra con su familia.

Entró en casa para ir a por la sudadera de Duke que él le había dejado. La noche anterior Cormac le había dejado su camiseta en la valla, pero ella había estado guardándose su prenda, esperando en secreto tener la oportunidad de volver a hablar con él. Ahora se alegraba de no habérsela devuelto hacía un día o dos. Podía ir a su casa con la excusa de devolvérsela y ya de paso darle las gracias por lo que había hecho esa noche.

La temperatura pareció mucho más fría cuando volvió a salir al jardín. Sabía que no debería ir a su casa tan tarde, seguro que él no contaría con tener compañía. Pero Gia sabía que no dormiría bien si no tenía la oportunidad de decirle lo que pensaba.

Después de cruzar el portón y bordear la casa hasta la puerta delantera, llamó con suavidad y oyó a su perro ladrar mientras, nerviosa, cambiaba el peso de un pie a otro.

Una cortina se movió; Cormac la estaba mirando por la ventana. Ella cerró los puños con fuerza porque se sentía incómoda. Dudaba que él se alegrara de verla.

Cormac abrió mientras sujetaba al perro.

—Hola.

Gia carraspeó.

—Siento molestarte tan tarde, pero... como la luz estaba encendida...

—No pasa nada, estaba levantado. ¿Quieres pasar?

Gia estuvo a punto de decir que no. Se sentía fatal irrumpiendo en su casa tan tarde. Pero Cormac estaba teniendo que sujetar al perro para que no saliera y ella supuso que lo que le tenía que decir sería mejor recibido si él no tenía que estar pendiente también del perro.

—Claro. Solo un momento.

—Duke —le dijo Cormac a su perro a la vez que le indicaba que se apartara para que ella pudiera entrar. Luego cerró la puerta y se puso derecho mientras su *rottweiler* le olfateaba los pies y las piernas a Gia.

—Está lavada —dijo ella dándole la sudadera—. Gracias por dejármela.

—De nada. Anoche te dejé tu camiseta en la valla. Supongo que la has recogido.

—Sí.

—Siento lo que ha pasado antes en el restaurante. Cuando supe que Edith y Louisa tenían planeado colarse en la reunión, hice lo que pude por convencerlas de que no lo hicieran. Pero no me hicieron caso. Puede que se haya montado más número con mi aparición, pero es que... no sabía qué otra cosa hacer.

Podría no haber hecho nada, pero, en lugar de eso, había ido para detener a sus hermanas independientemente de lo que eso le supusiera a nivel personal.

—Lo que has hecho ha sido... valiente. Te lo agradezco. Pero también quiero dejarte claro que no deberías volver a hacer algo así nunca.

Él parpadeó con gesto de clara sorpresa.

—¿Por qué no?

—Porque no quiero dejarte en una situación peor de la que tenías cuando llegué. Solo estaré en el pueblo hasta... A ver, tú vives en Wakefield, te estás construyendo una vida y un negocio aquí. Sería mejor que yo capeara el temporal sola, ¿sabes? Preferiría no interferir en tus relaciones, y menos en tu relación familiar.

Él parecía algo perplejo.

—¿Incluso la relación con mi padre?

—Por supuesto. Nunca fue mi intención arrebatarle nada de lo que tenía. Yo solo... yo quería salir de su clase. No podía estar cómoda allí después de... de lo que hizo. Y lo más justo era que me diera la nota que merecía en ese trabajo para poder ir a la universidad.

—Pero al final dejaste la universidad de todas formas.

—En aquella época estaba demasiado confundida. No podía rendir como el resto de alumnos.

Él frunció el ceño, pero ella siguió antes de que pudiera decir nada.

—No es que buscara una gran venganza contra tu padre ni nada de eso. La gente comete errores.

—A ver si me aclaro —dijo Cormac rascándose la nuca—. ¿Te preocupa lo que me pase con todo esto?

—Sé lo que es ser la persona que odian tus hermanas —dijo ella riéndose—, y no se lo desearía a nadie.

Esperaba que él se riera también y olvidaran el tema. Había transmitido el mensaje, le había dicho que no se metiera en nada que pudiera pasar para no salir perjudicado, y le había devuelto la sudadera que le había prestado. Su trabajo ahí estaba hecho. Pero Cormac no le dio las gracias por haber ido ni fue hacia la puerta. Siguió mirándola como si pudiera verla por dentro.

—¿Qué pasa? —preguntó ella cada vez más cohibida.

—Lo que mi padre hizo fue terrible, Gia. Deberíamos haberte apoyado.

Gia hizo un ademán con la mano.

—Pasó hace mucho tiempo. Solo quiero olvidarlo y seguir adelante... si me deja.

—¿Si te deja? —repitió él.

—Le da tanto miedo que destruya la tapadera que se ha creado que está intentando complicar las cosas.

—¿Ahora? ¿Cómo está complicando las cosas «ahora»?

Gia había cometido un error al hablar en presente. No quería contarle lo del incidente en Delia's Big Buns, no quería que sintiera que tenía que seguir protegiéndola.

—Quería decir... en el pasado.

Esperando salir de la casa antes de poder fastidiarla más todavía, se giró para marcharse, pero Cormac la agarró del brazo.

—No has sabido nada de él desde que volviste al pueblo, ¿verdad?

—No —respondió ella de inmediato, pero habló con demasiado ímpetu y no pudo mirarlo a los ojos.

No le gustaba nada mentir, y menos a Cormac. El señor Hart y ciertos miembros de su familia llevaban tanto tiempo llamándola mentirosa que tenía claro el valor de la credibilidad.

Él juntó las cejas.

—¿Qué ha hecho?

Cuando ella no respondió, él le dio un suave apretón en el brazo.

—Gia, no eres tan buena mentirosa como una vez di por hecho.

Solo la palabra «mentirosa» la hizo estremecerse... y le hizo decir la verdad.

—Me... me ha visto antes en Big Buns y no dejaba de pasar con el coche por delante, y volvía, y volvía. No habría pasado nada, es un país libre, pero ha parado antes de que yo pudiera prepararme para irme. En realidad, me ha bloqueado el paso, y luego ha bajado la ventanilla y ha empezado a gritarme delante de otras personas que estaban comiendo allí.

A Cormac se le tensó la mandíbula.

—¿Qué te ha dicho?

—Lo típico.

—Estaba intentando intimidarte y desacreditar tu versión.

—Sí. Lo ve como una traición personal. Pensaba que podría irse de rositas con lo que hizo, que yo no debería haberlo delatado. A lo mejor hasta se cree que el castigo fue mucho peor que el crimen. Y podría ser. ¿Cuánto castigo es suficiente para algo así? ¿Alguien lo sabe de verdad? El encuentro en sí no duró mucho. Desde esa perspectiva puede parecer que el castigo ha sido demasiado. Pero las repercusiones no han cesado, así que desde esa perspectiva... no sé. Lo único que puedo decirte es que fue terrible intentar defenderme con él tergiversando la verdad.

Cormac sacudió la cabeza.

—Porque no se trata solo de lo que hizo, sino de lo que hizo después. Y pensar que yo formé parte de aquello...

—No sabías la verdad.

—Ahora sí.

—No estaré mucho tiempo en el pueblo —le recordó Gia—. Vamos a dejar las cosas así. A lo mejor gritarme ha satisfecho su furia —dijo, aunque no lo creía del todo. Por la razón que fuera, el señor Hart se había convertido en víctima de la situación y seguía sintiéndose agraviado por ella.

—Más le vale no volver a molestarte —dijo Cormac—. No se lo voy a permitir.

Gia lo miró fijamente.

—Ya está. No puedes implicarte.

—Pero lo haré.

Y esa noche se lo había demostrado.

Capítulo 17

Antes de que ella se fuera, Cormac anotó su número. Quería supervisar la situación mejor que en el pasado y sabía que le sería útil para poder contactar con ella si no estaba sentada junto a la piscina.

Se vio tentado a llamar a su padre. Le daba igual lo tarde que fuera. Evan seguía tergiversando la verdad; decía que era Gia la que lo había provocado a él en la hamburguesería. A lo mejor se pensaba que pasar al ataque lo haría parecer inocente, que mostrar que aún le importaba su reputación lo suficiente como para seguir luchando contra las acusaciones de Gia acabaría convenciendo a los escépticos.

Pero lo que estaba haciendo era cabrear a Cormac. Mientras su confianza en la versión de su padre se desmoronaba, su confianza en la de Gia cobraba cada vez más fuerza. La insistencia de Gia en que se mantuviera al margen cimentaba su creencia en su bondad natural. Si fuera ella la que mentía, lo habría animado a defenderla. Porque ¿quién mejor para hacerlo que el hijo de Evan Hart?

A Gia, la verdadera víctima de esa situación, parecía importarle más lo que pudiera pasarle a él si se implicaba que a su propio padre, que llevaba casi dos décadas machacándolo y quejándose.

El egoísmo de Evan era cada vez más patente.

Cormac fue a la ventana para ver si se había encendido la luz de la habitación de Gia. Imaginaba que estaría preparándose para irse a dormir. Pero, al no ver luz, se fijó en la piscina y la vio sentada en el yacusi.

Miró el reloj. Era casi la una. Aunque llamara a su padre, seguro que él no respondería. Lo más probable era que estuviera borracho. Pero Cormac estaba demasiado tenso para dormir y no le veía sentido a meterse en la cama para pasarse horas moviéndose y dando vueltas.

Con un suspiro, volvió a mirar por la ventana. Después se puso el bañador, agarró un par de cervezas, salió por la puerta trasera y cruzó el portón que separaba las dos casas.

Gia levantó la mirada al oírlo acercarse.

—¿Te importa tener compañía? —preguntó Cormac levantando las cervezas a modo de ofrenda de paz y vacilando con actitud educada antes de acercarse más.

—Para nada —respondió ella con una sonrisa sincera y natural y, por lo tanto, fácil de devolver. Qué agradable verla responder bien a su presencia en lugar de tensarse y mirarlo con desconfianza.

Se acercó y le dio una cerveza.

—Toma.

—Gracias.

Gia abrió la suya y dio un largo trago.

Después de abrir su lata, él entró en el agua y se sentó enfrente.

—¿Siempre te acuestas tarde?

—En Idaho hay una hora menos —contestó ella encogiéndose de hombros.

—Es verdad. Pero, aun así, es tarde.

—He tenido muchas cosas en la cabeza desde que llegué aquí.

—Ya me imagino. Siento lo que estás sufriendo con tu madre y... todo lo demás. Además, tiene que ser complicado dejar tu trabajo.

El vapor estaba depositándole a Gia gotitas de agua en la cara y en sus hombros y brazos desnudos, y la piel se le veía jugosa y húmeda. Aunque tenía el pelo recogido, unos pequeños mechones ondulados se le pegaban al cuello y la frente.

—Por suerte, el negocio está en buenas manos. Mi socio sabe lo que hace.

Estaba claro que Gia tenía mucho respeto por el hombre con el que tenía un negocio. ¿Habría algo más que trabajo entre los dos?

—¿Estáis... saliendo?

Ella soltó una risita.

—No. Eric está felizmente casado y tiene una hija pequeña.

Cormac dio un trago de cerveza.

—Si mi padre no hubiera hecho lo que hizo en el instituto, ¿te habrías quedado aquí como muchos de nosotros?

—Es bastante probable. Cuando dejé la universidad para marcharme a Alaska, fue más bien de chiripa. Había conocido a otros alumnos que trabajaban en barcos pesqueros durante el verano y se sacaban un buen dinero, así que me fui con ellos cuando se marcharon en primavera. Pero luego no volví cuando ellos volvieron en otoño.

—¿Te gustó?

—Me encantó. No hay un lugar como Alaska.

—¿No te resultó solitario, ni siquiera durante el invierno?

—La verdad es que no. En aquel momento necesitaba esa paz, esa tranquilidad y ese espacio. Aquellos años fueron terapéuticos para mí.

—¿Entonces qué te llevó a Coeur d'Alene?

Gia le contó las ganas que había tenido de aprender a volar, que su actual socio había sido instructor de vuelo y que lo había animado a montar un negocio juntos y habían acabado en Coeur d'Alene porque él acababa de conocer por Internet a la mujer que ahora era su esposa, y ella era de allí.

—¿Tú siempre quisiste ser veterinario? —preguntó Gia.

—Prácticamente, sí. Siempre me han encantado los animales y sabía que quería contribuir a la comunidad de algún modo. De pequeño me marcaron mucho las pelis antiguas en las que los médicos hacían visitas a domicilio.

—¿Haces visitas a domicilio?

—Si hablamos de un caballo, una vaca o un cerdo, sí —respondió él sonriendo—. Y lo haría por cualquier animal si fuera necesario. ¿Tienes alguna mascota?

—No. No quiero dejar a un animal solo en mi piso todo el día mientras estoy trabajando. Pero sí que puede que en algún momento tenga perro, si me caso y formo una familia.

—¿Te gustaría tener hijos?

—Algún día. ¿A ti?

—Rotundamente sí.

—Para eso tendrías que sentar cabeza con alguien —dijo ella con tono irónico.

—Sentaría cabeza encantado si encontrara a la mujer adecuada.

Después de terminarse la cerveza, Gia dejó la lata a un lado.

—Por lo que he oído, tienes donde elegir.

Él odiaba la reputación que le estaban poniendo, ojalá la gente de Wakefield se metiera en sus propios asuntos en lugar de mostrar tanto interés por su vida amorosa.

—¿Quién te ha dicho eso?

—Creo que es un consenso general.

—Seguro que tú también has tenido muchos hombres entre los que elegir todos estos años, pero sigues soltera.

Ella lo miraba a través del vapor.

—Me ha costado enamorarme.

Cormac estaba seguro de que lo que le había pasado en el instituto había tenido algo que ver en eso. Durante los años en los que la mayoría de la gente se enamoraba por primera vez, ella habría estado demasiado traumatizada con la experiencia que había vivido. Eso lo hacía sentirse todavía peor por lo sucedido.

—Míranos —dijo él señalándolos a los dos con la lata de cerveza—. ¿Alguna vez pensaste que pudiéramos ser amigos?

Ella ladeó la cabeza mientras lo miraba, y entonces una sonrisa preciosísima apareció en su cara.

—Nunca.

Cormac se terminó la cerveza.

—Eso demuestra que... nada es imposible.

Margot miró por una pequeña abertura entre las cortinas de la habitación de motel barato que había alquilado en Billings, Montana. Entre las paradas para ir al baño, para comer y para que los niños pudieran jugar un rato, había estado en carretera dieciséis horas. Al salir de Wakefield se había planteado viajar al este. En ese lado del país había mucha más gente y le parecía más seguro, como si necesitara un crisol así de grande donde esconderse.

Pero había sido un pensamiento fruto del pánico. En la otra dirección también había montones de buena gente y lugares. Gracias al tiempo, el norte no era una opción, pero podía ir al sur...

Al final había decidido ir donde la había llevado el corazón y, como siempre había querido vivir en la Costa Oeste, había trazado una ruta hasta Washington cruzando Montana y Idaho. Si allí no encontraba un sitio que le gustara, bajaría hasta Oregón o incluso California. Los siguientes meses ya serían bastante duros de por sí. ¿Por qué no cambiar un invierno frío y nevoso por uno cálido? Al menos no tendría que quitar la nieve de los caminos.

El aparcamiento trasero, que era lo único que podía ver desde la habitación de la segunda planta, estaba casi vacío. Y, de todos modos, tampoco es que pudiera decir qué buscaba. Solo estaba comprobando el coche. Junto con las pocas cajas y bolsas de pertenencias que se había llevado y la maleta de ruedas llena de dinero en metálico, que había metido en la habitación con ellos, ese coche era todo lo que tenía. Necesitaba venderlo y buscarse otro, cuanto antes mejor, pero primero quería poner más distancia entre Wakefield y ella.

Estirando el cuello para aliviar la cefalea tensional que le había aparecido en la hora de la cena, entró en el baño y se miró al espejo. Una pálida desconocida le devolvía la mirada. No podía creerse que lo estuviera haciendo de verdad. Que se hubiera sentido tan desesperada. Se había llevado todo el dinero que había podido, a sus hijos, su ropa y algunos juguetes, y había dejado casi todo lo demás, incluyendo a su moribunda madre. Ni siquiera tenía un ordenador o un móvil que le facilitaran las cosas. Estaba tan acostumbrada a que la tecnología le posibilitara las búsquedas en Internet, le diera direcciones y la predicción del tiempo, y la mantuviera al tanto de lo que pasaba en el mundo, todo ello al alcance de los dedos, que sin esas herramientas se sentía impotente.

Sabía que debería dormir un poco. Los niños probablemente se despertarían al amanecer. Si no estaba bien descansada, le costaría recorrer tantísimos kilómetros.

Pero estaba demasiado nerviosa e inquieta. Había usado algo del dinero que había sacado del banco para echar gasolina, pero no podría alquilar una habitación sin una tarjeta de crédito. Antes de salir de Wakefield había abierto una cuenta nueva con una tarjeta exclusivamente a su nombre y había creado una dirección de correo electrónico que Sheldon no podría descubrir para recibir los extractos digitales, pero incluso esa tarjeta dejaría rastro. Hoy en día a la gente se le podía seguir la pista con mucha facilidad.

¿Intervendría la policía? No lo creía. No, por todo lo que había visto en Internet. Y si la policía no intervenía, entonces ella estaría bien. Una persona corriente como Sheldon no podría acceder a los datos de su tarjeta de crédito.

Además, sus amigotes y él estarían en plena naturaleza y sin cobertura durante gran parte del viaje de caza. Era cuando volviera lo que tenía que preocuparle. Seguro que contrataba a un investigador privado si la policía no lo ayudaba, y ella no tenía ni idea de lo lejos que un profesional podría o estaría dispuesto a llegar para encontrar a una esposa a la fuga.

A lo mejor, para evitar usar la tarjeta de crédito y dejar ese rastro, los niños y ella tendrían que empezar a dormir en el coche. O ir a un refugio de mujeres, al menos hasta que pudiera comprar un ordenador nuevo. Estaba sintiendo pánico suficiente como para atreverse a entrar en la web oscura, donde había oído que podía comprar un carné de identidad falso. Una sencilla búsqueda de Google explicaba cómo, pero hasta el momento no se había decidido a aventurarse en un espacio tan peligroso.

Probablemente lo peor que pasaría sería que la estafaran por pagar algo que no recibiría nunca, pero era un riesgo que iba a tener que correr.

Dejó el espejo, entró en la habitación y tapó a sus hijos, que dormían. ¿Habría intentado Sheldon contactar con ella?

Por norma no llamaba mucho a casa, no cuando estaba de caza. Y ahora con Cece de nuevo en su vida, tal vez la llamaría a ella en su lugar. Cuanto más tardara en darse cuenta de que pasaba algo, más tiempo tendría ella para situarse y prepararse.

Dio un paso atrás mientras miraba a los niños. Lo solucionaría todo. No tenía elección.

Solo tenía que ir día a día.

Algo pasaba. Gia no había sabido nada de Margot el sábado, y eso que su hermana había dicho que llamaría después de que Sheldon se marchara de caza. Y el domingo tampoco le estaba devolviendo ni las llamadas ni los mensajes. Dada la situación de su madre, se habría esperado que Margot lo hiciera independientemente de lo que estuviera haciendo.

Por eso, después del desayuno y ante la insistencia de Ida, se acercó a casa de Margot y vio que seguían sin estar los dos coches. Y las vistas a través de la ventana no habían cambiado nada. Si Margot hubiera estado en casa desde la última vez que Gia se había pasado, los niños habrían dejado por medio algún juguete, algún zapato o algo. Aunque Margot tenía la casa siempre limpia, los niños eran niños y desordenaban.

Pero si Margot no había vuelto desde el día anterior, ¿dónde estaba ahora? No se habría ido con los niños de caza con Sheldon, ¿no?

Sacó el teléfono, buscó el contacto de su cuñado y estuvo a punto de llamarlo. Quería que Sheldon le aliviara sus miedos, pero el recuerdo de la última conversación con Margot la hizo detenerse. Su hermana le había pedido que no llamara a Sheldon. Gia había dado por hecho que ella solo intentaba protegerlo de la bronca que se merecía, porque Margot siempre abogaba por mantener la paz, pero... ¿y si había algo más?

La puerta trasera también estaba cerrada con llave. Y las ventanas tenían el pestillo echado. Si quería entrar, iba a tener que romper algún cristal. No quería llegar tan lejos, pero estaba sintiendo tanto pánico que decidió que merecía la pena pagar los daños que causara... por si acaso.

Después de quitar la pantalla, usó una piedra del jardín de Margot y rompió la ventana del cuarto de la colada. Luego se quitó la sudadera, se la enrolló alrededor del brazo para no cortarse al meter la mano y descorrió el pestillo para poder colarse dentro.

—¿Margot? —gritó en cuanto pudo bajarse de la secadora.

Si el Subaru no estaba allí, era raro que recibiera respuesta, pero siguió intentándolo de todos modos.

—¿Margot? ¿Matthew? ¿Greydon?

El silencio la saludó. La casa estaba sumida en un mutismo inquietante mientras se dirigía a los dormitorios. No, seguro que Margot no se había enfrentado a Sheldon por lo de la aventura y...

No quería ni pensarlo. Era imposible que él le hubiera hecho daño físico a su mujer.

Pero, dadas las circunstancias, y si él creía que podía salirse con la suya, a lo mejor sí. Era un cabrón controlador. Y uno egocéntrico, además.

—Juro por Dios que me aseguraré de que te pudras en la cárcel el resto de tu vida —susurró Gia.

Contuvo el aliento al llegar al dormitorio de su hermana y ver la puerta medio cerrada.

Cuando la empujó y la puerta se abrió, lo primero en lo que se fijó fue en que la cama no estaba hecha. Qué raro. Margot se enorgullecía de sus destrezas domésticas. Era lo único que tenía por lo que sentirse bien, ya que Sheldon no le permitía hacer ninguna otra cosa.

—¿Margot?

Después de asomar la cabeza, Gia pasó a la habitación de los niños. Se movía deprisa. Ya se entretendría a mirarlo todo con más detenimiento en la segunda pasada, si es que hacía falta una segunda pasada.

Las camas de los niños tampoco estaban hechas. Y tenían los cajones del todo abiertos.

Se acercó. No solo estaban abiertos, sino también vacíos. ¿Qué pasaba?

La adrenalina le bombeaba por todo el cuerpo mientras volvía corriendo al dormitorio principal para mirar la cómoda de su hermana. Esos cajones estaban cerrados, pero, cuando los abrió, encontró lo mismo. El armario de Margot también estaba vacío. Y no había rastro de sus maquillajes y sus artículos de aseo.

Lo raro era que... las cosas de Sheldon seguían ahí. Su lado del armario estaba tan lleno que Gia diría que no se había llevado nada al marcharse de caza.

Al necesitar respuestas con más rapidez de lo que parecían llegar, levantó el teléfono para llamarlo... y de nuevo se obligó a esperar.

En su lugar, probó a contactar con su hermana. Si Margot no respondía esa vez, le dejaría un mensaje diciéndole que, si no hablaba con ella, llamaría a Sheldon.

—Tienes quince minutos —dijo en voz alta mientras esperaba a que se estableciera la llamada. Y entonces oyó la musiquilla del peculiar tono de llamada de su hermana, ahí, en la casa con ella.

Cerró los ojos y escuchó con atención. Venía de la cocina.

Capítulo 18

—¿Qué quieres decir con que se ha ido? —preguntó Ida, sentada en el comedorcito de la cocina con Leo al otro lado y absolutamente perpleja mientras Gia caminaba de un lado a otro.

—Quiero decir que se ha ido. Su coche no está ahí. Los niños tampoco. Y la ropa de todos ha desaparecido menos la de Sheldon. Y tampoco he visto el monedero de Margot por ninguna parte, así que supongo que también se lo ha llevado.

Levantó el teléfono de su hermana.

—Y en cambio su móvil estaba ahí mismo, en la cocina, a plena vista.

Los ojos de Ida se abrieron como platos en su demacrado rostro. Cubriéndose la boca con los dedos dijo:

—¿Por qué iba a irse sin su teléfono?

—Diría que se le ha olvidado, pero... pero creo que, si hubiera querido llevárselo, habría vuelto a por él. Hoy en día dependemos demasiado de estos ordenadores en miniatura. No es algo que te agrade olvidarte.

—Tiene sentido —dijo Ida.

—Por no hablar de que todo parecía tan... a propósito —añadió Gia después de buscar la palabra adecuada.

—¿Cómo? —preguntó su padre.

Gia dio la vuelta al llegar al fondo de la cocina y volvió hacia ellos.

—A ver, en primer lugar había rumores de que Sheldon está con otra mujer. Cuando le saqué el tema a Margot, me dio la impresión de que estaba bien al tanto de lo que pasaba. Como no me dejó enfrentarme a él, supuse que iba a dejar que se saliera con la suya, como ha hecho con muchas otras cosas. Pero a lo mejor me contuvo porque tenía planeado algo más grande...

Ida bajó la mano.

—¿Como qué? ¿Un divorcio? ¿Adónde ha ido? ¿Y cómo vamos a contactar con ella si no tiene teléfono?

Gia no quería decirlo, pero la respuesta obvia era que no podían contactar con ella. Nadie podía.

—Creo... creo que lo ha abandonado.

A él y también a su familia. Eso no lo añadió. Pero estaba claro que Leo comprendió las implicaciones porque se levantó y dijo:

—Margot jamás abandonaría a su madre cuando... cuando está luchando contra... lo que está luchando.

A Ida se le saltaron las lágrimas.

—Y, aunque lo hiciera, jamás nos alejaría de los niños, ni a nosotros ni a su padre.

Gia tampoco se imaginaba a su hermana cruzando esa línea. Margot nunca le había plantado cara a Sheldon. Por eso hacer algo tan drástico... no cuadraba con ella. Pero no había nada más que pudiera explicar los hechos.

—Creo que es justo lo que ha hecho. Cuando he salido de la casa, el vecino estaba regando su jardín. Le he preguntado por Margot y me ha dicho que la última vez que la vio fue ayer a primera hora de la mañana. El hombre estaba cambiándole el aceite a su camioneta mientras Sheldon cargaba la suya para irse de caza. Hablaron un momento, luego Sheldon se marchó y, como una hora después, Margot llevó varias maletas al Subaru.

—¿Ella le dijo algo? —preguntó Leo.

—No. Cuando él saludó a los niños, le dijeron que iban al McDonald's y luego al parque, pero ella estaba tan ocupada haciendo viajes a la casa que él no tuvo oportunidad de decirle nada. Me ha dicho que parecía «tensa».

—¿Deberíamos llamar a Sheldon? —dijo su madre con intención de levantar su teléfono, que estaba en la mesa—. A ver si él sabe lo que está pasando.

—No —dijo Gia corriendo a detenerla—. No podemos meterlo en esto.

—¿Por qué no?

Gia pensó en el mensaje de voz que había pretendido dejarle a Margot dándole quince minutos para ponerse en contacto antes de que ella llamara a Sheldon. No había llegado a dejarlo. Al encontrar el teléfono de Margot había supuesto que sería inútil. Pero luego había caído en que había modos de que su hermana pudiera comprobar su buzón de voz de forma remota, eso contando con que supiera cómo.

—Porque todos sabemos lo racional y equilibrada que es Margot. Si se ha marchado, lo ha hecho por una razón.

—¿Sin decírnoslo?

Su madre no podía comprender ese repentino abandono, y Gia lo entendía. Margot nunca había hecho algo así.

—Ha debido de verlo necesario.

—La infidelidad de Sheldon tiene que estar detrás de todo esto —dijo Leo—. Debe de estar destrozada la pobrecita. Pero las parejas son infieles constantemente. No puede llevarse a los niños y desaparecer así, sin más.

—La mayoría de la gente no llega a ese extremo —dijo Gia—. Nadie quiere alejarse de todo lo que conoce y ama. Y ella siempre ha estado muy unida a mamá, lo que me dice que no ha debido de ver otra opción.

Ida se secó una lágrima errante.

—Cuánto me cuesta creer todo esto.

Ojalá Gia supiera la clave del teléfono de su hermana. Quería ver a quién había llamado y escrito por última vez. A lo mejor eso les daría alguna pista sobre adónde había ido, si tenía algo con otro hombre, o lo que fuera. Pero ya había probado con varias combinaciones sin éxito: el cumpleaños de Margot, los cumpleaños de los niños, y unas cuantas cosas más que se le habían ocurrido.

—¿Puede ser que haya otro hombre en su vida? —preguntó vacilante.

—Para nada —contestó su madre.

—¿No le habéis oído mencionar a nadie? ¿Algún nombre nuevo que haya surgido en alguna conversación?

—Ninguno —contestó Leo—. Y tampoco la han visto con nadie.

Ahora cobraba sentido la insistencia de Margot en que Gia volviera a casa. Incluso entendía por qué su hermana había calificado su regreso de «crucial». Había necesitado a alguien en Wakefield a quien poder confiar el cuidado de Ida para que ella pudiera marcharse con la conciencia tranquila.

Pero ¿por qué iba a desaparecer sin despedirse? ¿Sobre todo de Ida? Esa era la pieza de puzle que no lograba encajar.

—¿Qué hacemos ahora? —preguntó Ida—. ¿Vamos a la policía?

—Aún no —dijo Gia.

La voz de su madre subió de tono.

—¿No quieres que llamemos a Sheldon ni a la policía?

—Por lo que ha dicho el vecino, se ha marchado por voluntad propia, mamá. Y lo ha hecho el día que Sheldon se fue de caza, casi en cuanto se marchó él. Piensa en el momento que ha elegido para hacerlo.

—No quería que él supiera que se marchaba —dijo Ida.

Gia asintió.

—Eso tiene que ser. Si queremos ayudarla, tenemos que confiar en que sabe lo que está haciendo.

—Entonces... ¿ahora qué? —dijo su padre también confuso—. ¿Esperamos y ya?

—Esperamos y confiamos en que nos llame para decirnos que está bien.

—¿Y si no llama? —preguntó Ida vacilante.

Gia sacudió la cabeza.

—No sé. Vosotros solo... dadme algo de tiempo para acceder a este teléfono y ver qué puedo encontrar.

Cormac había intentado contactar con Louisa y Edith. Ninguna de sus hermanas contestaba. Sí que logró que contestara Victor, pero su cuñado dijo que Louisa estaba destrozada por que él le hubiera dado la espalda, sobre todo en público, y cuando Cormac señaló que había hecho todo lo posible por hablar con sus hermanas en privado antes de que se colaran en la reunión del Club de los libros prohibidos, Victor le había soltado que él tampoco tenía ningún derecho a meterse y le había colgado.

Cuando la tarde del domingo dio paso a la noche, Cormac empezó a preguntarse si Louisa iría a trabajar el lunes. Si no iba, ¿qué haría él? ¿Le mantenía el puesto? ¿La convencía para que volviera? ¿Sería posible?

Podía contratar una sustituta, claro, pero odiaría hacerlo. Siempre habían disfrutado trabajando juntos. Además, enseñar a otra persona supondría tiempo y esfuerzo. Y ¿qué haría luego si Louisa quería volver?

Le preocupaba la clínica, pero le preocupaban aún más su sobrina y su sobrino. Pero, bueno, seguro que ella no intentaba impedir que los viera.

A eso de las ocho, llamó a su madre.

—Ya me he enterado —dijo Sharon en cuanto descolgó—. La hija de mi vecina, que estaba en esa reunión del grupo de lectura, acaba de traerme una calabaza de su jardín y me lo ha contado.

—¿Y no me has llamado?

—Intento mantenerme al margen. Todos sois hijos míos. No sería justo posicionarme.

—Pero tú crees lo mismo que yo... que papá lo hizo.

—«Creer» es la palabra clave, Cormac. La otra mañana te dejé claro que no lo sé con seguridad, y no quiero ser responsable de llevaros a tus hermanas y a ti a una conclusión que podría estar equivocada. No quiero, cuando se trata de una relación tan importante como la de un hijo con un padre. Me preguntaste qué me llevó a formarme mi opinión y te lo conté porque... porque ahora eres un hombre y deberías tener todos los datos. Si Louisa y Edith me preguntan, les contaré lo mismo. Es lo único que puedo hacer.

—¿Y qué pasa con Gia?

—Me siento mal por Gia. Pero... —su madre vaciló antes de continuar, obviamente mientras elegía las palabras con cuidado—, por muy terrible que pueda sonar, tengo que anteponer a mi familia y hacer lo que considero que es mejor para vosotros tres.

—¿Incluso aunque eso suponga dejar que papá le destruya la vida?

—No te pongas tan dramático. Gia ha pasado página.

—Tiene que soportar toda clase de mierdas, cuando tú y yo sabemos que probablemente fue una víctima inocente.

—Yo no «sé» nada —dijo Sharon—. Ese es el problema.

Alguien llamó a la puerta, interrumpiéndolos. Con la esperanza de que fuera Gia (lo habían pasado tan bien hablando en el yacusi la noche anterior que Cormac llevaba todo el día pensando en ella), le dijo a su madre que esperara mientras iba a ver quién estaba en la puerta.

Un vistazo por la ventana le mostró que no era Gia. Era su padre.

—Papá está aquí —le dijo a su madre—. Te dejo.

—Cormac... —dijo Sharon con tono de advertencia.

—¿Qué?

—Ten cuidado. Estás arriesgando mucho por una mujer a la que puede que no vuelvas a ver nunca dentro de un mes o dos.

Pero él no se imaginaba haciendo otra cosa distinta. Tenía que defender lo que creía, ¿no? Tenía que proteger a la gente, o en este caso a la persona, que era inocente. Si no lo hacía, no podría vivir consigo mismo.

Pero no había tiempo para explicarlo, y tampoco tenía claro que su madre fuera a entenderlo por mucho que él lo intentara. Desde lo sucedido, su madre había intentado mantenerse neutral más allá de lo que pudiera deducirse del divorcio. Pero ella no conocía a

Gia tan bien como él. Ni le importaba tanto como a él.
Si Cormac lo decía, su madre querría saber por qué le
importaba tanto, y esa era una pregunta que ni él podía responder, porque no lo sabía.

—Entendido. Luego hablamos.

Colgó y abrió la puerta.

—Hola, papá. ¿Qué tal?

Un músculo se movió en la mandíbula de su padre.

—Tengo que hablar contigo —contestó él con brusquedad.

Al parecer, Sharon no era la única que se había enterado de la debacle en el restaurante. Pero a Cormac
le pareció que su padre tenía mucho descaro al presentarse ahí tan enfadado. Según Gia, Evan había
mentido sobre lo que pasó en la hamburguesería. Él
se había enfrentado a ella, había llegado al punto de
bloquearle el paso mientras la arengaba. La noche
anterior en el yacusi, Gia se lo había explicado todo
con más detalle. Por la descripción, el tipo que había
salido en su defensa debía de ser Grizzly Bowman. Era
el propietario del campo de tiro situado a unos ocho
kilómetros del pueblo y su *pitbull* era paciente de Cormac. Si había sido Grizzly, entonces Cormac podría
corroborar la historia de Gia, a diferencia de lo que
había pasado antes.

—Pasa.

Su padre se había tomado la molestia de peinar-
se y afeitarse. Qué gusto verlo así. El rollo desaliñado
no le favorecía, lo hacía parecer demasiado descui-
dado.

—¿Es verdad que anoche fuiste al restaurante y
les dijiste a todos que llevo todos estos años mintiendo con lo de Gia? —preguntó en cuanto entró, y
cerró de un portazo.

—¿Y no es lo que has hecho?

Su padre se puso rojo como una remolacha.

—Así que es verdad. Louisa y Edith tenían razón. ¡No me lo puedo creer! Podría esperármelo casi de cualquier otro, pero no de ti.

—Me mentiste sobre lo que pasó en Delia's —señaló Cormac.

Evan extendió las manos.

—¿Qué dije?

—Dijiste que ella empezó a gritarte y que montó un buen número.

—¡Y es verdad!

—¡No, no es verdad! Fuiste tú el que la vio. Pasaste con el coche por delante de ella sin dejar de mirarla e intentando intimidarla. Luego entraste en la hamburguesería, le bloqueaste el coche y le dijiste cosas muy desagradables.

—Eso no es verdad...

—¡Es verdad! —lo interrumpió Cormac—. ¡Grizzly estaba allí! Lo vio todo. Te dijo que la dejaras tranquila, ¿no?

Cormac se estaba marcando un farol al fingir que ya había hablado con Grizzly, pero se moría por sacarle la verdad a su padre de una vez por todas.

La mirada de Evan se volvió plana, carente de emoción.

—¿Cómo sabes que Grizzly estaba allí?

—Me lo ha dicho ella.

—¿Cuándo has hablado con ella?

—Varias veces. Por Dios, está viviendo en la casa de justo detrás.

—No conoce a Grizzly. Él se mudó aquí después de que ella se marchara.

—Entonces contabas con eso, ¿eh?

—Se merece todo lo que le diga y más —contestó su padre, de pronto cambiando su versión.

Cormac se quedó paralizado.

—Entonces mentiste...

Su padre alzó los brazos.

—¿Me estás escuchando?

—Te estoy escuchando, pero es que no me gusta lo que estoy oyendo.

—¡Me destrozó la vida! —gritó su padre—. ¿Y todo para qué? Lo que hice... ¡apenas fue nada!

Cormac lo miró atónito. ¿Acababa de admitir que la había acosado hacía diecisiete años?

—Hacerle insinuaciones sexuales a una de tus alumnas es un delito muy grave, papá.

—¡Pero si apenas la toqué!

—Pero la tocaste. Primero le tendiste una trampa. Le pusiste mala nota para que fuera a pedirte que se la cambiaras. Luego intentaste usar tu poder para coaccionarla a tener sexo contigo. ¿No es verdad?

Su padre se puso derecho.

—No.

—Acabas de decir que «apenas» la tocaste. «Apenas» sigue siendo tocarla.

—No hice nada malo —insistía Evan.

Estaba desdiciéndose solo porque Cormac no aceptaba su justificación, y Cormac lo sabía.

—Has estado mintiendo todo este tiempo —dijo impactado—. ¡Lo sabes tú y lo sé yo!

—¡Deja de hablar por mí! —contestó su padre con brusquedad antes de largarse sin molestarse en cerrar la puerta.

Cormac lo vio meterse en su viejo Blazer y salir del camino de entrada arrancando con fuerza y casi golpeándose con el coche del vecino, que estaba aparcado en la calle. ¿Qué acababa de pasar? ¿Evan había admitido la verdad pero luego había retirado lo dicho?

Pero había sido una confesión aun así, ¿no?

¿Ahora qué tenía que hacer él? ¿Lo creerían sus hermanas si les contaba lo que acababa de pasar?

No cerró la puerta ni después de que su padre se hubiera ido. Se quedó varios minutos contemplando la noche, dejando que el frío viento le rozara el pelo y la ropa. Todo ese tiempo su padre había estado diciendo y haciendo todo lo que podía para evadir la responsabilidad de lo que le había hecho a Gia. Y hasta hacía muy poco Cormac lo había defendido.

¡Qué situación tan asquerosa!

—Hola.

Parpadeó y centró la mirada. Gia había llegado desde la parte trasera de la casa. ¿Había oído a Evan marcharse?

A Cormac le dio la impresión de que ella ni siquiera sabía que Evan había estado ahí. Por suerte no habían coincidido, pero había sido solo cuestión de minutos.

Intentó responderle, pero no podía hablar. La rabia que lo invadía le tensó la garganta hasta el punto de dejarlo sin voz.

—¿Qué pasa? —preguntó ella alarmada.

Él negó con la cabeza. No quería verla ahora mismo. Estaba demasiado disgustado. Pero no sabía qué hacer para que Gia se fuera, al menos no sin hacerla sentir mal.

—¿Cormac?

Abrió la boca para hablar, pero de nuevo no logró soltar palabra. Luego, inexplicablemente y sin previo aviso, los ojos empezaron a llenársele de lágrimas de rabia y frustración.

Era lo último que quería. Avergonzado, entre otras cosas, fue a cerrar la puerta. Tenía que escapar antes de que ella viera que se estaba desmoronando. Pero antes de poder darse cuenta, Gia lo había agarrado del brazo y lo había girado hacia ella.

—¿Qué pasa? —preguntó mientras lo miraba a la cara buscando respuestas con esos ojos impresionantes que tenía. Pero, cuando Cormac no pudo darle una explicación, ella lo rodeó con los brazos y lo llevó hacia sí para abrazarlo—. Tranquilo —murmuró—. Todo irá bien.

A Gia le había estado preocupando cómo respondería la familia de Cormac a lo que él había hecho la noche anterior. Ahora sabía que había tenido buenos motivos para preocuparse. O había pasado algo serio con ellos o, menos probablemente, alguna otra cosa lo había disgustado, porque tenía todo el cuerpo rígido.

—Tranquilo —murmuró de nuevo mientras le acariciaba la espalda—. ¿Qué ha pasado?

—Mi padre... Acabo de... perder a mi padre —dijo como si todo lo que estuviera pensando y sintiendo pudiera resumirse en esa sencilla frase.

—¿Qué quieres decir? ¿Le ha pasado algo?

Gia empezó a apartarse, pero él hundió la cara en su cuello y siguió abrazándola.

—No. Aca... —empezó a decir Cormac. Cuando tuvo un momento para recomponerse, levantó la cabeza y continuó—: Acabo de descubrir que no es el hombre que siempre pensé que era. Desde que has vuelto, he tenido que enfrentarme a la idea de que es probable que haya estado mintiendo sobre lo que pasó en el instituto, y eso ya es bastante vergonzoso de por sí. Pero acosarte en la hamburguesería también y cómo lo contó todo después, y cómo ha estado utilizando a Louisa y Edith, y quiere seguir usándome a mí, para que le demos una falsa credibilidad...

Sacudió la cabeza como si eso fuera lo mejor que pudiera hacer para explicar lo que pasaba.

—Me siento fatal —dijo ella—. No quiero ser la culpable de esto. Durante casi dos décadas se me ha culpado de destruir a tu familia, y no soporto pensar que solo por haber vuelto a casa haya provocado más dolor.

Él dio un paso atrás, rompiendo el contacto entre los dos.

—Es eso precisamente. A ti te importa el daño causado. Eso lo dice todo.

—Tu padre es un hombre orgulloso, Cormac. Le avergüenza que lo pillaran haciendo algo tan indigno de él. Por eso sigue luchando por reforzar las mentiras que contó. Creo que haría lo que fuera por recuperar algo del respeto que tenía antes. No está bien, pero... es comprensible.

—Para mí no. ¡Si hubiera dicho la verdad, yo podría haberlo perdonado! Por entonces tú eras casi una adulta y preciosísima. Podría haber entendido que te deseara. Yo siempre lo he hecho. El problema es lo que ha hecho desde entonces... Todas esas mentiras y esa indiferencia total por cómo la situación ha afectado a todo el mundo que lo rodea son lo que me han mostrado quién es de verdad. Y no me gusta lo que veo. No puedo admirarlo. No puedo...

Se detuvo. A juzgar por cómo lo estaba mirando Gia, él debía de haber dicho algo inesperado del todo.

—¿Qué? —dijo dando otro paso atrás.

—¿Siempre me has deseado? —repitió ella.

Cerrando los ojos con fuerza, Cormac se frotó la frente.

—No debería haber dicho eso. No puedo hablar ahora mismo. No tengo filtro. Será mejor...

—Cormac —lo interrumpió Gia.

Él bajó la mano y la miró.

—No sabes lo mucho que te agradezco tu honradez y tu... bondad innatas. Las admiro y te admiro a ti, y odio que te esté pasando tanta factura.

Gia tenía intención de darle otro abrazo, uno breve, y marcharse. Lo había pillado en mal momento, en uno cargado de emociones que debería haber quedado en privado. Pero lo que empezó como un abrazo rápidamente se convirtió en un ardiente beso.

Se apartaron a la vez, los dos sin aliento.

—Lo siento —dijo Gia mientras él decía lo mismo, casi a la vez.

Gia se habría reído, pero ese beso no tenía nada de gracioso. Aún podía sentir el calor recorriéndola hasta los pies.

¿Qué acababa de pasar? Nunca había sentido nada especial por Cormac Hart. Y aun así... estaba empezando a verlo con otros ojos.

—Ha sido increíble —dijo Gia tras un largo suspiro—. Posiblemente el mejor beso que me han dado en la vida.

Él enarcó las cejas.

—¿No estás enfadada conmigo?

—Ni siquiera tengo claro que hayas sido tú el que lo ha iniciado. ¿Has sido tú? Me ha parecido espontáneo, como si los dos hubiéramos dado el paso justo a la vez.

—La verdad, yo tampoco lo sé. He dado por hecho que he sido yo, porque llevo mucho tiempo queriendo hacerlo. Y no podía imaginarme que tú... Vamos, que estaba absolutamente convencido de que sería el último hombre de la tierra a quien...

Gia no esperó a que terminara. Se acercó, se alzó y volvió a presionar los labios contra los suyos.

Cormac la rodeó con los brazos y le posó una mano en la espalda mientras ella separaba los labios para recibir a su lengua, entregándose a él y a lo que estaba sintiendo. Desde que había vuelto a casa, había habido mucha angustia y muchos disgustos, por no hablar de los esfuerzos titánicos pero fútiles por dejar atrás el pasado. Probablemente en el caso de él había pasado lo mismo. Pero lo que estaba pasando ahora era un placer de lo más excitante.

Lo único que podía sentir, oler y saborear era a Cormac, y en ese momento eso pareció ser lo único que necesitaba.

Capítulo 19

Cormac nunca había imaginado que fuera a hacerle el amor a Gia. Había pasado años culpándola por algo que ella no había hecho y era todo un impacto que no lo odiara por el pasado independientemente de cómo se hubiera portado él en el presente. Pero Gia parecía aliviada de saber que por fin la creía.

La emoción que sentía al tocarla y ser tocado por ella contrastaba de una forma tan brutal con todo lo demás que había pasado desde su regreso a Wakefield que él no pudo más que cerrar los ojos y disfrutar del momento mientras deslizaba la mano sobre su pierna desnuda.

Gia era aún más impresionante sin ropa. Alta, esbelta y firme, con ese aire no muy femenino que tenía. Unas extremidades largas y la piel más suave que él había tocado nunca. Unos pechos no especialmente grandes, solo del tamaño de su mano ahuecada, que para él eran perfectos. Y una sonrisa cautivadora.

—¿Qué haces? —preguntó ella cuando él se detuvo y se quedó mirándola, sin más.

Cormac llevó la mirada desde su amplia y sexi boca hasta sus ojos enmarcados por unas densas pestañas.

—Admirarte.

Era un paso demasiado grande como para darlo de un modo tan repentino. Al vivir en un pueblo pequeño era imperativo no generar expectativas románticas que no pudiera cumplir, no a menos que quisiera que las mujeres de Wakefield lo odiaran. Y justo por eso había sido tan cauto toda su vida.

Había cosas que debería estar diciendo antes de llegar a tanta intimidad, cosas que siempre decía. Pero no quería estropear el momento. Lo que estaba pasando parecía especial, casi frágil, y tenía toda intención de tratarlo como tal. No quería hacer nada que pudiera romper el hechizo que los había llevado arriba mientras se iban quitando la ropa y dejándola tirada a su paso. Gia entendía que no era un compromiso. Ni siquiera estaría mucho tiempo en el pueblo. Eso era un modo de evasión, una grata liberación para dos almas atormentadas que necesitaban desesperadamente un paréntesis.

Además, ella ya le había dicho que le costaba enamorarse, y eso establecía un acuerdo en cierto modo. Él conocía la situación y ella también. A él no tenía que preocuparle la posibilidad de generarle una futura decepción.

En todo caso, era él el que se estaba preparando para una futura decepción. Temía que, después de ese día, jamás pudiera volver a mirarla sin desearla.

—Qué locura, ¿no? —dijo Gia mostrando la primera señal de indecisión.

—Una locura. Una locura buena, en mi opinión. Creo que nunca he deseado tanto a alguien. Pero si me estás pidiendo que pare...

—No. Solo... solo espero que no nos arrepintamos después.

—Tengo condones, si eso te da más seguridad. ¿O es por otra cosa? ¿Has cambiado de idea sobre ese tipo con el que estabas saliendo en Idaho o...?

—No, no es nada de eso. El sexo puede complicar las cosas. Lo digo por eso. Pero ya es demasiado tarde.

Gia lo empujó para tenderlo boca arriba y le besó la boca, la mandíbula, el cuello y el pecho.

—Ay, Dios —dijo Cormac mientras la boca de Gia fue moviéndose más abajo hasta cerrarse a su alrededor—. Creo que será mejor que no hagas eso. Aún no.

Ella le apartó las manos cuando él intentó incorporarla, pero alzó la cabeza para decirle:

—¿Y si me gusta ver lo que te provoca?

Cormac se rio.

—Puedes hacer lo que quieras. Pero primero déjame hacer lo que pueda por ti porque, si no, esto va a acabar demasiado pronto.

Después de girarla y tenderla bajo su cuerpo, Cormac se acurrucó a su cuello y la besó con intensidad mientras la provocaba con la promesa de penetración sin llegar a entrar en ella.

—¿Vas a hacerlo de una vez? —preguntó Gia impaciente.

Él le sonrió.

—Y tanto que sí. Pero... aún no.

Dándose permiso para dejarse llevar de verdad y hacerle el amor con tanto atrevimiento y seguridad como ansiaba, la besó todas las veces que quiso, y también la tocó y entrelazó sus extremidades con las suyas. Pero cuanto más la tocaba y besaba, más quería tocarla y besarla. Parecía estar persiguiendo algo escurridizo, algo que no podía llegar a alcanzar. Y esa tensión en aumento sumada a la expectación hicieron que ese tiempo con Gia fuera como nada que hubiera experimentado nunca.

Le puso las piernas sobre sus hombros y fue lamiéndole el muslo derecho a la vez que inhalaba su aroma almizclado. Todo en ella lo atraía. Quería seguir experimentando y familiarizándose con ella para saber qué le gustaba.

Después, ubicó el punto que más placer le daría. Ella dio un respingo cuando él posó la boca ahí. Cormac supo que había encontrado lo que buscaba, y ese logro le despertó una sensación exquisita. Gia estaba tan entregada y receptiva que hizo que su momento de intimidad resultara mucho más divertido.

Qué pena que no pudiera durar para siempre.

A lo mejor lo que hizo de ese encuentro sexual algo tan extraordinario fue el hecho de que, en lo que respectaba a uno y a otro, no tenían que preocuparse de nada excepto de lo que sucediera esa noche. Gia no tenía que preocuparse por verse metida en una relación de la que pudiera ser difícil escapar, no tenía que preguntarse si Cormac seguiría gustándole la siguiente semana, el siguiente mes o el siguiente año; si le haría daño o él le haría daño a ella. Nada de eso tenía cabida ahí, porque tenían cero expectativas puestas el uno en el otro. Tenía que ser la ausencia de todas esas cosas a las que ella solía darles vuelta lo que hacía que todo fuera tan bien.

Su peculiar historia hacía que resultara sorprendente que hubieran acabado juntos en la cama, pero hacer el amor con Cormac estaba resultando catártico, como si, en un gran cataclismo, estuvieran deshaciéndose de todo el dolor y las emociones negativas que habían tenido en lo que respectaba a uno y a otro. La descarga emocional añadida a la descarga física; era esa combinación la que lo hacía todo tan poderoso.

A medida que la tensión iba en aumento, ella apretó más las piernas alrededor de sus caderas y se obligó a dejar de pensar. Quería estar completamente presente en el momento, quería concentrarse solo en sentirlo, en la parte inferior de su cuerpo haciendo presión contra el de ella, en los músculos que se le marcaban en los brazos y los hombros mientras soportaba el peso de su corpulencia para evitar aplastarla, en el olor de sus sábanas y el aroma de su cálido cuerpo, y sobre todo en la intensa expresión de su cara.

Cuando él cerró los ojos, ella supo que estaba acercándose al clímax y pensó que llegaría antes que ella. Y más aún cuando su teléfono empezó a sonar fuera de la habitación, por algún lugar de las escaleras donde Cormac había tirado sus vaqueros después de ayudarla a quitárselos. El sonido captó su atención un instante, pero se resistió a dejarse llevar por la distracción lo suficiente para llegar a su liberación.

Cuando ella gimió, él dijo algo ininteligible. Gia supuso que sería una expresión de alivio, sobre todo cuando él dejó de intentar contenerse y se hundió en ella con más fuerza hasta que empezó a sacudirse y a temblar antes de dejarse caer encima.

—¡Vaya! —exclamó con la respiración agitada mientras llevaba su peso a un lado.

Gia no tuvo oportunidad de responder. El teléfono volvió a sonar. Al parecer, alguien necesitaba mucho contactar con ella.

Lo primero que se le vino a la cabeza fue su madre. No habría llegado el momento que había estado temiendo, ¿no?

Se le hizo un nudo en el estómago ante la más mínima posibilidad. Pero entonces otro pensamiento la asaltó y, por lo que fuera, pareció más inminente y, por lo tanto, más probable a pesar de la frágil salud de su madre.

Margot.

—¡Tengo que contestar! —exclamó, y pasó por encima de Cormac en cuanto él la soltó.

—¿Diga?

Margot contuvo la respiración al oír la voz de su hermana.

Se había prometido que no contactaría con «nadie» después de huir. Sabía que podría echar a perder lo que estaba intentando hacer si dejaba pistas sobre dónde estaba y adónde podría dirigirse. Sheldon podría descubrir que estaba en Spokane y empezar a buscar partiendo de ahí.

Pero se marcharía de Washington por la mañana. Y había tenido que volver a usar la tarjeta de crédito para la habitación. Eso probablemente le daría información a él. Por eso usar el teléfono de una desconocida en ese momento particular bien merecía el riesgo, sobre todo porque había ocultado el número. Había sentido que tenía que hablar con su hermana. La magnitud del modo en que se había ido, lo que supondría para sus hijos y para ella, se había vuelto abrumadora. Solo podía pensar en su familia, sobre todo en su madre.

—¿Diga? —oyó decir a Gia por segunda vez—. Margot, ¿eres tú?

En un momento de repentino pánico, Margot colgó.

Con inseguridad y timidez, miró a la mujer que le había prestado el teléfono para asegurarse de que no la estaba vigilando demasiado de cerca. La señora de mediana edad, pelo castaño y rostro amable seguía mirando, aunque no parecía preocupada por que Margot fuera a salir corriendo con su teléfono. Aun así, Margot no tenía mucho tiempo. Cuando había ido al vestíbulo a comprar una mezcla de frutos secos (había estado tan minada por la ansiedad que no se había tomado la cena), había dejado a Greydon y Matthew durmiendo en la habitación unas puertas más allá, así que tenía que volver lo antes posible por si se despertaban.

Se dijo que debía devolverle el teléfono a su dueña, comprar los frutos secos y ceñirse al plan original. Pero pensar que su madre pudiera morirse sin saber nada de ella la había empujado a volver a llamar.

Cuando Gia respondió por segunda vez, Margot dijo:

—Soy yo.

—¿Desde qué teléfono llamas?

—Desde el de una desconocida.

—¡Una desconocida! Margot, ¿qué estás haciendo? ¿Dónde estás? Por favor, dime que estás de camino a casa.

Ella agachó la cabeza para que sus palabras no retumbaran por el vestíbulo.

—No, no puedo volver nunca. Y no puedo decirte dónde estoy. So... solo quería saber cómo está mamá. Necesito oír que está bien, y esperaba que le dijeras que... que lo siento y que siempre la querré.

—¿Por qué no la llamas y se lo dices tú misma?

—Porque es muy tarde. No quiero despertarla. Y solo puedo usar este teléfono unos minutos.

—¿Qué está pasando? ¿Por qué te has marchado sin decir ni una palabra? ¿Es por Sheldon? ¿En serio está teniendo una aventura? Si es así, no tienes por qué dejar la casa y el pueblo donde creciste y dejar de relacionarte con tu familia. ¡Divórciate de ese cabrón! Yo te ayudo. Sabes que lo haré.

—Es justo eso, no quiero meterte en todo esto. No es tu problema. Además, no lo entiendes. Él no es ni como tú, ni como yo, ni como la mayoría de la gente. No quiero que nadie salga perjudicado.

—Sé cuidarme solita, Maggie.

«Maggie» había sido su apodo de niña. Gia la había llamado así en Primaria y Secundaria, incluso después de que ella le hubiera pedido a todo el mundo que la llamara «Margot». Echaba de menos a la niña confiada que había sido una vez, echaba de menos la existencia en el ambiente protegido que había conocido antes de haberse convertido en responsable de otros niños.

—Eso no lo sabes.

—Juntas podemos con él —insistió su hermana.

Tal como Margot había esperado, Gia estaba dispuesta a luchar. Pero ella no entendía lo despiadado que podía ser Sheldon ni hasta dónde era capaz de llegar para vengarse de incluso pequeñas ofensas.

—No, G. Al final saldrá ganando.

—¿Ganando qué? —preguntó Gia con tono de confusión.

¿Cómo le explicaba todo lo que estaba en juego? Ese era el problema. El maltrato verbal que Margot había sufrido había sido terrible, pero nadie consideraba debilitante el maltrato verbal, no hasta que empeoraba tanto que acababa convirtiéndose en maltrato físico. Y ella sentía que en su caso estaba tomando esa dirección y no estaba dispuesta a esperar tanto. Para entonces ya sería demasiado tarde.

—La batalla que tenemos por... por la comprensión y el apoyo de nuestras familias y amigos. Y por la custodia de los niños. Usará el dinero que gana, el negocio que tiene y la influencia de sus padres para desacreditarme. Me hará parecer pequeña e insignificante a su lado, indigna de lo que es mío por derecho. Y si eso solo me costara mi reputación, correría el riesgo. Pero no pienso arriesgarme a perder a mis hijos.

—¿Te da miedo que se lleve a los niños?

—Sé que lo hará.

—Pero... ¿cómo iba a hacer algo así? —preguntó su hermana—. No has hecho nada malo.

—Da igual. Me tachará de inestable o de incompetente o de incapaz de mantenerlos o... lo que sea. Es muy difícil luchar contra él en cualquier cosa. Él siempre tiene la razón. Y, cuando se entere de que lo he abandonado y que no voy a seguir casada con él, no habrá nada que lo retenga. Me dará mi merecido como pueda. Tenía que irme, G. Tenía que salvarme. Lo entiendes, ¿verdad?

Hubo un breve silencio durante el que Margot se imaginó a su hermana pasmada mientras intentaba asimilar la noticia.

—Lo que entiendo es que te casaste con el hombre equivocado —dijo Gia después. Y habló muy bien de ella que no mencionara nada sobre que lo había sabido desde el principio—. Tengo que ayudarte a alejarte de él. Y puedo hacerlo. Vuelve. Los niños y tú podéis quedaros con mamá y papá y conmigo mientras solucionamos esto. Cuidaremos de ti.

—¡No! Si Sheldon sabe dónde estoy, encontrará formas de torturarme. Y, como la peor forma de hacerme daño es utilizando a los niños, eso es lo que hará. Me niego a dejar que les cuente unas mentiras terribles sobre mí y que intente destruir nuestra relación. Me niego a estar en ese constante tira y afloja.

—¿Qué otra opción tienes? ¿Esconderte? ¿Marcharte y vivir sola? ¿Acaso es mejor? ¡Pero si ni siquiera tienes teléfono!

—Puede que no, pero tengo a Greydon y a Matthew. Es imposible que ponga en peligro mi relación con ellos si no puede encontrarnos.

—¿Cuánto tiempo podrás tirar?

—He sacado todo el dinero de nuestra cuenta corriente y de la de ahorro. Estaré bien un tiempo.

—¿Que has hecho qué?

—He limpiado las cuentas. Me lo he llevado todo.

Decirlo la empoderó porque era el golpe que llevaba años queriendo lanzarle a Sheldon, pero también la aterrorizó porque sabía que lo pondría hecho una furia.

—¿De cuánto estamos hablando? —preguntó Gia.

—Casi cuarenta mil. Con eso debería bastar para conseguir un apartamento y un coche y mantenernos hasta que encuentre trabajo.

Hubo otro largo silencio y entonces Gia dijo:

—Margot, no va a dejar que te marches con los niños.

—Creo que le importará más el dinero. Pero yo me he ganado ese dinero. He trabajado mucho durante muchos años y él ha sido un puñetero tacaño conmigo. Le dejo mucho más. Piensa en el valor de la casa y del negocio y en todo nuestro mobiliario. Este dinero es mío. Y los niños también.

—¡Margot, vuelve! Podemos con él.

—Tú podrías, G. Yo no puedo. No soy fuerte como tú. Tengo que enfrentarme a esto a mi manera. Y esa manera es marcharme y desaparecer.

Margot levantó la mirada justo a tiempo de ver que el recepcionista del hotel le estaba dando su llave a la mujer castaña. Iba a tener que devolver el teléfono.

—Tengo que colgar.

—¡Espera! —dijo su hermana—. Al menos dime dónde estás. O cómo puedo ponerme en contacto contigo. O adónde vas.

—Ojalá pudiera decírtelo, pero no puedo. Dile a mamá que lo siento y que la quiero. Dile a papá que a él también lo quiero —dijo y colgó.

* * *

Gia oyó un crujido detrás que la avisó de la presencia de Cormac.

—¿Todo bien? —preguntó él al sentarse a su lado.

Seguía desnudo, pero Gia también. No había tenido tiempo ni de ponerse las bragas. Había pasado por encima de ellas al correr a buscar el teléfono temiéndose que Margot, o quien fuera, no lo intentara una tercera vez. Y se alegraba de haber hecho el esfuerzo. Al menos ahora entendía un poco más lo que pasaba con su hermana. Aun así, no podía creérselo. Era tan impropio de Margot hacer algo tan drástico...

—No lo sé —contestó mirando al infinito.

—No era por tu madre, ¿no? —preguntó él con delicadeza.

Ella negó con la cabeza.

—Menos mal, al menos. ¿Algo del trabajo entonces?

—No —dijo Gia, y giró la cabeza para mirarlo—. Era Margot.

—¿Tu hermana está despierta? ¿No es muy tarde?

—El sábado por la mañana se marchó del pueblo sin decírselo a nadie. Se puso en carretera en cuanto Sheldon se fue de caza.

—Estás de coña.

—Ojalá.

—Conozco a Sheldon. Creía que eran felices juntos.

—Y yo... hasta hace poco.

—Entonces... ¿qué significa todo esto?

—Que lo abandona —contestó Gia sin más.

Cormac parecía no tener muy claro qué decir.

—¿Y eso es bueno o malo en general?

—Es un gilipollas, así que por ese lado es algo bueno. Pero vaya forma de abordar el problema. La situación dentro de su matrimonio debía de ser mucho peor de lo que yo imaginaba. Me siento mal por estar tan inmersa en mi propia vida. Supongo que es como si hubiera dejado a mi hermana al margen. Si no, está claro que lo habría visto venir.

Lo que le había hecho mantener las distancias era el instinto de supervivencia, un mecanismo de defensa que había perfeccionado durante años y años. Pero ahí no entró.

—Si no acudió a ti en busca de ayuda, ¿cómo ibas a saberlo? —preguntó él.

Ella se pasó los dedos por su larga melena.

—Siempre hemos sido distintas, nunca hemos visto el mundo de la misma forma, y eso ha dificultado que estemos unidas. Pero ¡joder! Entre lo que está pasando con mi madre y ahora mi hermana, es como si el mundo entero estuviera ardiendo a mi alrededor.

Él le agarró la mano y entrelazó los dedos con los de ella.

—Eres fuerte. Una de las personas más fuertes que conozco. Vas a superarlo.

Gia respiró hondo.

—Que seas tú precisamente la persona que está aquí sentada consolándome es también algo que no me habría esperado nunca.

—Yo tampoco —dijo él, que chasqueó la lengua y sacudió la cabeza—. Que hayamos hecho el amor ahora mismo y estemos aquí sentados y desnudos también es un poco impactante —añadió, y algo en su graciosa mirada de desconcierto la hizo reírse a pesar de todo.

Capítulo 20

El lunes por la mañana, una hora antes de la hora habitual de apertura de la clínica, Cormac estaba en su mesa con Duke a los pies. Se había duchado nada más levantarse y, después de avisar a la señora Wood de que no podría llevarla al parque, se dirigió al trabajo. Había estado despierto con Gia hasta tan tarde que no tenía ni energía ni ganas para salir a correr. Estaba demasiado ocupado alucinando con todo lo que había pasado desde que ella había vuelto al pueblo, sobre todo con lo de haberla llevado a su cama, porque eso añadía un elemento más a una situación ya de por sí complicada.

No dejaba de decirse que su encuentro había sido un golpe de suerte, que las estrellas se habían alineado justo para ese momento, porque tampoco es que pudiera llegar a tener una relación de verdad con ella. Pero hacer el amor con Gia era lo único en lo que quería pensar. Había sido impulsivo, apasionado e increíblemente satisfactorio. Recordar cómo lo acarició, lo agradable que fue tenerla debajo de él y el sabor de sus besos cortaba en seco los pensamientos rumiantes sobre las fisuras en su familia. No tenía ni idea de qué haría con ese asunto, ni si Louisa se presentaría a trabajar ese día. Si no lo hacía, y no superaban su reciente desacuerdo, lo que estaba sucediendo en su vida personal salpicaría su vida profesional y los siguientes días serían más moviditos aún.

Era asombrosa la rapidez con la que todo lo que había dado por sentado y con lo que había contado durante años podía ponerse patas arriba...

El teléfono avisó de la entrada de un mensaje. Le daba miedo mirar por si era su hermana diciéndole que se apañara solo y se buscara otra forma de llevar la recepción de su clínica. Pero si esa era la realidad, tenía que enterarse antes o después, así que levantó el teléfono.

¿Quieres contarme qué ha pasado con tu padre?

Había estado al teléfono con su madre cuando Evan había ido a su casa. Le había dicho que volvería a llamarla, pero al final no lo había hecho.

Empezó a teclear una respuesta, pero decidió que sería más sencillo llamar.

Su madre respondió al primer tono.

—Imagino que la cosa no fue bien anoche.

—Me reconoció la verdad, mamá. Luego lo retiró, pero sí que lo admitió.

—¿Qué quieres decir?

—Cuando le dije que creo que agredió sexualmente a Gia, dijo: «Pero si apenas la toqué». Así, como si no fuera para tanto. Pero sí que lo hizo. Está enfadado con ella por haberlo delatado. Es eso.

Su madre no respondió.

—¿Mamá?

—Me lo creo, pero... ¿qué vas a hacer ahora?

No parecía muy contenta, y él entendía por qué. Que los dos no estuvieran equivocados en lo que creían no mejoraba la situación.

—Voy a decírselo a Louisa y Edith. Eso es lo que voy a hacer.

—¿Qué te hace pensar que van a creerte? ¿Sobre todo si él ya está negándolo otra vez?

—Ellas nunca pensarían que yo pudiera mentir con algo así...

—No sé —dijo su madre con escepticismo—. La gente puede resistirse mucho a la verdad, sobre todo cuando la verdad duele.

Se detuvo y después continuó:

—Odio lo que todo esto le está haciendo a nuestra familia. Tiene que haber una forma mejor de manejar la situación.

¿Como ya había hecho ella antes? ¿Apartándose y no diciendo nada? ¿Sin intentar convencer a nadie de nada? Cormac no creía que la respuesta fuera permanecer neutral.

—¿Cómo? Esto no puede ser fácil para Gia. Y todo es culpa de papá.

—La gente comete errores...

—No me pongas esa excusa, mamá. No es tanto el error como la forma en que lo ha manejado, intentando culparla. Ya lo has dicho en otra ocasión, que fueron las mentiras lo que hizo que a ti también te resultara tan duro. Seguro que admitirlo y disculparse habría servido mucho para ayudarla con todo lo que ha pasado estos años. Seguro que sería un alivio, incluso tan tarde.

—No sé qué decir, Cormac. He hecho todo lo que he podido por mantener unida a mi familia a pesar de lo que hizo, y ahora...

—¿Y ahora todo se está desmoronando por mi culpa?

—No te estoy culpando. Solo... solo me gustaría que el pasado no tuviera que levantar su fea cabeza otra vez.

—Creo que deberíamos ocuparnos de esto de una vez por todas.

—¿A pesar del daño que puede causar?

—Tenemos que enfrentarnos a la realidad. Llama a las chicas y diles que vengan. Vamos a tener una reunión familiar.

—¿Con tu padre también?

—No, sin él. Pero les diré lo que me dijo anoche.

—Cuando ellas le pregunten, lo negará.

Si eso pasaba, Cormac suponía que se sentiría de forma muy parecida a la que se había sentido Gia en el instituto. Él juraría que las cosas habían sido de una forma y su padre insistiría en que no. La paradoja lo perseguía.

—Puede que lo intente, pero, si los demás estamos unidos, a lo mejor podemos pedirle cuentas y al final entiende que tiene que cambiar.

Oyó el suspiro por el teléfono.

—¿Qué? —dijo Cormac—. ¿No te gusta la idea?

—Es complicado quitarle a alguien la buena opinión que tiene de su padre.

—Te entiendo, de verdad. Pero si él no merece la buena opinión de sus hijas, a lo mejor no debería recibirla.

Hizo falta un momento, pero su madre al final dijo:

—Vale.

—Espera... ¿acabas de decir que Margot te llamó anoche? —preguntó Ida.

Gia estaba junto al fuego preparando avena para desayunar. Su padre estaba sentado a la mesa de la cocina leyendo las noticias en el teléfono, y su madre acariciaba a Miss Marple mientras esperaba a comer. Pero Gia estaba tan agotada que seguía apoyada en la encimera. Después de marcharse de casa de Cormac, no había dormido mucho. Estaba preocupada por su hermana y no dejaba de intentar encender su teléfono. Después de hablar con ella, dudaba que lo que hubiera dentro fuera a decirle mucho, pero al menos le daba algo en lo que concentrarse. Porque, en cuanto perdía el foco, se decía: «Ay, Dios, ¿pero qué he hecho?» a la vez que se colaban pensamientos sobre Cormac. Ni siquiera se había acostado con Mike, y eso que habían salido juntos varias veces, así que no tenía muy claro cómo había acabado en la cama con Cormac. Suponía que se había sentido lo bastante vulnerable como para aferrarse a quien probablemente no debía.

Pero el sexo había sido increíble. Jamás podría decir lo contrario.

—¿Gia? —insistió su madre.

Apartándose de la mente la imagen de un guapísimo y desnudísimo Cormac, probablemente por centésima vez desde que se había despertado, apagó el fuego y sacó tres cuencos de un armario.

—Sí, por fin me ha llamado.

Su madre le dio un toquecito a Miss Marple para animar al gato a bajarse.

—¿Y? ¿Qué está pasando?

Su padre soltó el teléfono para escucharla también.

—Ha abandonado a Sheldon.

—Nos lo imaginábamos —dijo Leo—. ¿Cuándo vuelve?

Gia sabía que a sus padres no les gustaría la respuesta.

—No parece que tenga pensado volver a casa pronto.

—¿Y qué pasa con los niños? —preguntó Ida—. Van a faltar al colegio. Y no tiene ningún modo de mantenerlos. ¿Cómo se va a apañar?

—De momento tiene suficiente dinero.

—¿Cómo? —preguntó su padre.

—Sacó lo que tenían en los ahorros —dijo Gia sin mencionar la cantidad. Si Margot le dejaba todo lo demás a Sheldon, él se había llevado la mejor parte. Pero la cantidad resultaba impactante, y que se hubiera llevado el dinero sin el consentimiento de Sheldon perturbaría a sus padres.

—Entonces... ¿se ha ido de Wakefield de forma permanente? —preguntó su padre—. ¿Adónde ha ido? ¿Y por qué ha visto necesario dar un paso tan drástico?

—No me contó tanto como me habría gustado. Estaba con el teléfono de otra persona y no quería decirme dónde estaba ni qué planes tenía, solo que estaba preocupada por vosotros dos y quería que os dijera cuánto os quiere.

—¿Y no podía llamarnos para decírnoslo? —preguntó su padre claramente ofendido.

—No tiene teléfono y está viajando. Pero eso no significa que no vaya a llamaros cuando... cuando pueda.

Ida se cubrió aún más los hombros con el chal que se había sacado del dormitorio.

—Ay, Dios mío —dijo—. ¿Qué van a decir los padres de Sheldon? Se van a poner como posesos de pensar que Margot ha hecho algo así. Esos niños también son sus nietos. ¡Si yo fuera ellos, me pondría como una posesa!

—Mamá, está claro que tiene una aventura. Al único al que pueden culpar es a su hijo.

—Estoy de acuerdo. Margot ha sido una esposa estupenda —dijo Ida—, pero tiene que volver y arreglar legalmente el asunto de la custodia y de sus propiedades, como todo el mundo.

—No puede —dijo Gia—. Al menos, eso dice. Le dije que volviera, que la ayudaríamos, pero estaba demasiado aterrada.

—¿De qué tiene tanto miedo? —preguntó Leo—.
¿Se ha puesto violento con ella?

—No me da esa impresión. No lo ha hecho, al menos todavía. Lo que sí me dijo Margot es que la desacreditaría y le quitaría a los niños y que ella no piensa permitirlo, que no le permitirá siquiera la oportunidad de intentarlo.

Su madre bajó la cabeza a las manos.

—Por Dios...

—Vamos a llamarla —dijo Leo.

Gia sirvió la avena en una fuente y llevó dos cuencos a la mesa.

—¿Cómo?

—Tienes el número desde el que te llamó, ¿no? —preguntó Leo.

—Me salió como número desconocido, así que tuvo que haberlo ocultado —explicó Gia.

Su padre se quedó como si Gia lo hubiera golpeado.

—¿Entonces no podemos hacer nada?

—Ahora mismo no —confirmó Gia—. Ni siquiera puedo encender su teléfono, así que tampoco nos sirve de nada. Pero que llamara es una buena señal. Espero que se calme y vuelva a intentarlo en unos días.

—Pero de momento... está por ahí... en alguna parte... con el coche familiar —dijo su padre.

—Y todo lo que ha podido sacar de la cuenta corriente y de la de ahorros —añadió Gia.

Ida levantó la cabeza.

—No puede ser. Esto... esto no es propio de Margot.

Gia se llevó su cuenco a la mesa.

—Y precisamente por eso creo que tenemos que darle el beneficio de la duda. Conoce a Sheldon mucho mejor que nosotros. Debe de haber algo que él haya hecho... o que ella crea que puede hacer... para que Margot haya visto que todo esto era necesario.

—Pero es inviable —dijo Leo—. Sheldon y su familia no van a quedarse de brazos cruzados y dejar que se lleve a Greydon y Matthew. La buscarán y probablemente la encontrarán. Y, cuando la encuentren, la obligarán a que les reconozca sus derechos legales. Y entonces, ¿en qué situación se va a quedar? Para entonces él incluso podría haber interpuesto ya una demanda de custodia total porque ella ya ha demostrado riesgo de fuga.

—Ya lo sé, papá, pero...

El teléfono de su madre sonó. Ida se puso pálida al mirarlo.

—¿Quién es? —preguntó Gia.

Ida levantó la mirada.

—Es Sheldon.

Cormac suspiró aliviado cuando oyó a su hermana entrar y saludar a Herman Wise, el dueño de su primer paciente del día. Louisa llegaba diez minutos tarde, pero al menos se había presentado a trabajar.

Esperó a que ella estuviera acomodada tras la mesa de la sala de recepción antes de agarrar su carpeta y salir del despacho.

—Buenos días —dijo a todo el mundo.

Ella no respondió, pero el señor Wise, un anciano caballeroso dueño de tres *labradoodles*, aunque ese día solo había llevado a uno, se levantó y se acercó a estrecharle la mano.

—Buenos días, Doc.

Cormac se agachó para rascar a Bella detrás de las orejas.

—¿Hoy no ha traído a Piolín y a Campanilla?

—No, se han quedado con mi señora. Le he dicho que usted querría saludarlos, pero me ha dicho que mejor no le ocupábamos toda la sala de espera.

Cormac se puso recto.

—Siempre son bienvenidos. ¿Qué le pasa a Bella? —preguntó mirando la carpeta con el listado de las citas y el motivo de cada una—. ¿Algo de una pata que le duele?

—Está apoyando más el peso en esta pata —dijo el hombre levantándole la pata trasera izquierda—. No sé si tendrá una fractura o algo.

—Tráigala por aquí y le echaremos un vistazo.

Cormac le indicó al señor Wise que lo siguiera y después miró a Louisa al girarse para entrar en la consulta. Pero ella no lo miró. Estaba claro que estaba empeñada en ignorarlo, y así fue como actuó todo el día. Incluso en el almuerzo, salió de la clínica sin decir ni una palabra, se fue a comer a otra parte y volvió después de que hubiera llegado la primera cita de la tarde.

No fue hasta que estaba recogiendo al final de la jornada cuando él por fin salió al vestíbulo y se dirigió a ella.

—¿Esto va a ser así a partir de ahora? —preguntó.

Cuando Louisa lo fulminó con la mirada y pasó por delante de él con paso airado, Cormac dio por hecho que no le respondería. Pero entonces ella se giró en la puerta.

—No me puedo creer lo que hiciste en el restaurante el sábado por la noche, Cormac. Jamás te lo perdonaré. Solo quiero que lo sepas.

—Lo siento, pero, por si no te acuerdas, intenté pararos mucho antes de que llegáramos a ese punto.

—No tenías ningún derecho a meterte.

—¿Y eso quién lo dice? Tenía más que un derecho, tenía un deber.

Ella lo miró estupefacta.

—¿A ti qué te pasa? ¿Estás coladito por Gia otra vez... o qué?

Cormac abrió la boca para negar que sintiera nada por Gia, pero imágenes de su cuerpo desnudo entrelazado con el de él habían estado desfilando por su mente desde que se había despertado y aún podía oler el embriagador aroma de su jabón, o champú o lo que fuera, en sus sábanas. Por norma, le gustaba su trabajo; hoy en cambio estaba deseando llegar a casa porque sabía que ella estaría cerca y que incluso podría salir a la piscina otra vez.

—No es eso —insistió.

Su hermana se colgó el bolso en el hombro.

—¿Entonces qué?

—¡Ya te lo he dicho! No quiero que nuestra familia sea la responsable de hacer daño a nadie más. Y menos a Gia. Ya ha sufrido bastante.

—Que tú sepas, nuestra familia no ha sido responsable de nada.

Cormac abrió la boca para decirle que sí lo sabía. Esperar a que su madre convocara una reunión familiar ya no le parecía prudente. Tenía que trabajar con Louisa a diario. La cosa no podía seguir así. Pero justo en ese momento entró Victor.

—¿Estás lista? —dijo en cuanto vio a su mujer con el maletín del ordenador, el bolso y la botella de agua.

Louisa le lanzó otra mirada fulminante a Cormac.

—Sí, estoy lista —respondió, y se marchó con Victor.

Cormac suspiró mientras se metía las manos en los bolsillos de la bata. A lo mejor su madre tenía razón y Louisa no lo creería dijera lo que dijera. Pero ¿entonces qué?

—¿Cuánto queda?

Matthew y Greydon se estaban cansando del viaje en coche. Margot les había comprado juguetes nuevos y más picoteo, y había cargado un montón de películas y juegos en su iPad para que se entretuvieran. Además había parado en varios parques para que estiraran las piernas. Aun así, tres días en un coche era mucho para un niño.

—Todavía queda un poco —masculló ella inclinándose hacia delante para ver el cartel de arriba.

—¿Vamos a Disneylandia?

Pues podrían, pensó Margot. Estaban en el sur de Oregón en dirección a California y era algo que siempre había querido hacer. En varias ocasiones le había preguntado a Sheldon si podían ir en familia, la última vez para el cumpleaños de Matthew, pero él había dicho que era un desperdicio de dinero. Él podía gastarse miles de dólares en armas, cañas de pescar, equipo de acampada y caza, e incluso en las monedas de oro y plata que le gustaba coleccionar, pero solía parecerle demasiado frívolo cualquier cosa que otro miembro de la familia quisiera.

Aunque Margot sabía que debía conservar el dinero en metálico que tenía, los niños se merecían una recompensa por haber soportado tres días en un coche y haberlo hecho casi sin quejarse, sobre todo teniendo en cuenta que los estaba arrancando de su hogar y alejándolos de su padre. Ellos no entendían las repercusiones de lo que estaba haciendo. ¿Cómo iban a entenderlo?

—¿Por qué no?

Greydon dio palmas.

—¿En serio? La última vez que lo preguntamos dijiste: «A lo mejor».

—Bueno, pues lo he decidido y la respuesta es «sí».

—¿Papá va a quedar con nosotros allí?

—No, idiota —dijo Matthew—. Papá está de caza, ¿no te acuerdas?

—No soy idiota —dijo Greydon, y Margot oyó un tortazo cuando el niño pegó a su hermano.

—¡Parad! ¡Los dos!

Ajustó el retrovisor para poder ver lo que pasaba, pero eso no evitó que Matthew le soltara un porrazo a su hermano a cambio.

—¡Ay! —gritó Greydon, que empezó a llorar—. ¡Me ha pegado!

—¡Él me ha pegado primero! —contestó Matthew claramente pensando que tenía toda la justificación del mundo.

—Pues nada, entonces al final no vamos a Disneylandia —les dijo Margot—. Pensaba que sería una digna recompensa por lo bien que os habéis portado y ahora ¿qué? ¿Os estáis pegando? ¡Sabéis que eso no se hace!

—Perdón —dijo Matthew—. No lo volveré a hacer. Lo prometo.

—Y yo —dijo Greydon. Las palabras sonaron amortiguadas por sus manos mientras se secaba las lágrimas—. Pero... quiero salir. ¿Cuándo podemos parar?

—Tengo sed —dijo Matthew antes de que ella pudiera responder.

Margot miró al asiento trasero.

—Tenéis vuestras botellas de agua.

Matthew levantó la suya y volvió a bajarla.

—La mía está vacía.

Margot agitó la que ella tenía al lado. Parecía que al menos estaba por la mitad, así que paró a una distancia segura del tráfico y bajó para dársela y estirar la espalda a la vez.

En cuanto abrió la puerta de Matthew, Greydon juntó las manos en un gesto de sentida súplica.

—¿Todavía podemos ir a Disneylandia? ¿Por favor?

Un tráiler pasó zumbando y levantó una ráfaga de aire que le sacudió la ropa a Margot e hizo que el pelo se le pusiera en la cara.

—Solo si sois buenos hasta que pueda llegar al siguiente pueblo y alquilar una habitación de motel —dijo sujetándose el pelo con una mano.

—¿Esta vez puede ser una con piscina? —preguntó Matthew.

Las otras habían tenido piscina. Lo que pasaba era que se habían registrado demasiado tarde como para usarlas. Pero hoy era más pronto, solo la hora de la cena según el reloj del salpicadero, y no le veía sentido a continuar. Estaba claro que los niños habían aguantado todo lo que habían podido en el coche. Y las lumbares de ella también.

—Sí. Pararé en el siguiente pueblo y alquilaré una habitación con piscina.

La expresión de Matthew se ensombreció con desconfianza.

—Pero... ¿podemos seguir yendo a Disneylandia aunque nos bañemos esta noche?

—Creo que sí.

Greydon terminó de beber de su botella.

—¿Mañana?

—No, para llegar allí tendremos que conducir otro día más.

Matthew gruñó.

—¿Más coche?

—Sí, pero luego ya está.

Y si tenían Disneylandia esperando al final del viaje, a lo mejor podía animarlos a pasar otro largo día en el coche.

De nuevo, Greydon se inclinó hacia delante para mirar a Margot esquivando a su hermano.

—¿Vamos a parar en Disneylandia?

—Sí, vamos a parar en Disneylandia y vamos a alquilar una casa en Los Ángeles.

Matthew le devolvió a Margot su botella de agua.

—¿Qué significa eso?

Significaba que ella no veía razón para ir más lejos. En Los Ángeles había cuatro millones de personas, seguro que podría perderse en un lugar así. El clima era una maravilla la mayor parte del tiempo, toda una mejora con respecto al frío que habrían pasado si se hubieran quedado en Wakefield a pasar el invierno. Y había un montón de cosas divertidas para mantenerse ocupados.

El alquiler sería caro, pero, con suerte, también habría muchas oportunidades de trabajo.

—Significa que vamos a quedarnos allí un poco para ver si nos gusta.

El niño parecía más confundido todavía.

—¿Y papá?

—Creo que estará de caza un tiempo.

Lo dejó ahí, y los niños parecieron quedarse conformes. Pero, claro, lo que no entendían era que estaría intentando cazarlos a ellos.

Capítulo 21

Gia se había negado a dejar que su madre respondiera a la llamada de Sheldon, pero él no iba a rendirse fácilmente. Había llamado a Ida unas cinco veces más durante el día. Y también había probado con Leo. Cuando no había podido contactar con ninguno de los dos, se había dignado a intentarlo con Gia. Al igual que sus padres, ella había dejado que saltara el buzón de voz. Aunque a sus padres les había dejado un mensaje pidiéndoles que lo llamaran, a ella le había dejado uno mucho más largo:

«Oye, ¿sabes dónde está Margot? ¿Está contigo y con tus padres? Llevo dos días intentando contactar con ella, pero no contesta. Suponía que estaría ocupada y que me llamaría cuando pudiera, pero me han llamado del colegio preguntando por qué los niños no han ido a clase. ¿Puedes acercarte y asegurarte de que va todo bien?».

Gia acababa de terminar de fregar los platos de la cena y estaba doblando toallas en el cuarto de la colada, situado junto a la cocina, mientras escuchaba el mensaje. Lo puso tres veces, intentando decidir cómo responder. No quería alarmarlo porque entonces él podría interrumpir su viaje y volver a casa antes de lo que Margot esperaba, e imaginaba que no era lo que querría su hermana. Era de entender que Margot se hubiera marchado a la vez que Sheldon porque eso le allanaba el camino.

Pero a lo mejor Margot solo había necesitado unos días. Ya había tenido la oportunidad de alejarse de Wakefield...

Aun así, por si acaso, Gia se dispuso a devolverle la llamada para intentar ganar más tiempo diciéndole que se pasaría por casa a primera hora de la mañana, pero entonces alguien llamó a la puerta.

El volumen de la televisión bajó al mismo tiempo que le llegaban voces desde el salón.

—He ido dos veces. Parecía que todo estaba igual, así que les he preguntado a algunos vecinos si la habían visto y el señor de la casa blanca me ha dicho que se marchó después que Sheldon y que no ha vuelto desde entonces.

Era la madre de Sheldon. Gia reconoció su voz fácilmente. Al parecer, él también había implicado a su familia. ¿Y por qué no? Tenía sentido que echara mano de cualquiera que pudiera para que fueran a ver cómo estaba su familia.

—No sé qué está pasando —oyó decir a su padre, y entonces salió corriendo del cuarto de la colada y vio que Peggy no había ido sola. Ron, el padre de Sheldon, estaba sentado a su lado.

—Hola —les dijo Gia.

Los padres de Sheldon se giraron hacia ella, pero ninguno le sonrió ni se movió para abrazarla. Tampoco es que le sorprendiera. La familia de Sheldon nunca le hacía unos recibimientos muy cálidos, no desde que ella le había llamado la atención a su hijo en la boda.

—¿Has visto a tu hermana? —preguntó Peggy.

—No desde hace unos días.

—¿Sabes si tu madre ha hablado con Margot más recientemente?

—Puede —dijo Gia encogiéndose de hombros—, pero acaba de tomarse sus analgésicos y se ha ido a la cama. Tendremos que preguntarle por la mañana. ¿Por qué? ¿Pasa algo?

—Se ha ido —contestó Peggy.

Intentando parecer sorprendida de verdad, Gia miró a su padre con gesto de curiosidad antes de volver a mirar a la madre de Sheldon.

—¿Qué quieres decir con que se ha ido? ¿Adónde ha ido?

Se notaba que Ron estaba igual de nervioso que su mujer.

—Pues esa es la cuestión —intervino él—, que no lo sabemos. ¿No has sabido nada de ella?

—Últimamente no.

—¿Tienes llave de la casa? —preguntó Ron.

Gia se llevó una mano al pecho.

—No. Pero, claro, es que no vivo aquí, así que sería raro que tuviera una llave.

—Nosotros tampoco tenemos —dijo Leo hablando por Ida y por él.

Peggy metió la mano en el bolso y sacó una llave que les mostró.

—Sheldon me la dio hace años porque iban a estar fuera y necesitaba que cuidara de los hámsteres. Fue antes de que los llevaran al cole para ser las mascotas de clase. Pero hace años que no sirve.

Gia sabía por qué. Margot le había comentado que sus suegros entraban en casa a su antojo, incluso sin estar ella. Normalmente era para dejar comida o devolverles algo que Sheldon o los niños se hubieran olvidado en su casa, y era un buen gesto, pero esa invasión a la intimidad incomodaba a Margot. Gia les habría pedido que le devolvieran la llave, así, sin más, pero Margot había temido que eso generara una discusión, así que había convencido a Sheldon para que cambiara los cerrojos. Se había enorgullecido de aquella victoria, y es que era algo que él no había querido hacer. No le había visto necesidad, había pensado que Margot estaba siendo ridícula. Pero al final, según Margot, había acabado harto de sus quejas.

—A lo mejor perdieron un juego y tuvieron que cambiar los cerrojos —sugirió Gia.

Peggy volvió a meterla en el bolso.

—Sea por el motivo que sea, esta llave no funciona y yo tengo que entrar.

Gia había roto una ventana, pero, si aún no se habían percatado, no sería ella quien se lo dijera. Su intención era obstaculizar su búsqueda, alargarla todo lo posible, darle tiempo a su hermana para reflexionar y, con suerte, volver antes de que la situación se le fuera más de las manos.

—Ojalá supiera cómo. ¿Has probado a llamar a Margot?

—Muchas veces —contestó Peggy—. Y Sheldon también. Hasta el colegio ha probado a contactar con ella. Los niños no han ido a clase esta mañana y Matthew tenía que entregar un informe de lectura.

Gia tenía el móvil de su hermana en un cajón de su habitación, pero ese era su pequeño secreto.

—No es propio de Margot dejar que el niño falte a algo así.

—Exacto —dijo Peggy—. Aquí pasa algo. No me gusta nada decirlo, pero... creo que se ha fugado.

—¿Fugado? —repitió Gia. Sintió un calambre en el estómago al ser consciente de que tal vez fuera demasiado tarde para que la cosa acabara pacíficamente.

Peggy apretó los labios y los movió solo un poco al decir:

—Creo que ha abandonado a Sheldon y se ha llevado a los niños.

—¿Pero por qué iba a hacer eso con lo bien que la trata?

Mientras lo decía, Gia sabía que estaba yendo demasiado lejos, y la expresión hostil de los suegros de Margot le dijo que habían captado el sarcasmo.

—Pues sí que la trata bien —insistió Ron—. ¡Se mata a trabajar para mantenerlos a ella y a los niños!

Gia no pudo evitar contestarle.

—Margot nunca le pidió ser el único sustento de la familia. Eso era la idea que tenía él de lo que debía ser un matrimonio, no la de ella. Si queréis mi opinión, mi hermana necesitaba trabajar, necesitaba un escape para relacionarse con adultos de vez en cuando y poder ganar su propio dinero. Pero él estaba empeñado en quedarse con el control absoluto, tanto de ella como de la economía de los dos.

Los ojos de Peggy se iluminaron de rabia.

—Tú sabes dónde está, ¿verdad? Andas detrás de todo esto. Tú eres la razón de que ella al final haya tenido las narices de hacerlo.

Gia se quedó boquiabierta.

—¡Yo no he tenido nada que ver! Ni siquiera sabía que se iba a marchar. Y tampoco sé por qué lo ha hecho, si es que lo ha hecho, aunque también podría ser por la aventura que él está teniendo con su exnovia, ¿no? ¿Os habéis enterado?

—¿Qué aventura? —preguntó Ron con una mueca de escepticismo.

—¿Entonces no os habéis enterado? —preguntó Gia—. Lo han visto por todo el pueblo con Cece Sonderman. Todo el mundo está hablando del tema.

Peggy tocó el brazo de su marido para indicarle que quería tomar la palabra.

—Yo también he oído esos rumores. Y he hablado con Sheldon. Me ha asegurado que Cece y él son solo amigos.

—¿Y te lo crees? —preguntó Gia con tono de mofa—. ¿Crees que si estuviera siendo infiel te lo diría?

La mirada de furia de Peggy se oscureció.

—Mi hijo nunca ha sido un mentiroso. Y tampoco es infiel. Y Margot tiene que creérselo. Por eso tenemos que encontrarla, para decirle que está cometiendo un gran error. Así que... ¿dónde está?

Gia alzó las manos.

—¡Que no lo sé!

—¡No puede irse! —dijo Ron.

—Pues yo creo que sí puede, porque parece que ya lo ha hecho —dijo Gia—. Pero tiene que tener una buena razón. Ninguna mujer, al menos ninguna como Margot, se lleva a sus hijos y huye por diversión.

Las cejas de Ron se juntaron en una larga y desaliñada línea gris.

—No tienes ni idea de lo que has empezado.

El tono de su amenaza despertó la furia de Gia.

—¡Yo no he empezado nada! Pero conozco a mi hermana. No se habría marchado a menos que hubiera sentido que no tenía elección. Y, si intentáis hacer que todo esto parezca culpa suya o hacerle daño de algún modo, muy pronto descubriréis que tiene una familia que la apoya. Esto es entre Sheldon y ella. No tiene nada que ver con vosotros.

Peggy apretó los dientes.

—Tiene todo que ver con nosotros. Esos niños son nuestros nietos. ¡Más le vale traerlos de vuelta porque, si no, lo va a pagar caro!

Se giró para marcharse y Ron la siguió. Ni siquiera cerraron la puerta corredera al salir.

—¡Ay, Dios! —exclamó Leo—. Esto no puede estar pasando. Ahora no.

Gia cerró la puerta y echó el cerrojo.

—Ya, pero ya era hora de que Margot se defendiera. Ahora que ha dejado a Sheldon, la ayudaremos a sobrellevarlo. No voy a dejar que ese cabrón vuelva a salirse con la suya.

Leo no pareció quedarse muy tranquilo.

—¿Crees que el matrimonio se ha acabado?

Ella lo miró extrañada.

—¿Tú no?

Gia estaba deseando que Margot volviera a llamar. Quería avisar a su hermana de que el colegio había alertado a Sheldon sobre la falta de asistencia de los niños y de que ahora sus suegros estaban involucrados y probablemente le habían contado a él lo que les había dicho el vecino. Pero esa noche no supo nada de Margot. Eran casi las once cuando dejó de andar de un lado para otro pendiente del teléfono y salió a la piscina.

Hacía frío fuera, pero estaba demasiado nerviosa para dormir y obsesionada con mirar la casa de Cormac. Llevaba horas haciéndolo para ver si él se asomaba a la ventana, buscándola tal vez.

¿Estaría ahí siquiera?

Antes había visto una luz encendida, pero llevaba apagada las dos últimas horas. Seguro que estaría durmiendo. Gia no conocía sus horarios, pero suponía que habría trabajado ese día y que seguramente también trabajaría al siguiente.

Se sentó en la tumbona y llamó a Eric para ver cómo iba el negocio.

—¿Qué tal por allí? —preguntó él tras asegurarle que todo iba bien.

¿Le contaba que su hermana se había fugado con sus sobrinos? ¿Que el fanfarrón amante de las armas de su cuñado probablemente se plantaría hecho una furia en la puerta de sus padres dentro de un día o dos? ¿O que ella se había acostado con el hijo del hombre que tanto dolor había causado en su vida hacía diecisiete años? Desde luego, eran cosas destacables. No había tenido ni idea de que volver para hacer frente a lo que le estaba pasando a su madre implicaría acabar enredada en tantas otras situaciones complicadas.

Aun así, se alegraba de haber ido a casa. Ahora entendía que Margot hubiera estado al borde del colapso y que sus padres la hubieran necesitado a ella con desesperación. Pero tenía la extraña sensación de que lo que estaba pasando ahí afectaría al resto de su vida, cosa que, por supuesto, no se había esperado al volar desde Idaho.

Lo que sí había sabido era que perdería a su madre, lo cual afectaría a su vida. Pero lo que estaba pasando ahí iba más allá. Estaba cambiando muchas de sus relaciones, con su hermana, con sus amigas, e incluso con Cormac. Ya no eran enemigos. Y ese cambio tan drástico, junto con todo lo demás, le generaba inquietud.

Por fin se había sentido cómoda y en paz con su vida, y por eso decidió guardarse para ella todo lo que estaba pasando en Wakefield. Eran sus problemas, no los de Eric. Bastante tenía él con ocuparse solo del negocio para que ella pudiera cuidar de su madre.

—Todo... genial —dijo aunque sacudió la cabeza mientras alzaba la mirada a las estrellas.

Hablaron de que a Ingrid se le había caído otro diente y de que Coty la había cagado haciendo de

Hada de los dientes porque se le había olvidado dejar dinero debajo de la almohada. Habían tenido que engañar a su hija y hacer como si la niña no hubiera buscado bien, y en ese momento habían colocado un billete de veinte, dinero teñido de culpa, mientras la ayudaban a buscar.

Gia se rio cuando tocaba, dijo lo que tocaba y actuó como si todo fuera bien. Pero al colgar, echar de menos la tranquilidad de su vida en Coeur D'Alene no le impidió mirar hacia la casa de Cormac deseando al menos poder hablar con él. No tenía sentido, ya que acababa de calificarlo como una complicación que no necesitaba, pero no pudo evitar sentir una sacudida de emoción al ver movimiento en la ventana de su dormitorio.

Unos segundos después, el teléfono tintineó con un mensaje.

Te veo muy sola.

Ella sonrió al ver el mensaje.

Estoy sola.

Y era verdad. Llevaba años sola; a pesar de todos los hombres con los que había salido, nadie había podido llenar ese vacío.

Eso lo arreglo yo 😊.

Como sabía que él estaba ahí mirándola, levantó la mirada hacia su ventana.

Creo que es posible que seas parte del problema, escribió Gia, pero añadió una carita sonriente para quitarle dureza a la frase.

Cormac: *¿Yo? Pero si soy inofensivo.*

Gia: *Es tarde. ¿Por qué no estás durmiendo?*

Cormac: *¿Quieres la respuesta sincera? No puedo dejar de pensar en ti.*

Gia: *Bueno, ya que estamos con espíritu de total transparencia, puede que lo más inteligente sea que mantengas las distancias. Ahora mismo en mi vida están pasando muchas cosas locas. Soy como... radiactiva. Jaja.*

Cormac: *¿Y si a mí no me da miedo?*

Caer en los brazos de Cormac resultaba mucho más atrayente de lo que debería, tanto que Gia acabó escribiendo: *Admiro a los temerarios. ¿Puerta delantera o trasera?*

Él le indicó que fuera a la puerta trasera, donde se reunió con ella. En cuanto entró, la llevó contra la pared y la besó.

En ese momento a Gia la recorrió una sensación cargada de excitación. Le gustaba Cormac, con su forma de ser, su voz, su sonrisa, su forma de tocarla. Le gustaba más que nadie con quien hubiera estado nunca.

«Él no», pensó. «Cualquiera menos él». Y aun así... mientras la llevaba arriba y le quitaba la ropa antes de tenderla en su cama, ella se dijo que no tenía que preocuparse por nada. Nunca se había enamorado. No creía que pudiera. Lo más probable era que eso fuera solo otra relación con la que disfrutaría de momento pero que no le dejaría huella.

Cuando a Cormac le sonó el despertador a la mañana siguiente, estaba poco dispuesto a moverse. Sintió a Gia en la cama a su lado y deseó poder girarse y hacerle el amor otra vez. En su lugar, le besó el cuello, la mandíbula y luego los labios antes de, con un gruñido pesaroso, obligarse a salir de la cama.

—No me digas que ya es de día —masculló ella, claramente tan poco contenta como él de que hubiera acabado la noche.

—Lo es para mí. Prometí a una de mis clientas llevarla al parque a pasear a su perro y luego tengo que ir a la clínica. Pero es muy temprano. Puedes quedarte durmiendo si quieres.

Ella se apartó el pelo de los ojos.

—¿Y si mis padres ven que no estoy?

—Dudo que vengan a buscarte aquí —dijo él con una risita.

Ella sonrió con ironía.

—¿Te imaginas lo que pensarían si me vieran cruzar el portón del jardín así de desaliñada? Enseguida sabrían que he pasado la noche aquí.

—¿Y qué les parecería? ¿Se disgustarían?

Gia dejó de sonreír.

—A saber. Han sufrido mucho últimamente.

Se incorporó sobre los codos, lo que hizo que, sin querer, la sábana se le bajara hasta un nivel tentador cubriéndole apenas los pechos. Tener a Gia en su cama hacía que le costara mucho más cumplir su palabra con la señora Wood, pero ¿cómo iba a dejarla plantada otra vez? Ya le había enviado un mensaje en mitad de la noche diciéndole que se retrasaría media hora.

—No me gustaría que vieran que no estoy en casa —añadió Gia—, sobre todo teniendo en cuenta que su otra hija está desaparecida.

Después de hacer el amor, tendida en sus brazos, le había contado lo que pasaba con Margot. Podría decirse que había sido la parte favorita de Cormac de toda la noche por resultar tan... agradable e íntimo. Que le hubiera confiado esa información sobre su familia y sus preocupaciones, sin estar ansiosa por levantarse y marcharse corriendo a casa, había sido una grata sorpresa.

—¿Crees que Sheldon aparecerá hoy y dará problemas?

—Podría. Si sus padres han podido contactar con él, seguro que ya está de camino a casa.

Cormac sacó de un cajón unos pantalones cortos de correr.

—¿Dónde crees que podría estar Margot?

—No podría decirte. Después de tres días de viaje, podría estar en cualquier parte. Aún no me puedo creer que se haya ido así ella sola.

—A lo mejor vuelve a llamar.

—Eso espero. Tengo que hablar con ella.

Él rebuscó entre una pila de camisetas. En esa época del año empezaba con una sudadera también, pero solía quitársela después del primer kilómetro y medio.

—Me da miedo lo que pueda hacer Sheldon cuando se entere de que se ha llevado el dinero.

Gia esbozó una mueca de disgusto.

—Ya, algo me dice que puede que le importe más eso que los niños.

Cormac la miró.

—¿En serio?

—No del todo, aunque le ha dejado el cuidado de los niños a Margot casi por completo.

Cormac se imaginaba lo desesperada que tenía que haber estado Margot para hacer lo que había hecho.

—No creerás que podría ponerse violento con ella... o contigo, ¿no?

—A saber. Está claro que ella le tiene miedo, pero a lo mejor es más un miedo a perder a los niños. Él lleva tanto tiempo imponiéndose y al mando de todo que no creo que ella confíe mucho en su capacidad para desafiarlo, y por eso lo ha abandonado como lo ha hecho.

Gia salió de la cama y él no pudo evitar admirar lo que vio.

—Dios, eres preciosa. Siempre me lo has parecido.

Gia se quedó algo sorprendida por el cumplido y a Cormac le pareció que la sonrisa que se le extendió por el rostro cuando lo miró brevemente era más bella que cualquier otra parte de ella.

—Y también tengo un corazón de oro —bromeó Gia—. Al fin y al cabo, estaba a punto de ofrecerme a hacerte el desayuno.

—¿No tienes que irte a casa antes de que tus padres vean que no estás?

Ella levantó el teléfono, supuestamente para ver si tenía algún mensaje o alguna llamada perdida.

—Aún tardarán una hora en levantarse. Creo que no hay problema.

—Pues entonces, encantado te dejo que me prepares el desayuno —dijo Cormac sonriendo—. Es la oferta más agradable que he recibido desde... pues desde lo que me diste anoche.

Ella se rio y le tiró la ropa que él había dejado en el suelo.

—Ve a terminar de prepararte mientras yo hurgo en tu cocina a ver si encuentro los ingredientes que necesito.

—¿Qué tienes pensado hacer?

—Lo decidiré cuando vea tu despensa.

—Pues entonces sorpréndeme.

Cormac se detuvo para besarla una última vez, permitiéndose entretenerse con sus labios y su lengua unos segundos extra, antes de entrar en el baño.

Cuando salió, la oyó moviéndose por abajo y el olor a beicon subió flotando hasta él. Lo último que le apetecía era otro día tenso trabajando con Louisa, pero costaba preocuparse por eso cuando tenía a Gia ahí.

Después de vestirse y bajar, vio que ella se había puesto una de sus sudaderas, que debía de haber encontrado tirada en la silla de su habitación. Le llegaba a mitad de muslo, y eso le hizo preguntarse si llevaría algo debajo.

—Espero que no te importe que te haya tomado esto prestado —dijo ella tirando de la parte delantera del suave forro polar—, pero es que cada día hace más frío.

—Tranquila. No sé cómo pudiste soportar el frío anoche al salir en camiseta y sin cazadora.

—Estaba demasiado nerviosa como para preocuparme por la temperatura. Pero esta mañana no estaba preparada para el frío, no después de salir de la calidez de tu cama.

Él se sirvió una taza del café que ella había preparado.

—Si quieres, puedes llevártela y traerla esta noche.

Gia le lanzó una mirada socarrona.

—¿Crees que voy a volver a quedarme a pasar la noche?

Cormac enarcó las cejas.

—¿Por qué no?

—Podría darte varias razones, pero vamos a empezar por el hecho de que ¡en algún momento vas a necesitar dormir!

—Me las apañaré. Si te vuelves a quedar a dormir, merecerá la pena.

Ella había frito huevos además del beicon y había hecho tostadas. Dijo que se esperaría a desayunar con sus padres porque tendría que prepararles el desayuno cuando se levantaran, pero se sentó con Cormac y se tomó el café mientras él comía y charlaban sobre su trabajo. Cormac le contó lo incómodo que estaba siendo trabajar en la clínica con Louisa últimamente y que, en cuanto su madre pudiera organizar una reunión familiar, él tenía pensado decirles a sus hermanas que su padre básicamente había admitido lo que había hecho.

—¿Cómo crees que reaccionarán?

—Ni idea.

Ella dejó su taza en la mesa.

—¿Estás seguro de que deberías decírselo? En este momento sería más amable dejar que crean lo que creen.

Gia era la que más saldría ganando si se conocía la verdad, pero Cormac estaba empezando a ver que era más emocionalmente madura que la mayoría de la gente. Y era una de las cosas que admiraba de ella, lo que lo atraía más allá de su belleza.

—Pero lo que creen no es la verdad.

—Qué se le va a hacer.

Él le agarró la mano.

—Ya es hora de que todo el mundo sepa que no eras tú la que mentía.

—Si tú lo dices... —contestó Gia con gesto de preocupación—. Pero no soporto que tus hermanas y tú, y tu madre por supuesto, también seáis víctimas de su comportamiento —añadió, y con una triste sonrisa se bajó del taburete—. Será mejor que me vista.

—Vale. Gracias por el desayuno.

Él aclaró los platos mientras ella subía a la habitación, pero, en cuanto encendió el triturador de basuras, oyó los cuatro pitidos correspondientes a la combinación que ofrecía una forma alternativa de abrir su puerta principal.

Sorprendido se giró, y Gia hizo lo mismo desde las escaleras, justo cuando su padre entró.

—¿Cormac? —gritó Evan al cerrar la puerta—. He llamado, pero...

Evan se quedó en silencio al levantar la mirada, y los tres se quedaron pasmados mirándose. Después, mientras parpadeaba varias veces como si no pudiera creerse lo que veía, dijo:

—¿Te estás acostando con ella?

Capítulo 22

Los diecisiete años que habían pasado desde el juicio de su antiguo profesor de Literatura no le habían sentado bien a Evan. Gia ya se había dado cuenta cuando él la había abordado en Delia's Big Buns. Pero con un sol brillante en el cielo y sombra dentro del vehículo de él, no había visto las profundas arrugas de su cara; eran mucho más aparentes ahora que lo tenía en la misma habitación.

Por supuesto, solo lo había visto de pasada antes de darse la vuelta y, tapada pero no vestida del todo, subir corriendo las escaleras. Pero ese fugaz momento había bastado para decirle que el hombre no estaba en buenas condiciones. Tenía la ropa arrugada y sucia, el pelo despeinado, largo y sin forma, y el gris de su desaliñada barba le añadía incluso más años.

Como no sintió que tuviera derecho a decir nada, porque ahí ella era la intrusa, dejaría a Cormac lidiando con lo que fuera que sucediera abajo. Pero, a menos que estuviera dispuesta a cruzar el salón y arriesgarse a verse arrastrada a la confrontación, sabía que se quedaría atrapada en la casa hasta que tuviera el camino libre.

Se puso los vaqueros mientras abajo las voces se alzaban.

—¿Cómo has podido? —gritó Evan—. ¿Cómo has podido actuar como si fueras moralmente superior, como si tu conciencia no te permitiera apoyarme, cuando estabas intentando ganarte sus favores?

—Yo no estaba intentando ganarme su favor —dijo Cormac.

—¿Me estás diciendo que no estás acostándote con ella?

—¡No te estoy diciendo nada porque no es asunto tuyo!

—Va con tu sudadera y nada más. Le he visto las putas bragas mientras subía las escaleras, Cormac.

A Gia se le encendió la cara de vergüenza. Jamás se habría imaginado que fueran a interrumpirlos de tan malas maneras, no tan temprano

—Está claro lo que habéis estado haciendo —le recriminó Evan—. Y por supuesto que es asunto mío ¡porque puede nublarte el juicio! De pronto te has puesto en mi contra, y esto lo explica todo.

—Eso no es lo que me ha hecho cambiar de opinión, papá. Si quieres saber la verdad, eres tú el que me convenció por tu forma de comportarte. ¿Pero tú te has visto últimamente? ¡Mírate! Nunca madrugas tanto, así que supongo que ni siquiera te has acostado. Probablemente estuviste leyendo hasta que estabas tan cansado que ya ni veías y luego empezaste a beber. Hueles como si acabaras de salir a rastras de una botella, por Dios. ¿Por qué no has dormido, te has duchado y te has preparado para ir a trabajar como casi todo el mundo? Y, por favor, no me digas que has vuelto a llamar para decir que estás enfermo.

—¡Gracias a ti, necesito un día para tratar mi salud mental! —estalló Evan—. ¿Cómo esperas que trabaje cuando vas por ahí diciéndole a todo el mundo que he admitido haber tocado de forma inapropiada a una de mis alumnas?

—Eso es abuso sexual, papá. Abusaste de Gia cuando era tu alumna. Vamos a llamarlo por fin por lo que es. ¡Y a lo mejor ya de paso podrías dejar de mentir!

—Más te vale no decirles a Louisa y Edith que he reconocido nada, ¡porque no lo he hecho!

—Espera, un momento —dijo Cormac cambiando el tono—. ¿Has hablado con mamá? ¿Te ha llamado o...?

—Seguimos siendo amigos, ¿sabes? —soltó Evan.

—¿Amigos? —repitió Cormac—. ¿Desde cuándo?

—Es mayor y más sensata que tú y entiende los matices que puede tener la vida.

—No voy a negarte que en la vida hay un millón de tonos de gris, pero intentar que una de tus alumnas se acueste contigo carece totalmente de matices. Está mal y punto. Así que, dime, ¿te ha llamado mamá?

Gia sabía que para Cormac sería una traición que Sharon hubiera acudido a Evan. Que su madre se pusiera en contacto con su exmarido hacía parecer que estaba poniéndose de su parte. Ella entendía que eso pudiera disgustar a Cormac, pero, por otro lado, Evan también tenía razón. No solo la vida era complicada, sino también las relaciones. Sharon había estado casada con él. Tenía tres hijos con él. A lo mejor aún le importaba o tenía algún otro motivo para haber actuado así.

—Ha venido a casa hace una hora o así, cuando ha terminado el turno en el hospital —dijo Evan—. Al parecer, siente más lealtad hacia mí que tú.

Ya vestida, Gia rondaba por el dormitorio de Cormac, oculta y viendo nerviosa en el reloj de su teléfono cómo se acercaba cada vez más la hora a la que sus padres solían levantarse.

—¿Por eso ha ido? —preguntó Cormac—. ¿Eso te ha dicho?

—Le preocupa lo que esto podría hacerle a nuestra familia, Cormac, y a mí también.

—A ti te preocupa lo que podría hacerte a ti —lo corrigió Cormac—. Eso es lo que siempre te ha preocupado, por eso nunca has admitido la verdad, por mucho que habría sido lo mejor para Gia y todos nosotros. Si lo hubieras hecho, no habríamos seguido defendiendo a alguien que es culpable y que no se merece nuestro apoyo. Si lo hubieras hecho, ¡no nos habríamos dividido en nuestras opiniones sobre el asunto ni habríamos acabado justo como estamos ahora!

—Cormac, escúchame —dijo Evan—. Por favor, no les digas nada a Edith y Louisa. ¿Por qué ibas a querer cargarte la buena opinión que tienen de mí? ¡Es lo único que me queda!

En ese momento, Gia no pudo contenerse. Abrió la puerta y salió al rellano, que daba al salón, situado justo debajo.

—No les digas nada, Cormac. Mira... déjalo. El pasado es el pasado. Y yo me iré pronto, así que con suerte no sentirás la necesidad de seguir defendiéndome.

Cuando Evan miró hacia ella, pareció desconcertado por la misericordia que le había mostrado, pero al momento corrió a aprovecharse de la situación girándose hacia su hijo con ojos suplicantes.

—Venga —le dijo a Cormac—, si hasta ella dice que no deberías contárselo. Pienses lo que pienses, yo ya he sufrido bastante. Después de la terrible experiencia pública del juicio, perdí mi trabajo, mi reputación, mi matrimonio...

—Y no has hecho nada por intentar reconstruirlo todo —dijo Cormac—. A eso voy.

—Pero lo haré —insistió Evan—. Si te olvidas de esto, me recompondré y dejaré todo esto atrás por fin.

Cormac miró a Gia, después a su padre y luego de nuevo a Gia.

—Pero no es justo.

Gia suspiró.

—Si podemos evitar que esto siga haciendo daño a la gente, creo que deberíamos hacerlo.

—Esa es la cuestión —dijo Cormac—. Tú no le has hecho daño a nadie y, aun así, le estás mostrando más compasión a él que él a ti.

Los padres de Gia se levantaban a las siete. Ella quería estar en casa y en su cama antes de esa hora.

Volvió a mirar el reloj, vio que eran cerca de las seis y media, y bajó las escaleras corriendo.

—La gente que más me importa me cree. Tengo un negocio próspero que me espera, donde nada de esto me afectará. Puedo olvidar y seguir adelante, pero... —dijo señalando a Evan con el pulgar— es posible que él no pueda arreglar su relación con Louisa y Edith. Mira, que piensen que tiene razón. A lo mejor es mejor si creen que yo soy la mala de la película.

Cormac fruncía el ceño.

—Eso va contra mi sentido de la justicia, pero...

—¿Pero? —preguntó Evan esperanzado.

Ignorando a su padre, Cormac siguió mirándola.

—No quiero hacer daño a mis hermanas.

—Entonces arregla las cosas con ellas y olvídate de esto —dijo Gia dándole un apretón en el brazo al pasar por delante de él de camino a la puerta trasera—. Luego hablamos.

Se marchó sin mirar al señor Hart. Lo que él pensara o sintiera ya no le importaba. Ahora importaba lo que sintiera ella, y sentía una nueva clase de vitalidad. El pasado no la había derrotado. Aunque desde su regreso había habido momentos en los que había parecido que un espectro aterrador estuviera intentando atraparla y arrastrarla de vuelta al pantano del que había escapado diecisiete años atrás, ya no tenía miedo. Por fin se había cargado a esa criatura del pantano, había enterrado el pasado.

Ahora se enfrentaba a un futuro libre de la rabia y el malestar, e incluso el rencor, provocados por los injustos actos del señor Hart porque directamente ya no le importaba. Al decirle a Cormac que olvidara lo que había hecho su padre, por fin había podido olvidarlo ella. Tal vez era como estar dando su lucha por perdida, pero era una pérdida de la que ahora sabía que podría recuperarse por completo.

Por fin había soltado lastre y no iba por ahí cargando con viejas ofensas e injurias.

Y eso lo era todo.

Gracias a la inesperada visita de su padre, Cormac acabó sin poder ir a correr, pero sí que llevó a la señora Wood y a Astro a dar un paseo de media hora, que era mejor que nada. Después los dejó en casa y se fue directo a la clínica.

Louisa no había llegado. Seguía castigándolo, suponía; dejándole sentir un desagrado extremo.

Oyó la campana de la puerta y la voz de Dorothy Backus, que hablaba con sus dos gatitos. Su primera cita había llegado antes que Louisa, igual que el día anterior. Pero, por suerte, el sonido de un motor llegó hasta sus oídos solo dos o tres minutos después.

Echó un ojo entre las persianas de su despacho y vio la camioneta de su hermana entrando en el aparcamiento trasero.

—Eso sí que es esperar hasta el último momento —se quejó.

Diciéndose que pronto se arreglaría todo, se puso la bata mientras ella terminaba de aparcar y bajaba del coche. Tenía pensado recibirla en cuanto entrara y pedirle que fuera a su despacho a hablar un momento. Por mucho que odiara entonar el *mea culpa* cuando no era él el que estaba equivocado, había decidido aceptar el pase que Gia les había hecho a su familia y a él. Si ella podía ser tan generosa, entonces él podía aceptar su amabilidad por el bien de sus hermanas, sobre todo ahora que su madre había estado confabulándose con el enemigo. Eso sí que no se lo había esperado.

Pero cuando salió del despacho, saludó a la señora Backus y vio a Louisa entrar por la puerta, supo que su hermana había estado llorando. Sus ojos enrojecidos lo hacían demasiado obvio.

—Señora Backus, ¿le importaría darnos un momento a Louisa y a mí?

La robusta y sociable mujer, dueña de una pequeña tienda de regalos en el centro del pueblo en la que casi todo tenía que ver con gatos, le lanzó una mirada que le indicó que ella también se había dado cuenta de las marcas de lágrimas en la cara de Louisa.

—En absoluto.

Louisa hizo un ademán con la mano.

—No hay por qué hacer esperar a nadie —dijo con las palabras entrecortadas y la cabeza agachada mientras bordeaba el mostrador de recepción para guardar su bolso.

—Solo será un momento.

Cormac estaba sonriendo, pero supo que su hermana había captado la dureza de su voz cuando ella se quitó la chaqueta, la dejó en el respaldo de la silla y lo siguió, a regañadientes, hasta el despacho.

—¿Qué está pasando? —preguntó Cormac en cuanto cerró la puerta.

La voz de Louisa sonó ahogada al responder:

—Ni siquiera sé por dónde empezar.

—¿Tiene que ver con papá?

Esperaba que ella dijera que sí para poder lanzarse a disculparse y acabar con el asunto, pero su hermana lo sorprendió.

—¿Cuándo ibas a contármelo, Cormac? —preguntó mientras brotaban nuevas lágrimas.

Cormac no entendía nada.

—¿De qué hablas?

—Ya sabes de lo que hablo.

Su mente buscaba de qué forma eso podía encajar en su actual conocimiento del problema, pero no encontró nada.

—No lo sé. ¿Tiene que ver con lo que pasó en la reunión de los libros prohibidos? ¿Vamos a volver a eso? Porque he estado pensando en esa... em... situación y quiero decirte que, desde luego, no pretendía haceros daño. No sé exactamente qué pasó cuando papá era profesor, así que... deberíais seguir creyendo lo que habéis creído siempre. Por lo que yo sé...

Tenía intención de decir algo como «Por lo que yo sé, podríais tener razón». Pero sabía que su hermana no tenía razón, y no fue capaz de formular esas palabras.

—Da igual. Tú cree lo que te sea más fácil y yo lo respetaré.

Su hermana se quedó boquiabierta.

—Si eso pretendía ser una disculpa, menuda mierda, sobre todo porque sé que has estado acostándote con Gia. Tenía razón cuando te pregunté si estabas interesado en ella, ¡y aun así lo negaste!

Cormac por poco no se cayó al ir a sentarse. Estaba tan impactado que no se había molestado en mirar detrás para ver dónde estaba la silla. ¿Por qué había ido su padre con chismorreos a las chicas cuando le habían concedido una oportunidad de salir airoso que no se merecía?

—¿Te lo ha contado papá?

—Sí —contestó ella sorbiéndose la nariz y secándose con el dorso de la mano—. Me ha dicho que esta mañana ha ido a tu casa para hablar contigo y que ahí estaba, medio desnuda en tu cocina.

Aunque acababa de afeitarse, Cormac oyó el chirrido de una barba incipiente al frotarse la barbilla.

—Louisa...

Ella alzó una mano.

—Y antes de que lo ataques insistiendo en que sí que abusó de Gia, ahora eso también lo sé. Mamá me lo ha aclarado.

Otra sorpresa. Se puso más recto en la silla.

—¿Cuándo has hablado con mamá?

—Ha venido a casa esta mañana temprano diciendo que no quería que me enfadara contigo cuando tenías razón.

—Pero también ha ido a casa de papá...

—Para preguntarle si de verdad admitió lo que dijiste.

Cormac se rascó la cabeza.

—¿Y le ha contado la verdad?

—No. Pero ella esperaba que lo hiciera. Quería quitarse de encima los últimos rastros de duda, siempre ha intentado reservarse su opinión... por si lo estaban acusando falsamente.

—¿Y?

—Ha negado haberte reconocido nada. Pero mamá dice que ha visto que estaba mintiendo. Y que, por descontado, se fía más de tu palabra que de la suya.

A Cormac le costaba encajar las piezas de lo sucedido esa mañana.

—Entonces... cuando mamá ha salido del hospital, ¿se ha pasado por su casa, luego ha ido a la tuya y te ha dicho que no te enfades conmigo porque tengo razón? ¿Y qué pasa con Edith?

—Imagino que mamá también ha hablado con ella. Me ha dicho que no podía permitir que esto separara a nuestra familia, que tenemos que estar enfadadas con la persona que corresponde y que tú no eres esa persona. Pero cuando he llamado a papá para decirle que no iba a volver a hablarle en la vida, me ha dicho que cómo no ibas a creer a Gia si te estás acostando con ella.

Esa era la pieza que faltaba. Su padre había intentado defenderse tirando a Cormac a los pies de los caballos, y eso que eran Gia y él quienes habían tenido la amabilidad de acordar no contarles la verdad a Louisa y Edith. Ya sabía lo de que su madre había visitado a su padre, pero nada más, no había tenido ni idea de que al final su madre había entrado en acción y había adoptado una actitud firme.

Riéndose pesarosamente, Cormac sacudió la cabeza.

—¿Te parece gracioso? —preguntó Louisa.

Pues sí que tenía algo de gracia que la verdad hubiera salido a la luz, pero eso no lo diría.

—Creo que nuestro padre no es ni por asomo la clase de persona que antes creía que era —dijo en su lugar, lo cual también era verdad.

Conteniendo las lágrimas, Louisa se pasó corriendo una mano por las mejillas.

—Ya, bueno, gracias por cargarte cualquier admiración que pudiera sentir por él.

Se levantó para salir del despacho, pero él la llamó.

—Yo no he hecho eso, y lo sabes. Sí, iba a decirte que era culpable, pensé que lo apropiado era que todos aceptáramos la verdad, pero ¿sabes quién me convenció de que no lo hiciera? ¿Quién me dijo que debería dejaros creer lo que os resultara más sencillo para que no sufrierais más?

No parecía que a Louisa le importara saberlo, pero tuvo suficiente curiosidad como para decir con desánimo:

—¿Quién?

—Gia.

Cuando entró la llamada de Sheldon, Gia se dijo que era mejor ignorarla, guardar silencio un poco más por si su hermana la llamaba y ella podía hacerse una idea de cómo quería manejar la situación. Pero se temía que Margot no fuera a llamarla... y pensó que tal vez él podría darle algunas respuestas. Quería saber qué había pasado, por qué Margot se había marchado sin decir nada a nadie, y adónde podía haber ido. Lo que fuera que Sheldon pudiera aportar podría ser de ayuda.

Además, Gia tenía curiosidad por saber cómo estaba reaccionando al hecho de que su mujer por fin hubiera espabilado y lo hubiera abandonado. En ese momento imaginaba que más información era mejor que menos, así que corrió a cerrar la puerta de su habitación y respondió antes de que saltara el buzón de voz.

—¿Sí?

—¿Qué cojones está pasando? —preguntó él sin preámbulo.

Eso respondió a una pregunta: estaba tan furioso como se había imaginado. Gia suponía que estaba a punto de ver lo peor de su cuñado, y eso que nunca le había caído muy bien de base.

—Eso me gustaría preguntarte a ti.

—¡Tus padres y tú ni siquiera contestáis a mis llamadas!

Sonaba como si estuviera en la camioneta, probablemente con el altavoz porque era una Chevy antigua y clásica que no tendría Bluetooth. Gia oía el ruido de la carretera además de música *country* sonando de fondo.

—Acabo de contestar a esta.

—¿Es verdad? ¿Margot se ha ido y se ha llevado a los niños?

—Eso es lo que dicen tus padres, pero... yo no tengo ni idea.

—¡Y una mierda! —gritó él—. Tienes que tener algo que ver con lo que está pasando. Si hay problemas, siempre estás detrás.

Ella quería decir que ni en sus peores momentos podía llegar a ser tan mala como él, pero le daba miedo que Sheldon colgara porque aún no había conseguido nada de información.

—Te estoy diciendo, y te lo juro por Dios, que no sé dónde está.

—¿Entonces ha sido casualidad que justo haya elegido uno de los pocos momentos en los que estás en el pueblo para cagarla así?

—¡Eh, un momento! Resulta que tú tienes una aventura. A lo mejor eso podría tener algo que ver, ¿no?

—Dios, por última vez, ¡que no estoy teniendo ninguna aventura!

—Aunque fuera verdad, lo cual dudo mucho con los rumores que hay por ahí, te habías marchado del pueblo una semana, y eso le ha dado la oportunidad perfecta para hacer lo que necesitara sin que supieras nada. Seguro que lo planeó todo pensando en tu viaje más que en mi vuelta, aunque sí que creo que algo he tenido que ver, porque me necesitaba para venir a casa a cuidar de mi madre.

—¿Estás diciendo que no sabías que esto iba a pasar? ¿Que ni la has animado ni la has ayudado a hacerlo?

—¡Es justo lo que estoy diciendo! ¿Cómo iba a sugerirle que se largara con lo que está pasando con mi madre?

Al pasar por delante de la ventana, no pudo evitar pararse a mirar la casa de Cormac. Se había convertido en un hábito terrible.

—Pero no te voy a mentir —añadió al no ver señales de que su vecino de jardín estuviera en casa—. Si hubiera acudido a mí diciéndome que era infeliz, la habría animado a dejarte. Desde el principio supe que estaba cometiendo un error al casarse contigo.

Hubo un breve silencio. Después él dijo:

—Ni de coña...

Gia acababa de insultarlo y se había esperado que contraatacara soltándole algo más ofensivo; por eso, esa respuesta de tres palabras en cierto modo contenida la pilló desprevenida.

—Ni de coña... ¿qué?

—Mira, te creo. Pensé que seguro que todo esto lo habías orquestado tú, pero creo que ella sabía que yo daría por hecho que estabas implicada y por eso se ha marchado dejándote al margen.

—Por lo que sé, ha dejado al margen a todo el mundo. No ha corrido ningún riesgo.

Margot incluso se había dejado el teléfono, pero Gia jamás le daría esa información. Sheldon le exigiría que se lo diera y ella no estaba dispuesta a hacerlo, no fuera a ser que él pudiera hacer lo que no había podido hacer ella y lograra encenderlo.

—Entonces... ¿qué vas a hacer?

—Ahora mismo estoy volviendo para ver si descubro qué mierda está pasando. No se va a salir con la suya, eso sí que te lo digo.

Gia quiso preguntarle qué se creía que podía hacer al respecto, pero supo que entonces acabarían en pelea. Intentando calmarse lo bastante para sacarle todo lo posible, preguntó:

—¿Sabes dónde puede haber ido?

—Ni idea.

—¿En los últimos meses no la has oído mencionar ningún lugar en concreto que le gustaría visitar? ¿No ha estado mirando folletos de viajes u ojeando otros pueblos o ciudades por Internet?

—No que yo haya visto.

Seguro que había estado demasiado ocupado con Cece como para fijarse en lo que hacía su mujer.

—¿Podría estar con otro hombre?

—Más le vale que no —contestó él con brusquedad.

Una respuesta irónica teniendo en cuenta que Gia estaba casi segura de que mentía sobre su exnovia. Pero de momento lo dejaría pasar.

—Entonces, ¿qué crees que está pasando?

—Creo que la gente ha estado metiendo las narices en mis cosas y cotilleando sobre mí por todo el pueblo, y eso la ha enloquecido. Si pudiera hablar con ella, todo se arreglaría.

—¿Crees que volvería?

—Sé que volvería. No tiene forma de sobrevivir. Tiene que volver.

Gia volvió a pasar por delante de la ventana y miró a ver si Cormac había vuelto del trabajo a pesar de que solo habían pasado un minuto o dos desde la última vez que lo había hecho.

—No lo creo, Sheldon.

—Eso no lo sabes.

Ella siguió caminando de un lado a otro.

—Pero... lo sé.

—¿Qué quieres decir?

¿Se lo decía? De todos modos, él acabaría enterándose, así que qué más daba. Y a lo mejor era un poco mezquino, pero le apetecía ser ella quien le diera la noticia de que Margot se había llevado todo el dinero.

—Ha llamado aquí una vez.

—¿Entonces me has mentido?

—No. Te he dicho que no sé dónde está, y no lo sé. También te he dicho que no sabía que iba a marcharse, y no lo sabía.

—Bueno, ¿y qué te ha dicho? ¿No te ha dicho dónde está?

—No. Solo quería que les dijera a mis padres que los quiere.

—¿Y el número desde el que llamó? A lo mejor eso nos dice algo.

—Lo ocultó antes de llamar.

—¿Y no pudiste oír nada de fondo que pudiera decirte dónde estaba?

—Nada.

—Bueno, tampoco tiene tanto dinero en su cuenta.

—¿Tiene su propia cuenta? —preguntó Gia sorprendida.

—Para gasolina y la compra, la cuenta de la casa, y siempre se está quejando de que no hay dinero suficiente. Pero ahora mismo me alegro de no haberle subido el presupuesto. Ese dinero no le durará mucho.

—Sheldon...

Sin duda, él captó el tono funesto de su voz, porque vaciló antes de decir:

—¿Qué?

—Me ha dicho que tiene suficiente para alquilar un apartamento y un coche nuevo.

El volumen de la radio de fondo bajó.

—¿Y de dónde ha sacado tanto dinero? ¿Y por qué iba a querer desprenderse del Subaru? ¡Es un coche estupendo! —dijo, pero debió de dar con la respuesta a esa pregunta inmediatamente después—. Espera,

¿quiere deshacerse de él para que la policía no pueda rastrear su matrícula?

—¿Ves lo que digo? No va a volver.

Se hizo un silencio sepulcral, y eso asustó a Gia más que si Sheldon hubiera estallado de ira.

—Entonces debe de haberse llevado nuestros ahorros.

Gia se estremeció. «¡Bingo!».

—A lo mejor es eso.

La voz de Sheldon bajó una octava como poco y se volvió amenazante.

—Si lo ha hecho, ya puede rezar por que no la encuentre nunca.

Un escalofrío le recorrió la espalda a Gia cuando él colgó. Estaba acostumbrada a plantarle cara a la gente y nunca le había tenido miedo a Sheldon, pero estaba empezando a creer a Margot: lo de Sheldon no era normal, algo le pasaba.

Capítulo 23

Disneylandia era todo lo que Margot había imaginado. Se negaba a preocuparse por el gasto de las entradas o la comida. Dejó que los niños compraran casi todo lo que querían y lo pasaron de maravilla subiéndose a las atracciones, comiendo en La Cocina de Goofy, haciéndose fotos con los distintos personajes apostados por todo el parque, y comprando camisetas a juego además de globos de Mickey y manzanas de caramelo cubiertas de M&M's en Main Street. A pesar de lo que estaba pasando en su vida, estaba tan lejos de Sheldon y de Wakefield que se sentía a salvo y libre por primera vez en años y se preguntaba si en el futuro todo sería así. ¿De verdad podría escapar de su marido? ¿Ganar su propio dinero y gastárselo como quisiera?

No podía ni imaginarse lo que sería vivir sin sus mordaces reproches cuando ella no le ponía suficiente hielo en su Thermos o le echaba demasiada mayonesa en el sándwich. Siempre había algo, era imposible ser lo bastante perfecta.

Se sentía mal por haber tenido que dejar a sus padres y a Gia, pero en ese momento estaba tan feliz que no podía arrepentirse. Así debería ser la vida. Así se creaban los recuerdos que quería tener con sus hijos, en un lugar donde poder relajarse y divertirse sin la inquietud que estropeaba hasta una acampada cuando Sheldon estaba cerca.

—¡Qué día tan guay! —exclamó Greydon mientras Matthew y él corrían a reunirse con ella después de bajar del Viaje del Señor Sapo.

Ella, de pie junto a los carritos aparcados cerca de la salida de la atracción y sujetando sus globos, esbozó una amplia sonrisa.

—Me alegro de que hayamos venido.

—¿Podemos volver mañana? —preguntó Matthew.

—Mañana no, pero los próximos meses haremos más cosas divertidas. Hay un montón que ver en el sur de California, incluido el Zoo de San Diego.

—¿El zoo? —dijo Greydon—. ¿Podemos ir mañana?

—Me parece que no. Tenemos que empezar a buscar apartamento. Y tengo que poner el Subaru en venta. Y también debería empezar a buscar trabajo mañana. Puede que tarde un poco en encontrar algo.

No había usado su título desde que se había graduado, algo que probablemente complicaría más la búsqueda de trabajo. Pero no le importaba vivir modestamente y mirando cada centavo con tal de sentirse segura y libre, como se sentía en ese momento.

—Voy a echar de menos Disneylandia —dijo Greydon mientras se dirigían hacia el Crucero por la Jungla. Ahora le tocaba elegir a Margot y había elegido esa atracción.

—Si podemos, volveremos aquí una vez al año.

Los niños se pararon al ver al personaje de Bella haciéndose fotos con unas niñas que iban vestidas con el mismo disfraz.

—¿Queréis acercaros a sacaros otra foto? —preguntó Margot.

—No, a mí me gusta Bestia —dijo Matthew.

—Y ya tenemos una con él —añadió Greydon.

Margot soltó una risita. Les había gustado más Gastón, cuando el joven que representaba al personaje empezó a hacer flexiones con un solo brazo mientras presumía delante de la multitud.

—Habrá más oportunidades. Estaremos bastante cerca de aquí y, como os he dicho, volveremos.

—¡Podemos ahorrar! —se ofreció Greydon.

—Eso —les dijo ella—. Haremos lo que podamos. Y si no nos lo podemos permitir, iremos a un parque normal, que es gratis, y jugaremos al Frisbee. O a la playa, que también es gratis, y haremos castillos de arena y recogeremos conchas. O podemos ver pelis en casa y hacer palomitas, nada más. Aprovecharemos y disfrutaremos cada día.

—Nunca he estado en la playa —dijo Matthew.

—Ninguno habéis estado —les dijo Margot—. Y yo solo unas pocas veces. Pero ahora vamos a poder ir siempre que queramos.

—¿Hasta en invierno? —preguntó Greydon.

—Si no hace frío, sí. Aquí no nieva, así que podemos hacer cosas al aire libre casi todo el año.

—Después del Crucero por la Jungla, ¿podemos ir a la atracción de Peter Pan? —preguntó Matthew.

—Claro que sí. La siguiente te toca elegirla a ti.

Margot aminoró el paso mientras buscaba entre el gentío a alguien que la mirara.

—Pero esperad un segundo. Quiero una foto de los tres antes de que nos pongamos a hacer cola para el Crucero por la Jungla.

Había tenido que comprar una cámara desechable para poder sacar fotos y sabía que no tendrían ni por asomo la calidad que podría haber conseguido con su teléfono. Pero al menos podría dejar documentado ese día.

Después de parar a un hombre y preguntarle si les sacaría una foto, se puso de cuclillas con un brazo rodeando a cada uno de sus chicos.

—Gracias —dijo mientras el hombre le devolvía la cámara. Iba a meterla en el bolso para no perderla cuando Matthew, mirándola con los ojos entrecerrados por el sol, la miró con gesto de curiosidad y dijo:

—Hoy estás muy distinta, mami.

—¿Distinta en qué? —preguntó ella sorprendida.

—¡Estás sonriendo todo el rato! —dijo el niño dándole un espontáneo abrazo.

Margot metió a Greydon en el abrazo y agarró a sus hijos con fuerza.

—Porque la vida me ha dado una nueva oportunidad. Por fin vais a conocer a mi verdadero yo.

Ese día Louisa no había estado tan hostil como el día anterior, pero Cormac se fijó en que había hecho su trabajo sin hablar mucho. Estaba actuando como un robot, en piloto automático, y él se sentía fatal por ella. Entendía el impacto que era descubrir, con el nivel de certeza que había llegado a sentir él, que Evan no era el hombre que siempre habían creído. Para él también había sido un buen palo. Había experimentado un profundo sentimiento de pérdida, agravado por la humillación de haber permitido que su padre lo manipulara desde un principio y por la vergüenza de haber ignorado la resolución del juicio y haber seguido defendiéndolo obstinadamente de todas formas. Gia le había ofrecido una compasión que había hecho todo un poco más llevadero... y también la emoción de estar con ella de una forma tan íntima. Pero sus hermanas no tenían algo tan poderoso que las distrajera de su dolor. Por eso intentó darle a Louisa el espacio que necesitaba para asimilar ese último golpe. Aun así, al final de la jornada, seguía estando rara.

—Me voy a casa —dijo con tono inexpresivo al asomar la cabeza en su despacho.

—Louisa, espera...

Él estaba sentado detrás de su escritorio rellenando los informes de varios pacientes y haciendo llamadas para ver cómo se encontraban los animales que había tratado en las últimas semanas.

—¿Por qué no vienes a sentarte un momento para que podamos hablar?

Ella parecía cansada, incluso derrotada, cuando negó con la cabeza.

—Ahora mismo no, Cormac. Creo que ya he oído suficiente por hoy.

Seguía enfadada con él por haberse puesto del lado de Gia y no de su padre. Nada más llegar esa mañana, había insistido en que él lo había hecho por un motivo que no era el correcto... porque había querido llevársela a la cama. Pero él había descubierto la verdad antes siquiera de tocar a Gia. Louisa no estaba preparada para oírlo. Prefería pagar con él su dolor y su ira porque aún se sentía traicionada por que se hubiera presentado en la reunión del Club de los libros prohibidos para apoyar al otro bando.

—Vale, nos vemos mañana —dijo él, y la oyó salir y cerrar la puerta con llave.

Había intentado hablar con su madre en el descanso del almuerzo, pero ella no había respondido a la llamada y después él había estado demasiado ocupado. Tras haberse pasado toda la noche en el hospital, lo más seguro sería que estuviera durmiendo y hubiera desconectado el teléfono, pero Cormac esperaba poder hablar con ella ahora. Por eso suspiró aliviado cuando su madre contestó casi de inmediato.

—¿Le has dicho a Louisa que papá ha reconocido que tocó a Gia?

—Sí. Y también se lo he dicho a Edith.

—¿Por qué? ¿Qué ha pasado con lo de convocar una reunión familiar?

—Después de mucho meditar qué podía hacer para mejorar la situación de nuestra familia de una vez por todas, he decidido que no quería que tú les dieras la noticia. Por lo que pasó en el restaurante, temía que se vieran tentadas a disparar al mensajero, y sería mucho menos probable que eso pasara si era yo la que daba un paso al frente.

—Te agradezco que te hayas comido tú ese marrón, sobre todo porque papá está contraatacando e intentando desacreditarme.

—Ya lo he oído.

Cormac se pasó el teléfono a la otra oreja.

—¿A ti también te lo ha dicho?

—No, supongo que sabe bien que es mejor no intentarlo conmigo. Pero sí se lo ha dicho a Louisa y a Edith. Las dos me han llamado llorando después e insistiendo en que yo tenía que estar equivocada.

Él apartó los informes en los que había estado trabajando.

—¿Sí? Pues Louisa parece haber aceptado la verdad...

—No me ha costado convencerlas. Tu reputación habla por sí sola, Cormac... y la de él también.

A Cormac lo hizo sentirse un poco mejor saber que se había ganado cierta credibilidad.

—No sé Edith, pero Louisa apenas me habla.

—Las dos están disgustadas. Dales algo de tiempo, ya entrarán en razón. No es fácil aceptar que se equivocaban con su «bondadoso padre».

—¿Eres consciente de que no hace falta que me lo digas, que yo he tenido que aceptar lo mismo?

—Sí, y por eso también les he suplicado que no fueran muy duras contigo... a pesar de que estés durmiendo con el enemigo —añadió riéndose.

—Gia no ha hecho nada malo.

—Lo sé, cielo. Es solo una broma. Pero... teniendo en cuenta la estrecha relación que tienes con el hombre que le causó tanto dolor en el pasado, sí que es un poquito sorprendente.

—Yo no tuve nada que ver con lo que pasó entonces. Y, por suerte, ella es consciente.

—No muchas mujeres lo serían. Aunque no te hicieran responsable de nada, les recordarías al pasado.

—Ella no es como otras mujeres. Es fuerte, obstinada y vivaz.

—Debe de ser muy especial —admitió su madre—. Primero mi marido se destruyó la vida por desearla y ahora mi hijo se acuesta con ella. He de admitir que, ahora que la verdad por fin ha salido a la luz y que no ha ido en nuestro favor, todos hemos tenido que llevarnos un trago amargo. Preferiría que estuviera alejada de nuestra vida para que podamos seguir adelante y olvidar. A lo mejor soy yo la que no soporta los recuerdos que me provoca todo esto.

—No tienes que preocuparte por nada —le aseguró él—. No estará mucho tiempo en el pueblo. Después del funeral de Ida, volverá a Coeur d'Alene y a su negocio.

—¿Y a ti te parece bien?

—Por supuesto. Es raro que yo me enamore de alguien que desde el principio sé que no puedo tener —dijo Cormac como si tuviera que ser tan obvio.

Aun así, mientras respondía a la pregunta con indiferencia, sintió un escalofrío de preocupación.

* * *

Gia metió en el fregadero la sartén que había usado y la dejó ahí para poder centrarse de lleno en la llamada que acababa de responder. Al ver el nombre de Sammie en la pantalla, había dado por hecho que la llamada tendría que ver con el mensaje que ella había recibido esa mañana:

> ¿Todos caemos, *de Robert Cormier, es una novela para adultos jóvenes?*

Cuando Gia le había confirmado que sí, había recibido un segundo mensaje:

> *¿Entonces qué pasa? ¿Por qué estaba prohibido?*

Gia le había explicado que a algunos padres no les hacían gracia los temas tan duros que trataba Cormier ni cómo los enfocaba. Lo consideraban un libro demasiado impactante para el público al que estaba dirigido.

Será interesante ver si estamos de acuerdo, había escrito Sammie en respuesta, y Gia había dado por hecho que no volvería a saber más de su amiga durante el día... hasta que había cenado con sus padres y ellos se habían ido al salón a ver la tele mientras ella preparaba un poco la comida del día siguiente. Entonces Sammie la había llamado y, en vez de «Hola», había dicho:

—¿Es verdad?

—¿Hablas de Margot?

¿Ya había saltado la noticia de que su hermana se había fugado con Greydon y Matthew? Si era así, no tenía duda de que correría como la pólvora y se sumaría al drama que ya había con lo de la aventura de Sheldon.

—Hablo de Cormac —dijo Sammie.

Gia había estado a punto de meter en el horno el flan de pan que había hecho para desayunar junto con otro que tenía pensado llevar a casa de Cormac esa noche, pero, al oír la respuesta, se incorporó.

—¿Qué pasa con él?

—¿En serio os estáis acostando?

Gia entendía que a su amiga le resultara chocante. Desde luego, no era algo con lo que ella hubiera contado. Pero tampoco había imaginado que fuera a volverse de dominio público.

—¿Quién te lo ha dicho? —preguntó vacilante.

—Ruth. Me ha dicho que Edith la ha llamado muy disgustada porque ahora estás liada con su hermano.

—No estamos liados —dijo Gia.

Había estado tan centrada en su madre y en lo que estaba pasando con su hermana que ni siquiera se había parado a pensar cómo reaccionaría la gente de Wakefield a ver su nombre junto al de Cormac en un contexto romántico. Ni siquiera había pensado que fueran a enterarse.

—Entonces... ¿no te has acostado con él? —preguntó Sammie intentando aclararse.

Gia volvió al fregadero a llenar de agua la sartén que había usado y se estremeció al ver su reflejo en la ventana.

—Nos hemos hecho... amigos.

—¡Ay, Dios! ¿Entonces es verdad? ¡No me lo creo! ¿Cómo ha podido pasar? Siempre os habéis odiado.

—Nunca nos hemos odiado. Él creía que yo mentía, así que a lo mejor me odió un tiempo, pero ahora sabe que era yo la que decía la verdad.

—¡Es el hijo del señor Hart! ¿Cómo puedes mirarlo siquiera sin pensar en nuestro antiguo profesor?

—No lo sé. A los dos nos ha afectado tantísimo lo que hizo el señor Hart que supongo que, en lugar de apartarnos, ha empezado a unirnos. Empezamos a empatizar el uno con el otro y una cosa llevó a la otra.

Cuando Sammie no respondió, Gia se pegó el teléfono más a la oreja.

—¿Hola? ¿Me has oído?

—Te he oído —respondió Sammie—. Pero es que estoy... celosa. Y también Ruth. Las dos hemos hecho todo lo que hemos podido por llamar la atención de Cormac y, aunque es simpático, nunca nos ha mostrado interés de verdad.

—No tenéis que estar celosas por nada. No vivo aquí. Volveré a Idaho después de...

No fue capaz de continuar.

—Entonces no es nada serio.

—¡Claro que no! Tengo un problema. No puedo enamorarme.

—¿Y él lo sabe?

—Seguro que sí, aunque tampoco creo que importe. Ya me dijiste que nunca ha dado señales de querer sentar cabeza.

—Es verdad, pero... con una persona basta para cambiar eso.

—Para. Si decidiera que quiere una novia, no sería yo.

De hecho, tal vez ya había decidido seguir con su vida. Dos horas antes Gia le había escrito al ver luz encendida para decirle que se pasaría por su casa, tal como esa mañana él le había pedido que hiciera, y que además llevaría un flan, pero Cormac no había respondido.

—Vale, pues... al menos dime cómo es en la cama —dijo Sammie riéndose—. ¿Es tan bueno como esperaríamos?

Gia también se rio.

—¿La verdad? Puede que sea hasta mejor.

* * *

Una vez que salió del trabajo y pudo prestarle más atención al teléfono, Cormac vio que tenía varias llamadas y varios mensajes de sus amigos. Y estaban entrando más, pero no iba a responder ahora. Todos le preguntaban si era verdad que se estaba acostando con Gia.

Nunca había pretendido que su relación con ella se hiciera pública. Que su padre se lo hubiera contado a sus hermanas, que a su vez se lo habrían contado a sus maridos y a sus amigos, que también se lo habrían contado a la gente que conocían y así sucesivamente, hizo que el sentimiento de dolor y de traición generado por Evan en los últimos días se hubiera endurecido y convertido en algo muy diferente. Ni pena ni compasión. Ni siquiera frustración o decepción. Esas emociones eran demasiado templadas y pertenecían a años pasados. Ahora Cormac sentía un absoluto desprecio.

Ignorando las otras llamadas y los otros mensajes que había recibido, le envió un mensaje a su padre.

No me puedo creer hasta dónde eres capaz de llegar.

Su padre era el culpable del abuso que había sufrido Gia. Su padre era el culpable de que eso siguiera afectándola diecisiete años después. Y su padre era el culpable de que ahora todo el pueblo estuviera hablando de algo que debería haber sido solo asunto de Gia y suyo.

Eres tú el que me ha dado la espalda, contestó Evan.

Nada. Ni arrepentimiento ni disculpas. Cormac, pasmado, sacudió la cabeza.

Cormac: *¿Sabes? Eres un crío. Un crío egoísta.*
Evan: *Te estás equivocando, Cormac. Jamás entenderé cómo has podido ponerte del lado de Gia antes que del mío.*
Cormac: *Me pongo de su lado porque lo hiciste, ¡puto narcisista! ¡No estamos en el colegio! No se trata de elegir equipo. Se trata de defender la verdad.*
Evan: *¿Y eso incluye follártela?*

Cormac se estremeció. Evan intentaba convertir en algo sórdido la intimidad que Cormac había compartido con Gia.

Por lo menos yo he tenido su permiso, escribió. ¿Por qué su padre seguía sometiendo a tantas mierdas a la gente que lo rodeaba?

Porque no le importaba la gente que lo rodeaba, decidió. Y eso era lo que más dolía.

—Qué locura —murmuró.

Duke estaba tumbado a sus pies. El perro levantó la cabeza, que tenía apoyada en las patas, y la ladeó como diciendo: «¿Qué pasa?».

—Todo —dijo Cormac, y fue a abrir el mensaje que le había enviado Gia hacía dos horas.

Avísame cuando llegues a casa. Voy a llevar un flan de pan. Si no lo has probado, a lo mejor te suena raro, pero era la receta de mi abuela y está delicioso. Confía en mí 😊

Cormac se dijo que debía responder. Se estaba haciendo tarde y ella estaría preguntándose qué le pasaba. Pero no quería decirle que su padre había provocado otro escándalo y que todo el pueblo estaba hablando de ella. Seguro que se arrepentiría de haberse hecho amiga suya, y, si él no se lo decía, a lo mejor no se enteraba.

Soltó el teléfono, se levantó y fue a por una cerveza mientras intentaba pensar en una forma agradable de disuadirla. De todos modos, no podría seguir pasando tiempo con ella. En cuanto su madre falleciera, Gia se marcharía.

Capítulo 24

Gia no había dormido bien. Se había quedado decepcionada con el mensaje que Cormac le había enviado diciendo que estaba agotado y que si podían dejar lo del flan para otro día. Lo mucho que tardó en contestar y su nada entusiasta respuesta la llevaron a pensar que se estaba distanciando. Y de ese tema Gia sabía un poco, porque normalmente era ella la que lo hacía.

No dejaba de decirse que le daba igual, que de todos modos no lo conocía tan bien, pero, al mismo tiempo y por extraño que pareciera, no dejaba de mirar el teléfono con la esperanza de que le hubiera escrito algo más.

Su madre la llamó. Sus padres también debían de haber pasado una mala noche, porque nunca dormían hasta tarde y hasta ese momento no había sabido nada de ellos.

—¿Qué pasa? —preguntó preocupada por si Ida no se encontraba bien. Su madre había estado muy inquieta desde que Margot se había marchado, y saber que Sheldon ya habría vuelto a casa se sumaba a la preocupación. Nadie podía decir qué pasaría ahora, qué haría él, pero las últimas palabras que le había dicho a Gia por teléfono desde luego no auguraban nada bueno.

Toda esa inquietud tenía que estar pasándole factura, pero, por suerte, parecía que su madre estaba bien.

—Creo que es Margot —dijo Ida en cuanto Gia entró en la habitación.

Se detuvo a unos metros de ellos y miró a su padre, que estaba en pantalones y poniéndose una camisa. Obviamente, él ya sabía de qué hablaba Ida.

—¿Os ha llamado?

—No, ¡mira!

Su madre giró su teléfono para que Gia pudiera ver una preciosa foto de un amanecer en una playa. Ni Margot ni los niños salían en ella, pero alguien había dibujado un corazón enorme en la arena.

—¿Qué es?

—Me la acaba de enviar alguien. Es Margot, ¿no crees?

Ida tenía los ojos llenos de lágrimas.

—Me ha llegado en un mensaje de un número que no reconozco, pero tiene que ser ella. Es su forma de hacernos saber que está pensando en mí y que está bien. ¡Mira qué maravilla de foto y qué optimista!

Gia sintió un gran alivio, pero también una pizca de antiguos celos. Estaba más unida a ellos desde que estaba en casa, básicamente porque había dejado de culparlos de los errores del pasado. Ella también había cometido los suyos y el perdón era necesario en ambas partes. Pero nunca sería lo que Margot era para sus padres. Margot había sido la hija perfecta y además era la que había estado a su lado los últimos diecisiete años. Era algo con lo que Gia tendría que vivir.

—Yo también creo que es ella.

La otra buena noticia era que su hermana había

usado un SMS en lugar de llamar, lo que significaba que no había podido ocultar el número.

—A ver, déjame ver si podemos responder a alguien.

Agarró el teléfono de su madre y llamó al número del que Ida había recibido la foto. Respondió un hombre.

—¿Sí?

—Eh, hola, soy Gia Rossi. Mi madre acaba de recibir un mensaje desde su número.

—¿La foto de la playa?

—Eso es.

—Sí, una mujer y sus hijos han dibujado ese corazón en la arena y ella me ha preguntado si podía sacar una foto y enviarla a este número. Y eso he hecho.

Gia enarcó las cejas y miró a sus padres, pendientes de cada palabra que alcanzaban a oír.

—Está claro que es la costa, pero... ¿dónde exactamente? —le preguntó al hombre.

—No puedo decirlo.

Gia parpadeó sorprendida.

—¿Por qué no?

—La señora que me ha pedido enviar la foto me ha pagado veinte dólares para que cierre el pico. Me ha dicho que solo quería mandarle cariño a su familia y nada más.

—Genial, pero... ¿está ahí ahora? ¿Puede pasármela? Soy su hermana. Necesito decirle algo.

—Lo siento, ya se ha ido.

Gia se dejó caer en la butaca de la habitación de sus padres, lo que significó sentarse encima de toda la ropa que su padre había ido dejando ahí los últimos días.

—¿Cuánto hace que se ha marchado?

—Justo después de que me pidiera sacar la foto.

Con la cabeza acelerada, Gia empezó a masajearse

la frente. ¿Cómo podía sacarle partido a esa situación? Tenía que haber una forma.

—Mire, le enviaré cincuenta pavos por Venmo si me dice dónde está hecha la foto. Como mi hermana ya no está ahí, tampoco importa tanto, ¿no? Es como si no estuviera revelando nada.

—Me ha hecho esperar hasta que desapareciera para mandarla. No creo que le gustara que le diga dónde está.

—¡No se va a enterar nunca!

Él no respondió.

—¿Trato hecho? —presionó Gia.

El hombre cubrió el teléfono mientras discutía su oferta con alguien que sonaba como una mujer.

—Vale —contestó al momento.

—¿Me lo dirá?

—¿Por cincuenta pavos? ¿Por qué no?

—¿Cuál es su Venmo?

—Se lo envío por mensaje.

Gia mandó el dinero. Y entonces, en cuanto él dijo que lo había recibido, volvió a preguntarle:

—Bueno... ¿en qué playa está?

—Huntington —dijo el hombre, y colgó.

—Huntington —les dijo Gia a sus padres—. ¿Sabéis dónde está la playa de Huntington?

Como los dos negaron con la cabeza, Gia le preguntó a Google.

—Condado de Orange, California —leyó en voz alta—. ¡Margot se ha ido a Los Ángeles!

—Eso está lejísimos —dijo Ida.

—Y LA es un lugar grande —añadió Leo desanimado—. ¿Cómo vamos a encontrarla ahí?

Gia sacudió la cabeza.

—Ni idea, pero es un comienzo. Mejor saber esto que nada, ¿no?

Ida agarró su teléfono, miró la foto del corazón

dibujado en la playa y sonrió mientras se llevaba la pantalla al pecho.

—Desde luego que sí.

Durante los siguientes días Gia sentía que lo peor no había pasado aún, pero no tenía claro qué sería. Sus padres y ella esperaban recibir nuevas noticias de Margot a la vez que esquivaban llamadas y mensajes de Sheldon y sus padres, que estaban más furiosos cada día y empezaban a acusarlos, otra vez, de saber más que ellos.

Lógicamente, no les dijeron a los Nelson que Margot había estado en el sur de California. Como no tenían ni idea de si seguía allí, por mucho que quisieran compartir esa información, y no querían, dudaban que fuera a ser de ayuda.

En medio de toda esa tensión que iba en aumento entre las dos familias, amigos y vecinos que se habían enterado de lo de Margot estaban pasando por casa para consolar a Ida. Eso supuso un apoyo extra para su madre, pero también hizo que se enterara de lo que la familia de Sheldon le estaba contando a todo el mundo: que Margot era una esposa y una madre terrible y que él era el estable de los dos, con un hogar y un empleo, y que, por lo tanto, era quien merecía la custodia de los niños.

Por muy triste que fuera eso, al menos el flujo constante de gente tenía a Ida lo bastante ocupada como para que Gia se sintiera segura saliendo de casa. Necesitaba un respiro.

El sábado por la noche fue a tomarse unas copas con algunos miembros del Club de los libros perdidos y lo pasó bien. En esa ocasión no hubo dramas. Luego, el domingo, quedó con Sammie para tomar un *brunch* en el Wakefield Pub & Brewery. Pero ese rato con Sammie no resultó tan divertido. Su amiga no dejaba de preguntarle por Cormac, que era lo último de lo que Gia quería hablar porque no había vuelto a saber mucho de él. Desde que Cormac le había dado largas con lo del flan, Gia solo había recibido un breve mensaje. Había llegado al día siguiente, suponía que mientras él estaba en la clínica, y solo decía que esperaba que estuviera lo mejor posible teniendo en cuenta lo que estaba pasando con su hermana.

Nada que hubiera dado pie a una respuesta.

Parecía haberse distanciado de su amistad.

Gia se dijo que no lo necesitaba; siempre había podido olvidar a los hombres. Pero, aunque no habían pasado mucho tiempo juntos, lo echaba de menos. Cormac había sido un rayo de luz en medio de todos los problemas a los que se había enfrentado desde que había vuelto a Wakefield y, por mucho que intentaba evitar los recuerdos, en su mente no dejaban de colarse retazos de cómo sonreía o besaba... o la provocaba rozándole el cuello con su incipiente barba mientras estaban acurrucados en la cama.

Sentía que habían creado una conexión importante, que él había superado quién era ella y ella había superado quién era él para conocer a la persona detrás del nombre y de la reputación. Por eso no entendía por qué de pronto había desaparecido.

A lo mejor romper lazos con ella le daba una mejor oportunidad de reconciliarse con sus hermanas...

—Estás exagerando —le dijo a Sammie—. Cormac y yo solo somos amigos, que ya es tremendo teniendo en cuenta el pasado, ¿no?

—Totalmente. Es que es muy selectivo con las mujeres. Ruth dice que a ella nunca la ha mirado con otros ojos y, en cambio, quiere tener algo con la enemiga mortal de su familia. Normal que nos preguntemos cómo os juntasteis en un primer momento.

—Ya, lo entiendo. Como te he dicho, empezó como empatía mutua y luego fue evolucionando. Bueno..., ¿qué pasa con Ruth últimamente? —preguntó Gia, no solo porque le interesara la respuesta a esa pregunta, sino también porque quería cambiar de tema.

—¿No has hablado con ella?

—No desde justo después de la reunión del club. Creo que está demasiado unida a Edith como para ser mi amiga.

—No sabía que se conocieran tanto, pero podrías tener razón. Es una pena que no pueda ser amiga de las dos, sobre todo ahora que todo el mundo sabe que fue el señor Hart el que mintió sobre lo del instituto.

Gia se limpió la boca con la servilleta.

—¿Todo el mundo lo sabe?

—Claro. ¿No te has enterado?

Gia agarró su limonada de fresa.

—He estado prácticamente fuera de circulación. ¿Por qué no me pones al día?

—¿No te lo ha contado Cormac? He oído que el señor Hart más o menos le reconoció a Cormac que tu versión de los hechos era la buena.

Eso había pasado antes de que Gia se hubiera acostado con Cormac la primera vez, pero creía que él había quedado en no decírselo a Edith y Louisa, ni tampoco a nadie para que no les llegara a ellas. ¿Por qué lo había hecho al final?

—¿Significa eso que por fin están dispuestas a aceptar la verdad?

—No creo que tengan elección, la verdad, aunque el señor Hart ahora dice que él no ha reconocido nada —dijo Sammie poniendo los ojos en blanco—.

Dice que Cormac va contando eso porque está encaprichado de ti. Pero ellas saben que Cormac no mentiría, y menos sobre algo así, así que, sí, tienen que creérselo.

Gia dio un sorbo de limonada.

—Siento que se hayan tenido que llevar esa desilusión con su padre.

Ella había intentado que siguieran pensando lo de siempre, pero dudaba que nadie excepto Cormac se lo creyera.

—Menos mal que la verdad ha quedado clara de una vez por todas —dijo Sammie—. El señor Hart ha sido muy injusto contigo.

Gia soltó la limonada.

—Pero él no se disculpa, ni siquiera ahora. Como no me «hizo daño» físicamente, ni llegó a nada sexual de verdad, se cree que no debería haber tenido un castigo, y menos uno tan duro.

Sammie esbozó una mueca de desagrado.

—Puaj, qué asqueroso. No fue solo lo del manoseo, sino también lo del rollo de tu nota, ¿no? Al menos ahora todo el mundo sabe que el tribunal actuó bien y a lo mejor los implicados, como tú y tu familia, y Cormac y la suya, podéis cerrar este capítulo y encontrar algo de paz.

—Eso espero. Me gustaría dejarlo todo atrás y olvidarlo por fin.

Sammie estaba a punto de decir algo cuando clavó la mirada en un punto detrás de los hombros de Gia y soltó el tenedor.

Gia se giró para ver qué había llamado su atención y vio a Sheldon sentado con Cece en un banco de un rincón. Al parecer, desde que Margot se había marchado no le preocupaba mucho que lo vieran por ahí con su otra mujer.

—Qué descaro —susurró Sammie.

Gia cerró el puño para contener la rabia.

—Se cree intocable, se cree que cuando aparezca Margot va a recuperar su dinero y a sus hijos y dejarla sin nada.

—¿Crees que la encontrará?

—Buena pregunta —dijo Gia, y miró a Cece hasta que la mujer se percató y tocó el brazo de Sheldon, que se giró hacia atrás y le clavó la mirada.

Sammie se inclinó hacia ella.

—¿Qué estará pensando?

Sheldon le lanzó una sonrisa desafiante que parecía decir: «Que te den» antes de girarse hacia su novia, y fue ahí cuando Gia se juró que no le permitiría acabar con su hermana.

¿Al final qué les dijiste a Louisa y Edith?

Ese mensaje se lo envió Gia a Cormac el domingo mientras él veía un partido de fútbol que había grabado. Estaban jugando los Jets. Era su equipo favorito desde pequeño simplemente porque el padre de su mejor amigo era seguidor de los Jets y veía todos los partidos con ellos. Su padre, en cambio, había mostrado más interés por los libros que por el deporte.

Pero a Cormac le había estado costando prestar atención al partido incluso desde antes de que Gia le escribiera. Solo saber que estaba tan cerca, justo en la casa de detrás, había hecho que la semana se le hiciera muy larga. Se había obligado a mantenerse alejado de ella, pero siempre que estaba en casa tenía que contener el impulso de acercarse a la ventana cada pocos minutos para ver si estaba en el jardín de sus padres.

No entendía por qué tenía tantas ganas de verla. Lo habían pasado bien juntos y él sabía que era una buena persona, pero era imposible que tuvieran una relación seria. Al final, si Gia se iba del pueblo, él tendría que decirle adiós. Lo más sensato era no vincularse demasiado.

Además, su familia había aceptado la verdad sobre su padre y poco a poco sus hermanas estaban empezando a hablarle otra vez. El viernes Louisa había estado más normal que en toda la semana. En parte era porque Cormac le había dicho que ya no tenía nada con Gia, que lo que fuera que hubiera surgido entre los dos ya había acabado. Si haberse apartado de ella un poco antes ayudaba a apaciguar a sus hermanas, pues probablemente había sido lo mejor.

Pero ese enfoque sonaba mejor de día, cuando estaba trabajando con Louisa, que por la noche, cuando estaba solo en casa y podría estar viendo a Gia. Y ahora ella le había escrito, así que, cómo no, tenía que responder:

¿Te refieres a lo de que mi padre reconoció lo que hizo? Es una larga historia. Pero ya se han enterado. Y por muy duro que haya sido para ellas, sobre todo con mi padre comportándose como un capullo e intentando seguir negándolo, me alegro de que todo el mundo sepa que TÚ no tienes culpa de nada.

Dejó el teléfono a un lado y siguió viendo el partido, pero al instante su mente volvió a desconectar. Estaba esperando a que ella respondiera.

Pasaron cinco minutos, después diez y luego quince. Cuando lo único que recibió una hora después fue un simple emoticono de un pulgar levantado, supo que no habría más, y no podía culparla. Él no había dado pie a más conversación. Se había contenido a propósito para no generar más interacción.

—Tú aguanta y resiste hasta que se vaya —se dijo cuando se vio tentado a enviar otro mensaje.

Después de quitar el partido y poner un programa de noticias deportivas para escucharlo mientras cortaba verduras para llevarse al trabajo a la mañana siguiente, entró en la cocina. Pero cuando unos minutos después vio la luz del porche de los Rossi encenderse, acabó subiendo las escaleras corriendo para asomarse por la ventana de su habitación.

Como era de esperar, Gia estaba metiéndose en el yacusi.

Cormac sabía que Gia tenía que haber oído el portón abrirse cuando él lo cruzó, pero ella no se giró.

—Hola —dijo.

Ella siguió mirando las estrellas como si él no hubiera dicho nada.

Cormac había agarrado un par de sudaderas antes de salir. Por la noche hacía cada vez más frío.

—¿Cómo van las cosas con Margot? —le preguntó al acercarse al borde del yacusi.

Gia seguía sin mirarlo.

—No van —dijo—. No está pasando nada. No nos ha llamado, no sabemos dónde está.

Lo había dicho de forma mecánica, como si lo hubiera repetido montones de veces, con lo que él dedujo que era el comunicado oficial que le daba a todo el mundo. ¿Sería verdad?

—Seguro que estás preocupada por ella. Lo siento.

—Nos las apañaremos.

Con esa simple respuesta de tres palabras lo había despachado. Cormac debería marcharse. Después de todo, era él el que había puesto distancia entre ellos al comportarse así esa semana y al responderle a su mensaje, que tal vez había sido la forma de Gia de reestablecer la comunicación.

Pero siempre se había sentido atraído por ella, y eso no había cambiado, así que no pudo evitar intentar volver a entablar conversación.

—Sheldon ha estado hablando mucho por el pueblo, diciendo que va a encontrarla y a conseguir la custodia de los niños.

—Ya me he enterado.

—¿No estás preocupada?

—Nunca ha sido un buen padre. Esos niños están mucho mejor con su madre.

Cormac se metió las manos en los bolsillos.

—Pero eso no lo decides tú, ¿no? La llevará a juicio si la encuentra. Será una batalla.

—Con suerte, no la encontrará.

—¿Ella tiene pensado no volver nunca?

—Eso creo.

Cormac silbó.

—Vaya. Sí que va en serio.

—Está claro que ninguno entendíamos lo tremendamente infeliz que era. Me siento mal por eso.

—Gia...

Cuando él cambió el tono, ella por fin lo miró.

—¿Es aquí cuando me dices que quieres que sigamos siendo amigos, Cormac?

Él miró al suelo, a sus zapatillas de tenis, mientras intentaba averiguar qué quería que pasara a partir de ahora. Sabía que sería idiota si volvía a lo que habían empezado. Ella tenía una vida en otra parte y por eso él se había apartado en un primer momento, aunque tampoco le había venido mal para arreglar las cosas con su familia, claro.

—Lo quiero de verdad, ya lo sabes.

—Vale. Pues considéranos amigos —dijo ella, y agarró su toalla mientras salía del yacusi para entrar en casa.

Margot estaba tan emocionada que le temblaban las manos. Conseguir una nueva identidad le abría el mundo. Podía vender el Subaru, comprar un coche nuevo, un teléfono, alquilar un apartamento, solicitar un empleo... empezar de cero. Un número de la seguridad social y un carné de conducir nuevos eran la base para muchas cosas y no le había costado tanto conseguirlos. Había tenido que aventurarse en la web oscura y pagar en bitcoines, y había tenido que confiar en que la persona anónima al otro lado de la transacción le entregara unos documentos que parecieran auténticos. Pero al final lo que había recibido parecía real. Tremendamente real.

—¿Eso ha llegado por correo, mami? —preguntó Greydon desde el asiento trasero, donde estaba viendo una película con su hermano en el iPad de ella—. ¿Qué es?

Margot dejó el sobre abierto en el asiento del copiloto. Había alquilado un apartado postal al otro lado de LA para que le enviaran ahí los documentos. No iba a darle a alguien que no conocía la dirección de su motel, y por supuesto no iba a quedar con un desconocido en persona, y menos con uno implicado en actividades ilegales. No tenía a nadie que cuidara de los niños y no podía arriesgarse a meterlos en una situación potencialmente peligrosa. Por eso había tenido que fiarse de que la persona a la que había pagado le enviara lo que había comprado, y, después de conducir dos horas durante tres días seguidos y no encontrar nada en el buzón, estaba inmensamente aliviada de que él por fin hubiera cumplido.

—Es lo que necesito para poder conseguir un apartamento. ¿A que es genial?

—¿Qué es un apartamento?

—Es más o menos como los moteles donde nos hemos alojado.

El niño dio palmas.

—¿Podemos tener uno con piscina?

—A lo mejor. A ver qué hay disponible.

Greydon siguió viendo la película mientras ella seguía maravillada con la calidad de su nueva documentación.

—Margaret Lane... —dijo en voz alta en un intento de acostumbrarse a su nuevo nombre—. Margaret Lane... Hola, me llamo Margaret Lane... Soy Margaret Lane. Ahora mismo no estoy disponible, pero, por favor, deja tu mensaje al oír la señal.

—¿Por qué estás todo el rato diciendo «Margaret Lane»? —preguntó Matthew.

—He decidido volver a Margaret.

—¿Volver a Margaret? —repitió el niño claramente confuso.

—Es mi nombre de verdad. Margot era solo un apodo.

El apellido lo había sacado de Lois Lane de las películas de *Superman*. No solo le gustaba cómo sonaban las dos palabras cuando las pronunciaba, sino que «Lane» era corto y fácil de deletrear.

—Ah —dijo él como si no fuera algo de particular importancia, y ahí acabó el interrogatorio de sus hijos.

Sonrió. Qué flexibles eran los niños. Sintió que se había alejado de Sheldon justo a tiempo, antes de que fueran lo bastante mayores como para saber lo que ella estaba haciendo y contárselo a alguien.

Metió la mano más al fondo de la carpeta que había recibido en el sobre y encontró los tres certificados de nacimiento que había comprado también. Uno para ella, por si alguna vez lo necesitaba. Ni de coña querría volver a entrar en la web oscura. Los otros dos eran para los niños, para que su apellido coincidiera con el suyo. Necesitarían los certificados cuando los matriculara en el colegio. Dudaba que hubiera forma de que Sheldon, la familia de él o incluso la policía pudieran rastrear a cada niño que entraba en la escuela pública. No había un gran repositorio de información sobre todos los estudiantes estadounidenses, no había búsquedas informáticas que pudieran hacerse, así que podría haberles dejado seguir con el apellido de Sheldon y decir a cualquiera que preguntara que estaba divorciada y utilizaba su apellido de soltera.

Pero, como sería mucho más complicado cambiar el apellido cuando fueran más mayores, si es que ella quería, había decidido hacer el cambio ahora y que todo quedara claro y uniforme. Pasado el tiempo suficiente, probablemente ni siquiera recordarían que hubiera cambiado algo. Les había mantenido el nombre de pila, que era lo único con lo que se identificaban en ese momento. Cambiárselos habría sido mucho más impactante para ellos.

Con un suspiro de alivio, volvió a meter los documentos en la carpeta y la dejó en el asiento del copiloto encima del sobre. Luego ajustó el retrovisor para poder ver a los niños en el asiento trasero.

—¿Estáis abrochados?

—Sip —dijeron, y ella arrancó el Subaru.

—¿Quién tiene hambre? —preguntó al salir con el coche de la oficina de correos—. ¿Paramos a por algo de comer antes de volver al otro lado de la ciudad?

—¿Podemos comer *pizza*? —preguntó Greydon.

—No veo por qué no. Y después podemos ir a ver algunos apartamentos.

Los niños no respondieron. La película tenía que haber llegado a un punto álgido porque los dos estaban pegados al iPad. Últimamente habían tenido demasiadas horas de pantalla y tenía que apuntarlos al colegio porque no le hacía ninguna gracia que ya se hubieran perdido dos semanas. Pero tenía lo que necesitaba, así que se encarrilaría de nuevo.

Solo era cuestión de tiempo.

Capítulo 25

La siguiente semana pasó despacio, sobre todo porque Gia tuvo que contenerse cada día para no contactar con Cormac. Nunca se había visto en una situación así, en la que echara de menos a un hombre y anhelara oírlo. Era un fastidio enorme haberse colgado tanto del hijo del señor Hart. Pero suponía que lo estaba pasando mal porque era la primera vez que alguien la dejaba a ella.

—Lo único que me pasa es que quiero lo que no puedo tener —no dejaba de decirse—. Y me estoy aburriendo porque no puedo trabajar ni hacer nada que me suponga más esfuerzo mental que cocinar y limpiar.

No le importaba ayudar a sus padres y se alegraba de que eso hubiera podido liberar a Margot. Pero el hecho de no estar siempre ocupada, como cuando estaba en su casa, complicaba mucho más poder manejar el deseo que sentía por alguien que parecía haberle dado la espalda. Cormac se asomaba a su ventana casi todas las noches y miraba al jardín de sus padres, pero ella había dejado de bajar al yacusi. No quería que él pensara que estaba esperando que saliera, aunque muy en el fondo sabía que era así. Tampoco quería ponerse en la situación de querer que él saliera y que luego Cormac no lo hiciera.

Además de batallar consigo misma por lo de Cormac e intentar olvidar las dos noches que había compartido con él, seguía esperando que Margot llamara. Ida no dejaba de preguntarle si sabía algo, pero no había habido ni más fotos de playa ni más llamadas desde números ocultos. La única persona que seguía intentando hablar con ellos era Sheldon. Varias cosas habían salido a la luz que él no se había esperado, en concreto la reacción de la policía. Le habían dicho que, como no había un divorcio en trámite, Margot podía salir del estado y llevarse a los niños y que ni siquiera iban a buscarla. Un abogado confirmó la respuesta de la policía. Dijo que, hasta que no hubiera un plan dictaminado por un tribunal, ella podía hacer lo que quisiera, y eso había hecho que Sheldon perdiera los estribos. Se había puesto tan desagradable que hasta sus padres y ella habían dejado de responder a sus llamadas. Y se comportaba incluso peor cuando bebía.

Llegó a tal punto que al final Gia acabó por bloquearlo para que no pudiera contactar con sus padres. Necesitaban un respiro de ese malestar constante. También lo habría bloqueado en su teléfono, pero le pareció que podría ser importante oír sus mensajes llenos de furia y divagaciones. Así, si Margot la llamaba, podría decirle a qué estar atenta.

Mientras estaba sentada en su cama ojeando Instagram, notó que las luces se habían encendido en la casa de Cormac. Incapaz de contenerse, se levantó y fue a la ventana. Estaba de pie a un lado, esperando poder atisbarlo, cuando se le iluminó el teléfono... otra vez... con el nombre y el número de su cuñado.

Estuvo a punto de responder. Ya tenía el teléfono en la mano. Pero decidió no hacerlo. No tenía nada más que decirle a Sheldon. ¿Por qué seguir soportando sus insultos?

Una vez que la llamada pasó al buzón de voz, vio que había dejado un mensaje, así que lo reprodujo.

«¿Dónde cojones está? Tus padres y tú tenéis que saber algo. Más te vale decirme dónde están mis hijos y hacer que me devuelva mi puto dinero. Si no lo haces y te traes algún jueguecito conmigo, te vas a arrepentir, ¡zorra!».

Había gritado al pronunciar la última palabra antes de colgar.

—Se le está yendo la cabeza —murmuró Gia. En ese momento temió que Margot decidiera volver y él les mostrara a todos por qué su hermana se había visto en tanto peligro como para tener que huir.

Solo pensar que él pudiera asustar a Margot hasta tal punto hizo que Gia le devolviera la llamada.

—¡Ya era hora! —contestó Sheldon con brusquedad.

Ella no respondió al comentario. Tenía un breve y cariñoso mensaje que darle, y eso fue lo que hizo.

—Más te vale no hacernos daño nunca ni a mi hermana, ni a mis padres ni a mí o serás tú el que se arrepienta —dijo y colgó.

Aún bullendo de ira, empezó a andar de un lado para otro. Estaba claro que él jamás se habría esperado que Margot fuera a traicionarlo, y justo por eso Gia no pudo más que aplaudir la tan bien ejecutada huida de su hermana. Lo había abandonado antes de que él pudiera conseguir cualquier clase de orden judicial para impedírselo y, según lo que Gia había estado leyendo en Internet, si se quedaba fuera el tiempo suficiente, Greydon y Matthew quedarían bajo la jurisdicción de su nuevo estado, que solo complicaría las cosas y haría que a Sheldon le resultara más difícil conseguir la custodia y traerlos de vuelta. Margot lo había desarmado por completo y eso él no se lo había esperado, por lo que se había sumido en esa rabia ciega.

—Tienes justo lo que te mereces —refunfuñó mientras recordaba la sonrisa de engreído que le había lanzado cuando había salido a comer con Cece.

El teléfono le sonó con un mensaje. Estaba segura de que sería Sheldon respondiendo a su llamada, pero era Cormac.

¿Qué pasa? ¿Estás bien?

Ella se asomó a la ventana por si él estaba en la suya y la había visto andando de un lado a otro de la habitación.

¿Se lo contaba?

No. Era él el que había cortado la relación. ¿Por qué ponerse en una situación en la que pudiera volver a hacerlo?

No pasa nada, escribió y bajó la persiana.

Se lo había cargado todo. En lugar de alejar a Gia, Cormac debería haber pasado todo el tiempo posible con ella. Cuantos más días pasaban, más lamentaba su decisión.

Pero estaba claro que ella no estaba abierta a darle una segunda oportunidad.

Frunció el ceño al ver la persiana bajada. A él le había entrado el miedo, simple y llanamente, y ahora lo estaba pagando caro.

Estaba sopesando si debería llamarla y disculparse formalmente, si con eso cambiaría algo... contando con que ella respondiera..., cuando su padre le escribió.

Me he enterado de que ya no estás con Gia. ¿Ha merecido la pena lo que has hecho? Te has cargado a tu familia por nada.

Cerrando los ojos, Cormac sacudió la cabeza, asqueado. Ya se llevaba mejor con sus hermanas, pero dudaba que pudiera llegar a tener una relación con su padre nunca.

Hasta que no estés preparado para responsabilizarte de tus actos y disculparte, no vuelvas a contactar conmigo.

Después de escribirlo, su pulgar se quedó pendiendo sobre el botón de enviar. ¿De verdad podía cortar del todo la relación con Evan? Llevaba tanto tiempo intentando mantener una relación con él que se había convertido en un hábito justificar y excusar sus muchas carencias. Y vivían en el mismo pueblecito, lo que significaba que se encontrarían aquí y allá, en un restaurante, en la gasolinera, en la farmacia. Si no se hablaban, la situación sería incómoda. Pero ¿cambiaría Evan si Cormac no se lo exigía?

Has sido TÚ el que se ha cargado a nuestra familia, añadió y lo envió. Luego lo bloqueó.

Halloween fue un momento duro para Ida. Lloró porque, después de haber pasado cada Halloween con sus nietos desde que habían nacido, ese año ni siquiera podía verlos, y mucho menos hacerles la tradicional foto con sus disfraces.

Gia intentó animarla haciendo las manzanas de caramelo que su madre había repartido desde que Gia podía recordar y acomodándola en la puerta principal para que pudiera ser ella quien recibiera a los niños que hacían el truco o trato. En ese barrio había muchos, un chorro constante, a diferencia de en el complejo de pisos donde vivía Gia, en Coeur d'Alene.

—¿Cómo lo llevas? —le preguntó Gia hora y media después, cuando el tráfico empezó a decaer—. ¿Estás cansada?

Asintiendo, Ida dejó que Gia la ayudara a pasar de la silla que le había puesto junto a la puerta al sofá mientras Leo se ocupaba de recibir a los vaqueros, los superhéroes, los médicos, las princesas Disney y los dinosaurios que quedaban.

Una vez terminadas las manzanas, Gia apagó la luz del porche para avisar de que daban la noche por terminada y se sentó con sus padres a descansar unos minutos.

—Ha sido divertido, ¿no? —dijo en un intento de subirles el ánimo.

—No ha sido lo mismo —respondió su madre—. No me puedo creer que Margot no nos haya llamado.

Gia también había pensado que a esas alturas ya habrían sabido algo más. Margot llevaba fuera dos semanas, pero probablemente temiera que cualquier tipo de contacto fuera a delatarla.

—Debe de pensar que es el peor momento para correr riesgos.

—¿Por qué? —preguntó su madre.

—Porque Sheldon ya ha entendido que se ha marchado para siempre a menos que pueda encontrarla, y no puede encontrarla. Ha alcanzado su punto máximo de frustración y rabia y se ha ido poniendo cada vez más amenazador y agresivo.

—¿Sí? —preguntó Leo.

Gia no les había ido enseñando las cosas que Sheldon le había estado mandando, pero ese día le había enviado un *gif* de Halloween en el que aparecía la Parca cortándole la cabeza a alguien.

—Sí —confirmó. Desde luego, no se lo había enviado a modo de broma.

Los ojos de Ida se llenaron de preocupación.

—¿Deberíamos ir a la policía? ¿Pedir una orden de alejamiento?

—A lo mejor —dijo Gia—. Hasta ahora no lo he hecho porque quiero oír lo que dice por si hay algo revelador, algo que yo pueda decirle a Margot si tengo la oportunidad.

—¿Has oído lo que ha dicho Sandra Richey esta noche cuando ha venido con sus hijos? —preguntó su madre.

Sandra era la peluquera de Ida y llevaba tanto tiempo con el negocio que tenía una larga clientela.

—No —dijo Gia—. ¿Qué ha dicho?

—Sus padres van a contratar un investigador privado.

Mierda.

—Pues eso me pone nerviosa —admitió Gia—. ¿Lo veis? Margot está siendo lista al no dejar un rastro que Sheldon, o alguien que contrate, pueda seguir.

—Puede que sea mejor así —coincidió Leo.

Unas lágrimas cayeron por las mejillas de su madre, que asintió de todos modos.

—Estoy agotada. Mejor me voy a la cama.

Gia recogió mientras Leo ayudaba a Ida a subir las escaleras. Acababa de terminar y estaba a punto de meterse en la cama cuando un vehículo accedió al camino de entrada. No podía ver ni la marca, ni el modelo, ni quién conducía porque la luz de los faros se colaba por la ventana de la cocina y la cegaba, pero fue fácil imaginarlo cuando las luces se intensificaron y el vehículo siguió ahí parado.

Gia levantó el teléfono y marcó el 911 por si tenía que pedir ayuda. Estaba a punto de pulsar el botón cuando Sheldon revolucionó el motor, puso la camioneta en marcha y se lanzó hacia delante como si fuera a atravesar el muro.

Frenó en seco en el último segundo, dio marcha atrás sobre el césped y derrapó dejando unas profundas roderas en su jardín delantero.

Decidida a sacar un vídeo donde se viera la matrícula y usarlo para conseguir una orden de alejamiento, Gia salió corriendo. Pero lo único que captó fueron las luces rojas traseras mientras él salía disparado.

—¡Cabrón! ¡No me extraña que te haya dejado!

Como era el cumpleaños de Edith, Cormac había quedado para tomar una copa con sus hermanas y sus maridos en Vivian's, un restaurante de la zona, mientras Sharon se quedaba con los niños. Estaba cansado. La noche anterior había estado levantado hasta tarde en una fiesta de Halloween con Tyler Jenkins y otros viejos colegas, y por la mañana tenía que trabajar. Por eso no le hacía mucha gracia lo de volver a salir. Pero era la primera vez que se juntarían todos desde que se habían enterado de que su padre, en efecto, había acosado a Gia, y le parecía que podían aprovechar la oportunidad para cerrar algunas de las fisuras que habían surgido en su relación.

De momento casi toda la conversación había girado en torno a su sobrina y sus dos sobrinos.

Cormac pidió una cerveza y se limitó a escuchar hasta que Dan empezó a contarle que creía que a su *corkie* le estaba saliendo otro quiste. Cormac le dijo que llevara al perro a la clínica para poder echarle un vistazo y luego se movió para hacer sitio en la mesa a Ruth, que apareció de pronto. Nadie le había dicho que estuviera invitada, pero era el cumpleaños de Edith, que por supuesto tenía derecho a invitar a quien quisiera. Además, Ruth le pareció un grato añadido cuando sacó el tema de Gia prácticamente al momento. Le interesaba mucho más una conversación sobre ella que sobre cualquier otro asunto.

—¿Sabéis lo último de Gia? —dijo Ruth.

Louisa le lanzó una mirada hosca.

—Sea lo que sea, por favor, dinos que no tiene nada que ver con nuestro padre...

—No, nada que ver con él —contestó Ruth.

—¿Entonces qué novedades hay? —preguntó Edith.

Ruth bajó la voz.

—Está intentando conseguir una orden de alejamiento contra su cuñado.

Cormac ocultó su sorpresa. Sabía bien que era mejor no comentar nada sobre Gia ni mostrar mucha preocupación delante de sus hermanas.

Por suerte, Louisa respondió justo lo que habría querido responder él.

—¿Y para qué necesita una orden de alejamiento? ¿Qué ha estado haciendo?

Ruth le lanzó a Cormac una tímida sonrisa. Él sabía que ella estaba intentando captar qué opinaba él de esa información, probablemente porque Edith le había contado que había estado acostándose con Gia. Durante el último par de años, Ruth le había dejado claro que se sentía atraída por él, tanto que a veces lo había hecho sentirse incómodo, así que esbozó lo que esperaba que se viera como una sonrisa neutral a la vez que intentaba mantenerse en la fina línea entre ser amable y darle falsas esperanzas.

—Supongo que está cabreadísimo porque Margot se ha ido y no se cree que ellos no sepan dónde está —respondió mientras dirigía la mirada a Louisa—. Así que sigue acosándolos.

En ese momento, Cormac no pudo evitar hablar.

—¿Cómo?

—Les destroza el césped, envía mensajes amenazantes, dispara a su cubo de basura...

—¿Dispara a su cubo de basura? —dijo Victor.

—Bueno, nadie lo ha visto haciéndolo, pero Sammie me dijo que Gia está convencida de que ha sido él. Anoche lo vio destrozar el césped.

Dan soltó su refresco.

—¿Por qué no se centra en encontrar a su mujer en lugar de darle problemas a su familia política?

La camarera llegó para ver si querían algo y Ruth pidió un margarita batido antes de responder:

—Por lo que he oído, sus padres han contratado a un detective privado, pero no está encontrando muchas pistas. Aún no, al menos. Es como si Margot hubiera desaparecido de la faz de la tierra.

Una expresión de espanto cubrió el rostro de Louisa.

—Yo estaría desesperada sin mis hijos. ¿Puede hacer eso? Legalmente, quiero decir. ¿Llevarse a los niños... así, sin más?

Ruth se encogió de hombros.

—Supongo que sí. Trabajo con una maestra que está casada con un policía. Me ha dicho que él dice que no pueden hacer nada porque no hay una orden judicial que le impida marcharse.

Edith se llevó una mano a la boca.

—¡Es increíble! ¿Llevarte a tus hijos y desaparecer en otro estado sin el permiso de tu cónyuge... no es un secuestro?

—Al parecer no —dijo Ruth—. Pero si él puede encontrarla y solicitar el divorcio, podría cambiar eso. Podría tener más oportunidades de ganar la custodia total después de lo que ella ha hecho. Pero el marido de mi amiga dice que es importante que la encuentre rápido. Si se ha mudado a otro estado, cuanto más tiempo esté allí, más complicado será.

Edith se colocó el pelo detrás de las orejas.

—¿Y eso por qué es?

—Algo de la jurisdicción —dijo Ruth—. Y, claro, el juez tendría que considerar qué es mejor para los niños. Si se han establecido en un lugar nuevo y les va bien, él o ella podrían no decidirse a desarraigarlos. Y no solo eso, sino que, si pasan otros cinco años o así, los niños serán lo bastante mayores para decidir por sí mismos y decir dónde prefieren vivir, lo que podría influir mucho en el veredicto.

Louisa sacudió la cabeza.

—Por cómo está actuando Sheldon, puede que no espere a pedir ayuda a los tribunales si la encuentra.

—Tal cual —dijo Ruth—. No me gustaría ser ella.

Edith jugueteaba con las gotas de condensación de su vaso de agua.

—Margot es valiente. Eso hay que reconocérselo.

Cormac estaba igual de impresionado. Jamás se habría esperado que hiciera algo que requería tantas agallas. Gia era la atrevida. Ella siempre había vivido su vida sin reservas.

—¿Por qué creéis que se ha marchado? —preguntó Victor a toda la mesa.

—Su marido la engañaba y todo el mundo lo sabía, incluso tú —dijo Louisa—. Te lo dije yo.

Él frunció el ceño.

—Ya, pero mucha gente tiene aventuras y sus parejas no huyen y se llevan a los hijos.

—Bueno, si vas a ser infiel, es un riesgo que corres, así que que te sirva de lección —bromeó ella.

Todos se rieron y entonces Edith murmuró:

—Y nosotros pensando que teníamos un drama en nuestra familia...

—Con suerte, el asunto de tu padre y Gia por fin está cerrado —dijo Dan.

—¡Hala! —exclamó Victor señalando a la entrada—. Hablando del rey de Roma...

Todos se giraron y vieron que Gia había entrado. Estaba de pie junto al mostrador de recepción esperando a que la sentaran y mirando su teléfono, así que no los vio. Si los hubiera visto, Cormac suponía que se habría marchado. Y no la habría culpado. ¿Por qué iba a quedarse ahí cuando su familia la superaba en número, por no hablar de Ruth, que había desertado para unirse a ellos?

—A menos que haya quedado con alguien que llega tarde, parece que ha venido sola —dijo Dan.

—No me sorprende —dijo Ruth—. No creo que esté saliendo mucho entre lo de cuidar de su madre y lo de Sheldon. A mí desde luego no me ha llamado.

La recepcionista se acercó y Gia intercambió unas palabras con ella antes de que la mujer la llevara a una mesa no muy lejos de donde estaba el grupo. Ya se había sentado y había dejado el bolso en la silla libre que tenía al lado cuando vio que todos la estaban mirando.

Parpadeó como si no pudiera creerse lo que estaba viendo. Luego agarró el bolso como para levantarse, probablemente para irse directa al coche, pero la camarera ya se había acercado para tomarle nota de la bebida. O Gia se vio acorralada o decidió que no iba a dejar que nadie la ahuyentara, porque soltó el bolso y pidió una bebida. Después, como si ellos no estuvieran ahí, siguió haciendo lo que hubiera estado haciendo con el teléfono.

—¿Cómo estará su madre? —susurró Edith.

—No lo sé —dijo Ruth, también en voz baja—. Ya os he dicho que no me ha llamado desde... desde antes de la reunión del Club de los libros prohibidos.

A Cormac no le sorprendió lo más mínimo, teniendo en cuenta que Ruth le había mostrado más apoyo a Edith. Pero no dijo nada.

Louisa lo miró.

—¿Tú lo sabes?

Él negó con la cabeza.

—Tampoco he hablado con ella. Era parte de nuestro acuerdo de paz, ¿recuerdas?

Louisa tuvo la decencia de mostrarse un poco avergonzada antes de levantarse.

—¿Adónde vas? —preguntó su marido, pero ella no respondió. Se dirigió hacia donde Gia estaba sentada.

—¡Louisa, no es culpa tuya! —siseó Cormac, que sintió que con su última indirecta había desencadenado lo que fuera que estaba a punto de pasar. Era más sencillo culpar a sus hermanas que culparse a sí mismo por haber roto la relación con Gia, pero no debería haberlo hecho. No quería que ninguna de las dos volviera a molestarla nunca—. ¡Ven aquí!

Sabía que su hermana lo había oído porque lo miró... pero siguió avanzando.

Gia estaba ojeando las fotos de su móvil y eligiendo las que estaban bien para colgar en redes sociales y promocionar Backcountry Adventures cuando una sombra se cernió sobre la mesa. Sammie había quedado con ella en un principio, pero en el último momento le había surgido algo y Gia había decidido salir de casa de todas formas. ¿Quién iba a saber que tendría que encontrarse con Cormac y sus hermanas cuando estaba completamente sola, sin amigos y daba pena verla?

Preparada para lo que podría ser un encuentro intenso (en lo que respectaba al señor Hart y sus hijos, no había conocido prácticamente nada más que encuentros intensos), levantó la mirada y vio que era Louisa la que se había acercado.

—¿Puedo... ayudarte? —preguntó vacilante cuando Louisa no dijo nada directamente.

La hermana de Cormac empezó a toquetearse las cutículas.

—Solo quería decirte... —dijo y carraspeó—. Quería decirte que lo siento. Te juzgué mal y... y sé que ya estabas pasando por un momento difícil de por sí. Cuando me pongo en tu lugar e intento imaginar lo que ha debido de ser, me siento fatal. Espero que puedas perdonarme.

Gia no se había esperado una disculpa. Llevaban tanto tiempo siendo enemigas que suponía que en algún momento eso se volvía inamovible porque, aunque por fin la creyeran, en el fondo podían seguir preguntándose si ella habría hecho algo para provocar a su padre. Tenía que ser complicado olvidarse por completo de lo que habían creído y no buscar otro razonamiento.

—Te lo agradezco —dijo Gia—. Claro que te perdono. Con todo lo que tu padre ha dicho para desacreditarme, no estabas en posición de juzgar la verdad.

Louisa parpadeó, sorprendida de que hubiera aceptado su disculpa tan de buena gana. Pero es que Gia no le veía sentido a guardar rencor. Se alegraba de que por fin la verdad hubiera salido a la luz y sabía que era gracias a Cormac, así que no podía ser demasiado dura con las personas a las que él había tenido que enfrentarse para lograrlo.

—Gracias —dijo Louisa sonriendo—. Te lo agradezco.

Gia también sonrió.

—No hay de qué.

Louisa iba a volver a la otra mesa cuando se giró casi de inmediato.

—Oye, ¿te gustaría sentarte con nosotros? Estamos celebrando el cumpleaños de Edith.

Mirando todas las caras que estaban giradas en su dirección, Gia tragó saliva.

—Em... tranquila, déjalo. No querría molestar. Pero espero que pase un cumpleaños maravilloso y... y gracias por venir.

Pensó que ahí acabaría todo. No se podía creer que Louisa quisiera de verdad que se uniera a la fiesta. Pero entonces Edith se levantó y se acercó también.

—Yo también te debo una disculpa. Perdón... de mi parte y de la de mi padre. Me gustaría que vinieras a tomarte algo con nosotros y que podamos... empezar de cero.

Gia le aseguró que no le guardaba rencor y luego intentó declinar la oferta otra vez. Pero Victor y Dan se sumaron a sus mujeres e insistieron en que aceptara.

—Anda, ven. En serio —dijo Victor.

—Nos encantaría que te sentaras con nosotros —añadió Dan.

Antes de poder darse cuenta, Gia estaba sentada al lado de Ruth en un extremo de la mesa, con Cormac en el otro y las hermanas y cuñados de él en el medio.

—Ni en mis sueños podría haber imaginado que pasara esto —bromeó mientras le indicaban a la camarera que se había cambiado de mesa.

Cormac la miró y sonrió. Ella sabía que él también estaba buscando algún tipo de perdón, pero, por cómo se sintió al mirarlo, también supo que eso solo la llevaría de vuelta a su cama.

Capítulo 26

Cormac no podía quitarle los ojos de encima a Gia. No dejaba de mirarla en busca de alguna señal que le indicara que no estaba enfadada por que él hubiera cortado la relación, pero no lo tenía claro. Al menos estaba sentada con él, y sus hermanas estaban siendo amables. Estaba orgullosísimo de ellas por haberse disculpado.

No costaba ver que Gia no se sentía parte de esa pequeña celebración familiar, y lo entendía. Acabaron pidiendo unos aperitivos además de la bebida y, al cabo de un rato, mientras todos contaban historias y se reían, ella pareció relajarse y empezar a divertirse también. Entonces la camarera sacó una gran tarta gracias a Louisa, que había tenido el miramiento de organizarlo todo.

Pasado un rato, Louisa le preguntó a Gia por Sheldon y ella les dijo lo que ya había dicho Ruth, que se estaba convirtiendo en un problema persistente. Louisa pasó a preguntarle si había sabido algo de Margot. Ella insistió en que no, pero Cormac no supo si creerlo. Si él estuviera en su lugar, tampoco le contaría a nadie si había hablado con Margot.

Cuando se marcharon, todos estaban un poquito achispados, menos Dan, que era el conductor oficial en esos casos, ya que lo había criado un alcohólico y había jurado no beber nunca. Llevó a casa a la cumpleañera, a Louisa y a Victor, y luego volvió a por Cormac, Ruth y Gia.

Cormac esperaba poder sentarse en la parte de atrás con Gia, pero Ruth insistió en que se sentara delante porque «tenía las piernas más largas». Él intentó decirle que detrás iba bien, pero Ruth fue tan insistente que le dio la impresión de que ahí había algo más que mera cortesía. No quería que él se sentara con Gia. Al final dio un poco igual porque Dan dejó a Ruth en casa antes de llevar a Gia y Cormac.

Cormac quería bajar a la vez que Gia para tener la oportunidad de hablar con ella, pero Gia no dio pie a que eso pasara. En cuanto Dan paró en su entrada, le dio las gracias, se despidió de los dos y bajó del coche. Punto.

A Cormac le habría gustado que se hubiera mostrado más alentadora, pero, de todos modos, cuando llegó a casa le escribió:

¿Habría alguna posibilidad de que quisieras venir a hablar?

Ella respondió de inmediato: *No tengo claro que quiera volver a tener algo contigo.*

Lo siento, Gia. Tienes que admitir que las cosas iban muy rápido. Necesitaba que frenáramos un poco. No pienso volver a cambiar de opinión.

Al ver que no respondía, él dio por hecho que la respuesta era «no». Por eso se quedó pasmado cuando, quince minutos después, oyó que llamaban a la puerta.

***

Gia se dijo que era idiota. Cormac y ella ya habían dejado de verse. La parte más complicada estaba superada. Debería dejarlo ahí.

Ojalá pudiera ser así de racional, sería lo mejor, sobre todo para cuando llegara el momento de marcharse de Wakefield. Pero no podía.

—¿Vamos a establecer algunas normas básicas? —preguntó él vacilante al dejarla pasar.

Gia cerró los ojos un segundo mientras intentaba decidirse, pero no se le ocurrió nada que pudiera resultar útil para sobrellevar la situación. Cormac era lo único en lo que había podido pensar desde la primera vez que se habían besado y no iba a perder la oportunidad de volver a estar con él.

—Lo iremos viendo sobre la marcha —contestó y fue a sus brazos.

—Sé que ya te lo he preguntado, pero no creerás que Sheldon llegaría a haceros daño, ¿no? —preguntó Cormac a la mañana siguiente mientras se preparaba para ir a trabajar.

Gia seguía en su cama y no parecía tener intención de moverse, pero él sabía que tenía que levantarse pronto para estar en su casa antes de que sus padres se pusieran en pie.

—No lo tengo tan claro.

Cormac, frente al espejo, frunció el ceño mientras se peinaba su pelo mojado.

—A lo mejor debería tener una charla con él.

Gia se incorporó.

—No. Ahora mismo está buscando un objetivo y no quiero que te conviertas en uno. No es tu lucha.

—Pero a lo mejor te quito algo de presión a ti. Me da miedo lo que pueda hacer si se piensa que puede salirse con la suya.

Ella se pasó una mano por el pelo.

—Estaría bien si pudiera conseguir la puñetera orden de alejamiento...

—¿Y por qué no puedes?

—La policía dice que no tengo motivos suficientes. Él insiste en que no fue quien disparó al cubo de basura la otra noche. Cuando les enseñé el *gif* que me envió, dijo que había sido solo una broma de Halloween. Y no conceden órdenes de alejamiento porque se haya cargado el jardín. El agente con el que hablé se rio y dijo que el césped volverá a crecer. Pero creo que lo que pasa es que en el pueblo todo el mundo los conoce a su familia y a él y no piensan que pueda ser peligroso de verdad.

Cormac guardó el peine y salió del baño.

—Entonces, ¿cómo crees que va a acabar todo esto?

Gia se tapó con la mano al bostezar y lo miró.

—Ni idea. Si no puede encontrar a Margot, puede que estalle del todo.

—Pero tú protegerás a tu hermana si vuelve a casa.

—Claro.

—¿En serio no sabes nada de ella? —preguntó Cormac con gesto de escepticismo.

Ella esbozó una hermética sonrisa que desapareció al instante.

—Nada importante.

—No puede volver ahora, lo sabes, ¿no? Quiero decir... no hasta que los niños sean mayores de edad. E incluso entonces creo que a mí en su lugar no me gustaría estar en el mismo pueblo que Sheldon y sus padres.

—Que se sintiera tan desesperada como para hacer lo que ha hecho es terrible. No dejo de pensar cómo debe de ser querer escapar de alguien tantísimo como para dejar a tu familia y el pueblo donde has crecido y esconderte.

—Esa es la cuestión. Ella mejor que nadie sabrá si Sheldon es peligroso.

—Ya. Yo también lo pienso.

Cuando Cormac se agachó para besarla, fue como la cosa más natural del mundo, y eso lo inquietó un poco. Una voz dentro de su cabeza dijo: «No puedes acostumbrarte a esto». Pero ¿cómo iba a deshacer lo que ya estaba ocurriendo?

No podía. Y tampoco volvería a darle la espalda.

—Luego te llamo —dijo, y se marchó.

Gia llegó a casa mínimo media hora antes de la hora a la que sus padres solían levantarse. Pensó que no tendría problemas para entrar en su habitación sin que la oyeran, pero al cruzar la puerta trasera se encontró a Ida y Leo en la cocina. Su madre seguía en camisón, y ella nunca salía del dormitorio con él puesto.

—¡Ay, Dios mío! —exclamó Ida antes de estallar en lágrimas.

—¿Qué pasa?

Gia miró a sus padres.

Su padre señaló al salón y entonces ella vio lo que pasaba. Los ventanales estaban cosidos a tiros. El cristal destelleaba como diamantes machacados por todos los muebles y la moqueta.

—Cuando hemos oído los disparos en plena noche, nos hemos quedado aterrorizados. No sabíamos qué pasaba. Y no han sido solo unos pocos, como con el cubo de basura. Quien haya sido ha disparado una y otra vez y ha tenido que usar más de un arma porque no ha podido darle tiempo a recargar.

—¿Quien haya sido? —repitió Gia.

Sabían quién habría sido.

—Qué terror despertarse así —dijo su madre, detrás de ella—. Y entonces... hemos visto que no estabas... y hemos pensado...

Gia miró atrás y vio a Ida hundir la cara en las manos.

—¿Pensabais que me había raptado o algo?

—O peor —dijo su padre—. Ven aquí.

Leo la hizo salir por la puerta corredera del salón al jardín delantero, donde alguien había pintado en la fachada con espray rojo chillón: *¡Que te jodan, Gia!*

—¡Qué hijo de puta! —murmuró ella—. Si no me conceden una orden de alejamiento, ¿por qué la policía no puede al menos echarle un ojo a la casa?

—No lo sé —dijo su padre—. Los he llamado. Vienen de camino.

Gia miró hacia las cornisas.

—Tenemos que poner unas cámaras ahí arriba para al menos poder registrar cualquier cosa que pase en el futuro.

—¿Quién habría imaginado que íbamos a necesitar cámaras en un pueblo como este? —dijo Leo sacudiendo la cabeza—. Llevamos viviendo aquí toda la vida.

Parecía cansado, con las arrugas más pronunciadas de lo normal y el pelo de punta hacia un lado.

—No te preocupes —le dijo ella—. Lo solucionaremos.

—Esto no puede ser —murmuró él—. Tu madre ya ha sufrido bastante.

—A lo mejor deberíamos llevarla un tiempo a Coeur d'Alene, a mi casa. Para que se aleje de todo esto y pueda relajarse un poco.

—No querrá morir allí.

Él nunca decía la palabra con M. Y ella tampoco. Oírla le recordó la inevitabilidad de lo que estaban viviendo y le hizo sentir mucha más ira hacia Sheldon por generar tanto miedo e inquietud en los últimos días de su madre. Si estaba furioso con Margot, no tenía por qué pagarlo con ellos. Se habían convertido en un accesible reemplazo, en otro objetivo para su ira.

—Ahora mismo voy a comprar un sistema de vigilancia.

—¿Cuánto va a costar? —preguntó su padre con tono de desaliento.

—No mucho. Yo me ocupo.

Volvieron a entrar y vieron que Ida se había secado las mejillas y recompuesto.

—¿Dónde estuviste anoche? —le preguntó a Gia—. Cuando fuimos a tu habitación, la cama estaba intacta. ¿Y no saliste de casa con eso? —añadió señalando a su ropa.

Gia se vio tentada a decirle que se había quedado dormida en la tumbona de la piscina, pero con todo lo que acababa de pasar no era viable. Habría oído los disparos. Y, de todos modos, con los rumores circulando por el pueblo...

—Estuve con Cormac —admitió.

Su madre se quedó boquiabierta.

—¿El hijo del señor Hart?

Gia se estremeció ante la reacción de Ida.

—Sí.

—¿Estás saliendo con él?

¿Estaba saliendo con él? No había nada oficial entre ellos. Solo iban día a día según lo que sintieran en cada momento. Por otro lado, estaba acostándose con él, así que... eso desde luego era algo.

—Más o menos.

—¿Qué significa eso? —preguntó su padre—. ¿Sientes algo por él?

Esa pregunta era mucho más fácil de responder. Sí que sentía algo; de lo contrario, no habría vuelto a su casa. Pero tener sentimientos por él solo complicaría las cosas cuando llegara el momento de marcharse, así que no le hacía mucha gracia.

—Sí.

Su padre la miraba atónito.

—¿Desde cuándo?

—Desde que volví a casa.

Leo se rascó el cuello.

—Quién nos iba a decir que Margot iba a desaparecer con nuestros nietos y que tú ibas a volver a Wakefield y a enamorarte. Y precisamente de Cormac Hart.

Gia abrió la boca para decir que no estaba enamorada de Cormac. Nunca había estado enamorada y no se podía creer que fuera a pasar precisamente ahora. Pero mientras pensaba en él, en su sonrisa, en su piel, en cómo se reía... sabía que lo que sentía era mucho más profundo de lo que le gustaría.

—No vamos a ponerle una etiqueta —dijo.

Su padre enarcó las cejas, pero no dijo nada más. La policía había llegado.

Habían pasado tres semanas desde que se había fugado. No era tanto y, aun así, Margot había logrado mucho. Después de que Sheldon se hubiera pasado años llamándola idiota y tratándola con desprecio, como si no pudiera hacer nada bien, se sentía orgullosa de sí misma. Era maravilloso haber puesto en su sitio tantas piezas importantes para su futuro y el de sus hijos. No solo había conducido sola hasta California, sino que había conseguido un apartamento en Burbank y había matriculado a los niños en el colegio, así que ahora tenía más tiempo para centrarse en encontrar trabajo. No tenía nada seguro aún, pero sí varias entrevistas esa semana. Una en Starbucks, que era en un par de horas, otra para gerente de oficina en una pequeña empresa de contabilidad, y otra para una librería independiente. No eran puestos de prestigio. Hasta podía oír a Sheldon burlándose de ella por no poder encontrar algo mejor. Pero tenía que empezar por algún sitio, necesitaba una entrada de dinero constante para poder conservar sus ahorros todo lo posible.

Echaba de menos a sus padres, estaba constantemente preocupada por su madre y devoraba las publicaciones de su hermana en redes sociales sobre Backcountry Adventures como forma de sentirse parte de ellos. ¿Qué estarían haciendo Sheldon y su familia? Él tenía cuenta de Instagram, pero no solía publicar a menos que quisiera presumir con la foto de algún ciervo que hubiera matado o algo así. Sí que se había molestado en colgar una foto de ella. Y lo mismo había hecho Wakefield Trucking en su página de Facebook, pidiendo a quien tuviera información sobre su paradero que contactara con él o con los padres de él.

Al principio se había puesto paranoica al verlo, pero en LA había muchísima gente. No creía que esas publicaciones tuvieran tanto alcance como para ponerla en peligro.

Mientras metía el maquillaje en el cajón pensaba que estaba tan feliz de estar en Los Ángeles ahora como el día que llegaron. Mudarse a un lugar así era algo que Sheldon jamás habría estado dispuesto a plantearse. Sí, cierto, no podría haber dejado la empresa, pero la historia habría sido la misma con o sin el negocio. Sheldon culpaba a los californianos de haberse cargado el país, se quejaba de eso todo el tiempo. Así que era genial por fin tener la libertad de elegir dónde quería estar. Vivir en un lugar cálido y precioso, con tanto por hacer y ver, era el antídoto perfecto a los años tan penosos que había pasado intentando hacer feliz a Sheldon... mientras perdía su propia felicidad en el proceso.

—Vuelvo a ser yo —le dijo a su reflejo en el espejo. Le daba miedo tener que vivir arrepintiéndose de lo que había hecho, le daba miedo no poder darles a sus hijos una vida tan buena como habrían tenido en Wakefield. Pero había estado tan desesperada que no había visto otra opción. Y no podía volver. Lo único que podía hacer ahora era dejar el pasado atrás y poner todo de su parte.

Se puso el vestido color topo que se había comprado el día anterior en una tienda de saldos junto con unos tacones bajos y se puso de lado para examinar el atuendo. No era ni demasiado arreglado ni demasiado informal. Y tampoco decía a gritos «tienda de saldos». Con suerte, a quien fuera que le hiciera la entrevista esa mañana le parecería apropiado.

Había recuperado el color de sus mejillas, vio antes de apartarse del espejo. Aunque estaba nerviosa por si le daban o no el trabajo y le daba miedo que la descartaran de lleno, en los últimos días se había sentido muy optimista, y eso no era algo a lo que estuviera acostumbrada.

—Tú puedes —se dijo, y agarró las llaves.

Había que hacer algo. Eso no podía seguir así.

Mientras Gia escuchaba a sus padres hablando con el agente que había ido a hacer el informe policial, vio que no iba a cambiar nada. El agente no mostró mucha preocupación. Le quitó importancia diciendo que alguien estaría bebido y se había descontrolado. Él no captaba la maldad detrás de los actos de Sheldon como lo hacía ella. Al fin y al cabo, el pueblo era un lugar seguro en general y estaban hablando del hijo de una de las familias más destacadas de Wakefield, un hombre trabajador y propietario de un negocio con el que nunca habían tenido problemas.

Ni siquiera las palabras escritas en la casa con espray parecieron inquietarlo. Y esa tarde, alrededor de las tres, Gia lo entendió todo cuando Cormac llamó para preguntarle qué tal el día. Estaba sentada en la cama con el ordenador en el regazo comentando respuestas a sus publicaciones en nombre de Backcountry Adventures mientras le contaba lo de los ventanales, el grafiti y la ausencia de respuesta por parte de la policía.

—¿Cómo se llamaba el agente?

—Pratt.

—¿Waylan?

Le dio un «Me gusta» a un comentario sobre lo buenos que eran los precios teniendo en cuenta el valor de las experiencias que ofrecían.

—No sé. El nombre de pila no estaba en la placa y nunca lo había visto.

—Tiene que ser él —dijo Cormac—. Es muy amigo de Sheldon. Siempre están juntos en el bar.

Ella puso los ojos en blanco.

—Pues entonces no me extraña. La familia de Sheldon tiene muy buenos contactos. Dudo que podamos conseguir la ayuda que necesitamos, y es muy injusto para mis padres. Ellos no han hecho nada malo. No saben dónde está Margot. Y yo tampoco, claro. Pero al menos yo dejé claro desde el principio que no me gustaba Sheldon. Eso le da un motivo para odiarme. Pero ellos lo recibieron en la familia con los brazos abiertos.

—A lo mejor debería pasar la noche en vuestro sofá para poder echar un ojo.

—¿Y llevarte un disparo porque Sheldon cuenta con que no haya nadie ahí? Ni de coña.

Y ella tampoco podía volver a casa de él. No volvería a dejar solos a sus padres.

—Pues entonces voy a llamarlo para preguntarle qué cojones está haciendo.

—¡Con eso solo harás que se cabree contigo!

—Si así os deja en paz a tus padres y a ti...

—No —lo interrumpió ella—. He encargado unas cámaras de seguridad. Eso debería servir.

—¿Y cuándo llegan?

—El correo de confirmación dice que mañana. De todos modos, sería tonto de volver esta noche. Sabrá que después de lo que les ha hecho a las ventanas vamos a estar en vilo, pendientes, y así es más posible que lo pillemos.

—La cosa se ha descontrolado —dijo Cormac.

Gia le dio un corazón a un comentario de un cliente que había colgado una foto de un león de montaña sacada en uno de sus viajes.

—Porque Sheldon está acostumbrado a salirse con la suya —dijo ella dándole la razón a Cormac—. Nunca nadie le ha plantado cara y no se pensaba que Margot fuera a tener las narices de ser la primera. Si te soy sincera, yo tampoco. Nunca había hecho nada tan valiente.

—¿Y si hablamos con sus padres y les preguntamos si pueden hacer que se calme un poco? También es por su bien. Si Sheldon no para, podría acabar en la cárcel.

Gia recordó la actitud del matrimonio la noche que fueron a casa y supo que probablemente, más que aplacarla, ayudarían a avivar la ira de su hijo.

—Podría probar, a ver si ellos entran en razón, ya que su hijo no lo va a hacer. Pero no confío mucho en que funcione. De tal palo, tal astilla...

—El *bulldog* de Johnny Maine es paciente mío. Johnny trabaja en la policía. Lo llamaré por si puede hacer algo.

Gia no respondió. Ni siquiera había comprendido lo que había oído. Las palabras de Cormac se habían convertido en ruido de fondo mientras se quedaba clavada a un comentario que acababa de ver en una publicación. Era de alguien llamado M. Lane y simplemente tenía un corazón.

No debería haberle llamado la atención. Las fotos que había colgado eran preciosas y pretendían generar más contrataciones. Esa persona podía simplemente estar mostrando que le gustaba la belleza de la Madre Naturaleza. Pero algo le resultó familiar; la misma persona había puesto un corazón en todas sus publicaciones recientes.

—¿Gia?

Ella volvió a prestar atención a la conversación.

—¿Qué?

—¿Me has oído?

—Perdona, es que... Dame un momento.

Volvió a las últimas publicaciones y buscó los comentarios. Ahí estaba, M. Lane había puesto un corazón en todo. ¿Y en la más reciente? Ahí había ido un poco más lejos:

¡Qué emoción! ¡Acabo de conseguir un trabajo!

¿Por qué iba a querer contarle eso un extraño?

Y entonces lo recordó. Cuando jugaban de pequeñas, la muñeca de Margot siempre se llamaba Margaret Love, pero pasó a ser Margaret Lane después de que vieran *Superman*.

M. Lane. Margaret Lane. Tenía que ser Margot.

—Cormac, ¿puedo llamarte luego?

—¿Va todo bien?

—Sí. Es solo un momento.

Colgó para poder concentrarse mientras navegaba por los mensajes. Tenía que seguir la cuenta de M. Lane para poder escribirle por privado. Su solicitud fue aceptada casi al instante.

Si eres quien creo que eres, ten cuidado. El imperio del mal tiene un investigador privado y seguro que vigilará mis redes, si es que no lo está haciendo ya.

No recibió una respuesta inmediata. Justo cuando estaba preguntándose si se habría equivocado y M. Lane era en realidad Mason Lane o algo así, apareció una respuesta. Otro corazón, nada más.

Era Margot. Tenía que ser ella.

Gia llamó a Cormac corriendo.

—¿Qué pasa? —preguntó él.

—Creo que Margot ha estado siguiendo la cuenta de Instagram de Backcountry Adventures.

—¿Por qué lo crees?

—Últimamente ha comentado bastante bajo un nombre que usaba cuando éramos pequeñas. Solo yo lo reconocería.

—Entonces eso es que está bien.

—Supongo. Parece que acaba de encontrar trabajo.

—Tendrás que decírselo a tu madre.

Ida estaba sometida a demasiada tensión y Gia temía que se rompiera y se lo contara a quien no debía, ya fuera un policía o un amigo de Sheldon o de su familia, en un intento de justificar los actos de Margot.

—Aún no.

—¿Por qué no? Está preocupada.

—Porque no quiero que le diga nada a alguien en quien cree que puede confiar y que al final se lo cuente a quien no debe. Nadie nos va a solucionar esto.

—¿Qué significa eso?

Gia apartó el portátil y se tumbó en la cama, mirando al techo.

—Significa que voy a tener que ser yo.

—Que vas a tener que ser tú quien... —dijo él preocupado.

—Quien le ponga fin a esto.

—¿Cómo?

—La única solución que se me ocurre es presionar a Sheldon un poco más...

—¿Qué?

—Tengo que exponerlo públicamente, asegurarme de que los demás saben lo peligroso que es. Así Margot podría volver a casa de forma segura, o al menos de visita. Quiero que mi madre pueda volver a verla antes de morir.

—¿Qué vas a hacer?

—Lo que haría con cualquier otro acosador.

—Ahora sí que tengo miedo —dijo Cormac—. ¿Qué?

—Plantarle cara.

—¡No, Gia! Este tío es capaz de ir a por ti.

—Exacto. Que lo intente.

Capítulo 27

Gia le envió un mensaje a Sheldon casi en cuanto colgó a Cormac.

> *Oye, buen trabajo vandálico en casa de mis padres. Lo de la pintura ha sido un toque especialmente bonito. No sabía que supieras escribir.*

Lo conocía lo suficiente como para saber que no sería capaz de resistirse a presumir de lo que había hecho, y Sheldon no la decepcionó. Aunque no se responsabilizó de los daños, porque entonces ella podría haberle dado el mensaje a la policía como prueba, le respondió con el emoticono de un guiño.

—Eres tan predecible... —murmuró ella, aunque lo consideró algo bueno. Estaba confiando en lo predecible que era y esperaba que funcionara.

> *Por cierto, he hablado con Margot. Ha conocido a alguien que sí que es atractivo y se lo están pasando bomba gastándose todo tu dinero* 😄

Gia se mordía el labio inferior a la espera de la respuesta. Seguro que ahora se le bajaban los humos.

¿Es que tienes ganas de morir o qué?

Sip. Tenía razón. Se le habían bajado los humos.

No te tengo miedo.

La puerta se abrió y ella soltó el teléfono cuando su padre asomó la cabeza.

—¿Vas a ir a casa de Cormac esta noche?

—No, no voy a dejaros solos.

—Si Sheldon vuelve, no habrá nada que puedas hacer.

—Puedo estar vigilando para que los dos podáis dormir.

Él miró hacia el ordenador, que estaba en la cama, al lado de ella.

—Bueno... ¿en qué has estado trabajando?

—En cosas de redes sociales para Backcountry Adventures.

De eso hacía un rato, pero ni de coña iba a decirle a su padre que le estaba dando a Sheldon la guerra que había estado pidiendo. A Leo no le gustaría que corriera ese riesgo. Pero no podía quedarse de brazos cruzados y dejar que su cuñado siguiera atormentándolos. Alguien podía resultar herido aunque ella intentara no hacerse notar, así que, ¿por qué no ponerse firme y atacar también? Su madre merecía paz en sus últimos días. Y Margot merecía algo más que vivir con miedo de que Sheldon acabara encontrándola.

Cuanto más lo pensaba, más veía que no hacer nada era la peor opción. Ya que Sheldon tenía todas las ventajas porque era más grande, más fuerte, se manejaba mejor con las armas y estaba dispuesto a llegar lejos, y la policía y sus padres no estaban haciendo mucho por controlarlo, la única opción que tenía Gia era demostrar lo peligroso que era. Si no, él haría de sus vidas un infierno indefinidamente, o al menos durante tanto tiempo como para que Ida muriera sin saber siquiera dónde estaba su hija.

Estaba bastante segura de que mordería el anzuelo. Lo único que faltaba por ver era si ella podría escapar una vez que él hiciera saltar la trampa.

Cormac le había dejado un mensaje a Johnny Maine, pero no recibió una llamada de vuelta hasta pasadas las ocho.

—Hola, no quería molestarte —dijo Cormac—, pero quería saber si puedes ayudarme con una cosa.

—Claro, ¿qué pasa?

Cormac le explicó lo que estaba pasando entre la familia de Gia y Sheldon.

—Está siendo un auténtico cabrón —dijo al terminar.

Hubo un breve silencio y entonces Johnny dijo:

—A ver, su mujer se ha fugado con sus hijos, ¿no? Yo también estaría cabreado.

—Esa no es la cuestión. La cuestión es que está acosando a su familia y ellos no han tenido nada que ver.

—Está convencido de que saben dónde está y no se lo dicen.

—Pero eso no va contra la ley. Lo que él está haciendo sí. No se puede destrozar la propiedad de otra persona.

Cormac no se podía creer que tuviera que ser él quien lo dijera.

—Ya se calmará —dijo Johnny como quitándole importancia.

—¿Es eso lo que dicen todos en la policía?

—La mayoría. A ver, conocemos a Sheldon. Es el mejor amigo de Waylan.

—Los he visto juntos varias veces. Entonces... ¿no vais a hacer nada para que pare?

—No hay nada que podamos hacer, Doc. Insiste en que él no es responsable de los destrozos en la casa y no tenemos ninguna prueba de que lo sea.

—¿Y quién más podría haberlo hecho? ¿Quién más tendría motivos?

—¿En serio quieres que responda a esa pregunta? Porque tú tendrías bastantes motivos, ¿no? Llevas años odiando a Gia Rossi por lo que le hizo a tu padre. Y tus hermanas la odian también. He oído que hace poco se colaron en la reunión del Club de los libros prohibidos.

—Eso fue un error. Y si has oído lo de la reunión, habrás oído también que me presenté allí para detenerlas.

—Pues entonces podría haber sido tu padre el que disparó a las ventanas. Le va diciendo a todo el mundo que Gia le ha destrozado la vida y cuando lo he visto por el pueblo últimamente iba bastante bebido. Seguro que le gustaría pintar unas cuantas cosas sobre Gia en casa de los Rossi, ¿no?

Cormac no pudo evitar apretar los dientes.

—No ha sido él.

—¿Entonces tengo que creer en tu palabra y no en la de Sheldon?

—¡Joder, Johnny! Gracias por nada —dijo Cormac, y colgó.

Johnny volvió a llamarlo y aflojó un poco diciendo que le echaría un ojo a Sheldon, que solo había hecho de abogado del diablo para que entendiera que la situación no era tan obvia como Gia y su familia podían estar haciendo ver. Acabó la conversación diciendo que se tomaba muy en serio su trabajo y que quería que toda la comunidad estuviera a salvo, pero Cormac se había quedado tan chafado con su arrogancia que le costó mucho aguantarse para no decirle que se buscara otro veterinario para su perro.

Después de escuchar ese patético intento de relaciones públicas, Cormac llamó a Gia para que supiera que Johnny no iba a ser de ninguna ayuda. Pero ella no respondía ni a sus llamadas ni a sus mensajes. Habría pensado que se había ido a dormir de no ser porque era demasiado temprano para ella. Incluso era temprano para él. Y lo que le había dicho la última vez que habían hablado era demasiado preocupante como para dar por hecho que la noche tendría un final propicio.

Para asegurarse de que todo iba bien, salió y cruzó el portón hacia el jardín trasero de los Rossi. La casa estaba a oscuras a excepción de un pequeño halo de luz que parecía salir de la cocina.

Arrojó unas piedrecillas a la ventana de Gia. Varias rebotaron contra el cristal, pero no generaron respuesta. ¿Dónde estaba?

Por si Sheldon había vuelto a causar problemas, bordeó la casa hacia la parte delantera. Sí, había luz en la cocina, pero no veía a nadie por la ventana.

Empezó a sacarse el teléfono del bolsillo para probar a llamar otra vez cuando vio que el SUV del señor Rossi no estaba en la entrada. Si Gia había ido a hacer algún recado o algo, seguro que respondería al teléfono.

Tal vez se equivocaba, pero tenía la sensación de que Gia tramaba algo, y si ello implicaba a Sheldon, entonces sería algo peligroso.

Margot fue a ver a los niños y los encontró durmiendo profundamente en el colchón de aire que había comprado. Parecían estar adaptándose bien a su nuevo entorno. Aún no le habían pedido volver a casa, probablemente porque les parecía estar de vacaciones. Ella, en lugar de estar estresada y triste, estaba sonriente y relajada, y seguro que la alegría que sentía se la estaba transmitiendo a ellos.

Habían ido al parque después del colegio y Margot se había sentado en una mesa de pícnic a leer un libro mientras levantaba la vista cada pocos minutos para asegurarse de que estaban bien. Le parecía increíble que en casa no hubiera nadie esperándola disgustado porque había pasado demasiado rato fuera o por no tener la cena en la mesa. Podía quedarse allí todo el rato que quisieran mientras se estuvieran divirtiendo. ¿Y cuando se marcharan? Sería ella la que decidiera qué comerían. Podían ir a un In-N-Out si querían, que era justo lo que habían hecho para celebrar que Starbucks la había llamado nada más volver de la entrevista para ofrecerle el trabajo.

Había encontrado un empleo. No iban a forrarse con ese sueldo, pero era mejor de lo que se había esperado y el horario era perfecto. Dejaría a los niños en el cole, iría a la cafetería y trabajaría hasta las cuatro. Greydon y Matthew estarían apenas cuarenta y cinco minutos en extraescolares hasta que pudiera recogerlos y luego pasarían la tarde y la noche juntos. No haría falta niñera... al menos hasta el verano. Pero no iba a preocuparse por eso todavía.

Empezaría el nuevo trabajo la semana siguiente y ya había cancelado las otras entrevistas. Era imposible que tuvieran horarios mejores. Además, el Starbucks donde trabajaría estaba cerca del colegio. Si había algún problema, podría llegar en minutos.

Después de apagar la luz del pasillo, salió al salón. Aún no tenían mucho mobiliario, solo el sofá y la tele que había podido comprar. Ella también dormía en un colchón de aire y tenían la ropa amontonada en los armarios. Pero iría comprando todo lo que necesitaban y convertiría ese lugar en un auténtico hogar.

Ahora lo único que le preocupaba era no poder hablar directamente con sus padres. La preocupación por su madre, saber que se estaba perdiendo los últimos días de vida de Ida y que no estaba ahí para reconfortarla, le rompía el corazón.

Había hecho lo que tenía que hacer, se recordó mientras se sacaba del bolso el espray pimienta que había comprado hacía unos días. Mientras investigaba cómo se usaba y cuál era su mecanismo de acción, había visto un vídeo en el que un policía sugería a la gente que se rociara con él para que ver cómo era. Aún no había reunido valor para hacerlo, y desde luego no lo haría en casa, donde los niños podrían entrar en contacto con el producto. Pero se alegraba de tener un bote. El mensaje de Gia por Instagram la había puesto nerviosa. Había intentado cubrir su rastro tanto como para que ni un profesional pudiera encontrarla. Pero ¿habría pensado en todo?

Había vendido el Subaru, así que ya no guardaba ningún vínculo con ella. Había comprado su nuevo coche, un Toyota RAV4, con dinero en metálico y usando su nueva identidad. El apartamento estaba puesto a su nuevo nombre. Había conseguido un trabajo bajo su nuevo nombre. Se había dejado en casa el móvil para que no pudieran usarlo para rastrearla y había comprado uno de prepago, también usando su nuevo nombre. Hasta la cuenta de Instagram que se había hecho para poder comentar las publicaciones de Gia, y que había borrado después del aviso de su hermana, estaba bajo su nuevo nombre.

Por eso estaba bastante segura de estar a salvo. Y tenía el espray pimienta por si se equivocaba. Pero sabía que, si Sheldon la encontraba, no bastaría con eso.

* * *

Gia siguió a Sheldon desde su casa hasta el bar y se sentó en una mesa no muy lejos. Al principio él no la vio, pero después no dejó de girarse para fulminarla con la mirada.

Cormac seguía intentando contactar con ella, pero Gia no podía responder. No quería que supiera dónde estaba ni qué estaba haciendo, no quería meterlo en la batalla. No quería crearle una enemistad a la que tendría que enfrentarse después de que ella se marchara del pueblo. Y sabía que con alguien como Sheldon, que básicamente era un cobarde, tendría más probabilidades de dejarlo expuesto si él creía que tenía las de ganar.

Sheldon no le tendría miedo a una mujer. Se sentía demasiado superior.

Gia pidió una Coca-Cola y lo vio tomarse una cerveza, levantarse, ir al baño, tirar unos dardos y luego volver a su mesa.

Se preguntó si él de verdad tendría algún interés por el partido de baloncesto que estaba ojeando o si simplemente no quería volver a una casa vacía que le recordaría que Margot se la había jugado bien. Pero entonces Cece entró y Gia supo que Sheldon había estado esperando a su novia.

Al verla, Gia inclinó ligeramente la cabeza y Cece tuvo la decencia de mostrarse algo abochornada. Le dijo algo a Sheldon en cuanto llegó a la mesa y él volvió a mirar a Gia.

Gia le sonrió.

Él entrecerró los ojos y, tras un duelo de miradas que Gia se negaba a perder, se levantó y se acercó a su mesa.

—¿Qué estás haciendo?

Ella levantó su Coca-Cola.

—Tomándome algo.

—No tienes por qué hacerlo aquí.

—Me gusta este sitio.

Sheldon se puso colorado y cerró unos puños que parecían jamones.

—Estás jugando con fuego —le advirtió, y se le tensó la mandíbula.

Parecía cruel y peligroso, lo cual resultaba inquietante. ¿Sería eso lo que Margot había visto siempre que él se enfadaba? ¿Su hermana había tenido que vivir con alguien que parecía estar a punto de estrangularla y arrojarla a un río? Gia se asustó lo bastante como para replantearse su plan. Pero Sheldon intentaba meterle miedo, y ella no cedería. Echarse atrás supondría tener que seguir preocupándose por sus seres queridos indefinidamente.

Se encogió de hombros como si no le preocupara lo más mínimo y dio un trago de Coca-Cola.

—Es un país libre.

Después de llamarla de todo en voz baja, él se giró hacia Cece pero no se sentó. Caminaba alrededor de la mesa como una pantera enjaulada mientras se lanzaba a la boca unos cacahuetes de vez en cuando, pedía otra bebida y la miraba una y otra vez con esa malévola expresión.

Al rato debió de decirle a Cece que se fueran, porque echó dinero en la mesa y salió con su novia.

Gia corrió a pagar la cuenta para poder irse también.

El coche de Cece iba justo detrás de la camioneta de Sheldon, pero ella iba en tercer lugar mientras cruzaban el pueblo. Cuando pararon en cada uno de los dos semáforos, pudo ver la mirada de preocupación de Cece reflejada en el retrovisor.

Una vez en casa de Sheldon, la casa donde Margot había vivido unos diez o doce años, ellos dos accedieron al camino de entrada y Gia aparcó en la acera.

Cuando Sheldon vio que había tenido las narices de seguirlo hasta ahí, abrió los ojos como si no pudiera creérselo. Pareció que iba a acercarse y decirle algo, pero Cece lo agarró del brazo. Aunque Gia no podía oír lo que dijeron, supuso que la otra mujer le estaba suplicando que la ignorara.

Unos segundos después, él, de mala gana, dejó que su novia lo metiera en casa. Pero Gia sabía que estar ahí fuera sentada le estaba molestando, porque Sheldon no dejaba de mirar entre las persianas para ver si seguía ahí.

A las diez y media, recibió un mensaje suyo.

Sheldon: *¿Por qué haces esto? ¿Qué pretendes?*
Gia: *Si la policía no te tiene vigilado para impedir que dañes la propiedad de mis padres, lo haré yo.*
Sheldon: *Si quisiera dañar algo, tú serías la última persona que me lo impediría.*
Gia: *Eso ya lo veremos.*
Sheldon: *No tienes ni idea de lo que estás haciendo.*
Gia: *¿Estás diciendo que vas a hacer que me arrepienta?*
😄

Sabía que el emoticono lo enfurecería. Si había algo que un ego frágil no podía soportar era que se rieran de él.

Sheldon: *Tú espera y verás.*
Gia: *¿A que esté dormida y no me pueda defender? ¿Ese es el plan?*
Sheldon: *No te tengo ningún miedo.*

—Eso espero —murmuró ella—. Porque así será más fácil que me subestimes, y eso es con lo que cuento.

¿La mujer con la que estás siendo infiel sabe la clase de hombre que eres de verdad?

No obtuvo respuesta, pero no mucho después Cece salió y la miró avergonzada mientras corría al coche.

Antes de que pudiera llegar demasiado lejos, Gia abrió la puerta y salió gritando:

—Una mujer no huye y se esconde con sus hijos sin una buena razón, Cece, y menos una mujer como mi hermana. Margot jamás abandonaría a nuestra madre moribunda a menos que tuviera que hacerlo. Espero que lo tengas en cuenta al relacionarte con este cabrón —dijo señalando a la casa.

Solo entonces, cuando Cece levantó la cara y Gia pudo verla con el halo de la farola, quedó claro que estaba llorando.

—Acabo de decirle que no quiero volver a verlo. Se acabó.

Se retorció el cuello para mirar atrás, hacia el porche, y asegurarse de que él no la había seguido.

—Tiene un problema para controlar la ira. Creo que tienes que tener cuidado y dejarlo en paz —añadió apresuradamente antes de meterse en el coche y arrancar.

Un cosquilleo le recorrió la espalda. Su plan estaba funcionando mucho mejor de lo que había esperado, casi demasiado bien. Seguro que Sheldon la culparía por el abandono de Cece, lo que avivaría el fuego de su ira.

Estaba a punto de meterse en el coche y marcharse. Ya era suficiente por esa noche, se dijo. Pero entonces él salió de la casa con un rifle.

Capítulo 28

Cormac había imaginado dónde podía encontrar a Gia. En cuanto dobló la esquina que conducía a casa de Sheldon, vio el vehículo del padre de ella aparcado en la acera y sintió un gran alivio... hasta que vio a Sheldon de pie en su porche con un rifle. Movido por el pánico, pisó el acelerador, lo que hizo rugir el motor y debió de captar la atención de Sheldon, porque bajó el arma.

Pisó el freno de golpe y paró derrapando en mitad de la calle, junto al coche de Gia.

—¿Qué pasa? —gritó al bajar—. ¿Qué cojones estás haciendo? —le preguntó a Sheldon.

—¿Yo? —dijo Sheldon llevándose una mano al pecho—. Solo protejo mi casa y mi hogar. Tengo derecho a hacerlo. Es ella la que está dando problemas. Es un allanamiento, no tiene derecho a estar aquí.

—¡Estoy aparcada en la calle! —gritó Gia—. ¡La calle no es tuya!

Cormac le indicó a Gia que se metiera en el coche.

—Vete a casa antes de que acabes herida.

—Puedo aparcar aquí —insistió ella—. No puede impedírmelo.

—Gia, por favor. Tiene un arma. Ya basta.

Una luz se encendió en la casa de al lado y el vecino asomó la cabeza.

—¿Pero qué...? ¿A qué viene tanto grito? Hay gente que intenta dormir, por Dios, gente que tiene que trabajar por la mañana. ¿Queréis que llame a la policía?

—Sí, por favor —dijo Gia.

—Gia, no querrás que la policía te vea a ti como el problema, ¿no? —dijo Cormac antes de alzar la voz para hablar con el vecino—. No será necesario. Lo tengo controlado.

—Cormac, quiero que esto acabe de una vez. Quiero que mi hermana pueda volver a casa y ver a mi madre. Este cabrón lo está impidiendo.

—Ya encontraremos una solución, pero esta noche se va a quedar todo igual. Por favor, vete.

Cuando ella se frotó la cara con las manos, él no tenía claro que fuera a cooperar, pero al final Gia asintió.

—Vale, a lo mejor me he dejado llevar demasiado —admitió. Pero luego, solo un segundo después, miró a Sheldon y gritó—: ¡Mañana nos vemos!

—Ya nos veremos, sí —respondió él—. Eso te lo prometo.

Cormac siguió a Gia hasta casa y aparcó detrás.

—¿A qué ha venido todo eso? —preguntó al bajar—. ¿Intentas que te peguen un tiro?

—Una persona furiosa es una persona temeraria —le contestó alzando el tono—. Comete errores. Y eso es lo que necesito que haga Sheldon. Que cometa un gran error del que yo pueda aprovechar.

—Pues tú estás bastante furiosa. ¿Cómo sabes que no serás tú la que cometa un error del que él se pueda aprovechar?

Gia sacó la barbilla como si fuera a seguir discutiendo, pero entonces Cormac vio que estaba parpadeando muy rápido y supo que estaba conteniendo las lágrimas.

—Sé que estás pasando por mucho —dijo él suavizando la voz y llevándola a sus brazos—, pero intentas hacer demasiado. Tienes que respirar hondo y dormir un poco, recomponerte.

Gia no dijo nada, solo hundió la cara en su pecho.

—¿Estás bien? —preguntó él unos minutos después y antes de besarla en la cabeza.

Quería seguir enfadado con ella por haber sido tan imprudente. No conocía a ninguna otra mujer que hubiera hecho algo así, pero no podía evitar admirar ese espíritu. Ya en el instituto había sido igual de luchadora. Pocas personas tenían su valor.

—Me asustas —murmuró Cormac—. Me aterra que te hagan daño.

Gia echó la cabeza atrás para mirar las estrellas mientras él seguía abrazándola.

—Enfrentarse a un acosador siempre conlleva sus riesgos, Cormac. Por eso nadie quiere hacerlo. Pero yo no puedo vivir con la alternativa. No pienso dejar que me obligue a vivir con la alternativa. Voy a luchar, y si gano o no —añadió mirándolo a los ojos— es algo que ya se verá.

Margot se giró para mirar al hombre que la había seguido hasta la tienda de segunda mano desde el parque de al lado, donde, después de dejar a los niños en el cole, había estado leyendo un libro mientras se tomaba un café. No recordaba haber podido relajarse sola nunca en un parque, no mientras estaba con Sheldon. Siempre había tenido tantas cosas que hacer antes de volver a casa que le había dado miedo no poder terminarlas a tiempo. Pero hasta el lunes no empezaba el trabajo nuevo, estaba en una parte muy emocionante de la novela y hacía un precioso día de otoño. Se había dado una hora para leer antes de seguir

amueblando su piso nuevo y lo había pasado de maravilla... hasta que había visto a un hombre de mediana
edad con la cara demacrada y una barriga incipiente
observándola desde otra mesa de pícnic. No tenía ni
libro, ni taza de café, ni niños. Tampoco había ido a
correr ni nada así. Estaba ahí sentado, sin más, vestido con pantalones negros y una camisa blanca, sin
hacer nada.

¿Quién era? ¿Y qué quería? A pesar de las circunstancias, se había sentido bastante segura yendo a California, y ahora era la primera vez que se había
sentido inquieta. ¿Podría ser el investigador privado
de Sheldon? ¿La habría encontrado de algún modo, a
lo mejor por esos comentarios que había puesto en el
Instagram de Gia?

Le parecía imposible. El único requisito para crear
una cuenta de Insta era una dirección de correo electrónico. Pero a lo mejor era lo único que necesitaba
un buen investigador. Había visto películas en las que
se podía rastrear a la gente usando una dirección IP
o algo así, no entendía del todo qué era ni cómo funcionaba. O a lo mejor había dejado alguna otra pista
de la que no era consciente. No tenía experiencia a la
hora de intentar desaparecer.

El miedo se apoderó de ella mientras se movía por
la tienda y metía varios platos y un tostador en el carro a la vez que, con disimulo, observaba al hombre
entre los estantes. No parecía estar comprando, al
igual que no parecía haber estado haciendo nada en
el parque, pero sí que agarraba algún objeto que otro
si veía que ella miraba.

Margot metió la mano en el bolso y tocó el teléfono. Había grabado el número de Gia y el de sus
padres, aunque no se había atrevido a llamarlos.
Simplemente la hacía sentirse mejor, más normal,
tener los contactos ahí, sobre todo cuando eran los

números de las personas más importantes de su vida.

Se vio tentada a escribir a Gia para contarle lo del hombre que la estaba siguiendo. A lo mejor su hermana había oído algo y sabía más. Fuera quien fuera ese tipo, tenía mucho interés en ella. Margot sentía su mirada clavada cuando no lo miraba.

Cuando él fue merodeando cada vez más cerca, ella no pudo resistir enviarle un mensaje a su hermana.

¿Me han encontrado?

El corazón le golpeteaba el pecho mientras esperaba la respuesta de Gia, que llegó solo unos segundos después.

Gia: *¿Por qué? ¿Qué quieres decir?*
Margot: *Aquí hay un hombre siguiéndome.*
Gia: *¿Sí? No sé cómo han podido encontrarte.*
Margot: *¿No has oído nada?*
Gia: *No.*

—Disculpa.

Margot se sobresaltó cuando miró y lo encontró a su lado.

—Lo siento —dijo él levantando una mano como haría alguien que quisiera calmar a un caballo asustado—. No pretendía asustarte. Solo... te he visto en el parque y... Bueno, mi mujer ha muerto hace poco, no hace siquiera un año. Visito el parque de vez en cuando porque me recuerda a ella. Le gustaba ir ahí a leer, igual que a ti, y mientras estaba ahí sentado echándola de menos, he levantado la vista y... ahí estabas, tan serena y preciosa.

El hombre carraspeó, estaba claro que se sentía incómodo.

—Hace mucho tiempo que no hago algo así, y tampoco se me ha dado bien nunca —dijo con una risa autocrítica—. Está claro que no he hecho más que empeorar. Pero quería saber si... He pensado... Bueno, si quisieras darme tu dirección de *email*, podríamos intentar conocernos por ahí y, si las cosas van bien, a lo mejor un día te sientes lo bastante cómoda para salir a cenar conmigo.

Margot lo miraba atónita. No era un investigador. Ni siquiera le estaba pidiendo algo tan indiscreto como su número de teléfono. Solo quería su dirección de *email*.

Su expresión debió de decirle al hombre que iba a rechazarlo porque él empezó a girarse.

—No te preocupes. No debería haberte molestado. Lo siento. Podrías estar casada o saliendo con alguien, o a lo mejor solo quieres estar tranquila. No sé muy bien qué me ha hecho seguirte hasta aquí...

Se giró, claramente ansioso por alejarse lo más rápido posible. Pero había sido tan respetuoso y tan dulce... y auténtico. Era su autenticidad lo que más le había llamado la atención.

—Espera... ¿Cómo te llamas?

Pareció sorprendido de que lo parara.

—Max. Max Schwartz. Soy oftalmólogo aquí en LA.

—Vale, Max, yo soy Margaret Lane, y voy a darte mi dirección de *email*. Como no nos conocemos, no me siento segura dándote nada más. Aún no. Pero... soy nueva en la zona y también me vendría bien un amigo.

Una sonrisa cruzó el rostro del hombre y, por primera vez, ella lo encontró algo atractivo. Tenía el pelo tupido y oscuro, unas pestañas largas, los ojos marrones y unos dientes magníficos. Y no era tan viejo como se había pensado en un principio.

Él sacó su teléfono y se lo dio para que anotara su dirección de correo.

—Espero que no te importe si te escribo esta noche —dijo, y empezó a reírse.

Margot también se rio.

—Me parece bien.

—Que pases un buen día, Margaret.

—¡Gracias!

Aturdida, se quedó mirándolo mientras se marchaba. No se había planteado cómo podría ser su futura vida amorosa. Solo había pensado en escapar, en la oportunidad de encontrar paz mientras criaba a sus hijos. Conocer a alguien podría añadir una nueva dimensión. Aunque aún no estaba lista para dar un paso adelante en ese terreno, ese hombre tampoco parecía tener ninguna prisa.

Miró el teléfono y vio que había un mensaje nuevo de Gia.

¿Qué pasa? ¿Estás bien?

Respirando hondo, ella escribió una respuesta.

Margot: *Por un momento me he quedado aterrorizada. Pero ha sido una falsa alarma. Todo bien.*
Gia: *¿Quién era?*
Margot: *Solo un tipo que me ve atractiva, supongo.*
Gia: *Ten cuidado. Que no tenga relación con Sheldon no significa que no sea peligroso.*

Margot sonrió al recordar lo respetuoso que había sido. Max parecía todo lo contrario a Sheldon. Y ese sentimiento tan profundo hacia su mujer, la pena que seguía reflejada en su cara después de haberla perdido, le dijo que ese hombre sabía amar.

Y ella había aprendido que no todo el mundo sabía.

Margot: *No es preocupante. De hecho, me alegro de haberlo conocido.*

Gia: *¿Entonces estás bien? ¿Tienes suficiente dinero? ¿Necesitas algo?*

Margot: *Hacía siglos que no era tan feliz. Ojalá te hubiera escuchado y no me hubiera casado con Sheldon en un principio. ¿Cómo están mamá y papá?*

Gia: *Van tirando. Los estoy cuidando bien.*

Margot: *Sabía que lo harías. Creo que nunca te he dicho esto, pero admiro tu fortaleza.*

Gia: *Voy a asegurarme de que los niños y tú podáis venir a casa y volváis a ver a mamá antes... Bueno, que la veáis pronto.*

¿Podría ser? Margot no veía cómo. Pero sonrió mientras metía unos utensilios de cocina en el carro. Si alguien podía hacerlo era Gia.

A Gia le pitó el teléfono y leyó dos veces el mensaje de Sheldon.

Esta noche voy al mismo bar. He pensado que podía ser amable y ahorrarte las molestias de seguirme.

¿Le estaba diciendo dónde estaría como si quisiera que se reuniera con él? Estaba tramando algo. Podía sentirlo. Y no sería tan tonta de picar.

—¿Quién es? —preguntó Cormac.

Él había ido a cenar en cuanto había salido del trabajo. Gia había preparado rollitos de lechuga y ahora Cormac estaba echando una partida de dados al Mentiroso con los padres de ella.

—No será Margot, ¿no? —añadió Ida con tono esperanzado.

Los dados hicieron clac cuando Gia los metió en el cubilete.

—No, es el imbécil de su marido.

Su madre palideció.

—¿Por qué te está escribiendo Sheldon? Ya le dije a Peggy que jamás lo pondremos en contacto con Margot, no después de lo que nos ha hecho desde que ella se fue. ¡Pegarle tiros a nuestra propiedad y escribir esas cosas horribles! Tendría que pagar por los daños.

—Pero es que él dice que no lo hizo —dijo Leo—. Y la policía lo cree.

—Cuando Peggy insistió en que su hijo jamás haría algo así, me entró la risa —dijo Ida—. Todos sabemos que ha sido él.

Leo señaló a Gia con la cabeza.

—¿Qué quiere?

—A saber. Se anda con algún jueguecito. Solo quería decirme que esta noche estará en el bar, por si me apetece ir.

—¿Y por qué ibas a querer ir con él?

Como era normal, Ida estaba confusa, pero, claro, no tenía contexto, no sabía lo de la noche anterior. Estaba muy frágil. Gia intentaba no decirle nada para no disgustarla.

—Solo me está provocando. Buscando una reacción por mi parte.

Cormac bajó la voz, lo que dio más intención a lo que dijo:

—¿No irás a ir...?

—No.

Ahora que habían llegado las cámaras de seguridad y Leo la había ayudado a instalarlas esa tarde, no sentía que tuviera que tener vigilado a Sheldon. Si su cuñado iba a casa e intentaba causar más problemas, lo grabarían.

—Dios, gracias por estos pequeños milagros —murmuró Cormac, y Gia le dio una patadita en el pie por debajo de la mesa para que supiera que no quería que dijera nada más por miedo a que sus padres sospecharan que había algo que no les había contado.

Cuando él gritó, claramente a propósito ya que no lo había golpeado tan fuerte, Ida y Leo levantaron la mirada sorprendidos. Cormac disimuló diciendo que se había mordido la lengua sin querer y luego le lanzó una sonrisa a Gia para que supiera que podía haberse vengado por la patada pero había decidido no hacerlo.

Gia se rio para sí. Cormac era divertido, cautivador y un puñetero encanto. Demasiado. Que le gustara tenerlo ahí pasando el rato con ella y sus padres era algo alarmante. Por norma, cuando llegaba a ese punto en una relación, cuando la persona con la que salía sentía que tenía un lugar en su vida y podía formar parte de actividades cotidianas y mundanas, ella se preparaba para salir corriendo en la otra dirección.

Pero no era el caso con Cormac. Le gustaba tenerlo a su lado hiciera lo que hiciera y se sentía agradecida por su apoyo. Lo admiraba en muchos sentidos. Era un hombre que defendía lo que creía correcto, incluso cuando había tenido que darle la espalda a su familia. Para ella, esa era la definición de «integridad».

Casi habían terminado la partida cuando Ida se hundió algo más en su asiento y casi tiró el cubo de dados.

—Perdón —dijo mientras intentaba colocar el cubilete en la mesa—. Es que... no tengo fuerzas para seguir —añadió esbozando una débil sonrisa—. A lo mejor mañana.

Alarmada, Gia se levantó y bordeó la mesa.

—¿Te traigo algo? ¿Más analgésicos? ¿Un vaso de agua?

—No, no... No necesito nada —dijo su madre—. Solo... Creo que hoy me voy a acostar un poco antes.

Leo miró a Gia con gesto de preocupación.

—Yo te ayudo a meterte en la cama, cielo. También estoy cansado. ¿Por qué no ponemos una película y te quedas dormida en mis brazos?

Ida lo miró fijamente y una suave sonrisa le curvó los labios.

—Cuánto me alegro de haberme casado contigo.

A Gia se le llenaron los ojos de lágrimas mientras veía a su padre ayudar a su madre a subir las escaleras. Ida se estaba apagando rápido y ella no sabía cómo traer a Margot a casa antes de que fuera demasiado tarde.

Cormac se situó detrás y la rodeó por la cintura llevándola hacia sí.

—Estoy contigo —le susurró al oído—. Todo irá bien.

Pero no iría bien. Por culpa de Sheldon, Margot no podía estar ahí, no podía despedirse en condiciones de la mujer que la había parido y criado.

Capítulo 29

Gia oyó un ruido en mitad de la noche. ¿Se encontraba mal Ida? ¿Necesitaba ayuda?

Estaba intentando reaccionar y espabilarse cuando la puerta de su habitación se abrió de golpe. Levantó la cabeza, pero la figura que iba hacia ella era demasiado grande como para ser la de su madre o su padre.

—¿Qué...? —empezó a decir, pero esa sombra de pronto se le abalanzó y le plantó una mano sobre la nariz y la boca.

—¿Dónde tienes el teléfono? —espetó una voz áspera.

¡Sheldon! Su mente, aún adormilada, parecía tropezarse consigo misma en un intento de activarse. Y una vez que lo hizo, Gia tenía tanta adrenalina recorriéndole el cuerpo que no tenía fuerzas, se sentía como un fideo hervido. ¿Cómo había entrado en casa?

No podía gritar. No podía siquiera respirar. Y justo entonces él pareció darse cuenta y disfrutar a lo grande al seguir cortándole el suministro de aire.

—Te crees muy fuerte, ¿eh, zorra? —dijo entre dientes y acercando la cara a la suya—. ¿Te crees que puedes conmigo? ¿Eh? Pues a ver qué puedes hacer ahora.

Gia empezó a resistirse, a defenderse, pero eso solo lo enfureció más, sobre todo cuando ella logró morderle la mano. Sheldon se apartó maldiciendo y ella empezó a gritar, pero él cortó el sonido un segundo después al agarrarla del cuello con las dos manos. Gia podía sentirlo aplastándole la tráquea mientras forcejeaban. Pesaba más que ella y, como estaba encima, podía aprovechar y usar su peso en su contra.

—¿Es lo único que puedes darme? —se mofó él respirando con fuerza contra su oreja—. No puedes hacer nada, zorra. ¿Qué se siente al recibir tu merecido?

Los ojos empezaron a picarle y humedecerse, y la oscura imagen que él proyectaba sobre ella se emborronó. Sabía que era cuestión de segundos que se desmayara.

No podía permitirlo, no podía dejarse vencer con tanta facilidad. No había estado preparada para algo así; ni en sueños habría imaginado que Sheldon tuviera el valor de entrar en su casa. Era más propio de él atacar cuando tenía una vía de escape. Pero estaba claro que lo había llevado al límite, lo había enfurecido tanto que estaba dispuesto a arriesgar lo que fuera.

Gia le estaba arañando los brazos, pero no servía de nada. Tenía que alcanzar una parte más vulnerable de su cuerpo. Intentó darle una patada en la entrepierna, pero las sábanas se le enroscaron y el intento no hizo más que hacerlo reír.

—Mírate. Ahora mismo podría hacerte cualquier cosa.

Por un momento Gia temió que pudiera cumplir esa amenaza de forma sexual. Seguro que Sheldon estaba intentando decidir si se veía con valor de ir tan lejos. Y ese instante de duda, de breve indecisión, fue todo lo que ella necesitó. Reuniendo los últimos retazos de fuerza que le quedaban, le hundió los pulgares en los ojos y lo oyó gritar de dolor.

Sheldon le soltó el cuello para apartarle las manos y ella aprovechó para tomar una bocanada de aire y después otra. Pero ni así pudo gritar. Él intentaba agarrarla del cuello, volver a la posición que le había dado tanta ventaja, cuando Gia logró apartar las sábanas con el pie y le dio una patada.

Mientras él jadeaba de dolor, ella encontró el teléfono, que estaba debajo de la otra almohada porque se había quedado dormida escribiendo a Cormac, y empezó a golpearle la cabeza.

No se imaginaba que un aparato tan pequeño pudiera hacer tanto daño, pero él levantó un brazo para protegerse. Después le agarró la muñeca para intentar quitarle el teléfono. Gia temía que saliera corriendo con el móvil... y con la información de contacto de Margot.

Tuvo que renunciar al móvil, pero valió la pena. Para poder hacerse con el teléfono, él tuvo que soltarla, cosa que ella aprovechó para colársele por debajo del brazo tirándose de la cama básicamente.

Sheldon saltó de la cama para seguirla, pero Gia se levantó de un salto y empezó a tirarle todo lo que podía. Un joyero. Una figurita. Un sujetalibros. Un libro.

No fue consciente de que estaba gritando como una posesa hasta que su padre entró corriendo en la habitación y encendió la luz.

—¡Ay, Dios! ¿Qué está pasando?

Gia pensó que Sheldon agarraría el teléfono y saldría corriendo derribando a su padre. Ya sabía que le daba igual hacer daño a quien fuera. Pero ella sacó el pie justo a tiempo. Al ponerle la zancadilla, él cayó como un árbol talado y la lámpara con la que lo golpeó a continuación lo dejó noqueado.

Tenía la respiración tan acelerada que pensó que iba a vomitar cuando se levantó, tambaleándose, y aún con la lámpara en la mano a modo de bate por si él intentaba incorporarse.

—Pi... de... ayuda —logró decirle a su pasmado padre.

Leo recogió el teléfono, que había rodado por la moqueta hasta llegar casi a sus pies. Después de entrar en la habitación y girarlo hacia la cara de Gia para desbloquearlo, marcó el 911.

—¿Gia? ¿Qué pasa?

Su madre entró, pero estaba tan débil que tuvo que agarrarse al marco de la puerta para mantenerse en pie.

—Tenemos al hijo de puta —dijo Gia—. Lo tenemos, mamá.

—¿Se ha colado en casa? —preguntó Ida.

—Y tanto. Y me ha atacado.

Gia soltó la lámpara y con cuidado se tocó el cuello, que le dolía tanto que apenas podía hablar.

—La policía no podrá ignorar esto.

Su madre parecía anonadada.

—¿Qué intentaba hacer?

—Quería mi teléfono, pero no le importaba hacer un poco de daño ya de paso.

Su padre salió de la habitación y volvió con un cuchillo de cocina.

—Más le vale no intentar escaparse.

Sheldon intentaba volver en sí, pero no se levantaba. No parecía que pudiera. Se estaba frotando la cabeza donde ella lo había golpeado, se retorcía de dolor y estaba sangrando. Parecía que casi le hubiera destrozado un ojo.

Aun así, Gia confiaba en que su padre pudiera detenerlo si se levantaba. Pero, al parecer, Leo había llamado a Cormac además de a la policía, porque solo un par de minutos después él llegó corriendo por el pasillo, llamándola.

—¿Qué ha pasado? ¿Estáis bien?

Gia asintió temblando por tanta adrenalina.

—Se acabó —susurró con la voz ronca y se dejó caer en la cama—. Dame el teléfono. Quiero llamar a Margot para decirle que los niños y ella pueden volver a casa.

La policía insistió en que tanto Sheldon como Gia fueran al hospital. A Sheldon no tardaron mucho en examinarlo, vendarlo y ponerlo bajo custodia policial, pero el médico hizo que Gia se quedara un poco más para tenerla en observación. Mientras estaba allí, la policía envió a un fotógrafo a sacar imágenes de los hematomas que estaban empezando a salirle por el cuello.

—Sheldon se ha metido en un buen lío —dijo Cormac.

Cormac había estado con ella en todo momento y había llamado a su hermana para que le cancelara todas las citas en la clínica, que era mucho más de lo que Gia se habría esperado. Ella no dejaba de decirle que estaba bien, pero él no quería dejarla sola después de algo tan traumático. Sus padres también habían estado ahí a su lado, pero luego Leo se había llevado a Ida para que pudiera descansar.

—Debería —dijo ella—. Lo del vandalismo ya estuvo fatal, pero ¿lo del allanamiento? ¿Agresión? ¡Estaba estrangulándome!

—Lo sé, y la policía también. He oído a alguien hablar de los posibles cargos, y el de intento de homicidio estaba en la lista.

—No creo que intentara matarme. Al menos, espero que no. Pero la rabia que tenía encima se le había desbordado.

—Bueno, el caso es que, dependiendo de los cargos que le imputen, lo más probable es que esté encerrado cinco o diez años, o tal vez más.

—Me alegro por Margot, porque eso lo quita del mapa. Pero también estoy triste. Si hubiera sido un ser humano decente las cosas no habrían sido así.

—No puedes pedirle a alguien como Sheldon que juegue limpio. ¿Has oído lo que le ha dicho su colega Waylan?

—¿El poli? —dijo Gia, y negó con la cabeza—. ¿Cuándo?

—En casa. Ha sido uno de los agentes que han venido a arrestarlo. Le ha dicho: «Intenté advertirte de que la dejaras en paz y no me has hecho caso».

—La policía le daba el beneficio de la duda en todo momento.

—Esto no van a poder pasarlo por alto.

—Cece debería alegrarse de haber roto con él tan pronto —dijo Gia—. Pobre Margot.

—¿Has tenido oportunidad de hablar con ella?

—Aún no. Mamá y papá le han contado lo que ha pasado, pero en ese momento el médico estaba aquí conmigo, así que no he podido ponerme al teléfono y luego ha venido el fotógrafo de la policía.

—¿Quieres que la llame?

Gia llevaba despierta casi toda la noche y el subidón de adrenalina que le había dado durante el ataque estaba pasándole factura.

—No sé si puedo ahora mismo. No logro mantener los ojos abiertos.

—Vale, duerme. Yo estoy aquí al lado y no pienso dejarte sola. Cuando te despiertes, te llevaré a casa.

Gia se obligó a mantener los ojos abiertos lo suficiente para mirarlo y él acercó la silla para poder agarrarle la mano.

—¿Qué voy a hacer contigo? —murmuró Gia.

Cormac parpadeó sorprendido.

—¿Qué quieres decir?

—Me temo... me temo que me estoy enamorando por primera vez en mi vida.

Esa pícara sonrisa que ella encontraba tan encantadora curvó los labios de Cormac, que se levantó para darle un besito en los labios.

—¿Tan malo sería?

—Puede. ¿Y si... y si tú no te estás enamorando de mí?

Él le apartó el pelo de la cara.

—¿Gia?

Los ojos empezaron a cerrársele a pesar de sus esfuerzos por mantenerlos abiertos. Estaba segurísima de que el médico le había dado un sedante para que se durmiera, porque no parecía poder evitar la oscuridad que la estaba engullendo rápidamente.

—¿Qué? —logró decir mientras intentaba con más fuerza zafarse de ella.

—He intentado no enamorarme de ti, pero ha sido imposible.

El muelle de Santa Mónica estaba abarrotado. Fácilmente podía ser el último fin de semana con una temperatura tan cálida, así que todo el mundo había salido a disfrutarlo mientras pudiera. Pero a Margot no le importaba tener tanta compañía. El murmullo de las voces y de risas de niños que los rodeaban propiciaba un ambiente más festivo.

Mientras sus hijos jugaban en la playa a su lado intentando excavar un foso para su castillo, Margot giró la cara hacia el sol. Le encantaba California. Si la situación fuera distinta, no se marcharía. Pero el lunes volvía a casa. Ya había llamado a Starbucks para decirles que al final no podía aceptar el trabajo, pero tenía pensado conservar el apartamento hasta que finalizara el contrato de arrendamiento. Según lo que pasara con su madre, a lo mejor llevaba a los niños a pasar el verano.

No se perdería las últimas semanas o los últimos meses de Ida y no impediría que los niños estuvieran con sus dos pares de abuelos, eso contando con que los padres de Sheldon fueran decentes y justos con sus hijos y con ella. Aún tenía que ver cómo habían reaccionado Peggy y Ron a la detención de su hijo. No había hablado con ellos. Seguro que la culpaban de todo. Pero haría lo posible por ser justa, siempre y cuando ellos estuvieran listos. Se alegraba de no tener que seguir viviendo bajo el yugo del miedo y la negatividad que habían atormentado su matrimonio. Ahora podía sanarse, hacerse más fuerte y vivir libre y feliz en Wakefield.

Le sonó el teléfono. Lo sacó de la bolsa de playa y, al ver que era Gia, respondió con una sonrisa llena de entusiasmo.

—¡Ey! ¿Cómo estás?

—Mucho mejor.

—¿Te han dejado salir del hospital?

—Sí. Les he dicho que Cormac cuidaría de mí.

—Conque Cormac otra vez, ¿eh? Ese nombre no deja de sonar —bromeó Margot.

—Es un buen tío.

Margot se rio. Eso sí que era minimizar la realidad al máximo. A Gia le encantaba el veterinario del pueblo. Ida y Leo pensaban que era «el hombre de su vida», lo cual resultaba bastante paradójico teniendo en cuenta que era el hijo del señor Hart.

—¿Seguro que no te importa tener al señor Hart de suegro?

—¡Hala! Para el carro, que acabamos de empezar a salir.

Margot se llevó una mano al sombrero para que no se le volara con la brisa que se había levantado.

—Que no hayas dicho que eso nunca va a pasar me dice que este hombre es diferente.

—Puede —admitió Gia riéndose.

—Tienes mejor voz. La tenías muy ronca después de lo que Sheldon le hizo a tu cuello. ¿Qué tal los hematomas?

—Feos. Parece que llevo un pañuelo morado.

—Lo siento mucho.

—No lo sientas. Me alegro de que podáis volver a casa. Mamá y papá os han echado mucho de menos a los niños y a ti.

—Yo también a ellos.

—¿Qué estás haciendo hoy?

Margot miró a la playa.

—Relajándome en la playa.

—Me encantaría estar allí contigo.

—Y a mí me encantaría que estuvieras. Tendrás que volver conmigo en verano y pasar aquí un par de semanas.

—A lo mejor lo hago, sí.

Margot no se había esperado esa respuesta.

—¿No vas a estar en Coeur d'Alene ocupándote de tu negocio?

—Puede que haga hueco para unas vacaciones. Una chica tiene que vivir la vida.

Después de colgar, Margot miró la bandeja de entrada. Cómo no, había recibido otro correo de Max. Hasta ahora habían intercambiado varios y esa mañana él le había enviado una foto preciosa de su perro acurrucado con el gato de su difunta esposa y le había contado que la noche anterior había ido a ver una orquesta sinfónica.

No tenía nada que ver con Sheldon. Pero eso era justo lo que le resultaba atrayente.

Pulsó el botón de responder y escribió:

Me gustaría darte mi número. Tengo que volver a Iowa para estar un tiempo con mi familia. Podrían ser meses, dependiendo de cómo esté mi madre, pero espero que podamos seguir conociéndonos.

Añadió su número de teléfono y le dio a enviar. Luego se llevó a los niños al muelle para subir en algunas atracciones y comer algodón de azúcar. Estaba nerviosa por cómo respondería Max, por si decidía poner fin a la relación si ella ya no iba a seguir viviendo en la zona.

Pero, cuando volvió a mirar la bandeja de entrada y leyó el mensaje, la recorrió una cálida sensación.

Me da pena que tengas que irte, sobre todo porque suena a problemas de salud. Si es algo grave, lo siento. Pero me alegro de tener tu número, y de ahora en adelante te escribiré o te llamaré 😃
Estoy deseando conocer bien a la preciosa mujer que vi en el parque.

Max.

Debajo de su nombre él anotó también su teléfono.

Epílogo

El funeral se celebró un día de mucho viento a finales de marzo. Ida había aguantado más de lo que los médicos habían pronosticado, casi tres meses más, y había fallecido plácidamente mientras dormía solo tres semanas después de que Gia hubiera tenido que volver a Coeur d'Alene para ayudar a Eric a reabrir Backcountry Adventures. Gia había querido quedarse más tiempo, hasta que llegara el final, pero nadie sabía cuándo sería y la vida tenía que continuar. Había sido su madre la que había insistido en ello.

Ahora se sentía fatal. Debería haberse esperado tres semanas más. Pero sí que había llamado cada día y se había reído y hablado con Ida de los buenos momentos que habían pasado en Navidad jugando a las cartas mientras afuera nevaba, viendo juntos programas y películas con cuencos de palomitas y comiendo todas las recetas que había preparado ella, unas mejores que otras. Presenciar la lenta decadencia de su madre había sido desgarrador, pero a pesar de ello... encontraba un profundo consuelo al recodar esos cinco meses. Estaba segura de que sin ellos jamás habría llegado a conocer a su madre tanto como lo había hecho. El resentimiento que había arrastrado durante tanto tiempo, por cómo habían sido las cosas cuando el señor Hart hizo lo que hizo, por cómo Ida había intentado constantemente frenarla cuando ella quería correr libre y cómo le había dado mucho más reconocimiento a Margot, se había esfumado. En su lugar ahora había un aprecio renovado por los sacrificios y el amor de una buena madre.

Cormac estaba sentado a su lado, agarrándole la mano y ofreciéndole el mismo apoyo constante que le había dado casi desde que habían empezado a salir, mientras el pastor hablaba de las muchas y maravillosas cualidades de su madre. Cuando había llegado el momento de volver a Idaho, le había costado dejar a Cormac, pero habían planeado no estar separados mucho tiempo. Él le había dicho que iba a vender la clínica y mudarse a Idaho, y a ella le había parecido lo mejor ya que no podía trasladar su negocio a Wakefield.

Pero después le había quitado la idea. No tenía sentido que la hermana de Cormac se quedara sin trabajo cuando Gia quería volver a casa de todos modos. El año que había dejado la universidad estaba deseando alejarse todo lo posible de Wakefield. Ahora, en cambio, prefería estar rodeada por los recuerdos de su infancia, o la mayoría de esos recuerdos al menos. También quería estar con su padre, su hermana y sus sobrinos durante esa época tan difícil... y tal vez durante mucho tiempo más.

Volver a casa era lo que la hacía sentirse bien, y por eso iba a venderle su mitad del negocio a un amigo de Eric y usaría el dinero para abrir una librería. Había un local de ladrillo rojo en alquiler no lejos de la clínica de Cormac. Había sido una tienda de regalos hasta que la dueña se había jubilado, pero Gia ya podía imaginar todos los cambios que le haría para convertirla en una librería alucinante. Hasta sabía cómo iba a llamarla: La tienda de los libros prohibidos.

El club seguía en activo. Por petición de Margot, el siguiente libro que habían decidido leer era *The Patron Saint of Liars*, de Ann Patchett.

—¿Estás bien? —le preguntó Margot. Estaba sentada a su otro lado y los niños estaban entre Leo y ella.

Gia se le acercó.

—Me alegro de que me convencieras para venir a casa a pasar el invierno, eso seguro. Me ha cambiado la vida.

Margot sonrió a pesar de las lágrimas que le brillaban en los ojos. No había sido la misma persona desde que Sheldon había entrado en prisión. Aunque solo lo habían condenado a cuatro años en la cárcel del estado, bastaba para darle a Margot la oportunidad de divorciarse y reconstruir su vida sin tener que preocuparse por él, así que estaba pletórica.

Por suerte, los problemas legales de Sheldon habían dejado conmocionados a sus padres y eso les había hecho darse cuenta de que probablemente lo habían consentido demasiado y habían justificado su mal comportamiento demasiadas veces. Tampoco es que hubieran sido maravillosos con Margot desde que ella había vuelto, pero la estaban tratando con suficiente respeto como para que se viera dispuesta a tramitar un régimen de visitas para que estuvieran con los niños. Peggy y Ron habían ido al funeral, y también Eric, Coty e Ingrid, Sammie y Ruth y las hermanas y la madre de Cormac. Gia también había visto entrar en la iglesia a varios miembros del Club de los libros prohibidos. La única persona que no estaba allí era el señor Hart, y era algo positivo.

Al menos era la única persona que a Gia le pareció que faltaba... hasta que oyó un murmullo al fondo de la iglesia y, al girarse, vio a un hombre recorriendo el pasillo y sonriendo a todo el mundo con gesto de disculpa. No distinguió quién era hasta que él llegó al primer banco, donde estaban sentados, y Margot se quedó boquiabierta.

—¡Max!

De inmediato, Cormac y Gia se deslizaron a la izquierda para hacerle sitio, y él se sentó.

—Siento muchísimo llegar tarde. Mi avión ha tenido un retraso de cuatro horas. Quería sorprenderte, pero no así.

Margot se llevó una mano al pecho.

—¿Has venido desde California?

—Claro. Habría venido desde Europa si hubiera hecho falta. Por nada te habría dejado pasar por esto sola.

Margot se sonrojó y sonrió con tanta felicidad que Gia no podía dejar de mirarla.

Nota de la autora

El tema de los libros prohibidos ha vuelto a convertirse en un apasionado debate. Para mí lo interesante es que, si miramos al pasado, algunos de los libros que más han conmovido e inspirado a la gente, como *Las uvas de la ira* y *Matar a un ruiseñor*, han estado prohibidos.

Las historias que más nos incomodan son las que suelen estar en el punto de mira; las que arrojan luz sobre cosas que preferiríamos no ver. Y, sin embargo, la exposición a esas historias y las ideas que contienen poseen el poder de ampliar nuestra comprensión y hacernos más empáticos y mejores seres humanos. Lo que amenaza a la sociedad es una mente cerrada, no un libro abierto.